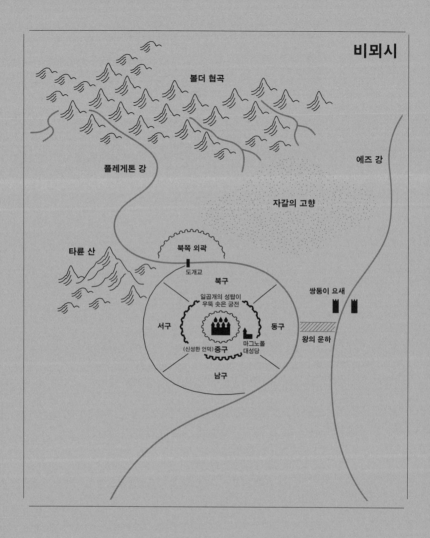

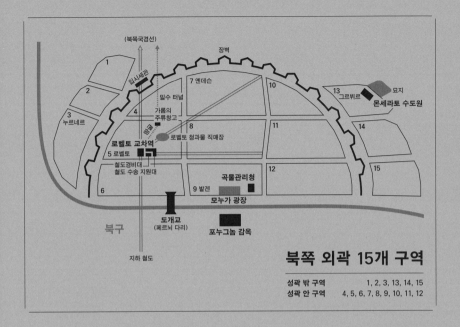

북쪽 외곽 **15**개 구역

성곽 밖 구역   1, 2, 3, 13, 14, 15
성곽 안 구역   4, 5, 6, 7, 8, 9, 10, 11, 12

지하 정원

지하정원

홍준성 장편소설

은행나무

차례

프롤로그

1   임시방편엔 언제나 신중을 기해야만 한다. 그것이 정말로 임시적인 것인지 아닌지 여부가 전혀 알려진 바 없기 때문이다. 단순히 바라보며 이러쿵저러쿵 평가만 할 적에 확실한 것이라곤 희망 사항뿐인데, 그런 건 선택 후 금방 흩어져버리는 알량한 신기루에 불과하다. 그리고 사막의 모래는 당신의 당혹감에 개의치 않는다. 길잡이별은 구름에 가렸다.

2   임시적임: 미리 얼마 동안으로 정하지 아니한 잠시 동안. 진실로 이 세상을 살아감에 있어서 이보다 더 경계해야 할 것은 없다. 임시성은 무게를 덜어주고, 가벼운 마음은 망설이던 일에 뛰어들게끔 충동질하며, 시작은 머잖아 익숙함을 빚어낼 것이기 때문이다. 그리고 습관의 동의어가 바로 본질이다. 우리는 살아간다기보다 조금씩 조금씩 굳어간다.

3 오래전, 급한 대로 이 작은 수첩에 기록을 시작할 때의 내가 그러했다. 순진하게도, 언젠가 충분한 여유를 갖고서 — 그르브룸산(産) 커피를 홀짝이며 — 이곳에 휘갈겨 쓴 메모와 쪽글 들을 정식 원고지에 하나하나 옮겨 적으며 정리하게 될 날이 오리라고 믿었던 것이다. 하지만 그것이 한낱 바람에 불과했음을 이제는 안다. 좀 더 빨리 알았더라면 좋았을 것이다.

4 유예가 삶의 유일한 버팀목이 됐을 때, 그것을 참된 삶이라 할 수 있나? 언젠가부터 남은 시간이 있기에 미루는 것이 아니라, 유예를 선고할 때마다 남은 시간이 생겨날 것처럼 믿고서 살아가는 나를 발견한다. 비나드를 담은 기록은 잉크가 아직 덜 마른 것처럼 느껴지고 심지어 빈칸도 너무 많다. 글이란 기억을 내려놓기 위해 적는 것인바, 종국엔 글에 던져진다.

5 문득 뒤돌아보니, 매일 밤, 다음날 아침 다시 눈을 뜰 수 있으리란 희망을 갖고서 잠자리에 들어야만 하는 처지가 된 나를 발견한다. 이제 층계참은 산보다 높다. 시간은 누구에게나 공평하다는 위안은 그 효력이 너무 짧다. 미뤄왔던 것들 중 대부분은 손도 대지 못한 채 에누리 없이 망각의 구덩이로 내던져지게 될 것이다. 한심스럽고, 또한 원망스럽다.

6 모든 건 시간문제이다. 내년은 허락되지 않을 것이다. 이번 겨울에 닿기 전에 심장성 수종(水腫)이 기어코 최후의 발작을 일으키리란 강한 예감이 든다. 때로 그 믿음은 너무 확실하여 마치 이미 벌어

진 사실 같기도 하다. 간밤엔 몸속에서 터진 부종 고름에 익사하는 꿈을 꿨다. 목동맥이 끊긴 자가 폐부로 역류하는 자신의 피에 익사하게 되는 것처럼 말이다.

7   정리를 하려고 할 때에야 비로소 내 삶이 번잡했음을 깨닫는다. 왕립식물학회 백과사전에서 수정되어야 할 항목들, 구상만 하다가 끝난 저술 메모 꾸러미, 부치지 못한 편지, 게재가 거부된 반박문, 박물관에 기증하기 위해 모아뒀던 희귀한 식물표본 더미 등등. 이런 물음을 숨길 수가 없다: 버릴 것들과 너무 오랜 시간을 보내왔던 게 아닐까?

8   상황이 생각을 만든다. 그러니 '내일 죽게 된다면……'이란 흔해 빠진 조건절은 무의미하다. 설령 시체가 된 자신을 떠올린다 해도 그건 한낱 가정에 지나지 않는 까닭이다. 발을 딛고 선 건강이 겨우 한 뼘으로 축소되고 류머티즘열로 누워 있을 때에도 숨이 찰 때가 돼서야 간신히, 오랫동안 잊고자 했던 일들을 다시 끄집어내게 된다.

9   죽음은 삶을 가치 있게 만들지 않는다. 그건 내일을 가진 이들에게 유효하나, 바로 그다음 날이 있다는 점에서 탕아들은 결코 죽음을 떠올리지 않기 때문이다. 목덜미까지 차오른 영구한 끝이 상기시키는 것이라곤 생의 비참뿐이다. 예외는 없다. 진실은 앉은뱅이인지라 언제나 후회의 등에 업혀서만 등장한다. 그러니 이제 나에게 허무는 최후의 자비로서 요청된다.

10 호흡곤란이 찾아올 때마다 몸이 나를 완전히 집어삼키려는 것을 느낀다. 정신의 노예로서 오랜 시간 길들여진 습관의 족쇄들을 끊어내고서, 마침내 온전한 자신만의 몫을 누리려는 그 완고한 의지 말이다. 삶이란 끝내 주인을 잡아먹게 될 야수를 기르는 과정, 그 길들임에 성공하리라 믿는 부질없는 나날의 연속에 불과하다. 숨이 가빠온다.

11 발작을 거칠수록 이 생각이 또렷해진다: 선택은 획득이 아닌 포기로 이루어져 있다. 우리의 삶 역시 마찬가지이다. 삶은 선택의 연속이 아니라, 포기된 것들의 일람표에 의해 정의된다. 그래서 우리를 옥죄는 것은 자존심이 아닌 후회이다. 후회를 바로잡기 위해 다시금 앞으로 나아가며, 그러다가 결국엔 더욱 깊어진 회한 앞에 망가지고야 마는 것이다.

12 오늘은 걸을 만하니 다시 선택의 순간이다. 아침엔 친애하는 바를람 박사에게 유언집행자가 되어줄 것을 부탁하는 편지를 썼고, 정오엔 모노레일을 타고서 교외로 나가 뼛가루를 수수밭에 뿌려줬다. 유골이 바람결에 날아가면 그 기억들까지 함께 사라질 것만 같아서 줄곧 미뤄왔던 일이다. 그러나 이제 내 기억은 바람이 아니더라도 곧 영원히 멎게 되리라.

13 돌아오는 길은 위태로웠다. 갑작스레 열로 몸이 활활 타오르는 바람에 객차 안에서 나자빠졌기 때문이다. 이번 해에 들어서만 벌써 여섯 번째이다. 종합병원 입원실에서 다시 눈을 떴을 때, 제일 먼저

코트 안에 넣어둔 수첩을 확인했다. 다행히 그대로였다. 지갑은 부차적인데, 돈은 내 것이 아니기 때문이다. 돈엔 이름이 없고, 설령 적혀 있더라도 무의미하다.

14 얼마간 한 방울씩 똑똑 떨어지는 수액을 쳐다보다가 그냥 링거 바늘을 뽑기로 했다. 뇌에 생긴 울혈은 다시 잠잠해진 것 같고, 설령 다시 문제를 일으킨다손 치더라도 저 영양액이 뇌출혈을 치료해줄 수 있는 것도 아니기 때문이다. 병상에서 일어나 신발을 신고 있으니 눈이 움푹 팬 담당 의사가 달려와서 좀 더 검사를 받아야만 한다고 말해왔다.

> **의사**　얀코 씨? 종합검진이 필요합니다.
>
> **얀코**　이미 신물 나게 받았잖소?
>
> **의사**　더 악화됐을 수도 있습니다.
>
> **얀코**　당연히 그렇겠지. 개선될 리는 없으니까.
>
> **의사**　무시한다고 될 문제가 아닙니다.
>
> **얀코**　그럼 무시를 안 한다고 해결될 문제요?

이런 식의 실랑이는 피곤하다. 저 의사는 언제나 저항이 곧 미덕이라 착각하고, 그래서 최후의 순간까지 병마와 사투를 벌이려고 든다. 그러나 지금 저치는 생명을 고수하려는 것이 아니다. 때때로 저항은 구실에 불과하니, 진정으로 지키려는 것은 스스로의 자존심일 따름이다. 그리고 내겐 그 허망한 자존심이나 세워주고 있을 시간이 없다.

15 병원을 나오면서 결심하길, 남은 시간 동안 수첩에 적힌 기록들을 정리하기로 했다. 스위치가 켜진 시한폭탄이 돼버린 혈관 사정으로 미뤄 보아, 지난 세월 동안 쌓인 토막글들을 하나의 자서전으로 온전히 녹여내는 건 불가능해 보였다. 그 거푸집을 다 만들기도 전에 화장터 가마로 보내지게 될 터였다. 그러니 이제 남은 건 기록들에 번호를 붙이는 것뿐이다.

16 삶은 나열인가? 속절없이 그러하다. 밀 줄기녹병, 지하출판물, 고삐 풀린 분노들, 하인학교, 세금징수원, 광기와 시(詩), 고아원 아이들, 맹목적인 무지, 금지된 사랑, 남방의 유형지, 빽빽이 뻗어 내려갔던 지옥의 정원수들, 그리고 해를 가린 먼지구름. 이 모든 것에 필연의 끈이 있다고 여겨지지는 않는다. 그래서 책은 삶일 수 없다. 정리는 생(生)에 반한다.

17 뭔가를 적어내고 또 그 기록을 묶는다는 건 삶과 무관하다. 외려 그건 삶을 가두고 결국엔 살해해버리고 만, 비겁하고도 모진 과정들에 대한 증언에 가깝다. 삶이란 도처에서 가지가 뻗고 나이테가 둘러지는 과정이며, 또한 매번 울타리 밖으로 뻗어나가는 생육(生育)이기 때문이다. 우리는 펜촉 끝에서 필연을 거머쥔다. 독서와 시체 애호 사이엔 유사점이 많다.

18 삶은 망각되거나 혹은 부분으로 남는 여정이다. 나는 후자를 택했다. 전자는 아무런 노력 없이도 얻어질 수 있는 것이기 때문이다. 속인들의 구전과 필설 속에서 영원히 살아갈 야망 따위, 내겐 없다.

내 야윈 몸을 떠미는 것은 모종의 의무감과 삶의 냄새를 약간이나마 다시 한번 맡아보고픈 가증스러운 갈망이다. 추기(追記)를 붙일 시간이 허락되길 기도한다.

19 인생은 자기 자신으로부터 시작되지 않는다. 자기 자신은 스스로의 의지가 닿지 않는 과거의 결과물이자 우연의 덧없는 퇴적물에 불과하기 때문이다. 그런 점에서 삶이란 태어나기 전부터 이미 시작되었던 것인지도 모른다. 자아, 그것은 바람에 올가미를 걸어보려는 헛된 사업인데, 종국엔 바닥에 떨어진 끄나풀로만 남을 뿐이다. 나 또한 예외는 아니었다.

20 비뢰시(市) 보안부 제7국에서 발행한 비밀 보고서에 따르면, 이른바 '뙤리나무'라고 이름 붙여진 괴이하고도 괴이한 식물이 발견된 곳은 지하철 공사 현장이었다. 북쪽 외곽 로벨토가(街)에서 굴착 도중 오래된 동굴과 그 안을 가득 메운 뙤리나무들이 발견된 것이다. 지금으로부터 대략 50년 전, 기적이 사라진 해로부터 1092년 뒤 4월 7일이었다.

21 이때까지만 하더라도 로벨토역은 북쪽 외곽의 가장자리를 지나는 평범한 지하철 정거장 중 하나로 계획된 상태였다. 그러나 굴착 작업을 하던 도중 폐수처리 시설에서나 볼 법한 황화수소 중독 사고가 벌어졌을 때 로벨토역의 운명은 완전히 바뀌었다. 이튿날 산소통을 메고 방독면을 쓴 조사대가 발파 작업이 있었던 곳에서 발견한 건 실로 기이했다.

22 '똬리나무'는 정식 학명이 아니다. 상식적으로 또 공식적으로 그런 나무는 존재한 적이 없기 때문이다. 단지 현장에 있던 조사대원 중 하나가 "밑바닥에 이런 게 똬리를 틀고 있었네!"라고 말한 것이 어쩌다 보니 이 괴생명체의 이름처럼 굳어진 것이다. 제7국—참고로 보안부의 공식 부서는 제6국까지이다—에선 이 나무를 서류번호 504호라고 불렀다.

23 무엇보다 먼저 식물학자로서 묻지 않을 수 없다: 그것은 식물인가? 마치 물푸레나무를 연상시키는 넓은 잎사귀가 있되 그 색감은 거뭇했고 몸통은 생강과 같은 뿌리줄기로 보였다. 무엇보다 괴이한 것은 햇볕이 없는 지하에서 어떻게 이렇게 거대한 규모로 자라날 수 있었느냐는 점이었다. 똬리나무는 생물학의 기본 법칙들을 모조리 무시했다.

24 검사 결과 '엽록소'라고 부를 수 있을 만한 진액이 추출되긴 했지만 그 속성은 속씨식물이라기보다 녹색황세균, 즉 곰팡이에 가까웠다. 그렇다면 처음 발견된 이 원시 균사의 영양원은 무엇인가? 알수 없었다. 암흑 속에서 잎사귀가 왜 필요한지도 밝혀낼 수 없었다. 똬리나무는 식물화석에 가까웠지만, 분명 죽어야 할 곳에서 죽지 않고 있었다.

25 설명을 찾자면 과학이 아닌 전설 쪽이 더 설득력이 있을 정도였다. 이를테면 어느 오래된 신화에서는 태초의 심연으로부터 뻗어 올라간 거대한 나무에 대한 이야기가 등장했다. 그 나무는 혼돈을 뿌

리로 감싼 뒤 그것을 양분 삼아 지상과 하늘을 떠받치는 세계수(世界樹)로 자라났다고 했다. 그렇담 똬리나무는 이 저주받은 도시를 떠받치고 있는 것일까?

26 부질없는 질문: 만일 똬리나무가 발견되지 않았더라면 내 삶은 어떻게 흘러갔을까? 모르긴 몰라도 고아가 되진 않았을 것이다. 운 좋게 발진티푸스나 콜레라를 무사히 넘겼다면, 평범한 땜장이의 딸로 자라나 조촐한 결혼식을 올리게 되지 않았을까? 그러나 나를 기다린 미래는 혼돈이었다. 아무래도 세계수가 혼돈을 뿌리로 완전히 덮는 데 실패한 모양이다.

27 똬리나무가 발견된 시기는 좋지 않았다. 거의 모든 도시가 불황 국면이기도 했거니와 설상가상으로 혜성이 진 뒤 2월엔 남방 곡창 지대의 밀밭에서 줄기의 표면이 적갈색 녹가루로 덮이며 끝내 고사 하게 되는 무서운 줄기녹병이 대대적으로 돌았기 때문이다. 곡물수 출국에서는 밀에 수출관세를 부과했고, 이건 곧 곡물 가격 폭등으로 이어졌다.

28 예나 지금이나 지배계급은 빈민들의 위(胃) 사정에 지나치리만 큼 무신경하다. 마치 식물마냥 햇볕만 받고서도 충분히 살아갈 수 있는 것처럼 여기는 것이다. 시 당국은 제빵업자들이 밀가루를 매점 매석하는 꼴을 손 놓고서 관망했고 도시보건국에선 예산 타령만 할 뿐 아무런 대책도 세우지 않았다. 그리하여 식량 폭동이 임박했다. 참고로 그때 나는 일곱 살이었다.

29　북쪽 외곽에서 발견된 똬리나무에 대한 정보 문건이 건설부를 시작으로 환경부를 거쳐 보안부로, 그리고 다시 그 안에서 비공식적인 사건들을 취급하는 제7국으로 접수되기까지의 길고도 지루한 관료적 과정을 거치는 동안, 참다못한 북쪽 외곽의 굶주린 빈민들이 곡물관리청으로 몰려가 미쳐버린 가격에 대해 항의하기 시작했다. 분위기가 심상치 않았다.

30　삶에서 최악은 최선보다 강도가 높다. 그래서 최선은 제단 위의 우상이 되지만 최악은 물에 빠진 짐승의 발버둥을 낳는다. 그 밑바닥까지 떨어지지 않기 위해 무슨 짓이든 할 수 있을 만큼의, 떠올리는 것만으로도 모골이 송연해지는 공포. 특히나 북쪽 외곽의 빈민들은 굶주림이 임계점을 넘어갔을 때 무슨 일이 벌어지는지 너무도 잘 알고 있었다.

31　먹을 게 없어진 동물은 제 몸을 뜯어 먹게 된다. 어떻게든 살아남기 위해 근육을 좀먹을 때 나는 특유의 텁텁한 악취가 구강을 가득 메우게 되는 것이다. 근섬유를 먹어치운 뒤에 허기는 언어를 집어삼킨다. 뇌는 유지 비용이 많이 들뿐더러, 말을 해도 배고픈 시대에 언어는 기만에 불과하기 때문이다. 그러나 언어를 잃으면 그 언어로 이뤄진 세상도 잃게 된다.

32　연소시킨 근육만큼 좁아지던 세계는 결국엔 몸을 누인 자리로만 압축된다. 아니, 그마저도 넓다. 최소 단위라 믿었던 몸 안에서도 한계선은 계속해서 줄어들기 때문이다. 느릿한 눈 깜박임이나 손가

락 끝의 미세한 떨림 정도만 남을 때까지. 결국엔 무서운 민담 속 석화의 저주에라도 걸린 것처럼 앙상한 돌덩이로 굳어진다. 묻건대 그건 삶인가?

33 그 당시 빈자들을 곡물관리청 앞으로 모여들게 했던 것은 단순한 배고픔이라기보다, 끔찍한 바위가 될 수도 있다는 공포였다. 그건 오래전 대기근에서 배운 지나치게 값비싼 교훈이기도 했다. 거리를 걸어가 언어를 외칠 수 있을 때, 아직 그럴 여력이 남아 있을 때 무엇이든 해야만 했다. 누군가 곡물이 실린 마차를 습격했고, 관리자들은 경찰을 불렀다.

34 빈민들의 조직 중에서 가장 유명했던 건 '풀무형제단'이었는데, 그 이름답게 풀무질로 분노의 화로를 더욱 뜨겁게 만드는 역할을 했다. 출동한 경찰들이 시위대를 향해 곤봉을 휘두르자 풀무형제단 단원들이 도끼를 들고 경찰을 위협하는 사건이 벌어졌던 것이다. 그리고 경찰 측의 엉성한 발포는 삽시간에 폭동의 회오리바람을 만들어냈다.

35 흥분한 군중은 경찰들을 공격했고, 쇠꼬챙이로 기마경찰을 찔러서 끌어내렸다. 2층 창문이나 옥상에서는 기다렸다는 듯이 경찰들의 머리 위로 가구를 내던지기 시작했다. 그리고 누가 먼저랄 것도 없이 곡물 창고와 제빵소를 습격했다. 가로등에 탐욕스러웠던 제빵업자의 목을 매달았고, 곡물 거래소의 육중한 저울 위엔 불을 놓았다. 이 모든 일이 반나절 만에 벌어졌다.

36 분노란 일어나기보다 잠재우기가 더 어려운 법이다. 치안본부 발표에서 '폭도'로 호명될 빈민들은 제빵소뿐만 아니라 잡화점부터 마차 계류장까지 조금이라도 모양새를 갖춘 사업체라면 닥치는 대로 습격했고 덤으로 우체국도 하나 불태웠다. 그러나 도시를 불태운다고 하여 애당초 모자랐던 밀가루가 생겨나는 건 아니었다. 식량 폭동의 한계는 명확해 보였다.

37 비뫼시에서는 폭동이 그리 드물지 않았기 때문에 치안본부 측도 나름의 대응 편람을 갖고 있었다. 북쪽 외곽의 빈민굴과 도심을 나누는 경계인 플레게톤강(江)을 기준으로 도개교를 올리고서 관망하다가, 분노가 제풀에 지쳐 꺾이면 병력을 투입해 소란을 진압하되 폭도들을 모두 검거하는 것이 아니라 주모자만 골라냈다. 학살은 후유증이 컸기 때문이다.

38 보기에 따라서 폭동은 암묵적으로 약속된 연례행사 같은 것이기도 했다. 이 체제 내에서는 어떤 식으로든 가지지 못한 자의 불만이 누적될 수밖에 없었고, 분노는 언제나 자신의 몫을 완고하게 요구했기 때문이다. 그리고 지배계급의 견적서엔 체제를 바꾸는 것보다 폭동을 부분적으로 허용하는 것이 더 저렴한 것으로 적혀 있었다. 누진세보단 교도소 확장을 택했던 셈이다.

39 빈민들 역시도 저항을 진압당하는 것에 큰 감흥을 느끼지 않았다. 주동자들이 공개 교수형에 처해지더라도, 그럼으로써 왕과 의회는 곡물 가격 안정화를 위한 구호금 특별 집행이나 세율 인상안의

명분을 얻게 될 터였다. 빈민들의 기억은 위 속에 기거하는지라, 허기가 채워지는 것만큼 투사들에 대한 기억은 창자로 밀려났다가, 끝내는 대변이 됐다.

40 그러나 그날의 식량 폭동은 달랐다. 일찍부터 왕이 직접 계엄령을 선포할 것이란 소문이 돌았고, 선수를 치듯 의회 쪽에서 먼저 비상사태를 선포해버렸던 것이다. 긴급 전보가 날아갔고, 당일 오후엔 볼더 협곡 너머에 주둔하던 보병대 병사들이 무장을 갖춘 채로 북쪽 외곽으로 진입했다. 그날은 똬리나무가 발견된 지 나흘이 지난 4월 11일이었다.

41 이날에 대해 나의 기억은 대부분 파편적인 데다가 그마저도 희미하다. 다만 회상의 문을 열 때마다 시선이 제일 먼저 붙들리는 건 이글거리는 불, 빈민들이 바리케이드 안쪽으로 피웠던 큼직한 모닥불이다. 그 주변으로 취객들의 고함과 웃음, 그리고 1083년의 혁명가를 마음대로 개사한 노래들이 뒤엉키고 있다. 모닥불가는 따뜻하기보다 무덥다.

42 축제는 짧았다. 그날 저녁, 도개교 너머에서 경찰이 아닌 보병대—그것도 전쟁터에서나 쓸 법한 후장식 소총으로 무장한 병사들이 몰려오고 있다는 소식이 들려왔을 때, 바리케이드에 남아 있던 빈민들은 당혹감을 감추지 못해 술렁거렸다. 때맞춰 북쪽 외곽 상공에 뜬 비행선에서 계엄령이 선포됐다는 수십만 장의 전단을 흩뿌렸다. 분위기가 심상치 않았다.

43 호기로움은 불안의 가면이다. 풀무형제단의 열혈 단원들은 전단들을 모닥불에 던져넣으며 "올 테면 와봐라!" 하고 소리 질러댔다. 그러나 거기엔 은밀한 계산이 있기도 했다. 이미 해가 떨어졌으니 적어도 내일 아침 해가 뜰 때까진 여유가 있을 거라고 믿었던 것이다. 어차피 도망갈 곳도 없는 빈민들에게 하룻밤을 허락하지 말아야 할 이유가 무어란 말인가?

44 폭동 진압의 전례로 미뤄 보아 여태껏 야간에 병력을 진입시킨 예는 없었다. 어둠은 변수의 고향이고 거기선 무슨 일이든 벌어질 수 있었기 때문이다. 지휘관으로서 뭣 하러 그런 위험을 감수한단 말인가? 빈민들은 최후의 밤을 즐기기 위해 선술집에서 가져온 럼주를 들이부었다. 모두가 취기에 일렁였다. 그러나 습관에선 죽음의 악취가 난다.

45 평상시였으면 전등지기가 가로등마다 돌아다니며 긴 막대기로 가스등의 불을 붙였을 시간, 포성과 함께 어두운 하늘 위로 조명탄이 터졌다. 사방으로 퍼지는 희멀건 빛을 보며 누군가는 불꽃놀이라며 키득댔지만, 전쟁을 겪어본 이들은 참호전을 떠올렸다. 바람결엔 위태로운 화약 냄새가 배어들었다. 이윽고 나팔 소리와 함께 병사들이 도개교를 건너기 시작했다.

46 바리케이드는 탁자, 의자, 침대, 옷장, 오크통, 마차 바퀴, 널빤지 따위를 마구잡이로 쌓아 올린 것치고는 꽤나 두껍고 높았지만 강선이 파인 화포를 막을 정도는 아니었다. 몇 차례의 포화에 바리케

이드는 여지없이 박살 났고, 그곳으로 병사들이 총칼을 앞세운 채로 돌격해 왔다. 처음부터 화포에 불을 붙였던 이들이 방아쇠를 망설일 이유는 없었다.

47 무차별적인 학살이 벌어졌다. 포격에서 살아남은 몇몇 시위대가 경찰서에서 털어온 소총으로 반격을 하기도 했지만 잠깐뿐이었다. 대다수는 전의를 상실한 채 도망가다가 등 뒤에서 날아온 총알에 맞거나 붙들려서 벽에 일렬로 세워진 뒤 그 자리에서 즉결 처형됐다. 그렇게 도축장이 폐업하면서 말라붙었던 거리 위로 흥건한 피가 다시 뿌려졌다.

48 총살을 당하면서도 '폭도'들은 이해할 수 없었다. 왜 이렇게까지 가혹하게 구는가? 마치 인구수를 줄여서 식량문제를 해결하려는 것처럼 말이다. 북쪽 외곽의 모든 자치회가 똘똘 뭉쳐 항거했고 전설처럼 옥중에서 대의원으로 선출된 혁명가 눔케가 역사의 뱃머리에 서 있었던 1083년이라면 또 모를까, 지금은 그저 흔하디흔한 식량 폭동에 불과하지 않은가?

49 신문사 주필이나 역사가란 작자들이 해석하길, 이날의 학살은 의회파가 왕좌에 앉은 지 2년도 채 되지 않은 젊은 왕에게 주는 경고였다. 언제든지 군대를 움직일 수 있다는 본보기란 것이다. 나는 폭동 당시 풀무형제단으로 활동했던 이를 찾아갔던 적이 있는데, 이름은 롬보였다. 그는 기억을 되짚을 때마다 손을 덜덜 떨면서도 절대로 담배를 놓지 않았다.

롬보	놈들은 급해 보였어. 군대를 동원하고, 한밤중에 조명
	탄까지 쏘아 올리고서 쳐들어올 만큼.
얀코	뭐에 대해서요?
롬보	확실한 건 폭동 때문은 아니었지.
얀코	곡물관리청으로 바로 오지 않아서?
롬보	질문을 보아하니, 뭔가 들은 게 있나 보군.

진압 당일 보여줬던 보병대의 움직임은 확실히 이상했다. 폭동을 이끌었던 풀무형제단 대다수는 곡물관리청을 점거하고서 최후의 저항을 준비 중이었는데, 정작 바리케이드를 돌파한 계엄군이 향한 곳은 곡물관리청이 아니었기 때문이다. 계엄군은 서쪽 골목들을 차례대로 점거하며 로벨토가로 향했다. 그래, 똬리나무가 발견됐던 지하철 공사 현장 말이다.

50 그러나 내가 참극의 진상, 즉 원흉인 똬리나무의 존재에 대해서 알게 되기까지는 그로부터 10여 년에 가까운 시간이 더 필요했다. 폭동은 하루 만에 진압됐고, 기적이 사라진 해로부터 1092년 뒤 4월 13일 시신들은 모두 모두가 광장으로 옮겨졌다. 그 시체들 중엔 '두코'라는 다소 투박한 이름의 땜장이도 섞여 있었다. 바로 내 아버지였다.

묘지에서

블리모로 니타

오후 4시,
가시 잔뜩 안은 엉겅퀴들의 폐허
인적 끊긴 수도원 무너진 돌담 밑,
죽은 고양이 묻고 오는 길

오늘 어머니의 기일인지라
검은 리본, 작은 꽃다발 하나 들고서
그림자만 쫓아오는 골목길을 지나갔네
하지만 비바람이
비문을 지워버려 어디인지 모르겠네
밤이 쉬러 오고 검은 포플러 소리,
뜨문뜨문 애처로운 고양이 울음,
황혼은 가스등에 담겨 사그라지고

취한 시체도굴꾼이

제 발에 걸려 넘어져 코를 깬다

—어둠 속 불볕은 안도감의 몫임을.

메마른 흙이 버린 유령들

이끼들이 문자를 먹어치웠구나

  (종이는 젖으면

    쉽게 찢어지는데

      어쩌하여 삶은

        젖을수록 억세질까?)

공동묘지 출구를 찾을 수 없어

소금에 절인 심장을 안고서

퀴퀴한 묘비들을 배회하다가,

악마를 만났네, 내 심장을 달라네

거기에 갇혀 있어서는

이곳 죽은 땅을 벗어날 수 없으니,

차라리 놓아주어 박쥐 날갯짓과 함께

산 넘어, 남쪽 끝으로 보내주자고

—하지만 나는 아직 걸을 수 있는걸.

개켜지지 않는 육신, 소화불량, 흑담즙

악마가 비웃으며

몸소 손가락 세워 출구를 가리켜주네

내 손을 탔던 고양이

나간 곳을 잊어버려, 폭삭 서리 맞고서

문 앞에 머리 두고 숨이 끊어졌다
이제 묻어주러 가야 한다네, 저 멀리

51 취급 주의: 인간은 유년기를 망각한다. 떠도는 소문에 난쟁이는 그렇지 않다고들 하지만, 그건 단순히 난쟁이들이 키가 작다는 데서 기인한 종족 차별적 헛소리에 불과하다. 내가 알기로 언어를 가진 모든 종은 유년기 적 기억을 폐기 처분한다. 오염 물질 취급하듯 봉지에 꽁꽁 싸서 가장 깊숙한 구덩이로 던져버리는 것이다. 그러고는 그걸로 끝이라 믿는다.

52 남방한계선에 있을 때 독한 감기에 걸려서 군 병원에 입원한 적이 있다. 거기서 우연히 트라우마에 시달리는 어떤 환자를 보게 됐는데, 그는 병실에 있으면서도 어둠이 밀려온다고 믿었다. 좀 더 정확히는 검은숲에서처럼 사냥감을 노려보는 트롤들이 다가오고 있다고 믿었다. 그래서 환한 대낮인데도 한사코 가스등을 켜놓고 있으려고 했다. 한낮의 어둠이라.

53 수간호사는 그 환자가 한때는 벌목꾼이었다고 했다. 석 달 전, 데나강(江) 이남의 고목들을 도끼질하고 있는데 갑자기 트롤들이 습격해 와 소속 부대가 거의 전멸하다시피 했다는 것이다. 털북숭이들의 큼직한 손아귀에 잡힌 동료들은 산 채로 사지가 찢겨 잡아먹혔지만 그는 수레 밑에 숨어서 간신히 목숨을 건졌다. 수간호사가 무미건조한 어조로 말했다.

> **수간호사** 나중에 기총병들이 그 땅을 다시 회복하긴 했지만, 그의 정신은 회복할 수 없었죠.
>
> **얀코** 하지만 여기는 검은숲이 아니잖아요?
>
> **수간호사** 저 사람한테는 숲 한가운데인 거죠.
>
> **얀코** 지나간 기억일 뿐인데…….
>
> **수간호사** 그야, 기억은 때때로 감옥이 되니까.

그는 귀머거리이기도 했다. 듣자 하니 대포 수레 밑에서 들었던 절규가 계속해서 귓가를 울려대는 바람에 손톱으로 귓구멍을 후벼 파다가 결국엔 고막이 찢어져버린 것이라고 했다. 괴이한 건, 귀가 멀자 그의 귓속 비명도 멎었다는 것이다. 마치 그 소리가 실제로 이곳을 울리기라도 했던 것처럼, 진짜로 귀가 먹었던 건 자기가 아닌 모두였다는 듯이.

54 아무리 설명을 해주고 위로를 건네봐도, 혹은 다그쳐봐도 등잔기름이 모두 연소될 때면 그 환자는 어김없이 기억 속으로 붙들려 갔다. 그에게 기억이란 필요할 때 꺼내 보는 서류함이 아니라 간수

장이 된 것이다. 기억은 억센 손길로 현실을 박탈하고서 그를 괴물들의 정원으로 내던졌다. 그 안에서 구해보려 한 것이 삶인지 죽음인지는 알 수 없었다.

55 불문율: 그와 함께 병실을 쓰는 다른 환자들은 모두 안대를 쓰고서 잠자리에 들었다. 그의 제대일이 얼마 남지 않았으니 조금만 참아달라며 나 역시도 수간호사로부터 안대를 지급받았다. 그날 밤, 모두가 잠든 환한 병실에서 홀로 깨어 있는 그를 몰래 살펴봤다. 손가락으로 눈꺼풀을 억지로 들고 있는 중이었다. 언젠가는 자신의 눈꺼풀도 도려내게 될까?

56 누구나 다 속에 자기만의 밤을 품고 산다. 눈꺼풀이 그 증거이다. 행성의 궤도가 만들어낸 밤은 부싯돌을 부딪쳐 밝힐 수 있다지만 눈꺼풀이 내려가면 모든 빛은 사멸된다. 거기엔 뭐가 살까? 모르긴 몰라도 빛이 없으니 식물은 아닐 것이다. 필경 그 작고 왜소한 존재는 위쪽에서 떨어지는 사체를 뜯어 먹으며 뒤틀린 삶을 끈덕지게 이어가고 있으리라.

57 유년기라는 것이 심연의 밑바닥을 질질 기어 다니는 작은 벌레, 어둠 속에 너무 오래 갇혀 있는 바람에 퇴화해버린 초점 없이 희멀겋기만 한 눈알과 곱고 굽은 다리를 가진 끔찍한 유충이란 생각을 떨쳐버릴 수가 없다. 언젠가 죽게 될 나를 미리부터 갉아 먹고 있는 구더기인지도 모를 노릇이다. 하여, 내가 똬리나무에 이끌리는 이유는 전혀 식물학적이지 않다.

58 아버지에 대한 기억이 벌레가 모두 뜯어 먹고서 겨우 남은 앙상한 가지처럼 돼버렸다는 것이 위안이 될 수 있을까? 몇 년 전 구빈원에서 만난 아버지의 대장간 동료는, 그가 출산 후 폐결핵으로 일찍 죽은 아내를 대신해서 젖동냥을 다녔다고 했다. 풀무형제단에 속해 있었는지 물으니 고개를 가로저으며 말하길, 그냥 평범한 견습 땜장이였다고 했다.

59 희미한 잔영들 중엔 아버지가 흐느껴 우는 그림이 있다. 목말을 태우며 놀아주다가 갑작스레 터뜨렸던 울음. 그 외의 일들은 영원한 암실에 있다. 술 냄새가 났었는지, 나를 꼭 안아줬었는지, 무언가 고백이라도 했었는지……. 그 모든 게, 마치 누군가 가위로 싹둑 잘라낸 듯 기억나지 않는다. 그러니 ─ 형편없는 필름 편집처럼 ─ 곧장 결과로 연결하는 수밖에 없다.

60 나는 아주 오랫동안 내 아버지가 풀무형제단에 속했었고 가난한 이들을 위해 몸 바쳐 싸운 투사였다고 강력히 믿어왔다. 나중엔 그가 무정부주의자들의 비밀 모임에 꾸준히 참석했었다는 신화까지 만들어냈고, 그것이 사실처럼 굳어질 때까지 나만의 제단에 무릎 꿇고서 기도했다. 고백건대 그 허구가 내 어린 시절을 지탱했다고 말해도 과언이 아니다.

61 정말 오랫동안 아버지가 무정부주의자였기를, 아니면 차라리 단순한 탐욕에 눈이 멀어서 제분소를 노략질하다가 총탄에 맞고 죽은 한심한 폭도이기를 간절히 바랐다. 그러나 두통을 앓을 때마다

눈앞이 침침해지는 시간이 찾아오니 회의하게 된다. 아니, 좀 더 정확히는 오래전부터 억눌러왔던 질문을 비로소 꺼내 보게 된다: 내 아버지는 자살한 걸까?

62　동물 기름 용해 공장의 가마솥에서 피어오르는 고약한 냄새, 납 골당의 썩은 내, 비가 올 때마다 하수도에서 밀려드는 진흙을 퍼내야 하는 반지하 방, 머리를 짓누르는 스모그, 빚만 잔뜩 남긴 병약한 아내의 죽음, 공장이 커질수록 왜소해지는 대장간 그리고 예방접종 맞힐 돈도 없는 야윈 팔에 안긴 어린아이. 때마침 터진 식량 폭동은 그에게 뭐였을까?

63　마지막 순간에 대한 기억은 정확하지 않다. 아버지가 나를 방으로 보낸 건지 옆집 아낙네에게 맡기고 나간 건지, 군중 가운데서 실수로 손을 놓친 건지 아니면 그냥 스르륵 손을 놓았던 건지……. 기억나는 것이라곤 하늘 위로 솟아오른 조명탄의 으스스한 불빛, 해묵은 타르 냄새, 그리고 이미 끊어진 줄을 놓을 수 없어 계속 잡고 있던 손의 떨림뿐이다.

64　다시금 묻게 된다: 한쪽엔 자식 때문에 죽지 못하고 꾸역꾸역 살아가는 이가 있고, 다른 쪽엔 바로 그 자식이 죽음의 마침표가 되는 이가 있는 걸까? 거기엔 단지 각자 짊어질 수 있는 무게가 다르다는 설명이 전부인가? 불충분함과 불가항력은 동의어이거나 혹은 적어도 근친 관계이다. 그리고 보물로 태어난 이와 짐으로 태어난 이의 세계는 다르다.

65 죄책감은 산 자의 몫이되 자의적이다. 죽은 자에겐 물을 수도, 대답을 들을 수도 없기 때문이다. 침묵은 스스로의 거울이라 망자의 얼굴엔 이윽고 내 얼굴이 맺힌다. 금방이라도 나를 무릎 꿇려버릴 것 같은 비루함이 목덜미를 움켜잡는다. 손발이 덜덜 떨리고 숨을 쉴 때마다 소름이 돋는다. 아버지의 주검을 직접 보지 못한 것이 내 어린 날의 유일한 축복이 됐다.

66 혹자는 과거란 현실의 투영에 불과하다고 말한다. 그 진위는 잘 모르겠으나, 확실한 건 지금 나를 구원할 수 있는 게 그 말뿐이란 거다. 지금 나는 안락의자에 겨우 몸을 기댄 채 류머티즘과 종양 덩어리에 좀먹히며 죽어가고 있다. 그래서 더 이상 미래를 꿈꿀 수 없게 됐고, 단지 그것으로 말미암은 허무를 유년기에 투사하고 있을 뿐이라고, 그렇게 믿기로 했다.

67 후각은 시각보다 완강하다. 기억이 아니라 각인이라 표현하는 것이 더 정확할 만큼 말이다. 덕분에 모두가 광장에서 거적때기에 덮인 시체 하나를 손가락으로 가리키며 "네 아버지란다"라고 말해줬던 이가 누구였는지는 잘 모르겠지만, 주변에 가득했던 피비린내와 내장 썩은 내 그리고 힘줄이 풀린 시체에서 흘러나온 똥오줌 지린내는 똑똑히 기억난다.

68 물리학적으로 보건 문학적으로 보건 간에 암흑은 빛이 차단된 결과이지 원인일 수는 없다. 지옥이 어두운 이유는 무수히 많은 파리 떼가 태양을 가렸기 때문임을 그날 똑똑히 보았다. 죽은 자들로

가득한 공간에 서 있다 보면 파리들이 산 자의 귓구멍으로 날아들어 구더기 알을 까려고 한다. 그 견딜 수 없는 감촉에 머리카락이 곤두섰다. 있는 힘껏 도망쳤다.

69 지금도 종종 그날의 시체 벌판에서 다시 눈을 뜨는 악몽을 꾼다. 골백번도 더 꾼 꿈이지만 도통 익숙해지지 않아 매번 식은땀에 흥건히 젖은 채로 깨어난다. 꿈속의 나는 두고 도망쳤던 아버지의 시체를 다시 찾으려고 구더기가 들끓는 시체 더미를 뒤지고 다니지만 아무런 소득도 없다. 그도 그럴 것이 이제 나는 아버지의 얼굴조차 기억하지 못하기 때문이다.

70 반복은 불안의 징후이다. 거듭하지 않고서는 도무지 안심할 수 없는 떨림, 그렇지만 되레 반복할수록 잦아지는 소름 끼침. 언젠가 시체 벌판에서 다시 눈을 떴을 때, 평소처럼 아버지의 시체를 찾으려고 허우적대고 있었다. 그런데 이상하게도 마치 후각이 마비된 것처럼 피비린내가 맡아지지 않았다. 되레 단내가 났다. 양손에 묻은 건 피가 아니라 녹아내린 캐러멜이었다.

71 비록 두려움 속에서 깼으나, 되묻건대 그건 정말로 악몽인가? 그 시체 벌판이 나의 초석이라면 적어도 그곳에선 다시 시작할 자유가 있다. 시체들 속에서 눈 뜨는 것이 끔찍하고 또한 다시 걸어 나갈 길이 고될지언정 그건 또 한 번의 새로운 삶인 것이다. 그러나 지금의 나는 이미 흘러간 과거의 침전물로 남았을 뿐이다. 언제부터 아버지가 구실에 불과하게 됐을까?

72 적어도 졸지에 고아가 됐던 일곱 살 때는 아니었다. 그 시절, 아무런 비유 없이 아버지는 곧 나의 세계였고, 그 세계가 무너지자 나는 가림막 너머에 있던 폐허 속으로 내던져졌다. 모두가 광장을 빠져나와 정신없이 달렸지만 내 체력은 도개교를 넘어보지도, 아니 그곳에 채 닿기도 전에 고갈됐다. 취한 병사들이 술병을 벽에 던지고 있었다. 도망쳐봐야 세계였다.

73 롬보는 자신이 뱉은 짙뿌연 담배 연기를 오랫동안 바라봤다. 그 눈동자는 마치 영혼이라도 들여다보는 듯했는데, 연기가 덧없이 흩어질 때마다 어김없이 새로운 담배를 꺼내 물었다. 그는 풀무형제단에서 연락책으로 활동했다고 말했는데, 그 말을 하면서 기름때가 덕지덕지한 옷깃을 당겨 올리며 새삼 입을 가렸다. 마치 엿듣는 이라도 붙은 것처럼 말이다.

> **롬보** 우리가 적국 간첩이었다거나 무정부주의자 놈들한테
> 지원금을 받았다는 둥의 소리는 모두 헛소리야. 외국의
> 음모? 싸구려 소설 같은 얘기지.
> **얀코** 하지만 그날 실제로 각국 대사관들은 꽤나 분주했잖습
> 니까? 뭘 알고 있는 거죠?
> **롬보** 그게 궁금해? 그럼 너부터 털어놓지 그래?

새삼스럽지만 날조는 이 세계의 원칙이다. 보안부에선 문맹자들로 이뤄진 풀무형제단이 외국과 내통했다는 비밀 문건을 작성했고, 악명 높은 포누그놈 감옥에선 그 누구라도 배 속에서부터 간첩 교육

을 받았노라고 기꺼이 자백하게 될 만큼 끔찍한 고문이 이뤄지는 중이었다. 유사 이래 달궈진 쇠집게는 필요한 진실을 뽑아내는 데 실패한 적이 없었다.

74 유기물: 불운하게 지목된 희생양의 손가락 가죽이 벗겨지고 정강이뼈가 박살 나는 동안, 나는 옆집 아낙네에게 잠깐 맡겨졌다. 물론 굶주림으로 엄혹했던 시절에 이웃의 호의를 기대하기는 어려웠다. 이튿날 아낙네는 마지막 식사로 당나귀나 먹일 거친 귀리로 쑨 죽을 먹인 뒤 나를 고아원으로 넘겼다. 짐짝에 쓸데없는 정이 붙기 전에 버린 것이다.

2장

75 비뫼시의 진정한 특산물은 고아이다. 고급 모직물부터 진공관 라디오까지 그 어떤 공산품을 가져와도 날마다 쏟아지는 고아들엔 미치지 못한다. 영양실조, 징집령, 결핵균, 기침병, 엄벌주의, 황화수소, 탄광 사고, 발진티푸스, 인플레이션, 유행성 독감 그리고 발포 명령까지 이 도시는 동원할 수 있는 모든 수단을 총동원해서 고아들을 생산해내지 않던가?

76 거리의 아이들이 모두 억세다는 말은 틀린 말이지만, 성년까지 살아남은 부랑아들이 모두 억세다는 말은 맞는 말이다. 물론 착한 떠돌이들도 분명 존재한다. 다만 모두 땅 밑에 묻혀 있을 따름이다. 고아원이라고 해서 사정은 크게 다르지 않았다. 내가 몬세라토 수도원 부속 고아원으로 보내진 것은 기적이 사라진 해로부터 1092년 뒤 5월 2일이었다.

77 몬세라토 수도원에 대한 첫인상은 '무덤'이었다. 그도 그럴 것이, 실제로 이곳은 북쪽 외곽의 시립 병원이나 교구에서 죽은 시체들이 옮겨지는 공동묘지로 활용됐기 때문이다. 수도원과 그 주변은 오래된 석재 특유의 곰팡내와 송장 내가 섞인 악취로 가득했다. 그 때문에 이곳에서의 일과는 마치 죽음 속에서 일어나 다시 죽음 속으로 되돌아가는 과정인 듯했다.

78 죽음 풍경: 대리석 전신상과 함께 납골당에 안치됐거나 혹은 제대로 된 석묘(石墓)를 쓴 경우라면 문제가 없었지만, 성병이나 채무 외에 물려줄 유산이라곤 한 푼도 없는 빈민들에게 묏자리는 사치였다. 무덤지기들은 받은 돈만큼 구덩이를 팠고, 그래서 며칠 장대비라도 내리는 날엔 흙이 쓸려나가면서 손뼈나 두개골이 덩그러니 지상 위로 삐져나오곤 했다.

79 그러나 가장 끔찍한 것은 시체 구덩이였다. 유족이 장례 비용을 치르길 거부해서 사실상 유기됐거나 혹은 아예 무연고자인 시신들은 모두 큼직하게 파인 구덩이 속으로 던져졌다. 일정 높이로 시체들이 쌓일 때까지 구덩이의 흙을 덮지 않았는데, 덕분에 까마귀, 두더지, 풍뎅이, 쥐 떼는 물론이고 졸도하리만큼 지독한 악취 때문에 민원이 끊이질 않았다.

80 몬세라토 수도원에 딸린 고아원은 바로 그런 공동묘지 옆이었다. 고아들 사이에선 독특한 장례 문화가 하나 있었는데, 그건 바로 죽은 친구의 손에 삽을 쥐여주는 것이었다. 왜냐하면 고아들은 죽으

면 바로 그 시체 구덩이 속으로 던져졌기 때문이다. 그래서 고아들은 일과 시간 내내 나무 삽을 깎아 만들 작은 나무토막을 찾아 주변을 이리저리 돌아다녔다.

81 고아원 건물은 해를 가리고 바람을 막아주는 것이 유일한 기능일 정도로 허름하기 짝이 없었다. 본래는 나환자 수용소였던 건물을 다시 고아원으로 개조한 것이란 소문이 나돌았지만, 설령 그것은 진실일지라도 무의미했다. 고아들의 평균수명은 나균의 잠복기보다 짧았기 때문이다. 언젠가 난쟁이 참토는 그 시절을 회상하며 이렇게 물었던 적이 있다.

참토   학살 이후에 몬세라토 고아원으로 보내졌던 아이들 중에서 몇 명이나 살아남았는지 알아?

얀코   몰라. 대충 열 명 중에 두 명쯤 되려나?

참토   그럼 우리는 왜 그 두 명이 됐을까?

얀코   글쎄, 생물학을 공부하면서 알게 된 건데, 자연계에선 같은 종일지라도 모든 개체가 똑같은 면역력을 타고나는 건 아니라고 하더라고. 특별히 건강한 녀석들이 있는 거지.

참토   그럼 뭐야, 어떤 녀석은 처음부터 목숨 줄이 질기게 태어난다는 얘기야? 그냥 운이라고?

얀코   그래, 말하자면 그렇지.

참토   '그냥'이란 말, 참 무참하네.

얀코   그렇지. 그래, 그러네……

헐벗고 굶주린 자에게 운이란 필수적이고, 그래서 잔혹하다. 어느 시점에서 누구를 만나느냐에 따라 기대 수명이 오락가락하고, 작은 상처는 대개는 아물지만 때로는 파상풍으로 도져 팔다리를 앗아 가기도 하며, 모처럼 급식소에서 나온 고기는 운반 중에 질식사한 돼지의 것일 수도 있었다. 고아원에 있을 적에 나는 바로 그 운에 전적으로 내맡겨져 있었다.

82 가정법원에서 기아(棄兒) 증명 서류를 작성하던 때가 기억난다. 본래 판사가 해야 할 일을 깡마른 법원 서기가 대신하고 있었는데, 그는 고아들 얼굴을 보지도 않고서 서류 도장을 찍어댔다. 마치 쓰레기를 버릴 때 그 쓰레기의 이름을 궁금해하지 않듯 말이다. 앞으로 그 시선에 익숙해질 필요가 있었다. 내 이름은 궁금하지 않은 이름이 된 것이다.

83 쓰임새에 따라 물건 라벨이 붙듯, 누군가의 이름 역시도 상황에 선행하지 않는다. 기아 서류, 중급 하녀, 대리 입시 등 오랫동안 내 이름도 마찬가지였다. 그렇기에 그저 붙어 있을 한낱 글자가 존재를 짊어질 수 있을 리가 없다고 믿어왔다. 지붕 방에서 내려온 비나드가 내 이름을 물을 때까지 그러했다. 그러나 그의 이야기를 꺼내기엔 아직 이르다.

84 익숙해져야 할 것들의 목록: 짓무르다 못해 이미 썩은 것 같은 양배추, 말똥 냄새, 그릇을 핥는 습관, 사감의 몽둥이, 영원히 아침이 오지 않기를 비는 기도문, 구루병, 대팻밥을 채운 자루 위에서의 쪽

잠, 변소에 가득한 각다귀들, 늘 부재중인 신, 메스꺼운 분골(粉骨) 연기, 발작적인 격정 등. 유일한 위안거리는 적어도 지금은 겨울이 아니란 점이었다.

85　자명함은 반발심을 낳는다. 자기 자신이 집계표의 한낱 숫자이자 예산을 잡아먹는 식충이로 취급된다는 것. 고아였던 나에게 이건 명확한 사실이었지만, 도리어 그렇기에 좀처럼 받아들일 수 없는 진실이었다. 그래서 계속 살아가기 위해선 약간의 환상이 필요했다. 이를테면 이 모든 고난엔 분명히 납득할 만한 나름대로의 이유가 존재할 것이란 믿음.

86　고아들은 너나 할 것 없이 거짓말을 자주 했다. 어머니가 방직공장에 다시 들어가면 자신을 데리러 오겠다고 약속했다는 고전적인 각본부터 자신이 귀족의 숨겨진 자식이란 싸구려 격정극까지 그 종류는 다양했다. 나는 내 아버지가 혁명가라고 말하고 다녔다. 그렇게 믿는 동안에 나는 정의의 사생아일 수 있었다. 그러니 신은 나를 저버려선 안 됐다.

87　우리가 성스러운 신에 대한 믿음을 좀처럼 내려놓지 못하는 이유는 휴지조각이 된 채권을 좀처럼 내려놓지 못하는 이유와 같다. 그러나 파산자로부터는 아무것도 받아낼 수 없다. 신으로부터 묵은 빚을 받아낸다 해도 그걸로 아무것도 되돌릴 수 없는 시간을 맞이하고서야 비로소 깨닫는다: 신은 채권자를 소멸시키는 방식으로 채무를 청산한다.

88 환상이 비참한 것들을 모두 덮으리란 생각은 우매하다. 환상은 가림막이 아니라, 비참한 것들 사이의 아교(阿膠)이기 때문이다. 환상의 역할은 비참함으로 얼룩진 여정을 도중에 중단하지 않고 계속해서 이어지도록 만드는 데 있다. 비참에서 비참으로 끊임없이. 어쩌면 극남식물연구소의 잿더미 한가운데에서 참토가 하려고 했던 말이 이거였는지도 모르겠다.

> **참토** 이제 어쩌려고?
>
> **얀코** 다시 비뫼시로 돌아가려고. 그 밑에 뭐가 있는지, 정말로 그게 있는지 확인해야겠어.
>
> **참토** 만일 그 나무가 있으면?
>
> **얀코** 글쎄, 원흉이니…… 불태워야 할까?
>
> **참토** 그런 뒤엔? 너한텐 뭐가 남는데?

복수는 환상이다. 복수는 고된 삶을 계속해서 이어나가게 만든다. 평생토록 사랑하는 일은 매우 어렵지만, 반대로 증오하는 건 너무도 쉽기 때문이다. 출처 모를 분노들은 하나의 원수에게 집중되어 그에게서 형상을 빌려온다. 물론 한 번의 파도를 받아냈다고 해서 저 바다의 격랑이 그치는 건 아니다. 그러나 헛되다, 이젠 소용없는 앎이므로. 이미 너무 멀리 왔다.

89 믿음, 사실과 구분되지 않는 믿음은 기이한 열정을 낳는다. 몬세라토 고아원에 들어갔던 그해 가을에 닿기도 전에 내 아버지는 풀무형제단의 명예로운 행동대원이 되어 있었다. 우습게도 그 시절에

난 이런 걱정을 진지하게 했었다: 나중에 고아원을 탈출해 풀무형제단의 비밀 회합 장소를 찾아갔을 때, 거기서 내가 땜장이 두코의 자식임을 어떻게 증명하지?

90 아버지로부터 받은 아무런 증표도 없다는 사실, 그런 생각에 닿을 때마다 손발이 벌벌 떨리고 식은땀이 흘렀다. 심지어 어느 순간부터는 음식조차 제대로 먹지 못하는 지경에 이르렀다. 데친 엉겅퀴만 겨우 우물거릴 뿐 톱밥 섞인 순무빵은 토해내기 일쑤였다. 야위어갔다. 내 신원을 전혀 인정받지 못한다는 것, 그건 죽음보다 두려웠다.

91 똑같은 악몽에 시달렸다. 꿈속에서 내가 두코의 자식임을 증명하지 못하자 검은 두건을 뒤집어쓴 풀무형제단의 단원들은 나를 첩자로 몰아갔다. 이윽고 칼을 뽑아 들고 쫓아오는 그들을 피해 도망쳐야만 했고, 그러다가 발을 헛디뎌 구덩이 속으로 추락했다. 그 안에서는 먼저 죽은 고아들이 나무 삽을 빼앗으려고 서로 밀치고 할퀴고 짓이기고 있었다.

92 아마 그대로 내버려뒀다면 나는 그해를 넘기지 못했을 것이다. 절망 속에 허덕이던 내게 구원을 건네줬던 아이의 이름을 기억한다. 룽게. 코가 연필처럼 길고 가는, 천사 같은 아이. 평소처럼 철제 침대에 가만히 누워서 꼬질꼬질한 베개 끝자락이나 빨고 있던 어느 오후, 룽게가 슬그머니 침대 사다리를 타고 올라와 왜 그렇게 기운이 없느냐고 물어 왔다.

롱게   네 아빠는 진짜 풀무형제단이었어?

얀코   그게 무슨 소리야?

롱게   그러니까, 진짜, 진짜냐고?

얀코   그딴 소리나 할 거면 꺼져.

롱게   미안. 이제 믿을게. 그런데, 그러면 이렇게 빵도 못 먹을
        만큼 걱정할 필요는 없을 것 같아.

얀코   걱정할 필요가 없다니?

롱게   널 여기로 보낸 사람이 있을 거 아냐? 그 사람이 분명
        어떤 종이에다가 적었을 거야. 네 아빠가 누구고, 네가
        살던 집이 어디였는지 말이야.

얀코   맞아, 뭔가 적었어!

롱게   그래. 이제 그걸 읽을 줄만 알면 돼.

  당시로선 '법원'이나 '증명 서류' 같은 어려운 단어들은 잘 몰랐지
만, 적어도 돌기둥으로 지어진 거대한 집에서 누군가 나에 관련된
것들을 적었고 그 위에 도장을 쾅쾅 찍은 뒤 철제 캐비닛 안에 넣었
다는 것만큼은 분명히 알고 있었다. 이제 고아원을 무사히 나가 그
종이들을 찾아내기만 하면 됐다. 그 순간부터 내게 죽음과 문맹은
동의어가 됐다.

93 나를 구원해준 아이 롱게 덕분에 다시 감자를 삼킬 수 있게 됐
다. 적어도 고아원 담장을 넘어갈 수 있는 나이가 될 때까지는 살아
남아야만 했고, 어차피 보내야 할 세월 동안 글자를 배워두고 싶었
다. 그러나 미달된 체중들로 가득한 고아원에서 철자 교육이 행해질

리 만무했다. 무신경한 삭발례 수사들은 그저 주어진 구호금대로 먹이고 재우기만 했다.

94 게다가 그 시절엔 숨을 계속 붙여두는 것만으로도 벅찼다. 고아원의 식단은 영양은 고사하고, 양 자체가 턱없이 부족했다. 국제협약에 따라 수용소의 전쟁 포로들에게 매일 지급된다던 비스킷조차 배불리 먹을 수 없었고, 그렇다고 빵을 훔쳤다간 똥오줌을 지릴 때까지 매타작을 당해야만 했다. 이곳의 생활은 언제나 허기졌고 또한 끔찍이도 단조로웠다.

95 연민은 두려움의 도가니이다. 외면받을지도 모르기 때문이 아니라, 되레 베풂을 받을 때에야 비로소 자신이 전혀 위협적이지 않은 존재임이 증명되기 때문이다. 한때 연민으로 가득했던 젊은 수사의 눈동자가 서서히 회색빛으로 굳어갈 때 고아들은 본능적으로 느낀다. 이듬해 가뭄이 들면 자신이 솥에 삶겨질 것임을. 왜냐하면, 그렇게 할 수 있으니까.

96 고아들은 크게 세 부류로 나뉘었다. 첫째, 사실 여부와는 상관없이 자기만의 믿음을 가진 부류. 이런 믿음이 영양성 빈혈이나 각기병을 막아주는 건 아니었지만, 적어도 미래엔 분명 더 나은 일들이 기다릴 것이란 소망 정도는 갖게 만들어줬다. 참고로 이런 부류의 아이들은 서로를 열심히 믿어줬다. 왜냐하면 다들 그게 거짓말임을 너무도 잘 알았기 때문이다.

97   둘째, 뇌졸중이라도 일으킬 만큼의 분노에 사로잡힌 부류. 이들은 조금만 자신에게 반대해도 고함을 지르거나 대뜸 주먹을 날려댔는데, 특히나 믿음을 가진 아이들을 견딜 수 없어 했다. 단순히 눈이 마주친 것부터 시작해서 쓸데없이 요란한 웃음, 발소리, 새치기, 잠꼬대 등 모든 것이 시빗거리가 될 수 있었다. 작은 야수 린제가 바로 그런 녀석이었다.

98   눈 밑에 난 큰 점 때문에 '점박이'라고 불리기도 했던 린제는 그야말로 시한폭탄 같은 놈이었다. 식량 폭동 때 맞아 죽은 제빵업자의 아들이란 말이 있었는데, 사실 여부를 차치하고서라도 그런 말이 나돌 정도로 성질이 고약했다. 수시로 다른 아이들을 때리고 물건을 뺏었으며 마치 자기는 고아가 아니라는 듯 다른 고아에게 "고아 새끼!"라고 욕하곤 했다.

99   그러나 분노한다는 건 차라리 좋은 일이었다. 셋째, 마지막 부류의 아이들은 그런 분노조차 하지 않았기 때문이다. 이들은 마치 지붕 위에 달린 작고 오래된 조각상 같았다. 하루 종일 침대에 앉아 슬픔에 잠긴 눈을 그저 커다랗게 뜬 채 물끄러미 바라보기만 했다. 웃긴 농담을 들어도, 수사들이 야단을 쳐도, 린제가 옷가지를 뺏어도 무관심하기만 할 뿐이었다.

100   이 아이들은 '돌멩이'라 불렸고, 돌멩이가 죽으면 이렇게 말했다: 돌멩이가 구덩이에 던져졌네! 돌멩이들은 아무런 의욕이 없었고, 마치 배고파 자신의 혀를 먹은 것처럼 말도 거의 하지 않았다. 이

따금씩 자기 머리를 벽에 쿵쿵 박거나 얼굴 표정을 이상하게 찡그리는 것이 전부였다. 마치 혼자만의 세계에 있는 것 같았다. 무관심의 결과물은 무관심인 것이다.

101   고아들 중에서 가장 살가웠던 아이 룽게는 이 돌멩이들에게도 친절했다. 쓸데없는 날씨 얘기라도 건네며 말을 붙였고, 종종 남긴 감자나 살구를 쪼개서 나눠주기도 했다. 그러나 룽게가 왜 그러는지는 아무도 몰랐다. 그러고 보면 나조차도 룽게에게 어쩌다가 고아가 됐는지 물어본 적이 없었다. 아니, 물어는 봤는데 단지 기억이 나지 않게 된 건가?

102   룽게, 이 아이는 이상하리만큼 온화하며 또한 선량했다. 천사처럼 말이다. 룽게와 함께 있으면 황량한 고아원의 철제 침대에 누워 있어도, 썩은 내 나는 무덤가에 쪼그리고 앉아 있어도 그런대로 버틸 만했다. 최악은 아니란 기분이 들었던 까닭이다. 그는 부적 같은 존재였다. 돌이켜보면 포악하기로 유명했던 린제도 룽게만큼은 건드리지 않았었다.

103   그해 겨울은 유독 혹독했다. 밖에선 유행성 독감으로 죽은 시체들이 쉴 새 없이 밀려와 구덩이로 내던져졌고, 나는 철제 침대에 틀어박혀 눈에 보이지도 않는 병원균이 찾아오지 않기를 기도해야만 했다. 매 순간 사냥꾼에게 노려진 먹잇감이 된 것만 같았다. 그저 살고 싶었다. 나 외에 다른 아이를 데려가라고 기도하기도 했다. 그러지 말았어야 했다.

104 식량 폭동의 유혈 진압 이후, 의회는 혹시라도 왕에게 주도권을 넘기게 될까 봐 서둘러 구호금을 집행했다. 특별세 도입은 부르주아들의 반대에 부딪혔기에 급한 대로 국제 채권을 발행해서 재원을 마련했지만, 불황 국면에 비뫼시의 채권을 사줄 도시들은 그리 많지 않았다. 남방에서 웃돈을 주고 사 온 옥수수로는 그해 겨울을 무사히 보내기에 역부족이었다.

105 결국 비상조치를 통해 북쪽 외곽에서 배급제가 실시됐다. 이전 세기에 있었던 울레이안 왕위 계승 전쟁 이후로 처음 있는 일이었다. 그러나 임금이 체불됐던 군인들이 중간에서 옥수숫가루를 가로채는 바람에 배급량은 형편없었고 그마저도 불규칙적이었다. 눈발이 휘날리기 전, 당국이 예산들을 당겨서 추가 구매한 건 식량이 아니라 탄약이었다.

106 탄약 창고에 빈민들의 머릿수보다 많은 총알이 들어찼지만 또다른 폭동은 없었다. 아직 걸어 다닐 힘이 있는 이들은 각자 살길을 찾아 뿔뿔이 흩어졌고, 그렇지 못한 이들은 이미 죽은 아이와 함께 누워서 무기력하게 최후를 기다리는 중이었기 때문이다. 아침마다 일곱 개의 첨탑이 우뚝 솟은 궁전 앞으로 거지 떼가 동냥을 받으러 몰려들었다.

107 바깥 사정이 이러할진대 고아원 사정이 괜찮을 리가 만무했다. 본래부터 모자랐던 식사량이 반토막 났고, 고아들은 아무런 활동도 없이 철제 침대에 처박혀 있기만 했다. 그 시절 고아원은 박제

된 동물들을 보관하는 창고 같았다. 가스등은 고사하고 촛불조차 없는 채로 삭막한 어둠 속에 방치됐고, 그 안에서 승냥이가 된 고아들은 돌멩이들의 밥그릇을 빼앗았다.

108 나는 도덕을 믿지 않는다. 도덕 자체가 없다고는 생각지 않지만, 그걸 짊어진 착한 이들은 대개 일찍 죽기 때문이다. 이 말이 꼭 살아남은 이들이 모두 악인이란 뜻은 아니지만, 그렇다고 하여 그들이 마냥 선하다고 말할 수 있는가? 도덕에 대해 말할 자격이 있는 자들은 이미 죽고 없다,라고 생각하는 것이 우리에게 허용된 마지막 도덕률이라 믿는다.

109 마침내 몬세라토 수도원에도 유행성 독감이 돌기 시작했을 때, 병마의 소굴로 대책 없이 내던져진 느낌도 있었지만, 한편으로는 유행병으로 입이 줄지도 모르겠다는, 도저히 입 밖으로 낼 수 없는 기대감이 들기도 했다. 어느 날 아침, 온몸을 펄떡거리는 심장 속에 구겨넣고픈 추위 속에서 돌멩이들이 어서 빨리 죽기를 기다리는 나 자신을 발견했다.

110 적응과 전략의 차이를 구분할 수 없다는 것, 그거야말로 비참의 잣대이다. 몬세라토 수도원 부속 고아원에 있는 동안 나는 스스로가 비참하다고 느꼈는데, 그 느낌이 커질수록 바깥세상에 희망이 있으리란 환상 또한 커져갔다. 훗날 그것이 망상에 불과했음을 깨닫게 됐을 때 나는 자살을 택하진 않았다. 왜냐하면 그쯤부터는 비참함 자체에 익숙해졌기 때문이다.

111   일단 심한 기침과 고열이 시작되면 아무것도 돌이킬 수 없었다. 언젠가 거리에서 "가난한 자에겐 죽음이 약이다"라는 말을 들은 적이 있는데, 그 말에 충실하자면 1092년의 유행성 독감은 가히 전설 속 마법의 약초 맨드레이크였다. 지독한 신열은 최후의 섬망(譫妄)을 볼 여력조차 주지 않은 채 뇌를 구워버렸다. 천사 같던 룽게도 예외는 아니었다.

112   내 기억이 맞다면, 룽게는 자신의 옆 침대에 있던 고아를 위해 나무 삽을 만들어주고 있었다. 그 아이는 이미 유행성 독감에 걸려 추깃물 같은 땀을 뻘뻘 흘려대고 있었고 사실상 아무런 가망도 없었다. 나는 멀찍이서 룽게에게 그 녀석은 이미 죽었다고 말했다. 그러자 룽게는 돌부리와 손톱으로 널빤지를 계속 다듬으며 아직 죽지 않았다고 대꾸했다.

얀코	어차피 죽어. 시간문제라고.
룽게	그건 우리도 마찬가지야.
얀코	아냐, 난 안 죽어.
룽게	그래? 그럼 친구한테 나무 삽 하나 깎아줘도 괜찮겠네. 어려운 일도 아니잖아, 시간도 많고.
얀코	헛소리하지 말고 어서 이쪽으로 와…….

룽게는 끝내 오지 않았고, 심지어 그날 밤엔 이름도 모르는 녀석의 손을 꼭 잡아준 채로 잠들었다. 우리에게 시간이 많다던 말이 걸렸다. 웃을 기운은 없었지만 웃긴 말이긴 했다. 지금도 그러하다. 어

찌하여 시간은 어쩔 도리가 없을 때에만 풍족한 걸까? 나무 삽이 다 완성되기도 전에 그 아이는 죽었고, 그 옆을 지켰던 룽게에겐 유행성 독감이 옮았다.

113 룽게는 밤새 이빨을 딱딱 부딪치며 떨었지만 나는 자리에서 꼼짝하지 않았다. 이불을 덮어주지도, 껴안아주지도 않았다. 그렇다고 쉽사리 잠들지도 못했다. 돌이켜보면 그날 밤 나는 불면에 기댄 것이었다. 눈꺼풀을 올리고 있는 것으로 나에게 나의 인간다움을 시위했다. 이윽고 룽게가 우둔하다고 중얼거릴 권리가 생겨났다. 최소한 그 순간만큼은 마음이 편했다.

114 천사의 죽음보다 또렷한 것은 허기였다. 겨울 내내 수십 번도 더 보고 들은 죽음이었기 때문에 고아들은 침대에 누워 숨소리만 듣고서도 종언을 직감할 수 있었다. 버거운 모양인지 룽게의 숨결이 파르르 떨려왔다. 아이들은 룽게가 식사 시간마다 지급받은 감자를 먹지 않고 주머니에 숨겨둔다는 것을 잘 알고 있었다. 나 역시 침이 고였다.

115 이리 떼: 먼저 움직인 아이가 있었지만, 곧장 그보다 덩치가 큰 아이에게 뒷덜미가 붙잡혔다. 린제였다. 자주 때려본 이답게 린제는 단박에 발목을 차서 그 아이를 넘어뜨린 뒤 주먹으로 턱주가리를 후려쳐 간단히 제압했다. 그러고는 그 자신이 룽게에게 다가가 주머니에서 알감자 두 알을 빼냈고, 이어서 그의 머리맡에 있던 덜 다듬어진 나무 삽도 훔쳐 왔다.

116 기적은 없었다. 다음날 룽게는 숨이 멎었다. 작고 왜소한 천사는 마치 침대에 잡아먹힌 것처럼 움직이지 않았다. 천으로 입을 가린 무덤지기들이 들어와 시신을 가져갔다. 린제는 무덤가 그루터기에 앉아 훔친 감자를 으깨 먹다가 울음을 터뜨렸다. 머리카락을 쥐어뜯으며 고개를 숙였다. 그러나 그 울음이 린제로 하여금 도둑질을 끊게 만들어주진 않았다.

117 린제는 그해 겨울에 죽었다. 정확한 날짜는 기억나지 않지만, 눈발이 끊기고서 삭풍이 몰아칠 때였다. 일과를 끝내고서 앉은 식탁에서부터 갈비뼈가 우수수 떨어질 듯 심한 기침을 해대더니 기어코 시뻘건 각혈을 내뱉고서 몸져누웠고, 그걸로 끝이었다. 그는 이튿날 싸늘하게 굳은 시체로 발견됐다. 아마도 폐결핵. 의사는 끝내 오지 않았다.

118 어김없이 아이들은 린제의 침대 밑을 털었다. 낡은 털신, 청동 경첩, 싸구려 만년필, 비스킷 서너 개. 전날 룽게에게서 훔친 나무 삽은 바돔이란 녀석이 차지했다. 나는 바돔이 평소 자기 물건을 감춰두는 보일러실 배관 위치를 알고 있었고, 그날 밤 그 나무 삽을 다시 훔쳤다. 그리고 시체 수레에 담긴 린제의 바지춤에 그 나무 삽을 몰래 끼워넣고 왔다.

119 난쟁이 참토를 처음 만난 것이 바로 그날이었다. 공동묘지를 가로질러서 다시 고아원으로 돌아가려는데 큼직한 묘비 옆에 참토가 비스듬히 기대서 있었다. 녀석은 어둠 속에서 날카로운 안광을

번뜩이기만 할 뿐 아무런 말도 꺼내놓지 않았다. 확실히 나무토막이나 주우러 온 것처럼 보이진 않았다. 그렇지만 이내 녀석은 말없이 돌아섰다. 다 본 걸까?

120　훔친 걸 도둑맞았다면 그건 분노할 사유가 될까? 그 사유의 합당성 여부는 차치하고서라도 일단 분노가 들긴 하는 모양이었다. 다음날 바돔은 누군가 자신의 나무 삽을 훔쳐 갔다며 길길이 날뛰었다. 나는 창가에 앉은 참토를 힐끗 쳐다봤는데, 놀랍게도 녀석도 나를 쳐다보고 있었다. 이윽고 그 난쟁이는 말없이 한쪽 눈을 찡긋하며 웃어 보였다.

121　난쟁이들은 그 작은 키 때문에 언제나 눈에 띄었다. 물론 그리 달가운 관심은 아니었다. 성년이 되어도 신장이 인간의 허리 수준에 불과했기에 '반토막이'란 은어로 불리곤 했으니까. 해부학적으로 인간보다 다부진 어깨와 허리를 갖고 있긴 했지만 그것도 제대로 먹었을 때의 일일 뿐 넝마주이 꼴인 비뢰시의 대다수 난쟁이들에겐 해당 사항이 없었다.

122　전설에 따르면, 마법이 사라지지 않았던 머나먼 시절엔 난쟁이 종족이 서쪽 산맥 아래 자기들만의 지하 왕국을 갖고 있었다고 한다. 그러나 광물을 캐다가 그만 지하 깊숙이 잠들었던 괴물들을 깨우고 말았고, 그 때문에 왕국을 빼앗기고서 지상으로 도망쳐 나와 뿔뿔이 흩어지게 됐다고. 음유시인들은 그 시대를 '미궁의 시대'라 일컬었다.

123　전설이란 여러 오솔길을 갖기 마련이다. 지하 왕국에 쌓아놓은 보석 더미가 탐난 회색 용이 찾아와 난쟁이들을 불태워버렸다는 이야기도 있었고, 감당할 수 없는 마(魔)가 낀 보석을 발굴하는 바람에 난쟁이들이 서로가 죽여대다가 자멸했다는 노래도 전해졌다. 그 중엔 지하 수맥을 건드리는 바람에 지하 왕국이 수장된 것이란 꽤나 과학적인 가설도 있었다.

124　진실이야 뭐가 됐든 간에 난쟁이들의 지하 왕국은 미궁이 되어버렸고, 그로부터 이어진 수백여 년의 현실 역시도 비참했다. 가난은 나라님도 구제해주지 못했고, 모든 종에 대한 아무 구속력 없는 평등 선언은 무시되기 일쑤였다. 게다가 인간들은 언제나 탓할 거리를 필요로 했다. 인간은, 스스로의 과오를 인정하느니 그 세계의 멸망을 택했다.

125　귀족들의 사교계에서 난쟁이는 재미난 눈요깃거리였고, 인간 노동자에게 난쟁이는 일자리 도둑이었다. 왜냐하면 이들은 감자 한 자루 값이면 무슨 일이든 해치웠기 때문이다. 사람들은 지하 종족인 난쟁이들이 태생적으로 억척스럽고 음침하다고 했다. 내가 보기엔 이방인으로 살아가게 되면 꼭 난쟁이가 아니더라도 그런 성격을 가지는 것이 당연해 보였다.

126　새삼스럽지만, 인간들이 난쟁이에게 손가락질하면서 내는 소리들은 대부분 자기 자신들의 결함을 부르는 소리였다. 어쩌면 그렇기에 난쟁이를 그토록 미워하고 증오하는 건지도 몰랐다. 이 세상에

자기 자신만큼 견딜 수 없는 건 없고, 어느 누구도 그 짐을 홀로 짊어질 수 없기 때문이다. 그래, 참토가 나를 납골당으로 몰래 불러냈던 이유도 바로 여기에 있었으리라.

127　죽어서 빈자는 백골이 되고 부자는 대리석이 됐다. 납골당은 예배당의 지하에 있었는데, 그곳엔 평소 수도원에 헌금을 많이 했거나 유산을 증여한 이들을 위한 자리가 따로 마련되어 있었다. 죽은 귀족의 얼굴이 조각된 석관들과 금장이 입혀진 명패들. 그러나 여기 안치된 망자들이 과연 죽어서도 설교 소리를 듣고 싶어 할지는 의문이었다.

128　성전(聖殿)의 참된 주인은 인간도, 그들로부터 숭배받는 신도 아닌 흰개미였다. 목재가 있는 곳이라면 어디든 창궐하여 대들보부터 바닥까지 가리지 않고 작은 턱으로 뜯어 먹었고, 납골당 환풍 통로도 예외는 아니었다. 참토는 너덜너덜해진 문짝을 가볍게 떼어내고서 납골당으로 나를 안내했다. 놀랍게도 그곳에선 쥐 고기가 기다리고 있었다.

129　참토는 꼬챙이에 끼워진 채로 노릇하게 구워진 쥐를 건넸다. '쥐'라고 하면 오물로 가득한 하수도나 지저분한 안마당 물웅덩이를 뛰어다니는 혐오스러운 시궁쥐를 떠올리겠지만, 그때 내 눈앞에 있었던 것은 먹음직하게 다듬어진 조그마한 고기였다. 나는 몇 달째 순무빵과 맹물에 귀리만 넣어 끓인 죽만을, 그마저도 턱없이 모자라게 핥아 먹어온 터였다.

130 참토의 쥐덫: 우선 부러진 삽자루를 다듬은 뒤, 성물실 문설주에서 몰래 빼 온 못을 앞뒤로 박아서 회전 막대를 만들고, 그걸 물을 반쯤 채운 양동이에 끼웠다. 그리고 막대에 성탄절에 받은 알사탕이나 식량 창고에서 훔친 치즈를 골고루 발랐다. 그러면 밤사이 쥐들이 그걸 핥으려고 회전 막대 위로 올라왔다가 양동이 아래로 떨어져 익사하는 것이다.

131 참토의 쥐 손질: 납골당에서 훔친 의장용 검을 숫돌에 갈아서 만든 작은 도끼로 죽은 쥐들의 머리를 석둑 잘라냈다. 그러고는 거꾸로 매달아서 피를 빼준 뒤 다리에서부터 가죽을 벗겨냈다. 손발은 잘라주고 내장과 쓸개 또한 제거했는데, 특히나 쓸개를 먹으면 티푸스에 걸려서 죽게 된다고 했다. 끝으로 화장터 가마 옆에서 훈제해주면 그걸로 끝이었다.

132 도대체 이런 것들을 어디서 배운 건지 묻지 않을 수 없었다. 참토는 조부로부터 배웠다고 했다. 조부는 1078년 대기근 당시의 생존자였다. 말부터 노새, 경주견, 비둘기, 심지어 기르던 고양이까지 무엇이든 잡아먹던 시절이라 쥐도 예외가 아니었다. 조부가 말해주길, 분명 무수한 이가 죽었음에도 이상하게 시체 공시소에 난쟁이는 없었다고.

133 참토는 먹으라고 손짓했다. 쥐 고기는 의외로 고소했다. 물론 '의외로'라는 부사를 단단히 붙잡고 있는 맛이긴 했지만, 그럼에도 시장이 곧 반찬이었다. 난쟁이 참토는 급하게 쥐 고기를 뜯어 먹는

나를 물끄러미 바라보기만 했다. 그러나 그 시선을 의식한 건 배가 약간이나마 찬 뒤의 일이었다. 그는 내가 쥐를 세 마리나 먹어치운 뒤에야 입술을 뗐다.

참토 그때, 쥐덫을 놓으러 가면서 다 봤어.

얀코 눈 감아줘서 고마워. 그런데 왜 나를 도와주는 거야? 나는 난쟁이도 아닌데…….

참토 네가 난쟁이건 말건, 그런 건 상관없어.

얀코 그럼 뭔데?

참토 예전에 할아버지가 착한 녀석을 도와주는 건 좋은 일이라고 했거든. 맞는 말 같아.

얀코 난 착하지 않아.

참토 알아, 나도 그래……. 그런데 이거, 내가 이렇게 쥐를 잡는 걸 다른 애들한테 얘기하면 안 돼.

얀코 왜?

참토 쥐가 그리 많이 잡히지 않거든.

고아원엔 밤마다 낫 같은 손톱으로 무덤을 파헤쳐 시체를 뜯어 먹는 괴물이나, 뇌를 쪼아 먹는 바람에 말을 할 수 있게 된 까마귀와 같은 온갖 괴담이 난무했다. 그러나 참토는 매일 같이 나가서 쥐덫을 놓았다. 언젠가 유령이 무섭지 않느냐고 물어본 적이 있었는데 그때 참토가 답하길 자신은 유령보다 유령이 되는 게 더 무섭다고 말했다. 반박할 수 없었다.

134 유행성 독감은 한때 신처럼 군림했던 매부리코 수도원장의 목숨을 앗아 갔고 젊은 수사 서넛도 데려갔으며 기침병을 앓던 무덤지기의 목숨 역시 거둬 갔다. 서로 신분을 알 수 없게 검은 망토를 입고서 뭉툭한 석고 가면을 쓴 사자(死者) 신도회에서 장례를 돕기도 했지만, 쏟아지는 죽음 앞에선 언제나 일손이 모자랐다. 그 시절, 세상은 죽음의 사육제였다.

135 세균은 달력을 볼 줄 몰랐기 때문에 해가 바뀌어도 죽음은 멈추지 않았다. 개구쟁이 들창코 도굼은 고열로 뇌가 익었고, 천식이 있던 스나르는 기침을 하다 심장이 멎었으며, 바보 단재는 배고픔을 견디다 못해 양초를 깨물어 삼키다가 배탈로 죽었다. 겨우내 나는 납골당에 몰래 쪼그리고 앉아 쥐 고기를 씹었다. 체하지 않도록 부지런히, 꼭꼭 씹었다.

136 어김없이 새로운 악몽이 찾아왔다. 시체 구덩이에서 눈을 뜨니 먼저 죽은 고아들이 나무 삽을 들고서 나를 죽이려고 했다. 그들은 악다구니를 썼지만, 너무 허약해서 달려오다가 쓰러지거나 팔을 휘두르다가 자기 체중에 못 이겨 나자빠지기 일쑤였다. 나는 무능한 고아들을 떠밀며 도망쳤고, 그러다 룽게를 만났다. 그 아이는 거기서도 나무 삽을 깎고 있었다.

137 죽음이 흔해진 것만큼 관짝도 흔해졌다. 무덤지기들의 창고엔 애당초 잘못 만들어졌거나 운반 중에 깨진 나무 관 잔해들이 쌓여 있었는데, 나는 거기서 몰래 쓸 만한 널빤지들을 훔쳐 왔다. 그리고

참토에게서 빌린 도끼로 나무 삽을 만들었고, 적당한 밤이면 그것들을 시체 구덩이에 몰래 던져넣고 왔다. 그러나 쥐 고기에 대해선 영원토록 함구했다.

138 쥐 가죽 벗기는 것을 돕다가 참토에게 물었다: 혹시 너도 악몽을 꾸니? 그는 쥐 머리를 내리치던 도끼를 내려놓으며 잠깐 나와 눈을 맞췄지만, 이내 침묵 속으로 되돌아가 문을 걸어 잠갔다. 나도 더 묻지 않았다. 숙소로 돌아가는 길에 언 땅 위로 층층이 쌓인 시체들이 보였다. 그때 무심코 나는 시체들이 얼어서 냄새가 나지 않아 참 다행이라고 생각했다.

139 훗날 프님 남작의 저택에서 처음 소시지를 입에 대고서 구역질을 했을 때 나는 스스로를 위선자라고 생각했다. 일순간 육류를 거부한 것이 대단한 속죄라도 된다는 양 믿고 싶어졌던 것이다. 고기를 볼 때마다 고아들의 살을 발라낸 것처럼 보였다. 물론 그게 터무니없는 망상이라는 것, 그 판단은 사실이다. 그러나 이런 느낌이 자꾸 든다는 것 역시 사실이다.

140 비뵈시는 식물의 지옥이다. 특히나 겨울이면 수천 개의 굴뚝에서 피어오르는 뿌연 연기들 때문에 햇볕이 잘 들지 않는 데다가 이따금씩 떨어지는 빗방울엔 검댕이 섞여 있었다. 빈민굴이 밀집된 북쪽 외곽의 경우엔 사방에 쓰레기와 재가 무더기로 쌓여 있어서 그 위에선 가장 억센 잡초조차 자라날 수 없었다. 여기서의 봄은 단지 기온 변화에 불과했다.

141 몬세라토 수도원의 봄은 생명이 아닌 죽음에 복무했다. 얼었던 땅이 녹자 무덤지기들이 다시 곡괭이질을 시작했다. 묻어야 할 혹한의 생산물이 많았다. 지층처럼 겹겹이 쌓인 시체들에서 흘러나온 오염된 침출수 때문에 무덤가는 새순 없이 고약한 악취로만 황량했다. 남은 자리는 새로운 생명이 아닌 겨우내 살아남은 비열한 존재들이 차지했다.

142 식탁에 소금으로 간을 한 으깬 감자와 치즈 그리고 순무빵과 폐사한 말의 피를 섞은 귀리죽이 올라왔던 날, 겨우내 유행성 독감이 입을 줄여줘서 다행이라고 생각하는 스스로를 발견했다. 그 낯선 포만감은 염치없을 만큼 기쁘고 또한 슬펐다. 누군가 흐느끼기 시작하자 그 울음은 식탁에 앉은 모두에게로 전염됐다. 그날 사감은 말없이 식탁을 떠났다.

143 그날 밤 참토는 평소처럼 스르륵 잠자리에서 일어나 무덤가로 갔지만 더 이상 쥐덫은 놓지 않았다. 바람결엔 역청 부스러기가 묻어났다. 납골당에 내려간 참토는 손질용으로 썼던 도끼를 집어 들더니 허공에다가 무기처럼 휘두르기 시작했다. 솜씨는 영 엉성했지만 도끼날에 실린 분노는 충분해 보였다. 이윽고 그는 뒤따라서 나온 나를 쳐다보며 말했다.

참토	넌 이제 어떻게 할 거니?
얀코	뭘 말이야?
참토	이제부터 뭘 할 거냐고 묻고 있는 거야.

얀코	잘 모르겠어. 너는?
참토	복수. 나는 우리 할아버지가 어디 묻혔는지도 몰라. 그래서 나도, 똑같이 만들어주려고.

참토는 안주머니에서 신문 쪼가리를 하나 꺼내 보여줬다. 그건 식량 폭동 당시 계엄사령관이었던 마그 게르기벨이 백마를 탄 사진이 곁들여진 기사였다. 참토는 게르기벨이 조부가 살해되도록 발포 명령을 내린 장본인이라고 했고 반드시 복수할 것이라고 했다. 방아쇠를 직접 당긴 이는 너무도 많았기 때문이다. 참토는 다시 도끼를 휘두르기 시작했다.

144 롬보는 음식을 거의 먹지 못했다. 물어보니, 성한 이가 거의 없는 구강을 보여줬다. 그는 치과 진료를 받지 못했다. 입안으로 집게가 들어올 때마다 전날 포누그놈 감옥에서 당했던 고문들이 떠올랐기 때문이다. 덕분에 그는 김빠진 맥주를 홀짝이거나 비린내 나는 토끼 스튜만 떠먹었고 나머지 시간엔 담배를 우물거렸다. 다행히 연기는 씹을 필요가 없었다.

얀코	마그 게르기벨은 폭동 다음 해에 내무장관으로 임명됐어요. 전시도 아닌데, 군 출신을 말이에요.
롬보	그 일이랑 관련된 놈들은 무조건 둘 중 하나지. 아주 출세하거나 혹은 아주 뒈져버리거나.
얀코	당신은 아직 살아 있네요.
롬보	그래 보이나? 난 잘 모르겠는걸.

론보를 보고 있노라면 그 늙고 추레해진 얼굴에 내가 비쳤다. 필경 저 주름들은 속죄를 위해 살아오다가 생긴 상처들일 터였다. 그러나 삶은 속죄가 될 때 끝난다. 속죄로 돌이켜지는 것도 없을뿐더러 생은 되돌림이 아닌 까닭이다. 내가 프님 남작에게로 보내진 것은 기적이 사라진 해로부터 1096년 뒤 7월 2일, 그러니까 학살로부터 4년이 지난 후였다.

[사건사고] 또다시 황화수소 누출

기로탱 기자

1094. 7. 24.

고용노동청(청장 페테스존)은 지난 12일 북부 로벨토가 98번지 소재 프조스 물산 맨홀에서 발생한 노동자 중독 사고 현장에 대하여 전면 작업중지명령을 발효했다고 밝혔다.

노동청에 의하면 이 사고는 맨홀에서 유량 측정을 하던 중 작업자 A씨가 의식을 잃고 쓰러지며 시작됐다. 이를 목격하고 구조하러 들어갔던 작업자 B씨 역시 어지러움을 느끼며 맨홀 밖으로 나오다가 변을 당했다. 재해자들은 현재 병원으로 옮겨 치료 중이나 의식이 없는 상태이다.

경찰은 맨홀 내 일산화탄소와 황화수소 수치가 높았던 것으로 보고 작업자들이 안전 장비를 갖추고 작업했는지 여부 등을 조사했고, 고용노동청장은 산업 안전 분야 근로감독관과 안전보건공단 전문가 등으로 조사반을 꾸려 긴급 현장 조사를 명령했다.

고용노동청장 페테스존 씨는 노동자의 안전보건이 확보될 때까지 전면 작업중지명령을 유지하겠다고 말하면서 "특히 계절이 여름으로 접어들면서 하수도, 정화조 등 밀폐 공간에서 유해가스 발생 등으로 인한 중독이나 질식 사고 위험이 매우 높아졌으므로 현장의 면밀한 주의와 관리감독의 보강이 필요"함을 강조했다.

그러나 익명의 안전 전문가는 계절 변화로 인한 기온 상승이 아니더라도 금년 초봄부터 북쪽 외곽 정화조 밸브 및 오수펌프 교체 과정에서 황화수소 중독 사고가 잦아지고 있음을 지적하며, 비뫼시 하수도 전반에 대한 강도 높은 전수조사가 필요하다고 조언했다.

3장

145 반복: 시체 벌판에서 아버지의 얼굴을 찾는 걸 관두고서 좁은 골목길로 터벅터벅 걸어갔다. 바닥엔 핏빛 발자국이 찍혔는데 마치 돌아갈 길을 표시해두는 것 같았다. 모퉁이 가로등 옆에 어떤 아이가 사막 민족들이 입는 외투를 두르고 있었다. 뒤돌아서 모자를 벗는데 얼굴이 익숙했다. 룽게였다. 마치 나를 기다렸다는 양 다가와서 같이 북방 사막으로 떠나자고 했다.

146 나는 사막에 가서 뭘 하느냐고 물었다. 룽게는 마치 사막에 다녀온 적이 있다는 양 주머니에 들어간 모래알들을 털어냈다. 이윽고 답하길, 고아원에서 아이들이 유행병으로 죽어가고 있으니 사막에서 신비로운 마법 약을 구해 와야만 한다고 했다. 룽게가 같이 가자며 내 손을 덥석 잡았을 때 나는 기겁하며 그를 떨쳐냈다. 무덤으로 데려갈 것만 같았기 때문이다.

147　꿈에서 깨어난 건 류머티즘에 갉아 먹힌 팔뼈가 내지르는 비명과 함께, 그 팔로 쓸어버린 수첩 더미가 바닥에 떨어지는 요란한 소리 때문이었다. 균형을 잃는 바람에 붙잡았던 책상다리 낡은 이음매가 힘없이 뽑혀 나오며 완전히 무너지고 말았던 것이다. 자욱한 먼지와 함께 온갖 서류들이 쏟아졌고, 뼈들이 안으로 자라나서 장기들을 할퀴고 찌르는 듯했다.

148　어처구니없게도 그 일로 열이 오르는 바람에 한동안 바닥에 누워서 이마를 누르고 있어야만 했다. 몸이 점차 마모되는 것이 아니라 깨진 유리잔처럼 순식간에 돌이킬 수 없게 돼버린 것만 같았다. 부러진 책상다리를 지팡이 삼아 겨우 다시 몸을 일으켰을 때 좁다란 방은 난장판이 되어 있었다. 급한 대로 엎질러진 수첩이며 서류 들을 식탁 위에 쌓아두기로 했다.

149　그때 알게 된 난감한 사실 하나는, 여태껏 수십여 권의 수첩 기록을 남기면서 표지에 연도 표기를 일일이 하지 않았다는 거였다. 한 것도 있지만 안 한 것이 더 많았다. 식탁에 쌓인 수첩이며 서류 더미 들은 마치 시간을 아무렇게나 쌓아둔 것만 같았다. 일견 정리되는 것처럼 보이다가도 종국엔 마구잡이로 뒤섞여버리는 머릿속처럼 말이다. 실소가 터졌다.

150　정리는 나중에 돌아와서 하기로 했다. 꿈 때문에 뒤숭숭하기도 했거니와 때마침 시장기가 돌았던 관계로 간만에 외식을 하기로 했다. 손잡이를 꼭 잡고서 느릿느릿 계단을 내려간 뒤 177번지로 곧

장 걸어갔다. 그러고는 공공 요양원 매몰 추도비 앞에 있는 싸구려 식당으로 들어갔다. 주인이 뭘 주문할 거냐고 물어오자 나는 잠시 뜸 들이다가 말했다: 염소 스튜.

151   식당과 부엌의 경계가 없는 원시인들의 천막에 들어온 것처럼 곳곳에서 산패한 기름내가 진동했다. 머리카락이 헙수룩하게 흐트러진 늙은 여자와 잠깐 눈이 마주쳤다. 구석진 자리에선 웬 하급 관리 하나가 사탕발림의 어조로 매춘부의 관심을 끌어보려는 중이었는데, 그사이 소경인 데다가 목발을 짚고서 쩔뚝거리던 거지 하나가 동냥을 하러 들어왔다가 쫓겨났다.

152   담배 때문에 새까매진 이들이 터무니없는 소문과 욕설을 쏟아냈고, 간간이 독말풀을 구하는 은밀한 눈짓들이 오갔다. 음식을 기다리는 지루함을 달래줄 눈요깃거리를 찾다가 부엌 쪽으로 시선이 옮겨 갔다 — 무언갈 끓인다는 것을 제외하고선 아무런 위생 감각도 찾아볼 수 없는 곳이었다. 그때, 내 얼굴을 알아본 대머리 요리사가 시큰둥한 표정으로 묵례했다.

153   더운 모양인지 요리사는 팔을 걷어붙이고서 창 자루 같은 국자를 젓고 있었는데, 그의 팔뚝엔 큼직한 화상 자국이 있었다. 본래 그곳에 어떤 문신이 있었는지를 물어보는 건 이 식당의 오랜 단골을 판별하는 방법이기도 했다. 한때 고다바르 주둔군 기병대들이 칼을 문 늑대 문신을 새겼었는데, 1107년 군사 반란 때 늑대들이 릿챠의 편에 붙어 국경을 넘어왔던가?

154 기적이 사라진 해로부터 1107년 뒤 여름, 군 수뇌부와의 오랜 갈등이 기어코 내란죄로까지 점화되자 전쟁 영웅 릿챠는 자기 휘하의 모든 병사를 모아놓고서 이제부터 자신이 비뫼시를 해방할 것이라고 선언했다. 의회라는 나무를 모조리 도끼질한 뒤 그 장작더미 위에서 왕좌를 태워버리겠노라고 말이다. 그러고는 이렇게 외쳤다고 한다: 학살의 역사를 끝내자!

155 이제 와선 릿챠가 자신이 외쳤던 구호에 얼마나 진심이었는지 영영 알 수 없게 돼버렸다. 정말 영웅이었을까? 결과적으로 혁명이 아닌 '반란'으로 끝났다는 데서 잘 알 수 있듯, 해방군에겐 운도 따르지 않았을뿐더러 계획 짜임새에도 분명 허술한 부분이 있었기 때문이다. 이를테면 평등파 의원들과 미리 합의가 되지 않았던 건 큰 패인 중 하나였다.

156 반란군으로 돌변한 고다바르 주둔군과 이에 합류한 동로군 부대들이 국경을 넘었다는 소식이 비뫼시에 대서특필되던 그 순간까지 평등파 의원들은 반란 사실을 모르고 있었다. 덕분에 계엄령이 선포되고서 이들은 대부분 탈출하지 못한 채 붙잡혔고, 즉결 처형에 가까운 짧은 군사재판만 받고서 총살되거나 혹은 급행열차에 내던져져 유형지로 사라져버렸다.

157 하여 해방군이 도시 성벽 앞까지 왔음에도 빈민들의 불만을 반란으로 조직해낼 구심점은 존재하지 않았다. 그해 로벨토역으로 들어갈 방법을 찾기 위해 뒷골목을 전전하며 내가 본 광경은 광기였

다. 가로등엔 교수형을 당한 유한계급들의 시체가 대롱거렸고, 대법원 담벼락엔 "법복 귀족의 내장을 뽑아 줄넘기를 하자"라는 낙서가 버젓이 있을 정도였다.

158 세상에 절대적인 평화 따위 없으며 폭력과 그보다 작은 폭력이 존재할 뿐임을 알고 있음에도, 제발 자신의 가족만은 살려달라고 애걸복걸하는 세금징수인과 그 가족을 이리저리 진창으로만 끌고 다니며 무참히 때리고 할퀴고 욕하고 실컷 모욕한 뒤 목에 교수형 밧줄까지 거는 광경을 보고 있노라면 마음이 흔들렸다. 피비린내보다는 매캐한 연기가 반가웠다.

159 하수도로 로벨토역으로 몰래 진입하려는 시도까지 좌절됐을 때, 부디 지금 도시에 붙은 방화의 붉은 손이 로벨토역까지 옮겨붙기를 기도하는 내 모습을 보았다. 그러나 의회파 군대는 역 주변의 큰 건물들을 미리 붕괴시켰고, 심지어 하늘에선 폭우까지 떨어뜨렸다. 여관방에 꼼짝없이 틀어박혀 우연의 도움이나 기다리는 꼴이라니, 실로 하찮기 짝이 없었다.

160 하마터면 상념에 흠뻑 젖으려는 찰나, 요리사가 직접 염소 스튜를 가져와서 건넸다. 그릇이 탁자에 닿는 소리가 유독 크게 들리는 듯했다. 건강을 묻기에 많이 괜찮아졌노라고 답했다. 잘 먹으라며 돌아가는 요리사를 보니 불현듯 지금 이 염소 스튜가 이 식당에서 먹는 마지막 식사일 것이란 확신이 들었다. 궁상스럽고도 우스꽝스러운 허기가 올라왔다.

161 염소를 손질할 때 취선(臭腺)을 제대로 제거하지 않은 모양인지 스튜에선 특유의 누린내가 진동했지만, 그래도 밑바닥 인생들이 모이는 싸구려 식당치고는 많이 나아진 편이란 생각이 들었다. 고기가 곁들여진 식사가 가능하다니. 묽은 수프 외엔 달리 파는 음식이 없어서 찍어 먹을 빵을 각자 가져와야 했던 예전 빈민굴을 생각해본다면 장족의 발전이었다.

162 식당 출입문이 열리면서 바닥에 고여 있던 탄 기름과 담배가 한데 뒤섞인 연기가 흔들렸다. 야경순찰대원이 들어와 현상금 수배서를 주인장에게 건넨 뒤 잔뜩 불만 섞인 표정으로 식탁의 얼굴들을 쭉 훑었다. 이때 취객 하나가 바닥에 침을 퉤 뱉으며 밥맛이 떨어진다는 혼잣말을 다 들리게 내뱉었다. 순찰대원은 같잖다는 표정을 짓고는 휘파람을 불었다.

163 말 위에서 기다리던 순찰대원 셋이 식당으로 들어왔고, 곧 식탁을 뒤엎고 주먹과 곤봉이 오가는 익숙한 난동이 벌어졌다. 거지 소년이 잽싸게 뛰어들어 바닥에 떨어진 음식들을 집어삼켰고, 당황한 손님 하나가 "경찰을 불러!" 하고 외친 소리에 구경꾼들의 웃음이 터져 나왔다. 나는 구석 자리로 옮겨 식사를 계속했다. 헐거운 턱으로 고기를 씹자니 만만찮았다.

164 반정부주의 왈짜를 자처하며 싸움질에 뛰어든 바보 하나가 턱을 잘못 맞고서 기절했고, 흥분한 순찰대원이 곤봉을 휘두르며 구경꾼들을 해산시키려고 했다. 하필이면 오랜만에 외식하러 나온 날에

이런 난장판이 벌어진 게 얄궂을 따름이었다. 그러나 한편으론 기억의 끼어듦 없이, 주어진 순간에만 이토록 온전히 집중해본 것이 참으로 오랜만이다 싶었다.

4장

165　변화의 바람은 국경 밖에서 불어왔다. 기적이 사라진 해로부터 1096년 뒤 3월 2일, 항구도시 트라케에서 혁명이 벌어졌다. 해군 지휘부에 반대하여 수병들이 집단 항명 사태를 벌였고, 여기에 노동자들이 합류했다. 무능했던 트라케의 왕은 외국으로 도주했고, 그 빈 왕좌를 때마침 혁명의 쾌속선 앞머리에 있던 공산주의자들이 재빠르게 접수했다.

166　항구도시 트라케는 이전 세기에 무모한 대외 전쟁으로 해상봉쇄를 당했었는데, 그로부터 반세기가 흘렀음에도 그때 겪은 경제적 타격을 회복하지 못하고 있었다. 그건 철도의 보급으로 인해 줄어든 선박 물류량과 부패할 대로 부패한 관료 조직의 합작품이었다. 게다가 외국에서 막대한 차관을 빌려다가 추진했던 정책 사업들마저 모조리 망하고 말았다.

167 역사는 탐욕과 능력이 반비례했던 왕에게 폐위를 선고했다. 그러나 혁명정부가 궁전을 접수했다고 해서 채무가 사라지는 건 아니었다. 만일 빚을 갚지 않겠다고 선언한다면 그날이 바로 선전포고일이 될 터였다. 혼란했던 트라케 당국에게 전쟁은 선택지에 없었다. 그래서 혁명정부는 왕가의 내탕고(內帑庫)부터 귀족들의 저택까지 모조리 경매에 붙였다.

168 이때까지만 하더라도 멀리 떨어진 타국에서 벌어진 이 사건은 비뫼시와는 그다지 연관이 없어 보였다. 딱히 정치적으로 긴밀히 엮여 있었던 것도 아니고 채무 관계 또한 양호한 상태였다. 공산주의라는 붉은 역병이 이리저리 옮겨붙는 건 문제였지만, 그건 트라케 주변 도시들이 전쟁을 시작하면 거기에 군수물자를 싼값에 지원하는 걸로 해결될 문제였다.

169 그러나 트라케시(市) 관료 조직의 무능함은 상상을 초월했다. 이를테면 국가 전복이 임박했을 때 응당 폐기처분했어야 할 서류들이 왕가의 비밀문서고에 그대로 남아 있었다. 하기야 왕부터가 비행선에 올라타는 마당에 그 밑에 있던 수하들이라고 관저에 붙어 있었겠는가? 부역자들이 줄줄이 단두대로 가는 동안 혁명정부는 외국에 팔 만한 기밀 문건들을 추려냈다.

170 기밀 문건들 중에선 놀랍게도 비뫼시에 대한 첩보도 포함되어 있었다. 그건 적대국의 동맹국의 적대국의 동맹국의 적대국의 바로 그 동맹국의 약점을 갖고 있는 건 언젠가 유용하리란, 복잡하고도

지난하게 서로 물고 물리는 국제적인 정보 전쟁의 불가피한 결과물이었다. 1092년 주비뫼시 대사관에선 느낌표까지 붙은 전보를 보냈었다: 도시 밑에 나무가 있음!

171 본래 부패한 조직일수록 중앙 본부엔 아첨쟁이들이 몰리고 우수한 이들은 변두리로 내몰리기 마련이다. 바로 그런 이유에서 비뫼시에 파견돼 있던 트라케시 첩보원들은 매우 유능했다. 이들은 토목 비리 관련 정보를 위해 건설부를 도청하고 있었는데, 폭동 전야에 다소 뜬금없는, 그러니까 지하철 공사 현장에서 나무가 발견됐다는 보고를 엿듣게 됐다.

172 로벨토가의 지하철 굴착 과정에서 발견된 그 정체불명의 나무의 이름은 '똬리나무'였다. 처음엔 유적이나 화석이라고 생각했지만, 추가 보고는 그것이 살아 있는 생물이라고 정확히 못 박았다. 그리고 나흘 뒤 폭동이 벌어지자 비뫼시 의회에서는 긴급히 계엄군을 도시로 입성시켰다. 우연의 일치일 리가 없었다. 이제부터 똬리나무는 1급 정보로 분류됐다.

173 트라케시 첩보원들이 알아낸 것: 계엄령 선포 전날 제2군 사령부의 마그 게르기벨이 비밀리에 궁전을 방문했다는 것, 유혈 진압이 있던 날 남방한계선의 식물연구소 소장 에누아 드레이던이 급행열차에 올라탔다는 것, 정보가 새자 불운한 그 소장은 독살당했다는 것, 그리고 내무장관이 된 마그 게르기벨이 남방한계선에 대한 비공개 예산편성을 주도했다는 것.

174 여러 도시의 정보기관들이 발 벗고 나서서 똬리나무에 대해 알아보려고 했지만 트라케만큼 근접한 곳은 없었다. 첩보 활동을 총괄했던 총영사는 이듬해 여름 본국으로 전보를 쳤다: 제거된 식물연구소 소장 에누아 드레이던의 연구 주제는 남방한계선 검은나무들의 이상증식에 관련된 것이었음. 새로 부임한 소장은 식물세포 배양 관련 논문을 적은 인물임.

175 남방한계선으로 집행된 특별활동비의 흐름을 파악하려고 했으나 여기서부터는 보안이 만만찮았다. 대사관 전화기에서 도청선이 발견됐고, 거리에선 내무국이 아닌 왕가의 사냥개들이 직접 움직이고 있다는 소문이 들려왔다. 그러나 총영사는 포기하지 않았고, 포섭한 철도공사의 노조위원장으로부터 남행 화물열차에 증기 굴착기들이 실렸다는 정보를 입수했다.

176 밀 줄기녹병 이후, 직급 불문 모두가 순무로만 연명하며 모든 자금을 오롯이 첩보 활동에만 쏟아부었던 그 투철한 총영사는 결국엔 한계에 닿고 말았다. 똬리나무에 대해 더 알아내기 위해서는 남방한계선에 직접 가야 했지만 도저히 그 경비를 충당할 길이 없었다. 어쩔 수 없이 추가예산을 요청했지만 어찌 된 일인지 본국에선 아무도 연락을 받지 않았다.

177 평생 정보기관에 몸담아 온갖 은밀한 정보들을 다루며 살아왔던 이가 자신의 조국이 전복됐다는 소식을, 다른 경로도 아니고 누구나 다 받아서 읽는 신문을 통해 알게 된다는 건 어떤 느낌일까? 얼

마 뒤 총영사는 바뀐 주인으로부터 긴급 전보를 받았는데, 예상과 달리 그건 충성 맹세 요구가 아니었다: 비뫼시의 무정부주의자 단체와의 접선을 시도할 것.

178 일찍부터 정보국 수뇌부의 눈 밖에 나는 바람에 멀리 떨어진 변방으로만 맴돌았던 그였기에, 총영사는 폐위된 왕실에 대한 아무런 애착도 없었다. 오히려 지금 저 혁명정부의 명령을 잘 수행해야만 했다. 그 성공 여부에 따라서 본국으로 돌아갔을 때 부역자로 나올란 정치범 수용소로 보내지거나, 혹은 정보국의 지도급 인사로 벼락출세하게 될 터였다.

179 경력의 갈림길 위였고, 총영사는 과단성 있는 인물이었다. 그는 곧장 비뫼시와 껄끄러운 관계에 있던 페디아 공국(公國)과 접선했다. 왜냐하면 이들이 비뫼시의 무정부주의자들에게 비밀리에 자금을 대고 있었기 때문이다. 협상 테이블에서 똬리나무를 제외한 비뫼시 관련 첩보들을 넘겨주고서 무정부주의자 접선책의 이름을 얻어냈다. 바로 롬보였다.

180 류머티즘: 면역 세포가 비정상적으로 변해 자기 몸에 있는 정상 세포나 조직까지 적으로 인식하여 공격하게 만드는 면역 질환. 관절로부터 시작해서 차츰차츰 온 장기로 옮아가고, 종국엔 각종 합병증을 일으키며 목숨마저 거둬 간다. 이 류머티즘은 얄궂게도 롬보의 인생과 꼭 닮아 있었다. 그를 죽인 건 총탄이 아니라 죄책감이었으니 말이다.

181   메모를 정리할 때마다 뻣뻣해진 손가락 관절 마디마디가 아려 온다. 넘어지면 유리 조각이 깨지듯 손과 어깨가 박살 날 것만 같다. 며칠 전 의사는 내게 류머티즘이 뇌졸중으로까지 전이됐다고 말해 줬고 이걸 완화시킬 모호한 처방들을 늘어놓았다. 갑작스럽게 시력을 잃는 것만 막아달라고 부탁하니 의사는 노력해보겠지만 확답은 줄 수 없다고 답했다.

182   류머티즘은 불치병이다. 치료법이 없을 뿐만 아니라 딱히 발병 원인도 알 수 없다고 했다. 의사들은 유전적 요인이 결정적인 영향을 미칠 거라고 예측했지만 그 예측을 증명하는 데엔 매번 실패했다. 덕분에 병의 진행을 최대한 늦춰보는 것 외엔 다른 방법이 없었다. 그러나 유예가 치료일 수 있을까? 미뤄진 죽음, 그것이 곧 삶이란 말인가?

183   몬세라토 고아원에 있을 적엔 굶어 죽거나 혹은 유행성 독감에 쓰러져 구덩이로 내던져지게 될 거라 생각했고, 세금징수인의 아파트에선 닷제의 총탄을 맞게 될 거라 믿었으며, 남방한계선에 있을 적엔 언젠가 트롤들의 몽둥이에 머리통이 쪼개질 것이란 강렬한 예감을 갖고 있었다. 그러나 최종적으로 단칼에 들어오는 죽음의 날들은 모두 나를 빗나가버렸다.

184   나를 기다리던 죽음은 억척스러운 배신자의 얼굴을 하고 있었다. 믿었던 육신이 서서히 괴물로 변하며 내 숨통을 죄어오는 지루한 여정. 그 괴물은 오랫동안 정신에 길들여진 부위들을 모조리 부

식시키고 끊어놨다. 롬보는 류머티즘이 방아쇠에 걸어놓을 검지를 앗아 가기 직전까지만 살았다. 나는 쥐고 있는 펜촉을 내려다보며 남은 시간을 가늠해본다.

185　1092년의 엄혹한 통계: 2천여 명에 달하는 폭도들이 총살되거나 교수형에 처해졌고 만 명도 훌쩍 넘는 이들이 재판 없이 추방당했다. 그해 겨울, 고문으로 만신창이가 된 롬보는 노동교화형으로 벌목꾼이 될 다른 유형수들과 함께 족쇄를 찬 채로 남방한계선으로 가는 죄수 호송 열차에 짐짝처럼 내던져졌다. 그러나 그 호송 열차는 도착지까지 가지 못할 운명이었다.

186　증기기관에 갑작스러운 문제가 생기면서 호송 열차는 도중에 멈춰 섰고, 그러자 인근 숲속에서 터빈의 회전날개를 망가뜨린 장본인들이 나타났다. 무정부주의자들이었다. 짧고도 싱거웠던 교전 끝에 호송관들이 모두 사살됐고, 무정부주의자들의 큰형이었던 대전사(代戰士) 토추는 죄수들을 해방하며 물었다: 도망자로 살 것인가, 아니면 복수자로 살 것인가?

187　다시 비뢰시로 돌아온 롬보는 무정부주의자가 되어 있었다. 북쪽 외곽 출신치고는 드물게 글을 읽을 줄 알았고 또한 왕령식민지 복무 시절에 전보병으로 일했던 이력 덕분에 전날 풀무형제단에서처럼 무정부주의자들 사이에서도 연락책으로 활약하게 됐다. 그러던 1096년 늦봄, 3등급 선술집에서 트라케시 총영사와 접선하라는 비밀 전보를 받은 것이다.

188   담배 연기가 류머티즘을 자극한 모양인지 갑작스레 롬보는 발작적인 기침을 연거푸 내뱉으며 온몸을 부르르 떨었다. 괜찮으냐는 내 질문에 답하지 않은 채 한동안 쥐며느리처럼 웅크리고 있기만 했다. 뺨에 맺히는 울긋불긋한 핏기는 흔들리는 촛불처럼 위태로웠다. 잠시 뒤 그는 겨우 숨을 고르고는 바닥에 떨어뜨렸던 반쯤 탄 담배를 다시 집어 들었다.

> **롬보**   가재는 게 편이라고, 공산주의자 놈들이 시 당국이 아니라 우리를 찾아왔더라고.
>
> **얀코**   거기에 똬리나무가 적혀 있었군요.
>
> **롬보**   그래, 그랬지. 그때 나도 처음 알았어. 왜 놈들이 그렇게 과민 반응을 했었는지 말이야.
>
> **얀코**   그런데, 왜 그랬던 거죠?
>
> **롬보**   왜 배신했느냐고 묻는 건가?
>
> **얀코**   말하자면 그렇죠. 어쨌거나 당신은 그 서류를 무정부주의자들에게 건네주지 않았잖아요.
>
> **롬보**   그랬지.
>
> **얀코**   어째서죠?
>
> **롬보**   그야, 진실이 밖으로 나가길 원했으니까.

그게 무슨 말인지 계속해서 캐물었지만 롬보는 끝내 답하지 않았다. 아마도 그 진실은 저승길에 가져갈 노잣돈 대신인 듯싶었다. 그리하여 결과들만 덩그러니 남았다. 총영사로부터 기밀 문건을 건네받은 롬보는 잠적했고, 그해 겨울 지하출판물을 제작해 돌리려다가 발각되고부터는 지금까지 계속 도망자 신세였다. 기침을 막았던 그의 손엔 피가 묻어 있었다.

189 관자놀이에 권총을 겨누고서 뭔가를 말한다고 해서, 심지어는 그 방아쇠를 당겼다고 해서 그 증언의 진실이 보증되는 건 아니다. 때때로 진실은 삶보다 무겁기 때문이다. 그러니 되레 그 죽음은 목숨을 버려가면서까지 가리고픈 진실에 대한 방증일지도 모른다. 무정부주의자들은 얼마든지 롬보를 찾아내 죽일 수 있었지만 끝끝내 그러지 않았다―어째서인가?

190 훗날 롬보에 대한 얘기를 다시 들은 것은 남방한계선에서였다. 벌목꾼들 중에는 비뢰시에 있을 적에 저지른 범죄 때문에 유형을 온 이들이 많았는데, 당연히 식량 폭동 때 추방됐던 풀무형제단 단원들도 다수 끼어 있었다. 롬보라는 이름을 듣자 그들은 입을 모아 말했다. 롬보, 그 저주받을 연락책이 동지들의 이름을 판 배신자라고 말이다.

얀코 박사에게

　몇 년 전 학술원으로 띄웠던 ─ 비록 제대로 된 검토도 없이 기각 돼버린 것 같지만 ─ 논박문을 끝으로, 남은 생 동안엔 유인장 외에 서한을 쓸 일이 없을 것이라 생각하며 살아왔습니다. 태생적으로 박한 사교성을 타고났고, 외골수 독신에다가 친척들하고도 이렇다 할 교류가 없을뿐더러, 그나마 갖고 있던 최소한의 관계들마저도 지난날 학계에서 퇴출되면서 모두 파탄 나버렸기 때문입니다. 그런데 이렇게 다시 서랍장에서 빛바랜 편지지를 꺼내 보게 되다니, 그것도 저 멀리 남방의 끝자락에서 보내온 편지 때문이라니 솔직히 대단히 놀랐습니다. 그 어떤 과장도 없이 참되이 고백건대, 처음 우편배달부로부터 편지를 받았을 땐 주소지를 잘못 적은 게 아닌지 혹시나 동명이인이 아닌지 수십 번 확인했답니다. 그러나 저한테 온 게 맞더군요. 지난해 영원히 이뤄지지 않을 것 같던 하수 정비 사업이 마침내 추진된 것을 제외한다면, 지난 5년간 제게 있었던 일들

중에서 가장 놀라운 일이었습니다. 편지를 보낸 사람이 다른 직종도 아닌 식물학자라는 걸 알았을 땐, 그 흥분이 가히 황홀경에 비견할 정도였죠.

죄송합니다. 초면에 주책없이 시시콜콜한 얘기들을 너무 늘어놨군요. 부디 양해를 구합니다. 아무래도 의식하지 못하는 사이에 외로움이 겹겹이 쌓였던 모양입니다. 저는 제 자신이 식물처럼 돌봄 없이 혼자서 자라나는 종이라고 생각해왔는데 막상 창살 없는 독방에 수감돼보니 크나큰 착각이더군요. 고립된 채로 서서히 잊혀간다는 것, 그건 온전한 정신으로 견딜 수 있는 게 아니었습니다. 연구자가 꼭 자신이 연구하는 대상을 닮아가는 건 아닌 모양입니다. 고독의 두꺼운 감옥으로부터 나와—물론 특별 귀휴 기간이 그리 길지는 않겠지만—누군가에게 식물학 얘기를 다시 할 수 있다는 것만으로도 가슴이 벅차오르는 저를 발견합니다. 당신께 삶 전체를 빚진 기분마저 드는군요.

편지를 단숨에 읽고서 다시 첫 줄로 돌아오니 주소지가 '남방한계선 극남식물연구소'라는 것의 의미가 달리 보였습니다. 이 편지를 특별한 조치 없이 그냥 일반 국제우편으로 보내신 걸 보면 아무래도 비뫼시는 검열로부터 자유로운 모양이니 저도 가감 없이 물어보도록 하겠습니다. 얀코 박사님께서도 제가 봤던 그 나무를 발견하신 거지요? 제가 썼던 「암흑과 광합성에 대한 새로운 고찰」은 국제 등급 학술지엔 게재 불가 판정을 받아서, 별수 없이 소장 연구자들이 운영하는 작은 학술지에 실었던 소논문입니다. 그런 이름 없는 논문을 서방 학술원 소속도 아닌 학자가 찾아서 읽었다는 건, 심지어 그 학술지 자체가 제 논문 발표 후 강제로 폐간 조치됐음에도 여러 도서관을 돌아다니며 꾸역꾸역 발굴해냈다는 건…… 어떻게 보더라도 당신이 제가 '동굴나무'라고 이름 붙인 이형종(異形種)에 대해 이미 알고 있다고밖에 생각되지 않는군요. 혹시 동굴나무가 남방한계선에서 이상증식하는 검은나무들과 비슷한 계통에 속하는 건가요? 만일 그러하다면, 부디 답신을 부탁드립니다. 저는 제가 그에 대한 최소한의 진실을 고지받을 권리가 있다고 믿습니다. 왜냐하면 ─이미 잘 알고 계시겠지만─저는 그 나무 때문에 인생을 망쳤기 때문입니다.

이 자리를 빌려서 또다시 고백건대, 저는 학위논문을 표절하지 않았습니다. 레오르트 대학의 연구윤리심의위원회는 논문 심사를 졸속으로, 아니 졸속이라조차 부를 수 없을 만큼의 왜곡과 날조를 해댔습니다. 단순히 인용문 두어 개가 겹쳤다는 이유만으로 놈들은 제 학위를 취소시켜서 자연대학과 학술원에서 저를 내쫓았고, 이때까지 쌓은 제 모든 이력에 기록말살형을 내렸습니다. 명예는 물론이고 생계까지 송두리째 빼앗어 갔죠. 필경 이 모든 건 제가 마음대로 동굴나무에 대한 연구를 발표한 것에 대한 레오르트시(市)의 수뇌부들의 보복이자 진리를 가로막기 위한 음해 공작일 것입니다. 논문 발표 전에 시 당국에서 나온 ─아마도 정보국 소속일 것 같은─ 낯선 인사가 저를 찾아와서 협박을 했었거든요. 부디 후회할 일 만들지 말라고, 동굴나무에 대해 떠벌리고 다니면 세상에 존재하지 않는 것이나 다름없게 만들어주겠다고 말입니다. 덕분에 지금은 역전의 청소부 신세랍니다. 묻노니, 양심이 대가를 받는 게 아니라 치러야만 하는 세상은 도대체 어떤 세상이란 말입니까? 훗날 이 시절이 '불행한 세대'라 불리게 된다면, 그 이유는 바로 양심이 무거운 시대였기 때문일 것입니다.

얼마 전에 가보니, 제가 동굴나무를 처음 발견했던 서쪽의 시가스 협곡은 갑작스레 국유림에서 군사 지역으로 바뀌었더군요. 지난 세기 동안 아무도 침공해 오지 않고, 그래서 지키지도 않았던 산맥 한가운데 뜬금없이 국경 요새를 짓는다는 게 말이나 되는 소리입니까? 언론에서 떠들어댔던 타국의 불법적인 광물 유출을 감시하려는 목적, 그건 한낱 명분에 불과합니다. 그 비열한 놈들은 철조망 쳐진 담벼락 안쪽에서 동굴나무를 갖고 무언가 위험한 일을 꾸미고 있는 게 분명합니다. 그리고 유사 이래 군인들이 움직여서 좋은 결과가 나왔던 적이 없지요. 물론 이건 필연적인 결과이기도 합니다. 군인이란 족속들은 전쟁 중일 때에만 자신들이 유용하다고 느끼기 때문입니다.

*

이 세계의 구체적인 기원을 가늠하는 건 어려운 일입니다만, 그럼에도 분명한 건 광합성과 함께 이 별의 생태계가 시작됐다는 것입니다. 만일 정말로 신이 존재한다면, 그분의 손길은 단 한 번, 저 태양빛이 당(糖)으로 변환되는 기적의 순간에 작용했을 겁니다. 그로부터 생명에 관한 모든 것이 시작됐다고 봐도 결코 과장이 아니죠. 식물들이 만든 포도당을 먹는 초식동물이, 그리고 그 초식동물을 사냥하는 육식동물과 시체들을 처리하는 균계가 이어서 등장해 거대한 순환을 구성해냈습니다. 엽록체야말로 곧 세계인 것입니다. 그러나 우리는 발밑에 소우주들이 흐드러지게 핀 걸 모른 채로 살아가죠. 존재의 대사슬을 도끼질해 땔감으로 때면서도 자신을 이 세계에 홀로 내던져놓은 신을 끊임없이 찾아 헤매는 것입니다. 이러할진대 대관절 어느 인간이 경외감이란 걸 느낄 줄 알겠습니까?

그러나 동굴나무의 존재가 세상에 밝혀지면, 우리가 알던 생물학은 근본에서부터 바뀌게 될지도 모릅니다. 아니, 비단 생물학뿐만 아니라 세계를 다시 적게 될 게 분명합니다. 저는 두 가지 경우를 염두에 두고 있는데, 그 두 가설 중 무엇이 진실로 밝혀지든 간에 이 땅에 기적이 사라진 이래 최대의 사건으로 기록될 것입니다. 첫 번째 설은 새로운 에너지원의 발견으로서, 논문에서도 밝혔듯, 동굴나무가 암흑을 에너지로 전환시키는 새로운 화학합성식을 갖고 있을 가능성입니다. 화학진화설에 의거하여 무기물로부터 유기물이 합성되며 원시세포가 형성된 것이라면, 사실 그 에너지원이 꼭 태양열이 될 필요는 없지 않습니까? 이론상으로는 화산, 번개, 자외선 등 많은 요소가 에너지원이 될 수 있죠. 그러나 지금껏 암흑 그 자체가 에너지원으로 고려됐던 적은 없습니다. 만일 그런 합성식이 존재한다고 했을 때, 지금의 기술력으로 얼마나 밝혀낼 수 있을지는 의문이긴 하지만, 그럼에도 그 가능성이 긍정되는 것만으로도 혁명적인 일이 될 겁니다. 유일무이한 원천이라 여겨졌던 태양이 아니더라도, 별과 별 사이에 넘쳐나는 저 광활한 암흑들이 모두 에너지가 될 수 있을지도 모를 신세계가 열리게 되니까요. 무(無)가 사라진 세계라니, 가능성으로 넘쳐날 그 세상의 자유로운 공기를 단 한 모금이라도 마셔보고 싶군요.

두 번째 설은 동굴나무가 거대한 균류일지도 모를 가능성입니다. 직접 조직 검사를 해본 것은 아니지만, 균은 분명 어둡고 습한 지역에서 자라날 수 있는 유일한 생명체이니 말입니다. 드문 일이긴 하지만 이따금씩 학계에 대형 버섯들이 발견됐다는 보고가 들려오지 않습니까? 제가 기억하기로 시가스 협곡 원시림에서 길이가 10미터가 넘고 무게는 500킬로그램에 이르는 거대한 진흙버섯과가 발견된 적이 있습니다. 그러나 이 가설엔 난점들이 있습니다. 우선 동굴나무를 섣불리 버섯류로 분류하는 것엔 적잖은 무리가 있습니다. 직관적으로 봤을 때 그 외형은 완벽한 나무였기 때문입니다. 저로선, 동굴 전체를 휘감듯 뻗어 있는 줄기들과 늘어진 나뭇잎들을 도저히 버섯의 형태라곤 볼 수 없더군요. 게다가 설령 동굴나무가 아직 발견되지 않은 새로운 균류여도, 여기엔 괴이한 문제가 뒤따라오게 됩니다. 잘 알다시피 엄밀히 말해 균류는 식물이 아닙니다. 식물처럼 세포벽을 갖고 있긴 하지만 광합성을 일궈낼 만큼의 조직력을 갖추고 있진 않고, 그래서 외부로부터 가용성 양분을 흡수해야만 합니다. 그러니 그 형태가 기생성이건 부생성이건 간에 동굴나무 밑에 무언가 거대한 사체가 있다는 얘기가 됩니다. 시체들을 분해시키는 수많은 박테리아가 땅속에 득실거리는 와중에도, 동굴에 빽빽이 들어찬, 적어도 수령이 200년은 넘어 보이는 크기의 나무들을 키워낼 만큼의 무지막지한 영양분을 갖춘 그런 사체 말입니다. 제가 동굴나무를 발견했던 동굴이 죽은 고대신이 묻힌 지하 무덤이라도 된답니까? 저는 그런 영양분을 알지 못합니다.

참고로 두 번째 가설은 논문으로 발표하지 못했습니다. 앞서 말했듯 논문 발표 후 제 학위가 취소되면서 여유가 없었을뿐더러 제가 동굴나무를 발견했던 지역 자체가 출입 금지 지역으로 분류되면서 더 이상 연구 자료를 얻을 수 없게 됐기 때문입니다. 그런데도 이 얘기를 얀코 박사님께 들려주는 이유는 무시하기 어려운 심증을 갖고 있기 때문입니다. 제가 동굴나무를 발견했던 시가스 협곡은 석회암 지대인데, 동굴나무 옆으로 흐르던 지하수가 온통 뿌옇기만 하더군요. 아니나 다를까 동굴나무들이 들어찬 동굴 속으로 들어갈수록 곰팡내가 진동하고—그 특유의 퀴퀴한 냄새는 독버섯의 악취를 떠올리게끔 했습니다—숨쉬기가 어려워지더니 결국 눈앞이 핑 돌았습니다. 이산화탄소중독이었죠. 그런데 바로 균류가 광합성을 하지 못하므로 동물처럼 이산화탄소를 배출하지 않습니까?

또한 이건 과학적인 설명은 아닙니다만, 동굴나무가 균류일지도 모른다는 가설은 나름의 신화적인 토대를 갖고 있기도 합니다. 시가스 협곡 탐사 중에 우연찮게 들른 난쟁이들의 촌락에서 들은 전설인데, 그건 지하 왕국이 어떻게 멸망했는지에 대한 얘기였습니다. 첫 부분은 우리가 알고 있는 여느 이야기들과 거의 똑같았습니다. 살면서 한 번쯤 들어보셨겠지만, 오래된 구전에 따르면 마법이 사라지지 않았던 머나먼 시절 난쟁이들은 서쪽 산맥 아래에 지하 왕국을 갖고 있었다고 합니다. 그리고 주지하다시피 그 찬란했던 왕국은 갑작스레 멸망하고 말았는데, 금광을 캐던 중 그만 아득한 밑바닥에서 잠자고 있던 악마를 깨워버렸기 때문이었죠. 문제는 이다음부터인데, 제가 그 촌락에서 들은 전승에 따르자면, 지하 왕국이 멸망해버린 진짜 이유는 악마 때문만은 아니었습니다. 악마가 지하 왕국을 모조리 무너뜨리기 전, 다행히도 때맞춰서 그 악마를 봉인할 신비의 씨앗을 가진 낯선 방랑자가 나타났고, 그의 잔꾀에 넘어간 악마가 그 씨앗을 삼키자, 순식간에 거대한 나무가 악마의 몸속으로 뿌리를 내리며 나무 몸통이 목구멍을 뚫고서 돋아났다는 것입니다. 그렇게 악마를 무사히 퇴치하고서 이야기가 일단락되는가 싶었지만, 어찌 된 일인지 그 나무는 자라나는 걸 멈추지 않았고, 결국엔 지하 왕국 전체를 집어삼키는 데까지 이르고 말았죠. 전설 속의 고대 난쟁이들은 그 나무의 이름을 '누앗실'이라고 불렀다고 하더군요.

물론 제가 이 신화를 진지하게 믿는 것은 아닙니다. 서쪽 산맥 아래에 난쟁이들의 왕국이 있었다거나 땅속 깊숙이 묻힌 지옥의 악마들이 존재한다는 식의 이야기는 허구에 불과하니까요. 그러나 때때로 허구는 진실을 전하는 방편이 되기도 합니다. 어린아이가 창문에서 본 유령이 진짜 유령일 가능성은 없지만, 지붕을 넘던 도둑을 유령이라 착각했을 가능성은 충분히 유효할 수 있으니 말입니다. 바로 그런 관점에서 저 누앗실 이야기는 그냥 지나치기 어려운 영감을 주는 듯합니다. 거대한 사체, 거대한 균류 그리고 난쟁이들이 그 존재를 벌목하거나 불태우지 못하고서 왕국을 포기해야만 했던 이유까지…….

[추신]

요즘 들어, 운 좋게 비밀의 문을 발견하는 데엔 성공했지만—그날 동굴 탐험 중에 길을 잃어버린 게 이렇게나 제 인생을 송두리째 바꿔놓을지 몰랐답니다—애석하게도 부질없이 열쇠 구멍만 더듬다가 삶이 끝나버릴 것만 같은 강한 예감이 듭니다. 얄궂네요. 그러나 힘닿는 데까지는 발버둥 쳐봐야 할 테죠. 더 물어볼 사안이나 공유할 연구 자료가 있다면 언제든지 편지해주시기 바랍니다. 제게 남은 건 원한과 시간뿐이랍니다. 읽어주셔서 감사하고, 또 감사할 일이 있기를 소망합니다.

1106. 4. 15. 레오르트에서

코포 드림

5장

191 기억이 점멸한다. 언젠가 참토에게 어떤 인생을 살고 싶었느냐고 물었던 적이 있다. 참토는 "좋은 인생"이라고 뭉툭하게 답했고, 나는 재차 그게 뭔지 물었다. 참토는 잠시 침묵했다. 그러고는 친구를 잃어버렸을 때 삶에 미련을 갖지 않게 되는 인생이라고 답했다. 그때 짧게나마, 어쩌면 이 세상엔 허무만큼 아름다운 건 없을지도 모르겠다고 생각했다.

192 순수한 절망, 그것은 삶을 갉아먹는 것일까, 아니면 삶을 비로소 삶이게끔 만들어주는 것일까? 이미 답을 알고 있는 질문을 반복해서 던지고 있다는 강한 확신이 든다. 난망하다. 오늘 아침, 입안에 소염진통제를 털어넣다가 다리에 힘이 풀렸고, 황급히 옷걸이를 붙잡지 않았다면 크게 다칠 뻔했다. 의자에 앉아 숨을 고르다가 그만 울음을 터뜨리고 말았다.

193　요즘따라 초조함이 일을 그르치게 만들까 두렵다. 부담을 이겨내지 못하고서 황급히 어쭙잖은 결론을 맺을까 봐, 그런 타협책을 끌어안고서 눈을 감게 될까 봐 너무도 두려운 것이다. 어젯밤에도 서류 꾸러미에 끼워진 서신들을 정리하다가 졸도하고 말았다. 나날이 어지럼증과 구토증이 심해지고 나쁜 체액들이 목을 조르고 있음을 느낀다. 떨린다. 떨린다.

194　자고 일어날 때마다 관절에 밀랍이라도 발린 것처럼 뻣뻣하게 굳어서 움직일 수가 없다. 마치 사후경직이 온 시체처럼, 혹은 스스로 몸을 뒤집지 못해 부르르 떨기만 하는 유아처럼 두어 시간 무력하게, 그러나 그만큼 필사적으로 뒤척인 후에야 겨우 몸을 일으킬 수 있다. 이러다가 본인이 죽은지도 모른 채로 영원토록 뒤척거리게 되는 건 아닐까?

195　마른기침. 물걸레질을 할 수 없어서 집 안이 마른 검불마냥 퍼석퍼석하다. 제대로 주먹을 쥘 수조차 없어서 걸레를 짤 수 없기 때문이다. 덕분에 언제부턴가 먼지를 닦아낸 손등을 물로 씻어내는 것이 할 수 있는 청소의 전부가 됐다. 일그러진 채로 굳어버린 손가락 관절들은 마치 뿌리를 덮은 균근을 보는 듯하다. 기생하는 것은 정신인 걸까?

196　자연과학부에서 만났던 Q교수는 모든 생명체는 단일한 하나의 원시세포로부터 비롯되어 계통발생적으로 진화한 것이라고 주장했다. 그에 따르자면 동물 속엔 이미 식물적 요소들이 포함되어

있는 것이었다. 그러나 이 드넓은 대지에 '태초'란 것이 존재할 수 있을까? 펼쳐지게 될 모든 형태를 담지하는 순수한 역량, 근원, 그리고 어쩌면, 존재, 존재.

197 류머티즘이 온몸을 침식하고 있는 이 시점에서 와서야 Q교수의 주장에 동의하게 된다. 류머티즘은 활막(滑膜)을 공격적으로 이상증식시켜 연골을 파괴하는 것으로도 모자라 관절 자체를 변형시킨다. 그렇게 오래된 나무처럼 팔다리가 붓고 휘고 또 굳어간다. 나에게 죽음이란 내 안에 숨겨진 태곳적 식물성으로 억척스레 회귀하는 과정이다.

198 작년엔 난파선, 뱃머리가 하늘로 향한 채로 가라앉고 있는 가없는 배가 곧 나라고 생각했었다. 낙관적이었다. 침몰하는 구조선, 그것이 바로 나였기 때문이다. 더 이상 구조 요청을 할 곳도 없다. 죽음이 빼앗아 간 건 미래가 아니라 상상력이고, 지옥 이후에도 계속 이어지는 삶이야말로 정녕 지옥이다. 이제 두통만이 내가 아직 인간임을 알려주는 신호가 됐다.

199 식사가 고역이다. 마른 빵을 씹을 수 없게 됐는데, 농양이 잇몸 뼈를 뚫고 나와 고름 주머니를 달 지경이 됐기 때문이다. 아려오는 이를 만지고 있으니 비나드 생각이 난다. 나야 영양부족과 류머티즘으로 인한 치주염이지만, 그에겐 순전히 어금니를 너무 꽉 다물었기에 생긴 병이지 않나. 그때 그는 왜 그랬을까? 순정과 오욕의 갈림길에서 이가 흔들린다.

200　때아닌 습기로 고통스러웠던 오늘, 어제부터 손보고 있던 메모들을 모조리 구겨서 벽난로에 던져버렸다. 그곳엔 진실이 아닌 변명이나 끼적여 있었기 때문이다. 편집증적 망상을 갖지 않으려고 노력하지만 쉽지 않다. 평가가 과거를 바꿔주지 않음을 너무도 잘 알면서도, 그 평가로써 구원받을지도 모른다는 가증스러운 믿음을 떨쳐낼 재간이 없다. 헛되다.

201　침대에 몸을 누이고서 기억이 아닌 건조함에 집중하기로 했다. 진실이 정동(情動)의 무대인 것이 아니라, 정동이야말로 진실의 그릇인 까닭이다. 기적이 사라진 해로부터 1096년 뒤 어느 초여름 날, 프님 남작, 습관처럼 손가락으로 수염을 돌돌 말며 걸어 다니던 그 까다로운 남자가 몬세라토 수도원 부속 고아원에 나타났을 때 나는 들떠 있었다.

202　인간, 난쟁이, 고블린 등 언어를 갖춘 종들로 이뤄진 사회들 중에 계급이 없다고 믿어지는 사회는 있어도 실제로 계급이 없는 사회는 없다. 뿐만 아니라 돈은 종족에 선행했다. 언젠가 맥주홀에서 귀동냥하길, 사실 이 세상에 존재하는 종족은 딱 두 가지뿐인데 그건 바로 부자와 빈자라는 것이다. 나머지는 허상이자 종교란 말이 덧붙여졌다. 옳다.

203　태양 스스로가 왜 태양인지를 설명할 필요가 없듯, 세상이 계급적이란 말 역시 스스로를 해명할 필요가 없었다. 그런 설명 없이도 태양이 뜨고 빛나듯, 계급은 당사자의 이해 여부에 상관없이 작

동하기 때문이다. 예배당에서 프님 남작을 처음 봤을 때―마치 가축들 각각에게 이름이 없듯―'고아'라는 야윈 군집을 내려다보던 그 시선을 잊을 수가 없다.

204 그해 여름엔 청동왕이 하수도정비기본계획에 거부권을 행사했고 또다시 콜레라가 창궐했는데, 여론이 안 좋아지자 왕은 북쪽 외곽의 구빈원과 고아원에 돼지고기를 끼운 빵을 은사품으로 뿌렸다. 의회의 평등파 위원들은 즉각 이를 '위선적 관용'이라 힐난했다. 그런데 저 말은 참 우습다. 마치 위선적이지 않은 관용이 있다는 양 믿는 게 아닌가?

205 이날을 기억하는 이유는 두 가지인데, 하나는 수도원장이 왕의 은사품을 빼돌려서 야시장에 되판 뒤 우리들에겐 돼지비계를 섞은 귀리죽을 대단한 선물처럼 줬기 때문이고, 다른 하나는 간만에 기름이 가미된 음식을 먹던 그 자리에 프님 남작이 불쑥 찾아왔기 때문이다. 사감은 식사가 끝나면 숙소로 가지 말고 계속 식당에 남아 있으라고 큰 소리로 말했다.

206 《언어를 쓰는 모든 종과 시민의 권리선언》이후로 마치 모두가 동등한 존재로 태어났지만 단지 거기에 빈부의 차이가 덧붙여졌을 뿐이라고 믿으려는 전염성 과대망상증이 유행인 것 같다. 그러나 돈은 기호품이 아니다. 그날 프님 남작은 일렬로 선 고아들 앞을 걸어다니며―훗날 내가 식물 표본들을 바라보는 식으로―아이들의 이목구비를 관찰했다.

207　프님 남작은 신중한 시선으로 고아들의 이마가 얼마나 경사졌는지, 턱의 돌출 상태가 어떠한지, 귀와 인중의 길이는 어느 정도인지, 혹시나 광대가 움푹 들어간 건 아닌지 그리고 두개골의 비대칭 여부까지 꼼꼼히 살폈다. 그는 비뫼시 골상학학회의 정회원이자 최대 후원자였고, 두개골의 형태에 모든 것이 담긴다고 믿어 의심치 않았기 때문이다.

208　사회와 계급은 동의어이다. 갑작스레 휴거가 찾아오거나 거대한 운석이 떨어지지 않는 이상에야 이 세상에서 계급 질서는 결코 사라지지 않는다. 그리고 바로 그런 이유에서 하인을 양성하는 사업은 대대손손 절대로 망하지 않는 사업이었다. 그날 프님 남작이 몸소 누추한 고아원까지 행차한 것은 이른바 '하인 후보생'을 선발하기 위해서였다.

209　땅딸막한 프님 남작은 비뫼시에서 두 번째로 큰 하인양성소인 구테므나 하인학교의 이사장 겸 교장이었다. 구테므나라는 이름은 그의 선조이자 하인학교의 창립자인 프님 구테므나로부터 따온 것인데, 구테므나가 학교를 만들 때만 하더라도 그의 이름 앞엔 프님이란 가문명이 없었다. 그는 아무런 작위도 없는 평민 출신에 불과했기 때문이다.

210　연혁: 구테므나는 평생토록 고되게 밭을 갈거나 혹은 방직기의 부품 중 하나로 전락했다가 서른쯤 창백하게 굳어지는 여느 평민들과는 달리, 왕실 마구간지기의 아들로 태어나 맨손으로 궁전의 시

종관까지 올라간 남자였다. 덕분에 일찍부터 그는 노예는 평민을, 평민은 귀족을, 귀족은 왕을 모방하려 한다는 것을 지나치리만큼 명확히 깨닫고 있었다.

211 왕좌의 주인이 바뀌던 시점, 구테므나의 나이는 어느덧 불혹에 닿아 있었고, 새로운 주인께서 왕세자 시절 자신을 돌봐줬던 하인을 새로운 시종관으로 임명하려 함을 잘 알고 있었다. 구테므나는 은밀하고도 친밀한 사이였던 왕비를 찾아가, 자신이 궁전 밖에서 하인들을 전문으로 양성하는 학교를 지을 수 있게 도와달라고 간청했다. 왕비는 흔쾌히 응해줬다.

212 예측대로 구테므나 하인학교는 금세 유명해졌다. 구테므나는 하인 후보생들에게 왕족들에게 하는 자질구레하고도 사치스런 예식(禮式)을 가르쳤고, 그러자 왕처럼 되고 싶었던 귀족들이 왕실 시종관 출신이 직접 가르친 하인들을 앞다퉈 데려가려고 했기 때문이다. 구테므나의 하인들은 경주마보다 비싸게 팔렸다. 말년에 그는 남작 작위를 사서 정식 가문을 이루었다.

213 이제 '프님'이란 가문명을 갖게 된 구테므나의 후손들은 하인학교를 증축하며 더 큰 이윤을 남기려고 했다. 그러나 규모가 커지면 그만큼 공정은 방만해지고 품질관리 또한 어려워지는 법이다. 어느 순간부터 불량품들이 나오기 시작했다. 정적에게 매수되어 주인의 치부를 넘기거나 마나님과 망측스러운 불륜을 저지르는 등 추문들이 불거졌던 것이다.

214 구테므나의 4대손인 프님 도롯토는 하인들의 품질을 개선하기 위해서 여러 가지 조치를 행했는데, 그중 하나가 바로 골상학이었다. 건강하고 똑똑하면서도 그 지능의 높이가 결코 주인을 앞지르지는 않는 충성스러운 종자, 즉 태어나기를 완벽하게 노예 중의 노예로 태어난 존재를 찾고자 했던 것이다. 그리고 그날, 프님 남작은 내 앞에서 발걸음을 멈췄다.

215 훗날 도서관에서 구해다 본 범죄인류학 서적에 적혀 있길, 사기꾼은 턱이 넓고 광대뼈가 돌출됐으며 소매치기는 손가락이 길다고 적혀 있었다. 아울러서 사고력을 담당하는 전두엽이 발달한 인간의 경우 전두엽의 팽창에 의해 이마가 반반해진다고 했다. 이에 따르자면 나는, 사기꾼과 소매치기가 아니면서 적절히 똑똑한 두개골을 갖고 있는 셈이었다.

216 역리: 아이러니한 건, 누구보다 프님 남작 본인이 범죄적 성향이 농후한 두개골을 갖고 있다는 것이었다. 본인도 이를 잘 알고 있었는지, 주걱턱을 가리기 위해 언제나 네모나게 손질된 턱수염을 길렀고, 돌출된 광대뼈를 가리기 위해 얼굴을 빵빵하게 살찌웠으며, 좁다랗고 울퉁불퉁한 이마를 가리기 위해 늘 앞머리를 눈썹까지 내렸다.

217 남작은 손에 들린 막대로 내 턱을 들어 올렸고, 여러 각도에서 살펴봤다. 그런 뒤엔 뒤돌아서게 한 뒤에 뒤통수를 막대로 건드리며 ─마치 내게 손이 닿으면 옮는 병균이라도 있는 것마냥─ 형태

를 살피고 줄자로 크기를 재어보기까지 했다. 그러고는 잠시 미심쩍다는 듯 혀를 찼다. 옆에 서서 남작의 눈치를 보던 사감이 조심스레 무슨 문제라도 있느냐고 물었다.

프님   약간 애매하군. 자, 여길 보게나. 뒤통수에 있는 것이 뇌의 후두엽이라는 부위인데, 여기서 보살핌과 만족감을 느끼게 만드는 신경 물질을 생산한다네.

사감   그렇군요. 그런데 무슨 문제라도 있습니까?

프님   뒤통수가 절벽까지는 아닌데, 그래도 너무 좁아. 이러면 주인이 베푼 은혜에 금방 익숙해지지.

프님 남작은 턱을 문지르며 한동안 내 두개골 앞에서 고민했다. 마치 정해진 비례식이라도 있는 것처럼 턱과 뒤통수를 반복해서 따져봤고, 후보로 찍은 다른 아이들과 비교해보기도 했다. 이를 꽉 다물었다. 금방이라도 구원해달라는 외침이 터져 나올 것 같았기 때문이다. 잠시 뒤 저 남자의 입에서 나올 대답에 따라서 앞으로의 인생 경로가 달라지게 될 터였다.

218   몬세라토 수도원의 그 누구도 고아들에게 문자를 가르쳐주지 않았지만, 그렇다고 해서 고아들이 바보인 것은 아니었다. 아이들은 복도에서 수사들이 나누는 말이나 수도원을 방문한 신도들이 물어 온 정보들을 수집해 와서, 앞으로 자신들에게 펼쳐질 미래를 가늠해볼 줄 알았다. 대개 그들을 기다리는 건 절망이었으나, 한편으로 절망은 이미 익숙했다.

219 나이가 찬 아이들은 비뫼시에서 운영하는 고아 전문 직업소개소로 넘어갔고, 그곳은 고아들을 열렬히 기다리는 사업주들로 붐볐다. 쓰다 버려도 뒤탈이 없는 고아만큼이나 훌륭한 노동 재원도 없었기 때문이다. 여기서 고아들은 구리 광산, 무두질 공장, 하수도 청소부, 섬유 공장, 채석장, 제철소, 방직공장 등으로 팔려 갔고, 대개 성년이 될 때쯤 숨이 끊어졌다.

220 언젠가 왼쪽 팔이 없는 걸인 하나가 몬세라토 수도원 담벼락을 넘어온 적이 있었다. 처음엔 죽은 시체가 부활해서 걸어 다니는 줄 알았지만—매우, 매우 위태롭긴 하나—아직 숨이 붙은 상태였다. 그 외팔이는 공동묘지를 가로질러 고아원으로 들어왔고, 입구에서 졸고 있던 사감을 피해 창문으로 넘어왔다. 그리고 자고 있던 고아들을 깨워서 불러 모았다.

221 그는 여기 고아원 출신이었다. 몇 년 전 방직공장으로 보내져서 입에 풀칠하기도 힘든 푼돈을 받고 하루 열두 시간씩 방직기계 안에 들어가 기름칠을 하게 됐다고 했다. 너무 피곤하여 졸아버린 어느 불행한 날, 손이 그만 회전 바퀴 속으로 빨려 들어가 외팔이가 됐고, 병원에서 깨난 뒤 정어리 통조림 세 개 값을 받고서 거리로 쫓겨났다고 했다.

222 외팔이는 자신의 고아원 친구들의 사례에 대해서도 아는 대로 증언해줬다. 대부분 비극이었지만 구테므나 하인학교로 선발된 어느 여자의 사례는 예외였다. 누군가 왜 여기로 다시 돌아왔느냐고

물으니 길에서 죽고 싶지는 않아서라고 답했다. 다음날 그는 고아원 철제 침대들 사이에서 숨이 멎은 채로 발견됐다. 주머니 속엔 나무 삽이 들어 있었다.

223   동물 가죽을 벗겨내다가 난 작은 상처가 감염증으로 덧나 온 몸이 검게 변하며 비참하게 죽고 싶지 않았다. 채석장에서 돌만 깨 다가 허옇게 늙어버리고 싶지도 않았고, 거리에서 죽은 개만도 못한 행려병자 꼴로 기어다니다가 오물 더미 속에서 익사하고 싶지도 않 았다. 그날부터 신에게, 하루도 빠지지 않고 하인학교로 들어가게 해달라는 기도를 드렸었다.

224   신실한 기도 속에서 복수심은 보상에 대한 갈망으로 바뀌었 다. 도축장이나 광산이 아닌 하인학교로 갈 수만 있다면야 아버지의 죽음까지 용서할 수 있었다. 꿈속에서 목말을 태워주던 아버지는 나 를 하인학교 문턱에 놔두고서 구덩이 속으로 떨어졌다. 그 밑바닥에 선 나무 삽을 깎던 룽게가 떨어진 아버지를 붙잡더니 괴물처럼 게걸 스럽게 뜯어 먹었다.

225   다음날 그 꿈은 계시로 밝혀졌고, 고민하던 프님 남작은 결국 나를 뽑았다. 이유는 두 가지였는데, 첫째, 뒤통수의 결함에도 불구 하고 그보다 좋은 두개골이 없었고, 둘째, 건강 상태가 비교적 양호 해서였다. 매일 굶주렸던 시절, 난쟁이 참토가 먹인 쥐 고기가 생각 났다. 그리고 곧장 기분이 더러워졌다. 그 면역력은 단백질과 죄의 결과물이었기 때문이다.

226 게워내고픈 격정이 온몸을 사로잡았다. 프님 남작이 고아를 인계받기 위한 간략한 서류를 작성하는 동안 나는 담벼락으로 가서 아침에 먹었던 감자 수프를 토해냈다. 입을 닦으며 뒤돌아섰을 때 그곳엔 탈락한 고아들이 누렇게 뜬 얼굴로 나를 바라보고 있었다. 그 눈초리에서 노기 어린 원망이 읽혔다. 그것은 생명을 도둑맞은 허깨비 같았다.

227 고아들 뒤편으로 까마귀들이 맴도는 시체 구덩이가 보였다. 날마다 구덩이로 던져졌던 돌멩이들의 얼굴이 떠올라 그 순간 이렇게 외치고 싶었다: 나는 너희를 배신한 게 아니야. 선택받은 거지. 너희들은 단지 운이 나쁜 거고, 잘 알다시피 운명의 주관자는 내가 아니야. 게다가 난 열심히, 열심히, 그분께 닿을 만큼 기도 드렸다고, 너희와는 달리······.

228 여태껏 살아오면서, 그리고 앞으로도, 이렇게까지 전후가 가파른 절벽처럼 나뉜 적이 없었다. 벌써부터 고아원이 낯설어지려고 했다. 옷깃을 기어다니는 빈대부터 담벼락을 덮은 퀴퀴한 이끼들까지 모든 것이 역겹게 느껴졌다. 그러다가 마치 잃어버렸던 권리들을 이제야 되찾은 듯한 느낌 그리고 저들은 대가를 치르는 것이란 통쾌함마저 찾아오려고 했다.

229 입안으로 쓴 피 맛이 느껴졌다. 나도 모르게 아랫입술을 너무 세게 깨무는 바람에 입술이 찢어진 것이었다. 피를 삼키며 도리어 고아들을 노려봤다: 너희는 날 비난할 자격이 없어. 우리 모두 그 겨

울에 무슨 짓을 했는지 잘 알잖아, 안 그래? 쥐 고기? 너희가 나라고 해서 다르게 했을까? 손끝이 파르르 떨려오자 웃음을 터뜨려야겠다고 생각했다.

230 그러나 웃지 못했다. 한계상황에 대한 생리적 반응이 곧 웃음과 울음이라는데 아무래도 내 성향은 후자 쪽에 가까운 모양이었다. 일순간 눈앞이 핑 돌면서 휘청거렸고, 뒤로 엉덩방아를 찧으며 나자빠졌다. 눈물이 쏟아졌고 길 잃은 분노가 발톱을 세워 목청을 긁었다. 그때 참토, 골상학 면접에서 애당초 열외였던 열등 종족 난쟁이가 달려와 나를 부축했다.

231 그때 참토가 속삭여줬던 말은 잘 기억나지 않는다. 가증스러운 내 기억의 서랍장 속엔, 어깨를 토닥여주던 손길의 촉감과 미소, 그리고 그 순간마저 '쥐 고기를 내게 준 건 바로 너였어'라는 원망 어린 말을 내뱉고 싶었던 내 충동의 소용돌이만 남았다. 다행히 그 말은 끝내 입 밖에 내지 않았다. 삶을 뒤돌아보건대 그것이 내가 후회하지 않는 유일한 일이다.

232 훗날 주홍빛 벨벳 소파에 누워 이 시절의 내 얘기를 들어주던 비나드는 잎담배를 질겅이며 대꾸했다. 타인은 타인의 환상을 짊어지며 사는 거라고 말이다. 그는 반쯤 풀린 눈빛으로 바람만 맴도는 공허한 천장을 바라봤고 나는 그게 무슨 말인지 물었다. 비나드는 이미 아는 대답을 물어보는 건 악취미라며 웃고는 하얗고 기다란 손가락으로 내 허벅지를 간질였다.

233 몬세라토 고아원에서는 딱히 들고 갈 짐이 없었다. 그간 버텨오며 얼굴이 익은 사감이 여기에 굶주림을 놓고 가면 되겠다고 이죽거렸지만 나는 대꾸하지 않았다. 프님 남작은 나를 같은 마차가 아니라 짐수레에 태웠다. 몬세라토 수도원의 대문을 나가면서 겹겹이 쌓인 더위 틈으로 가는 바람이 불어왔다. 산들바람이라고 하기엔 매연이 너무 많이 섞여 있었다.

234 풍경: 전날 외팔이의 말처럼 북쪽 외곽 골목엔 비렁뱅이와 병자 들이 득실거렸다. 그들은 마차 처마에 달린 쇠방울이 딸랑거리는 소리를 듣고서 유령처럼 몰려와 한 푼만 달라고 구걸했고, 마부는 길이 막히기 전에 미리 준비한 동전 두어 개를 멀리 내던졌다. 거지들은 그곳으로 우르르 몰려가다가 서로의 발에 걸려 엎어지고 욕지거리를 내뱉으며 물어뜯었다.

235 나는 뭘 기대했던 걸까? 학살극에 대한 복수를 준비하는 민중들의 날 선 눈빛? 더욱 굳건해진 의지? 짧은 순간, 그 거지들은 고아원에서 부풀었던 내 믿음들을 게걸스레 집어삼켰다. 풀무형제단은 애당초 존재한 적도 없는 허상처럼 느껴졌다. 남은 것이라곤 저 거지들에게 붙잡히지 않기 위해 짐수레 안쪽으로 파고드는 내 필사적인 몸놀림뿐이었다.

236 마차 놋쇠 바퀴는 고가철도를 따라서 북쪽 외곽을 가로질렀다. 고아원에서 허기를 겪는 동안 모노레일의 종점엔 지하철로 환승하는 역사(驛舍)가 지어져 있었다. 그런데 그 건물은 승강장이라기

엔 그 규모가 고성처럼 육중했다. 그곳이 로벨토역이었음을 알기 위해선, 그리고 그 역의 진정한 목적이 무엇인지 알기 위해선 하인학교 졸업을 앞둔 가을날까지 기다려야만 했다.

237   바리케이드의 모닥불로부터 지금까지 흘러온 삶이란 줄곧 낯선 곳에서 낯선 곳으로 옮겨지는 짐짝 같은 여정이었다. 구테므나 하인학교에서의 삶 역시 익숙해질 만하면 어느 귀족이나 졸부의 지목을 받고 낯선 저택으로 옮겨지게 될 터였다. 머묾이 허락되지 않는다면 상처라도 덜 받고 싶었다. 그래서 학교에서 만나는 모든 것에 애정을 주지 않기로 결심했다.

238   남쪽 게로브란타 거리에 위치한 구테므나 하인학교는 북쪽 외곽의 몬세라토 수도원과 비교했을 때 모든 면에서 좋았다. 훌륭한 하수도를 갖고 있었고 거리의 사람들은 목까지 단추가 채워진 가지런한 옷을 입고 있었다. 이따금씩 넝마주이가 상가 주변을 기웃대면 경찰이 출동하여 마치 비누로 병균을 씻어내듯 그를 다른 구역으로 내쫓았다.

239   주홍빛 점토 벽돌로 차곡차곡 쌓아 올린 담벼락을 넘어가자 그럴싸한 대리석 회랑이 딸린 구테므나 하인학교 전경이 나타났다. 세모난 마당엔 도시 곳곳에서 선발된 훌륭한 두개골을 가진 하인 후보생들이 모여 있었다. 모두 하얗게 세탁된 리넨 셔츠와 검은 구두를 신고 있었고, 머리를 땋은 방향도 모두 똑같았다. 이제 나도 저들처럼 될 시간이었다.

240 선생으로 보이는 중년 여자가 달려왔다. 마차에서 내린 남작
은 짐수레에 쪼그리고 앉아 있는 나를 가리키며 짧게 말했다: 쟤 좀
씻기고 입혀놔. 그 여자는 나를 공동 목욕탕으로 데려갔고, 비누를
묻힌 거친 솔로 피부를 벅벅 문질러 씻겼다. 아프다고 말하자 뺨따
귀를 치며 쓸데없이 시끄럽게 굴지 말라고 했다. 끝내 이름은 물어
보지 않았다.

241 청결, 위생, 멸균. 그것들은 이제부터 나의 지상 과제였다. 천국
에 대한 서사에 퀴퀴한 땀내에 대한 언급이 없듯—그런 악취는 죄
인을 통째로 삶기 위해 거대한 아궁이 밑으로 장작불을 끊임없이 때
는 지옥에나 어울리는 냄새였다—하인은 주인의 집을 최소한 무취
로 만들어야만 했다. 싸구려 극장에서나 날 법한 역한 냄새가 문턱
을 넘어오지 않도록 단단히 단속해야만 했다.

242 프님 남작은 물론이고 하인학교의 모든 선생은 하나같이 불결
한 냄새를 타고서 흘러오는 병균에 대해 강조했다. 저들이 묘사한
북쪽 외곽의 빈민굴은 분뇨 구덩이에서 허우적대는 전염병의 산실
에 가까웠다. 떠도는 소문에 남작은 밤마다 지폐를 다리미질한다고
했다. 그 이유인즉 누구 손을 탔는지 모를 지폐는 위험한 박테리아
의 온상이기 때문이라고.

243 그날 점심 식사로 버섯 수프와 노릇하게 구운 빵을 건네받았
을 땐 배탈이 나는 게 아닐까 걱정됐다. 여태껏 그런 부드러운 음식
을 먹어본 적이 없었기 때문이다. 다행히 그런 문제는 없었다. 식사

를 마친 뒤엔 프님 남작의 집무실로 보내졌다. 고풍스러운 촛대와 고급 가구 그리고 푹신푹신한 양탄자가 깔린 방이었다. 남작은 느긋하게 물담배를 피우고 있었다.

244 여기 앉아라. 다리는 가지런히 모으고 양손은 다소곳하게 무릎 위로. 그리고 턱은 당기고 입술은 다물되 눈매는 힘을 푸는 걸로. 그래야 순한 표정이 나오니까. 그래, 그거다. 좋군. 역시나 말귀를 금방 알아먹는구나. 잘 기억해두려무나. 네 마음은 별로 중요한 게 아냐. 오롯이 중요한 건 네 주인이 너를 어떻게 생각하고 느끼느냐, 그것뿐이다. 알겠니?

245 프님 남작은 벽면에 걸린 구테므나의 초상화를 가리키며 하인 학교의 연혁을 짧게 요약했다. 가문의 시조가 왕실 시종관 출신이었지만 끝내는 남작 작위까지 거머쥔 훌륭한 위인임을 강조했고, 그러면서 의미심장한 표정을 지으며 어깨를 툭툭 쳐주기도 했다. 마치 나 또한 열심히만 하면 얼마든지 그런 성공 신화를 써 내려갈 수 있다는 듯이 말이다.

246 남작은 굉장히 계몽적인 사람이었다. 골상학뿐만 아니라 도덕적 타락과 질병의 관계에 대한 논문도 하나 썼고 훈육 기술에 대한 조예도 깊었다. 그는 채찍질 없이 명마가 나올 수 없다는 점에서 체벌에는 동의했지만 당근 없는 체벌엔 단호히 반대했다. 그리고 제일 좋은 당근은 꿈이라고 봤다. 그건 값싸고 강력하며 또한 유통기한도 가장 길었기 때문이다.

247 삶에 충성스러운 입술은 연신 "열심히 하겠습니다"를 읊어댔지만 마음은 전혀 그렇지 않았다. 시체 구덩이에서 구원받은 감사함은 아까 전 욕탕에서의 솔질에 벅벅 벗겨나간 뒤였다. 누구나 다 각자의 신에게 스스로를 봉헌하게 된다지만, 남작의 신화는 나의 제단이 아니었다. 되레 내게 그의 말은 독처럼 보였다. 꿈이 없다면 고통도 없을 것이므로.

6장

248 남동부를 가로지르는 젖줄인 글란비우스강(江)은 남방한계선 너머로부터 발원하여 푸른빛 구슬들을 모아놓은 보석함 같은 비취해(海)로 들어갔다. 강은 중간에 끊어짐 없이, 또한 빙점(氷點)도 모른 채로 도도히 흘러갔다. 그러나 빼곡히 들어선 검은숲 너머에 무엇이 있는지는 아무도 몰랐다. 발원지를 찾아 강물을 거슬러 올라간 이들 중 생환한 이는 없었기에.

249 고대인들은 글란비우스강이 시작되는 지점엔 거대한 물레방아가 있다고 믿었다. 외눈박이 거인이 밤마다 물레방아 발판을 밟아서 아득한 지하로부터 물을 퍼 올리고, 그렇게 지상 위로 쏟아진 물이 흐르고 흘러 글란비우스강이 됐다는 것이다. 전설에 따르면 그 외눈박이는 신의 나무를 마음대로 잘라버리는 바람에 영원한 형벌을 받게 된 것이라고 했다.

250 또 다른 고대 전승에 따르면 그 외눈박이 거인은 정령들의 정원을 가꾸는 정원사였다. 외눈박이로 태어나는 바람에 가족에게 냉대당하고 동족들로부터도 지독한 놀림을 받았던 그 가녀운 거인은, 유일하게 자신을 따스하게 맞이해줬던 비췻빛 정령들을 위해 평생토록 숲을 가꾸고 있는 것이라고 했다. '글란비우스'는 정령들이 그에게 붙여준 이름이었다.

251 훌륭한 정원사 덕분에 검은숲은 세계의 모든 숲을 통틀어 가장 울창하게 자라났다. 음유시인들은 외눈박이 글란비우스의 자식들이 바로 '트롤'이라고 했다. 햇빛에 직접 닿으면 트롤들의 피부가 돌처럼 굳어지는 것은 그들이 태어난 곳이 볕이 들지 않는 깊은 숲속이기 때문이고, 그들이 털북숭이인 이유도 어두컴컴한 숲속의 추위 때문이라고 했다.

252 트롤들은 검은나무들이 쉬지 않고 증식하는 것처럼 숲의 그늘이 확대될수록 그 머릿수가 많아졌다. 정원사의 후손답게 트롤들은 나무도 통째로 뽑아버릴 정도의 완력과 머리 위까지 솟아오른 송곳니로 숲의 적들을 사냥했다. 포식하고 남은 찌꺼기들은 강줄기를 따라서 거름으로 뿌렸고, 귀신 들린 뿌리들은 그 시체 조각을 먹고서 더욱 크게 자라났다.

253 지금도 매년 이쪽으로 보내지는 군인과 벌목꾼 들은 그 전설들에 대해—마치 고대의 음송가(吟誦家)가 서사시를 통째로 외우듯—줄줄이 꿰고 있었고 또한 믿었다. 물론 증기기관과 탄도학 역

시 굳게 믿었다. 단지 검은나무가 왜 계속해서 자라나고 그 어둠 속에서 트롤들이 왜 출몰하는지에 대해 그 전설들보다 좋은 설명을 발견하지 못했을 뿐이었다.

254 싸구려 주술사들은 검은나무가 본래 정령들의 고향이었던 비취해에 닿으면 검은숲의 증식이 끝나게 될 거라고 떠들었지만 그건 숲의 끝이 아니라 문명의 종말을 뜻했다. 대부분의 도시는 글란비우스강과 그로부터 뻗어 나온 지류들을 따라 세워졌고, 이들이 한데 모인 국제연맹에선 일찍부터 매년 일정량의 인력과 장비 들을 남방한계선으로 보내고 있었다.

255 언어를 갖춘 모든 종을 위한 남방 수호 의무: 모든 것을 검게 만들 자연의 어둠과 들끓는 야만이 문명을 집어삼키지 않도록, 전 세계에서 모인 벌목꾼들은 기적이 사라지기 전부터 그어졌던 남방한계선을 넘어온 검은나무들을 도끼질했다. 때때로 숲의 어둠 속에서 뛰쳐나온 트롤들의 습격에 사지가 찢기고 뭉개지기도 했지만 도끼질은 중단될 수 없었다.

256 비가 억수로 쏟아지던 오후, 야영지에서 자신의 이름을 '가브릴로'라고 밝힌 웬 벌목꾼 하나가 나를 찾아왔다. 비에 쫄딱 젖은 그는 일전에 내가 퇴역병들의 선술집을 돌아다니며 롬보에 대해 묻고 다녔던 것을 알고 있었는데, 전날 풀무형제단 소속 행동대원이었던 자신이 그 롬보에 대해 잘 알고 있다고 말했다. 그러면서 값으로 은화 두 닢을 요구했다.

얀코	먼저 들어보죠. 그런 뒤에 그 얘기가 정말로 그 정도 값어치가 있는지 따져보자고요.
가브릴로	그건 곤란하지, 학자 아가씨.
얀코	그럼 저도 곤란해요. 은화 두 닢은 작은 돈이 아니에요. 특히나 이런 곳에선 더욱 그렇고.
가브릴로	빌어먹을, 좋아. 앞부분을 조금만 들려주지. 듣고서 판단하라고……. 으음, 롬보가 우리를 배신했다는 건 이미 알고 있겠지?
얀코	그 뒤에 무정부주의자가 됐다죠?
가브릴로	아니야. 단지 그렇게 보일 뿐이지. 내가 왜 여기 남쪽 끝자락까지 오게 된 줄 알아? 바로 그 롬보 자식을 죽이려다가 붙잡혀서야.

가브릴로는 거기서 음흉한 미소를 지으며 입을 다물었고, 손바닥을 펼치며 은화를 요구했다. 나는 별수 없이 은화 한 닢을 꺼내며 나머지 잔금은 이야기를 다 듣고서 주겠다고 말했다. 그는 못마땅하다는 듯이 입맛을 다셨지만 결국엔 돈을 받고서 입술을 뗐다. 자신이 롬보를 죽이러 간 것은 기적이 사라진 해로부터 1098년 뒤 4월 무렵이라고 했다.

257 핏빛으로 얼룩졌던 식량 폭동의 마지막 날, 가브릴로는 곡물 관리청에서 최후의 결사를 준비하던 단원들 중 하나였다. 해가 뜬 뒤에야 결전을 치를 줄 알았던 터라, 풀무형제단과 민중의 분위기는 어수선했다. 피로와 취기가 뒤섞이며 얼굴 없는 공포가 이마를 짓누

르기 시작했다. 멀리서 누군가 악귀들이 로벨토가를 경유하여 이쪽으로 몰려오고 있다고 소리쳤다.

258   가브릴로는 졸지에 총안이 된 관청의 창문 너머를 바라봤다. 노랗고 희멀건 빛의 조명탄이 마치 날개가 꺾여 추락한 천사처럼 떨어지고 있었다. 전날 설교자가 말하길, 주님께서는 죄를 지은 천사들을 어둠의 사슬로 지옥에 가두시어 심판을 받을 때까지 갇혀 있게 하셨다는데, 그렇다면 이곳은 천사들의 감옥이자 유배지인 셈이었다. 멀리서 포성이 들려왔다.

259   형제들의 의지는 뜨거웠으나, 그 열기는 대로를 가로지르며 날아오는 포도탄을 막을 만큼은 아니었다. 폭발음과 함께 순식간에 벽기둥이 반쯤 뜯겨나가고, 그 주변으로 폭파된 파편들에 단원들의 몸이 찢겨나갔다. 귓구멍으로 시간을 멈춰 세우는 이명이 울렸다. 이윽고 욕지거리와 함께 총성이 터져 나왔는데, 그건 도망가려는 아군을 쏜 아군의 것이었다.

260   보병대는 사태를 진압한다기보다 폭동의 마지막 항거지였던 곡물관리청을 완전히 무너뜨리고서 다시 짓기 위해 온 공병대 같았다. 연거푸 포화를 쏟아내는 바람에 건물 왼편이 통째로 무너져 내렸고, 쇠공들이 날아와 시멘트 벽에 아무렇지도 않게 구멍을 냈다. 가브릴로는 시체처럼 납작 엎드려 있기만 했고, 해가 뜨기 전에 붙잡혀 감옥 수레 안에 내던져졌다.

261 이후 '과부 제조 공장'이란 별칭이 붙은 포누그놈 감옥에서의
일은 참혹했다. 가브릴로는 어떤 식으로 끔찍했느냐는 질문에 대한
답으로 "끔찍했다"를 세 번 연거푸 반복하고는—담배가 모두 타들
어갈 때까지—침묵했다. 잠시 뒤 그가 꽁초를 발로 짓이기며 말하
길, 지하 감옥에 있을 때 자신의 옆방에 있던 사람이 풀무형제단 부
대장이었다고 했다.

> **가브릴로** 악귀도 울고 갈 놈들. 무릎 인대를 완전히 뽑아놔서 걸
> 을 수가 없다고 하더군. 기침도 심했지…… . 그래, 그건
> 부대장이 남긴 유언 같은 거였어.
>
> **얀코** 롬보를……?
>
> **가브릴로** 그래. 전보기는 부대장 집의 다락방에 있었는데, 그 위
> 치를 아는 건 그 녀식뿐이었으니까.

부대장은 재판을 모두 받기도 전에 숨이 끊어졌고, 검시서엔 '결
핵'이라고 짧게만 적혔다. 가브릴로는 악착같이 살아남아, 이후 유
형지로 추방된 수천여 명의 대열에 합류했다. 그가 탔던 죄수 호송
열차 어딘가엔 롬보도 타고 있었고, 무정부주의자들의 습격을 받아
해방됐다. 그러나 그쯤 해서 그의 급선무는 반역자 처단이 아니라
가족의 생사 확인이었다.

262 포누그놈에서 고초를 겪는 동안 가브릴로의 가족들은 거리로
아무렇게나 내던져졌다. 그의 세 살 난 아들은 굶어 죽었고 아내는
온몸이 발진과 반점으로 뒤덮이다가 끝내 심장이 멎었다. 매독이었

다. 가브릴로는 뜯겨나간 장판 구멍 위로 풀이 돋아난 집을 바라봤다. 듣자 하니 그의 가족들을 내쫓은 집주인도 유행성 독감으로 관짝에 들어갔다고 했다.

263　폐가를 나온 뒤부터 가브릴로는 롬보를 찾아다녔다. 지하생활자들이 모이는 숙박소를 돌아다니며 수소문했고, 남방한계선에서 돌아온 벌목꾼들을 찾아가 그의 이름을 아느냐고 묻고 다녔다. 언 감자를 물어뜯다가 앞니가 부러졌던 겨울, 우연찮게 롬보가 무정부주의자들의 연락책으로 뛰고 있다는 정보를 엿듣게 됐다. 그리고 이듬해 봄, 그건 사실로 밝혀졌다.

264　거주민들 사이에선 '외로운 섬'이란 별칭으로 불리는 누르네르가(街) 굴다리 밑에 있는 3등급 선술집, 일전에 내가 롬보와 접선했던 바로 그곳으로 가브릴로도 발걸음을 뗐다. 주머니에 넣은 오른손엔 날카롭게 개조된 주머니칼이 쥐어 있었다. 그러나 그는 선술집 안으로 들어가보지도 못한 채로 뒷덜미가 붙잡혔고, 곧장 억센 주먹이 날아왔다.

　가브릴로　무정부주의자 놈들이었지.
　얀코　그게 무슨 말이에요? 그때 롬보는 배신죄 때문에 무정부주의 단체에서 쫓겨난 상태였는데.
　가브릴로　아냐, 그렇게 보이길 원했을 뿐. 그놈들은 먼발치에서 그 배신자를 경호하고 있었어.
　얀코　처단하지 않고? 어째서죠?

가브릴로는 이번에도 어김없이 입을 다물고서 손바닥을 내밀었다. 지금 한 말을 다 어떻게 믿느냐고 쏘아붙이니 그는 그건 당사자의 자유라고 여유롭게 받아쳤다. 별수 없이 남은 은화를 던져줘야만 했다. 가브릴로는 연극조로 목례를 하고는 은화를 갑옷 안쪽의 녹색 지퍼 주머니에 집어넣었다. 그러나 얄궂게도 그때 점호를 알리는 종소리가 들려왔다.

265   가브릴로는 내일 다시 오겠다며 나갔지만 유감스럽게도 그에게 내일은 없었다. 뒤돌아보건대 가브릴로는 그날 내게 그 얘기를 건네주기 위해 여태껏 살아온 것처럼 보였다. 물론 이는 망상이지만, 결과는 항상 오만을 향해 담을 넘어가게 만든다. 그날 밤 트롤들이 야영지를 습격했는데 벌목꾼들은 천막 안에서 졸거나 혹은 카드놀이를 하고 있었다.

266   야영지는 삽시간에 아수라장이 됐고, 어둠과 빗방울이 그들을 더욱 거대하게 만들어놨다. 졸고 있었던 모양인지 보초병이 뒤늦게 신호탄을 쏘아 올렸다. 때마침 주변을 순찰하던 마상기총병들이 곧장 달려와줬기를 망정이지 몰살당할 뻔했다. 낯익은 기병 대위가 진흙탕 속에서 허우적대는 내 앞에서 여유롭게 말고삐를 잡아당겼다: 자주 보는구먼, 괜찮나?

267   핏빛 난장판─뭉개진 천막, 박살 난 수레의 잔해들, 부러진 창, 젖은 화약, 진흙탕을 구르고 있는 사냥개, 바람결에 묻어 있는 끈적끈적한 포자─그리고 시체들 사이를 돌아다녔다. 이윽고 머리가

반쯤 내려앉은 가브릴로를 찾아냈다. 우두커니 얼마간 내려다보고 갑옷 안쪽의 녹색 지퍼 주머니를 열어서 은화 두 닢을 도로 꺼냈다: 노잣돈치고는 너무 많네.

의 회 사 무 처

일   시   1089년 10월 11일

장   소   국방위원회의실

의사일정	상정된 안건
1. 1090년 정기 예산심의	1. 1090년 정기 예산심의
가. 방위사업청 소관	가. 방위사업청 소관
나. 남방한계선 군수동원청 소관	나. 남방한계선 군수동원청 소관
다. 극남식물연구소 특수 소관	다. 극남식물연구소 특수 소관

(14시 11분 개의)

베트로젠 위원장   어제 의제로부터 계속 이어가도록 하겠습니다. 질의 하실 위원님 계시면 신청해주시기 바랍니다. 존경하는 체비키 위원님, 질의해주시기 바랍니다.

체비키 위원   평등당 체비키 위원입니다. 보통 예산심의를 하다 보면 몇 날 며칠이고 밤을 새는 경우가 대부분인데, 여기 국방위원회로 옮기고부터는 쾌적한 삶을 누리고 있습니다. 왜 그런 줄 아시나요?

카펠 방위사업청장   잘 모르겠습니다.

체비키 위원　잘 모르기도 어려울 텐데요? 모든 위원회 중에서 국방부만큼 예산 따내기 쉬운 곳도 없을 겁니다. 왜냐하면 조금만 구린내가 난다 싶으면 예산액만 청구해놓고, 항목이며 설명은 모조리 검은 잉크로 죽죽 덮어놓고서 기밀이라고 통보만 하면 되니까요. 어떻게 생각하세요?

카펠 방위사업청장　첩보의 경우엔 민감한 부분들이 많아서 부득이하게 공개를 제한할 수밖에 없는 점, 송구스럽습니다.

체비키 위원　기밀 도장이랑 송구스럽다라는 말이면 모든 예산이 통과된다니, 방위사업청장은 시민들 앞에 부끄러운 줄 알아야 합니다. 올겨울에도 거리에선 셀 수 없는 빈민들이 굶어 죽을 텐데 구호소를 설치할 예산으로 총알을 사자? 대포를 쏘자?

카펠 방위사업청장　송구스럽습니다.

체비키 위원　물론 저도 오늘 방위사업청장님을 붙잡고서 하루 종일 질의응답을 해봤자 들을 수 있는 말이 고작 그게 전부라는 걸 잘 알고 있습니다. 그러니 기밀 처리가 안 된 연구 문건들을 가지고 논박할 수밖에요. 극남식물연구소 에누아 드레이던 소장님? 마이크 앞으로 와주세요.

드레이던 소장　극남식물연구소 소장 에누아 드레이…….

체비키 위원　소개는 됐습니다. 바로 질문 드릴게요. 이번에 식물생장조절실 증축 예산을 신청하셨는데, 이유가 검은나무 연구를 위해서라고 밝히셨더라고요. 맞습니까?

드레이던 소장　네, 그렇습니다.

체비키 위원　보안부에서 대외 공작을 위한 특수활동비를 요구했으면 짜증이라도 냈겠지만, 이건 웃기지도 않는군요. 지난 100년 동안 아무런 진전도 없는 검은나무를 연구하겠다고 예산 증액을 신청하다니……. 나중엔 이러다가 사라진 마법도 다시 부활시키겠다며 예산액을 청구할까 무섭네요.

드레이던 소장   아닙니다. 그 연구는…….

체비키 위원   물어본 것만 대답해주세요. 의회에 나가서 어떻게 하는 거라고 사전에 아무런 알림도 못 받았습니까?

드레이던 소장   아, 그것이…….

체비키 위원   이게 국방위원회의 민낯입니다. 위원회가 거수기 역할밖에 못하니까, 심의 당사자들도 아무런 준비도 안 하는 게지요. 혈세가 이렇게나 줄줄 샙니다.

베트로젠 위원장   체비키 위원님, 심의 관련된 질의만 해주시기 바랍니다.

체비키 위원   아주, 아주 잘 알겠고, 또한 이제부터 그렇게 하겠습니다, 존경하는 베트로젠 위원장님. 질의를 이어가겠습니다. 좋습니다. 남방한계선에서 저 식물생장조절실이 중요한 역할을 한다고 칩시다. 저로선 이유를 잘 모르겠지만, 그래도 다른 존경하는 위원님들께서 아무도 딴지를 안 걸고 계시는 걸 보면, 모르긴 몰라도 대단히 '과학적으로' 뭔가 있긴 있는 모양이니까요. 그렇지만 식물생장조절실 외에 추가 연구 인력 신청 부분은 정말이지 가관이로군요. 드레이던 소장님, 제가 생물학 전공자는 아닙니다만, 식물 연구를 하는 데 왜 천체물리학자가 필요한 거죠?

드레이던 소장   존경하는 체비키 위원님, 아직 가설인 부분입니다만, 검은나무 연구를 위해서 학제간 연계가 필요할…….

체비키 위원   심지어 지목하신 천체물리학자가 학계에서 문제가 아주 많은 인물이라고 하더군요. 물리학계에서 정설로 인정도 받지 않는 암흑물질 관련 논문을 발표했다가, 학술지로부터 게재 거부당했다고 말입니다. 맞습니까?

드레이던 소장 불미스러운 소문에 대해 모르는 바는 아닙니다. 그러나 과학계에서조차, 때로는 진보의 발걸음을 떼기 위해서는 상상력에 힘을 실어줘야 할 때가 있는 법입니다.

체비키 위원 이보세요, 여기는 학교가 아니라 의회입니다. 또한 저는 드레이던 소장님의 학생이 아니고요. 가르칠 대상이 아니라, 설득해야 할 대상이란 뜻입니다. 그리고 아무리 봐도 검은나무 연구와 우주에 가득 찬 암흑 사이엔 아무런 관련도 없어 보입니다. 국방위원이 바보로 보입니까?

드레이던 소장 그렇지 않습니다.

베트로젠 위원장 과격한 언행을 삼가주시기 바랍니다. 두 번째 경고예요.

체비키 위원 여기가 무슨 유치원도 아니고, 바보라는 말도 못 씁니까?

베트로젠 위원장 여기서의 발언들은 모두 공식 기록으로 남습니다. 의회의 일원으로서 품위를 지켜주시기 바랍니다.

체비키 위원 차라리 달나라 탐사 계획을 세운다고 할 것이지, 검은나무 연구비를 달라는 것도 기가 차는 마당에 이제는 천체물리학자 연봉까지 채워달라니? 극남식물연구소가 무슨 과학 동아리입니까? 이런 마당에 품위를 지키라니 그거야말로 모독입니다!

베트로젠 위원장 언성을 낮추세요, 체비키 위원님. 여기는 전당대회 연설대가 아닙니다. 질의를 마저 마쳐주시기 바랍니다. 30초 남았습니다.

체비키 위원 저번처럼 이렇게 형식적인 질의만 주고받고서 곧바로 의결에 붙이시려고 합니까? 그렇게는 안 됩니다. 정보 공개도 제대로 되지 않고, 충분한 토론 시간도 허용되지 않는 이런 예산심의라면, 저희는 의결에 절대 반대입니다. 우리 평등당은……. (마이크 차단)

베트로젠 위원장 국방위원회 위원장 직권으로 잠시 휴회하도록 하겠습니다.

7장

268 망각과 우월감, 이 두 가지는 세상사의 영원한 주제이다. 고갈되지 않는 광산이자 무한히 증식하는 자본인 것이다. 담배와 술이 절대로 망할 수 없는 사업인 이유는 바로 망각을 건네주기 때문이고, 하인학교는 우월감을 팔기 때문에 불멸한다. 기억하고픈 일들로 가득한 세상은 역사가 끝나는 순간까지 도래하지 않을 터였다. 들판은 밟을 꽃들로 넘쳐났다.

269 금서 목록의 맨 꼭대기에 이름을 올린 어느 위험천만한 사상가는 공장의 기계들을 두고 '흡혈귀'라고 했다. 혼자서는 손가락 하나 까딱하지 못하고 오롯이 노동자의 피를 빨아먹은 뒤에야 뜨거운 증기를 뿜어대며 움직였기 때문이다. 따라서 비뢰시의 산업들은 살아 있는 석탄들, 결국엔 석탄 찌꺼기로 허공에 휘날리게 될 뜨내기들을 끊임없이 필요로 했다.

270 도시 빈민들에게 돌아갈 빵값을 안정시키기 위해 시 당국에서는 농촌에 저곡가제를 강제했다. 그건 지난 식량 폭동의 교훈이었지만, 그 결과 농촌이 파탄 나면서 거지꼴이 된 농민들이 비뫼시로 우르르 몰려들었고, 끝내 식량 가격은 다시 치솟고 말았다. 하여, 죽을 이들이 모두 죽고서야 겨우 찾아온 호황기였음에도 거리는 배곯는 이들로 가득했다.

271 고향을 떠나 짐마차를 끌던 나귀를 잡아먹으면서까지 겨우 비뫼시에 도착한 빈궁한 여자들에게 하인은 방직공보다 인기가 높았다. 적어도 연주창(連珠瘡)과 폐결핵은 피할 수 있는 직군처럼 보였기 때문이다. 구테므나 하인학교에도 지원자들이 몰렸지만, 프님 남작은 추천장이 있거나 아주 우수한 두개골을 가진 몇몇 경우를 제외하고는 추가적인 후보생을 뽑지 않았다.

272 프님 남작은 하인학교를 완벽히 통제된 세계로 만들려고 했다. 비록 그는 골상학의 신봉자였지만, 그렇다고 해서 후천적인 요인을 간과한 건 아니었다. 열등하게 태어난 자가 우월해지는 건 영영 불가능했지만, 반대로 우월하게 태어난 자가 열등해지는 것은 얼마든지 가능하다고 봤다. 그의 책장엔 감시와 체벌에 대한 교육 서적과 팸플릿 들이 빼곡히 꽂혀 있었다.

273 남작이 보기에 하인 후보생의 부모가 살아 있다는 것은 치명적인 요인이었다. 부모라는 건 하인학교의 규범 외의 규범이었고, 두 개의 권력은 곧 혼란을 의미했기 때문이다. 무엇보다 어딘가 돌

아갈 구심점이 있다는 것, 이 가능성은 언제나 반항의 빌미를 제공해줬다. 물론 대안 없는 삶은 자살로 이어졌다. 그러니 대안은 존재하긴 하되 실천하기엔 턱없이 막연해야만 했다.

274 그것이 남작이 몸소 발품을 팔아가며 비뫼시의 고아원들을 순방하고 다니는 이유였다. 마치 혈통이 좋은 강아지들 중 하나를 골라, 생후 7주 습관이 형성되기 전에 어미로부터 떼어내어 사냥개 훈련사에게 건네듯 말이다. 겉으론 자선 행사를 빙자하고 있었지만 고아원 관계자라면 누구나 다 진실을 알고 있었다. 고아들은 일종의 실험 재료이자 상품이었다.

275 구테므나 하인학교의 기숙사는 세탁된 이불보가 지급됐다는 사실 하나만으로도 고아원과는 비교조차 될 수 없을 만큼 훌륭했다. 모두에게 단추 달린, 그것도 모두 온전히 달린 의복이 지급됐고, 손톱깎이와 함께 나무 곽에 들어 있는 개인용 비누까지 지급됐다. 등잔엔 언제나 기름이 있었고, 식사 시간을 알리는 종소리가 울릴 때가 되면 언제나 입에 침이 고였다.

276 무엇보다 달랐던 건 때마다 끼니를 내어주는 것과 점등 소등만 반복했던 수도원 수사들과 달리 이곳의 선생들은 무언가를 가르치고자 했다는 것이다. 잘하면 칭찬을 듣거나 사탕을 받고 못하면 어김없이 매질을 당했다. 규칙은 언제나 공개됐고, 편애 없이, 예외 없이, 상벌은 언제나 집행됐다. 반복컨대 마치 사냥개를 훈련시킬 때 그리하는 것처럼 말이다.

277 북쪽 외곽의 고아원들에서 골고루 뽑혀 온 하인 후보생들은 돌아갈 곳이 없었고, 그래서 하인학교는 금세 그들의 우주가 됐다. 바야흐로 수년간 댐 너머에 억눌려왔던 애정결핍의 수문이 열렸고, 그 거세고도 절박한 물길은 선생에게로 몰려들었다. 이제 아이들은 "아주 잘했어"라는 칭찬 한마디를 듣기 위해서라면 무엇이든, 정말로 무엇이든 할 수 있었다.

278 덕분에 처음에 나는 선생들에게 제대로 인식조차 되지 않았다. 빗질부터 걸레질을 아우르는 온갖 허드렛일, 아기에게 불러줄 자장가, 석탄 난로 사용법, 굴뚝 청소, 시계 감기, 양수기에서 맑은 물을 퍼내는 방법 등 나는 무엇 하나 열심히 배우려고 하지 않았기 때문이다. 언제나 우등과 낙제 사이의 애매모호하고도 무난한 회색지대에 머물고자 했다.

279 왜 소름이 돋을까? 보다 빨리 아사한 고아들 덕분에, 혹은 단순한 행운 덕택에 살아남아 하인학교까지 오게 됐음에도, 아무렇지 않게 휙 돌아서서 자신이 사랑받을 자격이 있다고 믿어 의심치 않는 후보생들의 저 갈망 때문일까? 아니다. 정녕 소름 끼치는 건, 저들로부터 거리를 두는 것으로 면책될 수 있으리라 생각하는 은밀한 내 믿음이다. 나야말로 위선자다.

280 멈춤, 그건 물리적인 의미에만 머물지 않았다. 쳇바퀴처럼 돌아가는 일상도 멈춤에 속했다. 똑같은 시간에 일어나서 똑같은 식당 자리에 앉아 똑같은 기도문을 외우고 똑같은 선생에게 똑같은 수

업을 듣는 나날이 반복됐다. 그 단조로움엔 따분함과 달콤함이 같이 섞여 있었다. 왜냐하면 삶이 멈춘 것만 같은, 그러니까 죽은 것 같은 느낌을 가져다줬기 때문이다.

281   약간 낡긴 했지만 그럼에도 매일같이 잘 쓸고 닦인 회랑을 거닐 때마다, 거기에 떨어지는 알맞은 볕 속에서 염치없는 안도감을 느끼곤 했다. 회랑을 모두 건널 때마다 어딘가 아쉬웠고, 그래서 회랑의 끝자락을 되돌아보는 습관이 생겼다. 가스등 불빛은 되도록 보려고 하지 않았다. 화장터 앞에서 쥐 고기를 굽던 난쟁이 참토의 얼굴이 스치곤 했기 때문이다.

282   누군가에게 예속된 삶만이 유일하게 가능한 삶이라 받아들이며 살아갈 존재, 내가 보기에 그런 기계를 만들기 위한 조건은, 남작의 믿음과는 달리, 죄책감이었다. 자유인이 되는 것이 견딜 수 없을 만큼 버거운 상처가 필요했다. 죄로부터 벗어나기 위해 생각하는 능력 자체를 폐기했고, 순종하며 스스로를 면책했기 때문이다. 복수심, 그것은 드물고 고귀한 자질이다.

283   별다른 소동 없이 흘러갔던 그해 겨울, 구테므나 하인학교에서는 수료식이 열렸다. 골상학적으로 완벽한 종자들을 데려다가 완벽한 교육까지 마친 하녀의 결정체들을 보려고 구경꾼들이 몰려들었다. 그중엔 하인을 사려고 온 귀족이나 늙은 집사 들도 있었고, 기자들이 참석해서 사진을 찍어 가기도 했다. 단상 위에선 골상학학회의 대표가 축하 연설을 했다.

284　고급 마차와 함께 뒤에 굴뚝이 달린 증기자동차들이 대문으로 들어왔다. 이제 막 사교계에 진입한 졸부들 중에는 구테므나 상표가 붙은 하녀를 구매하려는 이들이 많았다. 또한 도시 문화를 경멸하면서 동시에 뒤처지고 싶어 하지 않는 시골 지주들은 물론이고, 외국 귀족들 사이에서도 비뫼시의 전문학교에서 만든 하녀를 거느리는 것은 하나의 유행이었다.

285　대리석 회랑은 방문객들의 구둣발로 얼룩덜룩해졌다. 하녀 후보생들은 백포도주와 홍차 주전자, 재떨이, 시가 가위, 혹은 가벼운 다과 상자 따위를 들고 다니며 귀족들에게 편의를 제공했다. 한쪽에선 부자들끼리 이미 팔린 하녀를 웃돈을 주고서 다시 사려는 즉석 흥정판이 벌어지기도 했다. 그 속에서 하녀 후보생들은 마치 축제 마당에라도 온 것처럼 들떠 있었다.

286　본능처럼 그 떠들썩함을 경멸해야만 한다고 느꼈지만, 그렇다고 두근거림이 멈춰지는 것은 아니었다. 그 반발심은 자존심, 좀 더 정확히는 자존심이라 믿어지는 헛된 울타리를 지키는 수준에서만 부르르 떨리는 것 같았다. 다른 곳에서 새로운 인생을 시작할 수 있을까? 그런 질문이 떠올랐을 때, 나는 들고 있던 찻주전자를 열어서 몰래 침을 뱉었다.

287　수료식이 끝나고서 기숙사로 돌아갔다. 후보생들은 저마다 친한 이들끼리 모여 낮에 봤던 귀족이나 부자 들에 대한 얘기를 재잘거렸다. 몸에 밴 우아한 매너부터 시작해서 예기치 않은 천박함까지

얘깃거리는 넘쳐났다. 나는 평소처럼 침대 가장자리에 가만히 앉아 있기만 했는데, 본래 음침한 아이로 분류됐던 나에겐 그쯤 해서 아무도 시선을 두지 않았다.

288 그러나 그날 하루는 그렇게만 마무리되진 않았다. 땅거미가 내려앉고서 당번인 사람들이 세숫물을 받으러 수돗가로 향했는데 나도 그들 중 하나였다. 줄을 서서 기다리는데 뒤에서 누군가 불쑥 귓속말을 붙여왔다: 낮에 침 뱉는 거, 봤어. 화들짝 놀라서 뒤돌아봤더니 새하얀 얼굴의 아샤가 배시시 웃고 있었다. 참고로 아샤가 내게 말을 건 것은 그게 처음이었다.

289 아샤하고는 같은 층에 속하긴 했지만 서로 대화할 일이 없었다. 나 못지않게 아샤도 후보생들과 거리를 뒀기 때문이다. 그녀는 좀처럼 눈에 띄지 않았다. 아는 것이라곤 하녀에겐 그다지 어울리지 않는 가느다란 손가락을 가졌다는 점 그리고 웃을 때 눈매가 병약한 사람처럼 휘어진다는 점 정도였다. 대화할 일은 영원히 없을 거라 생각했었다.

290 그날 아샤는 밤늦게 날 수돗가로 불러냈다. 다행히 수료식 때문에 지친 사감은 멀리 곯아떨어진 상태였다. 매연 때문에 달빛이 가려져서 가스등 불빛에만 의존해야 했는데, 실루엣만이 희미한 아샤의 얼굴은 마치 다른 차원에서 넘어온 존재 같았다. 그녀는 자그마한 목소리로 말했다: 오늘 귀족들이 네 침을 마셨겠네? 걱정하지 마. 일러바칠 생각은 없으니까.

291　아샤는 왜 그랬느냐고 물었다. 싫어서 그랬다고 답하니, 이번엔 왜 싫은 거냐고 물었다. 대답이 금방 나오지 않았다. 그러나 그 침묵은 너무 얕아 더 좋은 답변을 벼려내기엔 역부족이었다. 나는 주변을 휙 둘러보고는, 오랜 습관처럼, 풀무형제단 소속이었던 아버지에 대한 얘기들을 주절주절 꺼내놓고 말았다. 잠자코 듣던 아샤가 천천히 입술을 뗐다.

> **아샤**　너는 네 아버지가 누구인지 알고 있구나.
>
> **얀코**　너는 모르니?
>
> **아샤**　응. 나는 몰라. 꼭 고아원에서 태어난 것처럼. 그런데, 부모를 알았다면 많이 달랐을까?
>
> **얀코**　그게 무슨 말이야?
>
> **아샤**　그러게. 나도 무슨 말인지 모르겠네.

　돌이켜봐도 참 이상한 대화였다. '침을 뱉을 때 생각이 정돈되지 않았어. 나도 잘 모르겠어'라고 솔직히 답하는 것이 굉장히 망설여졌던 나와 달리 아샤에게서는 모르겠다는 대답이 막힘없이 흘러나왔다. 어쩌면 그때 나는 내가 이해받지 못할 거라고 생각했던 건지도 모르겠다. 하기야 저 자신도 자기가 무슨 생각을 하고 있는지 몰랐으니, 이해는 먼 섬 외딴집이었다.

292　가끔씩 우주는 언어로 이루어져 있지 않을까, 하는 엉뚱한 생각에 사로잡히곤 한다. 우연찮게, 나도 모르게 우주의 언어를 입에 담게 되면, 마치 '빛이 있으라' 했더니 번쩍 빛이 생겨났던 신의 언어

처럼, 거대한 수레바퀴와 그 주변을 뒤덮고 있는 작은 톱니바퀴들이 돌아가 그 언어를 현실화하지 않을까? 이튿날 교과목은 문자였다.

293 급수가 올라갈수록 하녀들이 하는 일은 다양해졌다. 하급 하녀들의 경우엔 단순 가사 노동이 전부였지만 중급이나 고급으로 올라가면 전화 내용을 메모하거나 간략한 편지를 대신 작성하는 일도 맡았다. 이를테면 중급 과정엔 사교계 모임 불참을 알리는 편지 작성법이나 간단한 오카리나 연주, 고급 과정엔 간단한 회계와 공과금 관련 지식들이 포함되어 있었다.

294 당연히 급수가 높을수록 몸값이 올라갔다. 구테므나 하인학교와 하녀 후보생들은 일종의 전속 계약으로 묶여 있었는데, 학교는 귀족들에게 고급 하녀를 중개해주는 대가로 큰 이윤을 남겼다. 또한 하녀가 육성 비용의 다섯 배를 토해낼 때까지 주인으로부터 받는 급료를 차감해 갔다. 문맹이 아닌 하인의 희소가치는 분명했고, 고급 하녀는 프님 남작의 주력 상품이었다.

295 프님 남작은 밖에서 문법 선생을 초빙해 오는 비용을 아끼지 않았다. 약간 해진 셔츠 위에 체크무늬 조끼를 입은 문법 선생은 칠판에 큼직한 철자를 적고는 그 소리를 크게 발음했다. 철자마다 혓바닥을 오므리고 펴고 입천장에 뗐다 붙였다 하며 소리가 나는 원리를 설명해줬다. 그런 뒤 철자를 틀릴 때마다 손가락 마디에 멍이 들도록 막대로 내리쳤다.

296   떠밀리듯 다른 하녀 후보생들과 함께 칠판에 적힌 철자를 발음하면서도 식은땀이 멈추지 않았다. 철자를 익히면서 룽게의 얼굴이 떠오르는 걸 막을 길이 없었다. 기침을 하다가 죽은 뼈다귀들과 함께 구덩이 속에 남은 아이. 그 아이와의 만남은 아득히 먼 옛날의 희뿌연 일 같으면서도, 몇몇 대목은 이상하리만큼 뚜렷했다: 그래. 이제 그걸 읽을 줄만 알면 돼.

297   한때 구원이었던 표지는 이제 재앙으로 다가왔다. 글자를 익히고 나면, 내가 땜장이 두코의 자식이라는 법원 문서를 읽을 수 있었기 때문이다. 말이 글자에 붙잡힐 때마다 마치 그 기억으로부터 도망칠 수 없게 될 것 같은 불안이 엄습해 왔다. 어쩌면 나는 마음속 깊숙한 데선 영원토록 문자를 배울 일이 없다고 생각했던 건 아닐까? 그래서 안심했던 건 아닐까?

298   내게 문자는 손쓸 도리가 없는 증거처럼 각인됐다. 빛이라기보다는 검정 잉크로 된 칸막이였고, 그 미로의 끝엔, 그게 무엇인지는 정확히 몰라도, 끔찍하다는 것만은 확실한 무엇이 기다리고 있었다. 문법 선생이 읽으라는 만큼의 속도로 철자를 틀리지 않고 발음할 때마다 불치병이 폐부로 뿌리내리는 느낌이 들었다. 그러나 멈출 수도, 잊을 수도 없었다.

299   얄궂은 건, 철자 수업을 듣던 하녀 후보생들 중에 내가 가장 탁월했다는 것이다. 마치 무수한 말이 글자를 기다리고 있었던 것처럼, 마른걸레에 물이 닿은 것처럼 흡수됐다. 편두통으로 어지럽긴

했지만, 지목당했을 때 철자를 틀리게 말한 적은 없었다. 멍으로 울 긋불긋한, 그래서 빗자루를 잡을 때마다 아린 다른 손가락들과 달리 내 손가락은 멀쩡했다.

300 악몽은 언제나 들러붙는 그림자처럼 찾아왔다. 그러니 악몽은 모든 빛이 사라질 때, 그러니까 현실이 될 때 사라질 터였다. 꿈속에서 거지꼴을 한 아버지는 내 손을 붙잡고서 모닥불로 향하고 있었다. 그에게선 강줄기를 따라 야영하는 떠돌이들에게서나 나는 생선 반죽과 상한 조개 냄새가 났다. 주변으로 몰려든 거지들이 산 제물 보듯 나를 바라봤다.

301 모닥불 안에서는 이미 바쳐진 제물들이 새카맣게 타들어가고 있었다. 그걸 본 나는 손아귀에서 빠져나오려고 발악했지만 꿈쩍도 하지 않았다. 바로 그때 프님 남작이 달려와 나무 삽으로 아버지의 얼굴을, 도저히 알아볼 수 없게 난도질했다. 거지들은 놀라 도망가고 프님 남작은 내 머리를 만지며 말했다: 이러면 주인이 베푼 은혜에 금방 익숙해지지.

302 받아쓰기 시험에서 만점을 받은 날, 나는 프님 남작의 집무실로 보내졌다. 그는 부위별로 설명이 빼곡히 적힌 모조 두개골을 들여다보고 있었는데, 한동안 나를 앉히지 않고 벽 쪽에 세워뒀다. 나중에 알게 된 사실이지만, 그건 불편한 침묵을 깨쳤을 때 자기도 모르게 드는 모종의 감사함을 유도하기 위한 기술이었다. 이윽고 그는 입술을 뗐다.

프님	너를 기억한다. 몬세라토 수도원, 그 시체 썩은 내 나는 납골당에서 데려온 아이였지?
얀코	그렇습니다.
프님	이렇게 반듯한 이마를 보면 암기력이 우수할 수밖에 없지. 하지만 그때도 후두엽이 마음에 걸렸었는데, 지금 봐도 마찬가지이긴 하군.

나는 남작 앞에 박제된 동물표본처럼 섰다. 전날 고아원에서 그리했듯 이번에도 그는 내 두상을 이리저리 뜯어봤다. 그러고는 후두엽이 작으면 더 큰 자극을 얻기 위해 끊임없이 배우려는 뇌 회로가 자극되는 건지도 모른다고 중얼거렸고, 이어서 그걸 즉석에서 메모했다. 그는 볼펜 뚜껑을 닫으며 조언했다: 네 인생에서 만족감을 대신할 걸 찾아보는 것이 좋을 게다.

303 그날, 남작은 학급별로 우수한 성적을 거둔 하녀 후보생 네 명을 자신의 저택에 마련한 저녁 식사에 초대했다. 마차는 귀족과 부자 들이 모여 사는 신성한 언덕으로 굴러갔다. 한평생 발 디딜 일 없으리라 생각했던 말끔한 대리석 바닥에 내 구두가 닿았다. 길쭉한 식탁 위엔 신선한 샐러드와 붉은 육즙이 뚝뚝 떨어지는 소고기, 그리고 작은 케이크들이 차려져 있었다.

304 가슴 주머니에 은빛 손수건을 꽂은 집사가 다가와서 손수 갓구워낸 빵을 건넸다. 하녀 후보생 한 명이 나이프를 들려고 하자 프님 남작은 이를 제지하며 냉랭한 말투로 말했다: 한입 먹을 만큼 손

으로 떼어 먹어라. 갓 구워낸 빵에 금속을 대면 맛이 변하니까. 하녀 후보생들은 눈앞에 펼쳐진 진미들 앞에 경직됐고, 남작은 이것이 흥미롭다는 듯 지켜보며 파이프 담배에 불을 붙였다.

305 눈처럼 새하얀 빵은 혓바닥 위에서 녹듯 사라졌다. 치아가 필요 없었다. 그에 비해 기숙사 식당에서 씹는 거친 호밀빵은 빵이라기보다 갈색 돌멩이에 가까웠다. 다섯 갈래로 갈라진 은촛대 위로 촛불들이 일렁거렸고 하녀 후보생들은 가운데 앉은 남작이 음식을 먹는 법을 곁눈질로 따라 하기 바빴다. 그리고 나는 소시지를 입에 대고선 그 자리에서 토했다.

306 집사는 어찌할 바를 몰라 하며 허우적대는 나를 응접실로 데리고 나갔고, 그러는 사이 다른 하인들이 내가 쏟아낸 토사물을 정리했다. 큰 결례를 범했다는 생각에 연신 죄송합니다를 반복했지만, 집사는 아무런 관심이 없는 표정으로 일관하며 건조한 말투로 화장실에 가서 입을 헹구고 오라고 했다. 내가 돌아오자 민트 잎을 건네며 씹어서 구취를 지우라고 했다.

307 응접실에서 프님 남작과 다른 하녀 후보생들을 기다리는 일은 곤혹스러웠다. 그러나 안절부절못하며 떠올린 끔찍한 상상들과 달리, 식사를 마친 남작은 내게 별다른 관심이 없었다. 그냥 짧게 물은 것이 전부였다: 이제 속은 좀 괜찮아졌나? 그 무관심에 안도감을 느끼면서도 불현듯 이렇게 묻고 싶어졌다: 혹시 쥐 고기 드셔보셨어요? 다행히 턱은 의지보다 강했다.

308 기억은 언제나 불친절했다. 서로 거센 드잡이를 하며 내 몸을 집어삼키려는 탐욕이 전부였고, 그에 대해 아무런 책임도 지지 않았다. 불쑥 다가와 위장을 움켜쥐고, 식도를 뒤흔들며, 아랫배의 열기를 송두리째 앗아 갔다. 내가 남작 앞에서 가만히 고개를 숙이고 있는 동안 어두운 저편에서는 난쟁이 참토가 나타나 나지막이 말했다: 쥐가 그리 많이 잡히지 않거든.

309 하녀 후보생들을 벨벳 소파에 앉힌 뒤 남작은 사교계에 대한 이런저런 얘깃거리를 늘어놓기 시작했다. 그는 존경은 동경으로 말미암고 동경은 위계로부터 시작됨을 잘 알고 있었다. 또한 똑똑한 이에겐 매보다는 꿈을 심어주는 것이 더 효율적이란 것도 잘 알고 있었다. 하녀 후보생들은 자신이 마치 귀부인이라도 된 듯한 환상 속으로 빠져들었다.

310 존경은 뇌를 통째로 접수하는 기생충이다. 주인에게 잘 보여서 호의를 얻고 싶도록 만드는데, 정말 괴이한 것은 주인이 별다른 응답을 해주지 않아도 ─혹은 가혹하게 굴어도─ 언젠가 인정과 보상을 받으리란 믿음이 쌓이게 된다는 데 있다. 진정한 믿음엔 토대가 없다. 어쩌면 하녀들은 자신을 주인과 동일시하면서 이미 보상을 받고 있었는지도 몰랐다.

311 나를 지목했던 세금징수인 닷제는 사냥을 사랑했다. 덕분에 엽총을 분해해서 손질하는 것과 함께 사냥개를 기르는 것에도 조예가 깊었다. 그는 죽은 사냥개의 가죽을 벗겨서 벽에 걸어두는 취미

를 갖고 있었는데, 그건 충성심을 영원히 소유하려는 일종의 의식처럼 보였다. 언젠가 그는 가죽에 붙은 먼지들을 털어내도록 지시하면서 이렇게 말을 붙여 왔다.

닷제 개를 키울 땐 가슴줄보다는 목줄을 써야 해. 왜 그런 줄 아나?

얀코 잘 모르겠습니다.

닷제 가슴줄을 쓰면 자기가 주인을 끌고 다닌다고 생각하게 되거든. 웃기지? 그런데 개한테 선택권은 형벌이야. 왜 그런 줄 아나?

얀코 잘 모르겠습니다.

닷제 그렇게 무심한 대꾸만 할 거야? 머리도 좋으면서 말이야. 고민하는 척이라도 해보라고.

얀코 글쎄요……. 선택권을 가져봤자 선택할 수 없기 때문일까요?

닷제 역시나. 개의 처지를 아주 잘 알고 있구먼.

닷제는 기다렸다는 듯이 킬킬대며 비열한 미소를 지어 보였다. 입술이 귓가에 걸릴 듯 늘어질 때 나타나는 덧니가 혐오스럽게 빛났다. 단순하고도 저열한 덫 놓기와 그 함정에 알면서도 걸려주는 놀이에 신물이 났다. 언젠가 저 세금징수인의 가죽을 벗겨서 사냥개들 사이에 걸어두고 싶었다. 항문 안쪽으로 가죽 칼을 집어넣는 짜릿한 감촉을 상상하며 입에 미소를 걸었다.

312 프님 남작은 하녀 후보생들을 다시 하인학교로 돌려보내면서 자그마한 선물을 쥐여줬다. 주머니에 쏙 들어갈 작은 수첩이었다. 특별히 해야 할 일이 있을 때 메모해두면 좋을 것이란 말이 덧붙었다. 나는 하인학교를 졸업할 때까지 그 수첩엔 한 글자도 적지 않았다. 그냥 들고만 있었다. 그곳에 뭔가 적기 시작한 건 비나드를 만난 이후의 일이다.

313 남작의 저택에서 기숙사로 돌아온 뒤부터 내 이름은 갑작스레 유명해졌다. 음침한 성격은 지적인 매력으로 바뀌었고 질투가 뒤따랐다. 어디서든 가시 돋친 후렴구가 이어졌다: 똑똑해서 부럽긴 한데 우리 같은 처지의 인간들한테 머리가 좋은 게 무슨 소용이려나? 나는 대응하지 않았다. 귀찮기도 했거니와 단지 받아쓰기 따위로 우월감을 느끼고 싶지 않았기 때문이다.

314 언제부터인가 학급에서 유일하게 대화 비슷한 것을 하고 지내는 사람이 아샤로만 좁혀져 있었다. 두루미처럼 생긴 이 어여쁜 아이는 쓸데없이 으스대지도 섣불리 부러워하지도 않았다. 눈을 깜박이며 잠자코 듣다가 조곤조곤 대꾸했다. 청소 시간에 잠깐 짬을 내서 수돗가 돌담에 같이 앉아 있곤 했는데, 그때마다 뭐라 정리하기 힘든 온갖 이야기를 나누었다.

315 사감이 흥얼거리는 노래, 망가진 마차 바퀴에 돋아난 이끼풀, 실습실에서 몰래 빼 온 각설탕, 바보 같은 품행, 홍차 찌꺼기, 갈탄의 그을음, 궐련용 담배, 팸플릿에 인쇄된 이국적인 풍경, 기운 신발, 성

냥개비와 신문으로 만든 작은 종이우산, 새롭게 알아낸 오카리나 선율, 어디를 여는지 모를 열쇠 등 대화 주제는 올망졸망 계속해서 늘어갔다.

316   작은 언어들 속을 굴러다닐 때 나는 미묘한 안도감을 느꼈다. 고기 다지는 기계 같던 세계가 잠시나마 산뜻하고도 아기자기하게 느껴지기도 했거니와 저렇게 작고 사소한 것들 앞에서 미소 짓는 일 정도는 내게도 허락되지 않았을까, 하는 기분도 들었던 까닭이다. 아샤는 산책하듯이 살아가는 것 같았다. 부러웠고, 그래서 위선적이라 느껴지지 않았다.

317   하인 후보생이라면 누구나 그렇듯, 괴담처럼 떠도는 더러운 이야기들에 대해 알고 있었다. 아샤처럼 얼굴이 반반한 하녀가 주인의 집에 간 뒤에 어떤 일을 겪게 되는지에 대한 추악한 말들. 배가 불러 거리로 내쫓겼다가 결국엔 홍등가로 내몰렸다거나 질투 심한 마님의 괴롭힘에 시달리다가 나중엔 정신병원에 감금되고 말았다는 흉흉한 뜬소문들.

318   분명 아샤도 그런 뒷말들을 들었을 테지만, 별다른 대응 없이 가만히 내버려뒀다. 평판에 아무런 관심이 없는 것 같기도 했다. 아샤는 그리 명민하진 않았지만, 바로 그렇기 때문에 모든 지능을 한 곳에만 집중시키는 것처럼 보였다. 먹구름이 걷히고서 유성우가 내린 밤, 그 소녀는 자그만 목소리로 언젠가 남방한계선에 가보고 싶다고 말했다.

얀코	그 멀리까지? 그곳 검은숲엔 괴물이 산다더라. 트롤이 사람을 산 채로 뜯어 먹는다고 들었어.
아샤	그 트롤은 사실 숲지기이고, 본래 검은숲은 정령들의 정원이었대. 믿겨? 정령이라니…….
얀코	누가 그래?
아샤	전에 있던 고아원의 경비 아저씨가 젊었을 적에 벌목꾼이었거든. 겨울밤에 검은숲에서 길을 잃었을 때 정령이 나타나서 길을 찾아줬던 일을 들려준 적이 있어.
얀코	거짓말이야. 정령은 지어낸 얘기니까.
아샤	지어낸 말이라도 상관없어.
얀코	무슨 말이야?
아샤	그걸로 충분하니까.

아샤의 대답은 수수께끼 같았다. 세상에 대한 환멸이 문명 세계가 끝나는 숲속으로 들어가고픈 소망으로 귀결된 걸까? 아니면 그냥 생각 없이 뱉은 말에 불과한 걸까? 그게 아니면? 그때는 알 수 없었다. 나는 잠시 밤하늘을 바라보다가 품에서 수첩을 꺼내 아샤에게 건넸다. 아샤는 마음은 고맙지만 자신에게 글자란 한없이 어려운 것이니 필요 없다고 대꾸했다.

319 그 이후 아샤가 어떻게 됐는지는 모른다. 주인집에서 걸레질을 하다가 폭삭 늙어버렸을까? 결혼을 했을까? 아니면 늦기 전에 남방한계선행 기차표를 끊었을까? 그러나 훗날 내가 남방한계선에 갔을 때 아샤라는 이름은 어디에서도 들어볼 수 없었다. 이듬해 나는

중급 과정으로 진학했고 아샤는 하급 과정에 남았다. 위안 없는 나
날이 나를 기다리고 있었다.

8장

320 하인학교 담벼락 너머에선 역사가 밀려오고 있되, 굉장히 성난 얼굴의 역사였다. 바람이 고기압에서 저기압으로 불듯 주식도 한곳에만 너무 쌓이다 보면 바람이 돼버리기 일쑤였다. 기적이 사라진 해로부터 1096년 뒤 8월, 훗날 경제학 교과서에서 '밀 공황'이라고 부르게 될 바람, 아니 태풍이 불어닥쳤다. 아이러니하게도 그 원인은 세계 평화였다.

321 종교전쟁의 광기는 비옥한 흑토지대인 코셰 전역에서 장장 11년 동안이나 휘몰아쳤지만, 덕분에 나침반 반대편에 있던 그르브룸에선 유례없는 호황을 누리게 됐다. 농업 국가였던 그르브룸은 세계적인 곡물 가격 폭등의 최대 수혜자였기 때문이다. 우스갯소리로 "의사당도 허물고서 그 자리에 밀밭을 만들자"라는 말이 나돌 정도로 대대적인 밀 재배 열풍이 불었다.

322 그르브룸의 증시는 밑도 끝도 없이 오르기 시작했다. 기적이 사라진 해로부터 1090년 뒤 여름 동안엔 그르브룸 곡물주가 철도주보다 비쌌을 정도였다. 그러나 이로부터 4년 뒤 플랭거트 화약(和約)이 맺어지면서 종교전쟁이 종결됐고, 코셰의 농부들도 다시 파종을 시작했다. 한데 그 전부터 밀 과잉 공급으로 그르브룸의 증시는 점차 내려가던 차였다.

323 기적이 사라진 해로부터 1096년 뒤 5월, 그러니까 겨울 동안 파종했던 동소맥의 수확이 시작되자 예상 범위를 훌쩍 벗어난 밀 가격 폭락이 시작됐고, 곧 세계 증시도 덩달아서 무너졌다. 그르브룸에 쏟아넣은 대출금들이 하루아침에 녹아버리자 이에 엮인 각국의 은행들마저 도산하는 지경에 이르렀다. 농신(農神)이 자본의 심장부에 낫을 찔러넣은 것이다.

324 파급효과는 그해 겨울 내내 북부 공업지대를 휩쓸었다. 이자율이 가파르게 오르고 채무 변제가 연장되지 않자 증기자동차와 전기 장비 공장들이 연달아 문을 닫기 시작했고, 이는 이른바 '거품들의 공중정원'이라 불렸던 파낭 대운하 주식을 침몰시키는 결과로 이어졌다. 이듬해 봄, 대운하 주식을 백만 주나 사들였던 비뢰시의 연금공단 이사장이 자살했다.

325 가뜩이나 산업 곳곳에 낀 거품들이 꺼지면서 실업자가 속출하고 있던 시점에, 연금공단이 파산해 노령연금을 받지 못하게 될 것이란 소문까지 겹치자 공포와 분노로 뒤범벅된 이들이 거리로 쏟아

져 나오기 시작했다. 시내 곳곳에서 폭동과 약탈이 벌어졌고, 포누 그놈에 수감된 정치범들을 즉각 석방하라는 시위대가 조직됐다. 의회에선 계엄령을 통과시켰다.

326　대학살이 벌어진 건 기적이 사라진 해로부터 1097년 뒤 7월 25일 정오였다. 군대는 각지에서 비무장 시위대를 향해 방아쇠를 당겼고, 이어서 기병대까지 돌진시켜 무자비하게 칼을 휘둘렀다. 발포 명령을 거부한 군내 소신파들도 있었지만 일부에 불과했다. 평등당 보고서에선 이날 8천 여 명의 사상자가 나왔다고 했고 정부 측에선 1천 3백 여 명이라 기록했다.

327　7월 대학살 이후, 비뫼시에선 교단 내의 전통적인 광신도부터 혁명파 부사관들이 만든 흑수단(黑手團)까지 본격적으로 지하조직들이 뿌리내리기 시작했다. 물론 가장 큰 규모를 자랑했던 건 언제나 격문을 비밀경찰의 시체 가슴팍에 꽂아서 공개하는 걸로 악명 높았던 무정부주의 단체였다. 그리고 그즈음 무정부주의자들이 주력하고 있던 분야는 다름 아닌 '회계'였다.

328　사건의 골자는 단순했다. 군자금이 필요했던 무정부주의자들이 회계사무소를 협박해서 회계사들이 관리하던 귀족과 부자들의 재산 일부를 빼돌렸다. 이중장부부터 유령 회사까지 여러 기법이 활용됐고, 그 돈들은 납탄으로 바뀌었다. 많은 피해자가 등장했는데, 그중엔 남쪽 게로브란타 거리를 담당 구역으로 두고 있던 세금징수인 닷제의 이름도 있었다.

329 담배 산업. 오래전부터 그르브룸의 계단식 담배밭에서 수확된 담뱃잎들은 열차를 타고서 비뫼시 남쪽 게로브란타에 있는 연초 제조창으로 왔다. 여기서 담뱃잎들은 적절한 가습과 가향 물질을 섞는 공정에 투입됐고, 이후 건조 작업을 거친 뒤 궐련형으로 돌돌 말아져 완제품 담배로 거듭났다. 그러나 그 모든 과정이 마냥 공정하기만 한 건 아니었다.

330 관세를 차치해도 부패는 많았다. 기후 사정에 따라 담뱃잎의 질이나 수확량의 변동 폭이 컸던 관계로 타 지역의 담뱃잎 자루들이 '그르브룸산'이란 도장이 찍힌 채로 밀반입되곤 했고, 공정 과정에 재를 섞어서 양을 부풀리는 경우도 잦았다. 따라서 부정행위를 적발하기 위한 '담배위원회'가 발족했고, 여기서 발각된 범죄 수익들은 모두 세금으로 환수됐다.

331 닷제의 집안은 바로 이 담배위원회의 감찰관 직위를 세습해왔다. 징수된 세금의 일부를 수익으로 가져갔기 때문에 감찰관들은 물불 가리지 않았다. 늘 문제를 일으키는 소매상인들의 뒤를 수시로 캤고, 경쟁 관계에 있는 각 제조창으로부터 적절한 뇌물을 받고서 대대적인 감찰을 벌여주기도 했다. 닷제는 세금징수인들 중에서도 유독 탐욕스럽기로 악명이 자자했다.

332 더 큰 부를 원했던 닷제는 대외적으로는 담배뿐만 아니라—역시나 노다지였던—주류위원회에 들어가려고 이런저런 뇌물을 쓰고 있었고, 대내적으로는 비용 절감을 위해 직속 회계사를 해고하

고서 보다 싼 파견 회계사를 불렀다. 그래, 무정부주의자들에게 단단히 잡힌 바로 그 사무소였다. 경찰 조사를 받고 나온 날, 그는 사냥터 대신 구테므나 하인학교로 향했다.

333 그러나 그때 닷제가 단순히 회계를 볼 줄 아는 하녀를 찾아서 하인학교로 온 것은 아니었다. 그는 회계 사기 외에도 다른 문제를 안고 있었는데, 그건 바로 아들, 그것도 언젠가 그의 감찰관 자리를 물려받게 될 외아들에 대한 문제였다. 프님 남작을 찾아간 닷제는 열에서 열네 살 사이의 하녀들을 찾고 있되 얼굴을 직접 봐야겠다고 말했다.

334 기적이 사라진 해로부터 1099년 뒤 8월 2일, 나는 회랑에서 닷제와 처음으로 마주했다. 당시 고급 과정에 진학하여 내차내조표와 손익계산서 작성법을 배우고 있었는데, 나는 학급에서도 꽤나 어린 축에 속했다. 다른 하녀 후보생들을 제치고 내 앞에 멈춰 선 닷제는 한동안 이목구비를 뜯어보다가 이런 말을 중얼거렸다: 가슴은 붕대를 감으면 되겠지.

335 그렇게 열넷이 되던 해, 구테므나 하인학교의 고급 과정을 채 졸업하기도 전에 나는 닷제의 집안으로 보내졌다. 프님 남작은 닷제로부터 값을 톡톡히 받아냈지만 내 급료는 중급 정도로 고정됐다. 마지막에 건네진 계약서엔 10년간 근무해야 한다는 조항이 적혀 있었다. 물론 선택권이랄 건 없었다. 그러나 이후 일들은 계약대로 흘러가지 않을 예정이었다.

336   안타깝게도 아샤와 작별 인사를 따로 할 시간은 주어지지 않았다. 닷제는 인정머리가 없는 사람이었다. 짐을 싸고서 마차를 타러 회랑을 가로지르는 동안 창문 너머로 몇몇 하녀의 얼굴이 보였다. 아마도 소문이 난 모양이었다. 그 얼굴들 중에서 아샤를 찾아보려고 했지만 여의치 않았고, 결국 마차에서 서서히 멀어져가는 하인학교의 전경을 바라보는 것이 전부였다.

337   굴러가는 마차 안에서 닷제는 거만한 자세로 담배를 입에 물었고 은장 라이터로 불을 붙였다. 마주 앉아 있던 나는 가슴 쪽으로 끌어안은 짐 가방을 꼭 쥐었다. 이윽고 메스꺼운 담배 연기가 얼굴로 느릿느릿 다가왔고, 닷제는 자기가 뭐 하는 사람인지에 대해—그리 정돈되지 못한 단어들을 늘어놓으며—설명하기 시작했다. 창밖으로 담뱃재가 휘날렸다.

> **닷제**   교장에게 듣자 하니 네가 꽤나 우수한 하녀라고 하더군. 편지 쓰기랑 회계를 배웠다고?
>
> **얀코**   회계는 배우는 중이었습니다.
>
> **닷제**   그렇군. 하지만 괜찮아. 회계는 내 집에 가서 차근차근 완성시키면 되니까. 그건 그렇고, 그러면 보통 학교를 다녀본 적은 없는 건가?

반문하고 싶었다—보통 학교에 다닐 형편이었으면 하인학교에 들어갔겠는가? 게다가 구테므나 하인학교의 후보생들이 어떻게 선발되는지 익히 들었을 그였다. 그 당시엔 질문의 저의를 알 수 없었지만, 머지않아 그것이 닷제가 가진 특유의 악취미임을 알게 됐다. 그는 괄시와 매질을 애용했고, 그런 아버지 밑의 아들이 비뚤어지는 것은 그리 이상하지 않은 일이었다.

338 일곱 개의 첨탑이 우뚝 솟은 궁전과 귀족들의 저택들로 둘러진 신성한 언덕과 달리 게로브란타 거리는 예로부터 사업가들과 변호사, 세무사, 관세사, 약사, 교수, 의사 같은 전문직들이 모여 사는 동네였다. 닷제의 마차는 널찍한 대로 옆에 세워진 고급 아파트 앞에서 멈춰 섰다. 우리는 세밀한 목각 무늬가 인상 깊은 승강기를 타고서 3층으로 올라갔다.

339 문을 열고 들어가자 곁에서 봤을 땐 그리 커 보이지 않던 아파트 내부는—과장을 좀 보태자면—작은 운동장처럼 넓었다. 고풍스러운 가구들에선 왁스 냄새를 지우기 위해 뿌린 방향제 냄새가 났고, 황동으로 된 문고리에 내 얼굴이 비쳤다. 한쪽에서 입김을 불어가며 유리창을 닦던 다른 하녀와 눈이 마주쳤다. 그러나 서로 인사하지는 않았다. 마님은 보이지 않았다.

340 닷제는 내게 부엌 옆에 딸린 방을 내어주었다. 그는 골방이라고 표현했지만 내 입장에서는 전혀 작지 않았다. 철제 침대, 붙박이장, 아담한 책상 그리고 2단 선반을 놓고도 두어 명을 더 누일 수 있을 만큼의 공간이 남았다. 그런데도 독방이었다. 허리를 숙여 감사하다고 말하자 닷제는 시큰둥한 표정으로 대꾸했다: 감사한 만큼 값어치를 하는지 두고 보자고.

341 그 말의 참된 뜻을 알게 된 건 이틀 뒤였다. 닷제는 나에게 아침저녁 두 차례의 부엌살림을 돕는 것 외엔 다른 육체노동을 시키지 않았다. 대신, 마치 문하생이라도 된 것마냥 선생들을 붙여가며 공부를 시켰다. 오전엔 전문 회계사로부터 구테므나 하인학교에서 미처 다 배우지 못한 회계를 배웠고, 오후엔 가정교사로부터 중등교육 과목들을 배웠다.

342 무도회에 갑작스레 불참하게 된 이유를 꾸며내거나 채무이행을 미뤄달라는 편지를 주인 대신 적기 위해서 습득했던 언어는 놀랍게도 고전소설을 읽고서 느낀 점을 작문하는 데 쓰이게 됐고, 또한 회계를 위해 배웠던 수학은 기하학 증명과 함수 문제를 푸는 데 동원됐다. 닷제는 사냥한 사슴의 박제를 쓰다듬으며 말했다: 넌 내년에 학교에 가게 될 거다.

343 말은 돌고 돈다. 훗날 대학 입학 면접장에서 만났던 Q교수는 나의 성적 증명서를 넘겨 보며 코웃음을 터뜨렸다. 그러고는 태우던 담배를 재떨이에 비벼 끄며 내 진짜 이름이 뭐냐고 물었다. 내가 머뭇거리자 그는 사교 모임에서 세금징수인의 외아들이 아편쟁이라는 소문을 들은 적이 있다고 했다: 그런 녀석이 갑자기 자연과학부에 입학하고 싶어졌다고?

344 계몽주의, 좀 더 구체적으로는 귀족들의 힘을 빼놓으려는 의회의 오랜 노력은, 지하출판의 유행과 검열 당국의 비대화 외에도 공직 사회의 개혁을 요구하는 목소리를 뭉게뭉게 조성했다. 기적이

사라진 해로부터 1094년 뒤 4월 임시회에는 세습직이었던 감찰관 선발 방식을 시험제도로 대체하려는 법안이 제출됐는데, 이는 익히 예상됐던 극심한 반발에 부딪혔다.

345 결국 타협책으로 세습의 자격 요건을 현대화하는 방식이 채택 됐는데 주요 골자는 두 가지였다. 첫째, 흉악 범죄 관련 전과가 없을 것, 둘째, 추천장이 아니라 대학 졸업장을 반드시 갖추고 있을 것. 귀 족들은 이 타협책이 자신의 자식들을 대학교에서 길들이려는 수작 이라고 반발했지만, 이듬해 수정된 개혁안은 왕의 인준까지 받은 채 로 의회를 통과했다.

346 그리하여 지난 세월 핏줄만 믿고서 여유롭게 사교계 예절과 승마 기술만 익히던 귀족 자제들은 졸지에 입시로 내몰리게 됐고, 이는 귀족 작위 없이 암묵적으로 직위를 세습해왔던 중간계급들도 마찬가지였다. 덕분에 그해 대입 자격시험의 경쟁률이 갑작스레 올 라갔고, 가정교사부터 족집게 과외 교사까지 사교육 시장의 몸값 역 시 세 배로 뛰었다.

347 그러나 아무리 좋은 가정교사를 붙여도 겨우 문맹을 면하는 수준에서 한 발자국도 나아가지 못하는 바보들 그리고 그에 준하는 집안의 아픈 손가락들이 있기 마련이다. 다행인지 불행인지 닷제의 아들 비나드는 후자였다. 어머니에 대해선 죽었다는 것 외엔 아무것 도 알 수 없었고, 닷제는 교육과는 거리가 멀었다. 비나드의 고등학 교 퇴학 사유는 마약중독이었다.

348 Q교수는 안심하라고 말하면서 너 같은 아이들을 하나하나 적
발해서 퇴학시키기 시작하면 이 대학 정원의 4분의 1이 사라지게
될 것이라고 했다. 게다가 고틀러테 백작을 이사장으로 두고 있는
사립대학에서 귀족 가문의 대리인들을 홀대할 수는 없는 거라고 말
하며 자조했다. 벽난로 위에 올려둔 주전자의 뚜껑이 움직이며 성난
수증기를 뱉어냈다.

> Q교수 우리 말이야, 적어도 3년제 졸업장을 딸 때까지는 이 대
> 학에서 서로 얼굴 보고 살지 않겠나? 오해 없게 이름이
> 야 여기 적힌 대로 '비나드'라고 부르겠지만, 그래도 실
> 명을 알아두고 싶군.
>
> 얀코 ……제 이름은 얀코라고 합니다.
>
> Q교수 음, 그런데 목소리가 좀 가는 것 같네?

　Q교수는 내가 여자라는 것을 알고서 한 번 더 크게 웃었다. 그는 수
납장을 열어서 머그잔을 두 개를 꺼내 왔고, 주전자에 담긴 커피를 따
라줬다: 대역으로 여자를 고른 걸 보면 비나드는 꽤나 미남인가 보
구먼. 나는 대답하지 않고 슬며시 미소만 지었다. 이어서 Q교수가 여
러 전공 중에서 자연과학을 고른 이유를 물었을 때 나는 남방한계선
에 관심이 있다고 답했다.

349 진도는 빨랐다. 닷제가 사슴 박제를 쓰다듬었던 날로부터 얼
마 지나지 않은 1월 1일, 그러니까 새로운 세기가 열렸던 날, 가정교
사는 대입 자격시험 전문 교사로 교체됐다. 내 지능은 역사의 분기

점마다 빗금을 그은 정신사(史)의 영웅들에 비하면 하찮은 수준에 불과했지만, 그들이 외친 강령들을 조악하게 버무려 만든 중등 과정 졸업 시험을 치르기엔 능히 넘치고도 남았기 때문이다.

350 물론 대입 자격시험이라고 해서 크게 다를 건 없었다. 단지 과목이 늘었을 뿐이었다. 국어, 과학, 수리, 철학, 사회/지리, 외국어를 돌아가며 배웠고, 기본적으로 암기 위주였다. 그나마 마음에 든 것은 철학이었다. 세계의 근원적인 의미 따위를 묻는 형이상학은 지루했지만, 그 문제 앞에 보잘것없어지는 인간에 대해 고찰하는 것은 흥미로웠던 까닭이다.

351 내가 보기에 철학이란, 저명한 철학자들에 대한 오래된 비꼼처럼, 캄캄한 방에서 필사적으로 검은 고양이를 찾는 것과도 같았다. 지혜란 것이 실재와 믿음을 구분하는 데서 시작된다면, 언어를 갖춘 종들 중 정녕 지혜로울 수 있는 자, 그 누구란 말인가? 적어도 내가 아니라는 것만큼은 확실했다. 그런데 이런 확실함이 도대체 무슨 소용이란 말인가? 덧없다.

352 철학의 역사나 각종 개념어를 외우는 과정은 분명히 번거로웠다. 그러나 많은 경우 근본적으로 새로운 테제를 배우는 경우는 드물었고, 대개는 내가 본래 가지고 있던 것들을 다시 환기하는 작업에 머물렀다. 생각보다 세상은 우둔한 생각들을 그대로 믿어버린 작자들로 가득했고, 역사는 그런 신앙의 대가를 끊임없이 수확해온 길고 긴 목록들로 빼곡했다.

353　과외 교사가 저 하녀에게 철학적 소질이 있다고 말한 날, 닷제는 대입 자격시험엔 언제쯤 응시할 수 있겠느냐고 묻는 걸로 대답을 대신했다. 그해 가을 학기에 닷제의 아들에 대해서 아는 이들이 거의 없는 서쪽 버제먼가(街)에 있는 한 고등학교에서 입학시험을 치렀다. 교실로 들어가는 내 머리는 남자처럼 짧게 깎여 있었고, 누가 이름을 물으면 '비나드'라 답했다.

354　매일 아침 버클을 채운 긴바지를 입고 조끼 단추를 채운 뒤 초록색 프록코트를 걸쳤다. 몇 년간 하녀로서 몸가짐을 익혔지만 정작 하녀가 된 후에 나는 귀족 자제처럼 걸어야만 했다. 가슴을 가리기 위해 붕대를 감을 때나 일부러 걸걸한 목소리를 낼 때마다 종종 궁금해지곤 했다: 닷제는 어째서 아들 대역으로 남자가 아니라 여자를 고른 걸까?

355　남쪽 게로브란타에서 서쪽 끝자락에 위치한 버제먼가까지는 마차로 왕복 세 시간이 걸렸다. 전철은 애매했다. 아이러니하게도 예전부터 질 좋았던 도로 사정과 마부 조합의 거센 시위 덕분에 북쪽 외곽으로는 뚫려 있는 모노레일이 남서부엔 없었기 때문이다. 게다가 비나드의 대역이 눈에 띄어서 좋을 게 없었기에 아파트엔 매일 2등급 마차가 대기하고 있었다.

356　마부 욜른은 중늙은이였는데 탈모가 콤플렉스인지라 절대로 낡은 중절모를 벗지 않았다. 학기가 넘어갈 때쯤 나는 욜른에게 비나드에 대해 물어봤고, 그는 중학교부터 고등학교까지 3, 4년 정도

비나드를 학교에 태워다 준 것이 전부라고 말해줬다. 내가 비나드를 닮았느냐고 물으니 그는 나를 물끄러미 쳐다보며 대꾸했다: 그래, 확실히 남자처럼 생기진 않았었지.

357   아파트엔 초상화가 없었고 가족사진도 걸려 있지 않았다. 청소를 도맡은 하녀는 닷제에게 지시라도 받은 모양인지 비나드에 대해서 모르쇠로 일관했다. 마부 욜른은 비나드가 먼 곳으로 요양을 갔거나 재활 병원에 입원했으리라 추측했다. 이듬해, 회계를 보게 되면서 닷제와 있는 시간이 늘어나긴 했지만 그는 자신의 아들에 대해선 한마디도 하지 않았다.

358   누군가의 인생을 대신 살아준다는 것에 대해 특별한 거부감은 없었다. 모든 걸 빼앗기고서 고아원에 내던져진 것으로 인생의 첫 단추를 끼우기도 했거니와 지금까지 나의 삶이란 누군가의 뒷바라지를 하는 선에서만 허용됐기 때문이다. 하인학교에 선발되고 싶어서 얼마나 모진 마음들을 품었던가? 그러나 대역으로서 주인과 한 번쯤 만나보고 싶긴 했다.

359   기적이 사라진 해로부터 1101년 뒤 3월 17일, 그날은 평소와 그다지 다르지 않았다. 특기할 만한 일이라곤 시 당국의 인플레이션 대책이 발표됐고 대입 자격시험이 1년 6개월 앞으로 좁혀져 왔다는 것뿐이었다. 평소처럼 운동장 가장자리의 그루터기에 앉아 있는데 작은 조약돌이 머리 위로 날아왔다. 뒤돌아보니 담장 위에 웬 난쟁이가 매달려 있었다. 참토였다.

고 발 장

죄　명　　공공시설물 손괴죄, 특수공무집행방해죄, 출판물에 의한 명예

　　　　　훼손죄

고발인　　아젠 드라코나

　　　　　직책 : 철도사업관리처장

　　　　　주소 : 북부 로벨토가 129A번지 로벨토 교차역 관리 본부실

피고발인　얀코

　　　　　주소 : 서부 버제먼가 60B번지 4층 2호실

고 발 내 용

1　고발인은 북부 소재의 로벨토 교차역 관리 본부실에 재직하고 있는 철도사업관리처장으로, 1127년 2월 18일부터 지속적으로 지하 선로 내로 침입하려는 피고발인 얀코를 제지해왔습니다. 총 다섯 차례의 서면 경고를 했고, 3월 2일부터 3일까지 직권으로 1박 2일의 유치장 구금 조치를 취한 바 있습니다.

2　식물학자인 피고발인은 모두 네 차례의 불법 침입 및 공공시설

손괴를 일으켰습니다(범행 날짜 및 피해 금액은 첨부1 도표 참고 바람). 첫째, 지하철과 모노레일이 교차되는 선로 밑으로 내려가기 위해 자물쇠를 망가뜨렸고, 둘째, 배수로로 침입하기 위해서 철장에 지속적으로 이물질을 투여하여 인위적인 부식을 유발하려다가 적발됐고, 셋째, 야간 경비원으로 위장하여 본부실에 침투하려고 시도했고, 넷째, 짐마차로 차량 정비창 환풍구를 강제로 뜯어냈습니다. 저지 과정에서 철도공안직 공무원 2명에게 경미한 상해를 입혔고 정비사에게 욕설을 내뱉은바 이를 공공시설물 손괴죄 및 특수공무집행방해죄로 처벌하여주십시오. 또한 피고발인은 정식 출판 번호가 붙지 않은 불법 간행물을 자체 제작하여 유포하였는데(팸플릿 사본은 첨부2 참고 바람), 거기에 담긴 주요 주장은 로벨토 교차역 선로 밑으로 비밀 지하 시설로 통하는 승강기가 있다는 망령된 내용인바 이를 출판물에 의한 명예훼손죄로 처벌하여주시기 바랍니다.

진 술 서

소　속 : 공보관실

직　급 : 행정7급

성　명 : 마세르

일　시 : 1125. 9. 10. 오후 5시경

남방한계선 보훈명예수당 관련 전화 통화에서 자격 증빙서류를 요구하자 "너는 악마의 조종을 받고 있어, 그날이 오면 검은숲이 일거에 무너지게 될 거야" 등 황당한 이야기를 자주 하며, 통화자의 이름을 부르며 보안부 비밀 부서에 알리겠다고 협박을 하기도 하고, 트롤 떼가 몰려오기 전에 배를 타야 한다는 혼잣말을 중얼거리기도 하는 등 정신적으로 다소 불안해 보였음.

1125. 10. 11.

비뫼보훈처 행정주사보 마세르

9장

360 가끔씩 번개가 땅바닥에 내리꽂히는 걸 볼 수 있듯 살다 보면 어처구니없는 일들이 발생하곤 한다. 오늘 아침 눈을 떴을 때, 마치 몸이 모두 회복된 것처럼 느껴지는 일이 바로 그런 드문 경우에 속한다. 움직일 때마다 관절에 뭔가 낀 듯한 특유의 이물감은 여전했지만, 그럼에도 작열감은 느껴지지 않았다. 고통이 뒤따르지 않는 발걸음은 비현실적이기까지 했다.

361 창틀 옆에 차곡차곡 쌓인 정리된 기록들에 비해 탁자 위의 마구잡이로 뒤섞인 문자 더미는 가히 위압적일만큼 비대했다. 그래, 혼돈은 죽어가는 이 앞에서조차 무람없다. 손에 잡히는 대로 작업 중이긴 하나, 아무리 파헤치고 뒤적여보아도 결국엔 길을 잃게 될 터였다. 파편들의 숲속에서 객사. 미래를 단념했건만 과거조차 짊어질 수 없게 됐다.

362 짐작은 정동을 경감하되 결코 소거하진 못한다. 그러나 구태여 불가능 앞에 선 감정들을 어찌해보려 하진 않았다. 젊었을 적엔 자칫 아무것도 할 수 없게 될까 봐 불가능을 아예 떠올리지 않으려고 했지만, 지금은 되레 불가능을 짊어지지 않고선 아무것도 할 수 없게 됐기 때문이다. 도중에 쓰러져도 될 것 같은 안도감, 면책. 스스로가 구역질 난다.

363 육체는 정신의 열쇠다. 건강이 돌아오자 룀티크가(街)의 지하방에 쌓아둔 서류들과 자질구레한 집기들이 떠올랐다. 실험 도구나 표본들이야 상관없다만, 전날 극남식물연구소에서 들고 나온 극비 문건들은 반드시 직접 증여를 하건 파기를 하건 해야겠다 싶었다. 그러자 오늘 건강이 일시적으로나마 회복된 것이 지하 방 방문을 위한 모종의 계시처럼 느껴졌다.

364 문드러져갈 뿐이라고 믿어왔던 팔다리엔 류머티즘 대신 운명의 꼭두각시 실이 달려 있는 듯한 느낌이 들었다. 평균수명을 훌쩍 넘기면서까지 오랜 시간을 건너왔음에도 이토록 하찮을 수 있다니. 서랍을 열어 편지지를 꺼내고서, 바를람 박사에게 권총을 좀 구해달라고 적었다. 빌라 앞의 우체통에 편지를 넣고서 하늘을 올려다봤다. 꼭 물담배 연기 같았다.

365 무개 이륜마차를 잡아타고서 룀티크가로 향했다. 새삼 오래전 밤새도록 걸어서 Q교수의 자택 앞까지 갔던 날이 생각났다. 계류장에서 넘어오는 바람에 실린 말똥 냄새, 잘게 부서진 홍차 찻잎, 비나

드 걱정. 그 모든 일이 마치 어제 일처럼 생생히 떠올랐고, 회고가 아닌 엄습이라 주눅 들었다. 문득 속으로 물어보길, 지옥은 기억에 갇히는 게 아닐까?

366 감정 앞에 힘이 달려 시선을 다른 곳에 두기로 했다. 세계는 난잡하고 시끄러웠으며, 그런 점에서 여전했다. 건물이 통째로 붕괴되면서 함몰된 이들을 위한 위령비엔 천막 끈이 묶여 있고, 그 밑에선 야바위꾼과 뜨내기들이 낄낄대고 있었다. 모주꾼들은 마부가 길을 비키라고 소리쳐야만 겨우 비틀대며 움직였다. 나는 삯을 건네며 여기서부턴 걸어서 가겠다고 했다.

367 쌓인 먼지를 제외한다면 지하 방은 마지막으로 떠난 날 봤던 모습 그대로였다. 서류철 없이 쌓인 실험 일지들, 증류기, 하바리움 용액, 검은나무 뿌리 표본, 크고 작은 플라스크들, 간이 암실, 그리고 벽면에 걸린 칠판 위에 빼곡하게 적혔다가 거칠게 지워지다 만 온갖 화학식의 잔여들. 그러나 이곳은 과학 실험실이라기보다 연금술사의 화덕에 가까웠다.

368 의자에 앉아 우두커니 방 안을 바라봤다. 잔불이라곤 남지 않은 짐념의 잔재들에 둘러싸여 있는 것 같았다. 폐허의 가장 치명적인 점은 덧씌울 기억의 자리를 열어젖힌다는 데 있었다. Q교수가 말했다: 여기는 너무 위험해. 남방한계선으로 가게. 내가 아는 사람이 있으니, 새로운 신분증을 구해다 줄 수 있어. 원한다면 식물연구소 추천장도 써주겠네.

369　숨어 살던 시절 매트리스가 있었던 자리엔 강철 금고가 버티고 있었다. 마치 나를 비웃기 위해 수년간 그 자리에서 꼼짝하지 않고 기다린 것처럼 보였다. 결국 너는 풀지 못했다고, 패배한 인생이라고. 금고 다이얼을 1103에 맞게 돌리며 새삼 다시 물었다. 왜 그렇게 집요하게 매달렸던가? 답변: 그건 일종의 복수였다. 그래, 복수 외엔 달리 할 수 있는 게 없었다.

370　최고 보안 등급이 찍힌 서류들을 들고서 지하 방을 빠져나왔다. 남은 집기들의 처분은 언젠가 밀린 월세 때문에 나를 쫓아내려고 찾아올, 그러나 결코 찾지 못할 집주인의 몫으로 남겨두기로 했다. 마차를 잡기 위해 길 건너편으로 넘어가려고 할 때 일순간 머리가 핑 돌았다. 마치 프롤로그를 막 끝냈을 뿐인데 곧장 절정으로 치닫는 싸구려 마당극 같았다.

371　다시 눈을 떴을 땐 병원이었다. 급작스러운 심장마비라도 온 것처럼 의식이 끊긴 것이었다. 내가 몸을 일으켜 세우는 걸 본 간호사가 다가와 괜찮으냐고 물으며 체온과 맥박을 재려고 했다. 나는 속이 울렁거리는 걸 간신히 참으며 내 코트가 어디로 갔느냐고 물었고, 간호사는 길거리에서 병원으로 옮겨 왔을 땐 지금 옷차림뿐이었다고 답했다: 혹시 없어진 거 있으세요?

372　자원봉사자의 도움을 받아 간신히 집으로 돌아온 뒤에도 펜대 앞에 앉기까지는 꽤 오랜 시간이 걸렸다. 시력을 반쯤 앗아 간 열은 좀처럼 내리지 않았다. 새벽 무렵 겨우 머리를 들 수 있게 됐을 때,

불현듯 이것이 나의 마지막 외출이란 직감이 들었다. 어느 좀도둑의 손에 들려 있을 서류의 행방은 단념하기로 했다. 심지어 썩 괜찮은 마무리란 생각마저 들었다.

10장

373 빛이 있으면 그림자가 있기 마련이다,라는 말보다는 그 역(逆)에 오랫동안 매달려왔다. 발 닿는 곳마다 온통 그림자뿐이지만, 그렇기에 어딘가에는 분명 그만큼의 빛이 존재하리란 믿음. 어떤 식으로든 신앙은 증표를 찾아내기 마련이고, 그래서 가끔씩 희망에 부풀어 이튿날을 기다리기도 했다. 그러나 이제는 분명히 안다. 모든 어둠이 그림자인 것은 아니다.

374 식물생화학을 전공했던 Q교수는 식물엔 반역적인 측면이 다분하다고 강변했다. 동물과 달리, 머리를 짓누르는 중력을 거스르며 어떻게든 줄기를 하늘 위로 뻗어 올리기 때문이란 것이다. 그때는 하지 못했던 반문: 그러나 뿌리는 어떠한가? 뿌리는 중력을 거스르기는커녕 되레 도움을 받아가며 땅 밑으로 파고들고 그 주변으로 억척스레 뻗어나가지 않나?

375 반역은커녕 내가 보기에 식물은 극도로 보수적이고 완고하기만 하다. 움직일 수 없을뿐더러 한번 씨앗이 떨어진 곳을 어떻게든 파고들 수밖에 없는 운명이기 때문이다. 최초 지점에서 뿌리내리는데 실패한 식물 개체에게 '다음'이란 없다. 성공적으로 자리 잡은 뒤에도 다른 개체의 다가옴은 일절 허용하지 않는다. 이번에도 역시, 이동할 수 없기 때문이다.

376 초본(草本)이 아니라 목본(木本)일 경우 사정은 더욱 지독해진다. 나무는 적어도 수백여 년간 같은 자리를 벗어날 수 없기 때문이다. 이 행성에서 나무만큼 잔혹한 종은 없다. 이들은 최대한 깊숙이 뿌리내리고, 넓고 높게 이파리를 펼친다. 흙으로부터 흡수해야 할 물과 양분을 빼앗고 햇빛을 차단하여 다가오는 다른 식물들을 모조리 고사시키기 위함이다.

377 이국의 어떤 종은 원목을 중심으로 수백여 개의 뿌리를 뻗으며 번식하는데, 극단적인 경우엔 그 규모가 하나의 뿌리로 된 숲을 이룰 정도라고 한다. 그렇게 자라난 줄기들이 서로 빽빽하게 뒤엉키며 모든 볕을 차단하기에 그 나무 밑은 풀 한 포기 자라나지 않는 사막이 되고 만다. 세계를 죽임으로써 세계가 된 자의 세계는 그처럼 피폐하고도 메마르다.

378 내게 삶이란 나무가 뿌리내리는 과정처럼 보인다. 떨어진 자리에 적응하지 못하면 다음이란 없고, 한번 내려가기 시작한 뿌리는 모든 걸 움켜쥐며 망가뜨린다. 다른 길을 말려 죽이는 것이 지금의

그 길에 서 있기 위한 유일한 조건이기 때문이다. 발로부터 자유는 연역되지 않는다. 거기에 운동화를 신겨놔도 사정은 마찬가지이다. 우리는 번창하며 쪼그라든다.

379 류머티즘으로 좀먹은 관절 사이에 새하얀 불꽃이 일어나는 듯한 고통, 끓는 기름으로 타오르는 손가락들이 뇌를 어루만지는 듯한 고통, 아니 '고통'이라는 단어의 경계를 훌쩍 넘어서는 무언가들 앞에 정신을 놔버릴 것만 같다. 오래전 어느 철학자가 고통은 단지 그에 대한 생각에 불과하다고 말했던 것이 떠오른다. 확실한 건 그가 류머티즘 환자는 아니란 것이다.

380 모르핀에 대한 생각이 멈추질 않는다. 오래전 사람들 사이에서 아버지의 손을 놓쳤을 때처럼 간절하다. 어제 바를람 박사가 자신이 서명한 유언 공정증서를 갖다 주러 오는 길에 몰래 암시장을 들러서 권총과 함께 모르핀을 사왔다. 그 주사기를 들었다 놓았다를 몇 번이나 반복했는지 모른다. 고통이 뇌를 완전히 녹여버리기 전에 주삿바늘이 혈관을 찌르게 될 터이다.

381 며칠 전부터 서랍 여는 것이 힘들어져 서류들이 항상 여기저기에 널브러져 있다. 가끔씩 그 위로 커피를 쏟기도 하고, 지붕에서 내려온 눅눅한 습기들에 종이 끝자락이 돌돌 말리기도 한다. 관절을 움직일 때마다 조금씩 나무가 되어가는 듯한 느낌을 받은 지 오래이다. 간밤엔 죽어서 다락방을 뒤덮는 덤불이 되는 꿈을 꿨다. 식은땀은 흘리지 않았다.

382   주사기를 잡았다가 멀리 휙 던져버렸다. 자그마한 약병이 깨지면서 무취의 모르핀 수액이 여기저기 흩어졌다. 일순간 기어가 핥고픈 충동에 휩싸였다. 남방한계선에 근무할 적에 모르핀중독자가 바닥에 엎어진 모르핀 액을 게걸스레 핥던 기억이 떠올랐다. 그러나 나를 멈춰 세운 건 그 기억이 아니라 뜻대로 움직이지 않는 무릎 관절이었다.

383   남방한계선 극남식물연구소에 갔을 때 젠버그 소장은 내 전임자가 모르핀중독이었다고 했다. 표본 수집을 위해 벌목꾼들과 함께 검은숲에 들어갔다가 트롤들의 습격을 받은 뒤부터 모르핀에 의존하기 시작했다는, 이곳 남방 끝자락에서는 이미 무수히 반복된 고전적인 사연. 주삿바늘이 찌른 부위에 농양(膿瘍)들이 피어오를 무렵 그는 후방으로 전보 조치됐다.

384   소장은 그 전임자를 나약한 자라고 비난했다. 고통에 직면하지 못하면 해결책도 내놓을 수 없기 때문이란 게 그 이유였다. 그게 왜 비난의 구실이 되는지 묻고 싶었지만 연구소로 온 지 채 일주일도 되지 않았기 때문에 가만히 있었다. 그러나 속으로는 그가 트롤들에게 둘러싸여 마치 고양이가 가지고 노는 개구리처럼 희롱당하다가 온몸이 찢기는 상상을 했다.

385   남방한계선에선 모르핀 중독자들을 비교적 자주 만나볼 수 있었다. 군사도시로 들어가는 입구에선 불구자가 된 이들이 아코디언을 불며 구걸을 했고, 구석진 골목의 어둠 아래에선 벌겋거나 허옇

게 뜬 얼굴의 모르핀중독자들이 드러누워 고양감 속을 부유했다. 가끔은 중독자가 달려오는 마차에 뛰어들어 자살하기도 했는데, 그런 죽음들은 신문에 실리지도 않았다.

386 인두겁을 뒤집어쓴 허깨비들: 모르핀이 중독자들로부터 제일 먼저 앗아 가는 것은 눈의 광채였다. 마치 모르핀이 바깥을 바라보아야 할 눈동자를 영구히 과거를 향해서만 못질해두는 듯했다. 약기운이 떨어진 중독자는 지나치게 과민해진 지각 탓에 어두컴컴한 골방에만 틀어박혀, 그 안에서 족쇄가 풀린 과거들에 둘러싸인 채 흐느끼고 비명을 질러댔다.

387 환각밖에 볼 수 없다면, 그리고 그로부터 절대로 벗어날 수 없다면 그런 이에게 환각을 환각이라 말해주는 것이 무슨 의미가 있을까? 신경통과 환각으로만 둘러싸인 어둠 속에 영구히 유폐된다고 생각하면 일순간 등골이 서늘해지는 공포와 숨 막히는 압박감에 짓눌리는 듯하다. 과거들과 함께 시체 구덩이에 떨어지고 싶지 않다. 이제 내겐 나무 삽도 없다.

388 죽음이 영원한 망각을 선사해주리란 믿음, 이건 요즘 내가 떠올리는 몇 안 되는 희망 사항 중 하나이다. 뭔가에 집중할 때 가끔씩 고통을 잊게 되는 순간을 바라면서 메모들을 정리하기도 하지만, 애석하게도 그런 기적은 드물다. 하나같이 무언가를 잡으려다 실패한 기록들뿐이다. 문득 이런 생각이 맹렬하게 든다: 세계는 회고될 바엔 불타버려야 하는 게 아닐까?

389 밤이 내려오면 검은숲은 불빛이라곤 찾아볼 수 없다. 문명 이전의 원시적인 공간들. 망루 위에서 그 암흑세계를 바라다보면 알수 없는 신비로움에 붙잡힌다. 검은숲을 건너가보기 위해 열기구를보냈던 적도 있지만 단 한 번도 돌아온 사례는 없었다. 전설에 따르면 하늘 높이 솟은 검은나무들의 원목엔 거대한 독수리가 둥지를 틀고 산다고 한다.

390 그러고 보면 포누그놈 감옥에 갇혔을 때, 그것도 썩은 살내로진동하는 정치인 수용동에 내던져졌을 때 귀퉁이의 어둠을 보며 검은숲을 떠올렸었다. 그러면 빽빽한 암흑에서 비나드, 벌거벗은 비나드가 나타나곤 했다. 앙상하게 메말라 뼈와 가죽만 남은 그는 나를보더니 힘겹게 몸을 일으켜 세우고 말했다: 그런 생각은 안 했지. 그럴 리가 없었으니까.

391 죽을 것 같았던 포누그놈 감옥에서 나는 고문은커녕 손찌검도당하지 않았다. 되레 내가 벽을 붙잡고 흐느끼자 전담으로 붙어 감시하던 간수가 원한다면 신경안정제를 가져다줄 수 있다는 말을 건넬 정도였다. 물론 내보내달란 말은 기각됐다. 나는 내가 쏟은 오물속에서 나흘을 시달린 뒤에야 심문실로 보내졌는데 거기선 왕실 직속 비밀임무국에서 나온 인사가 나를 기다리고 있었다.

> **게티자** 여기 보니, 기적이 사라진 해로부터 1104년 11월 9일 3등급 선술집에서 롬보를 만나셨더구먼. 뙈리나무에 대해 얘기해주던가?

얀코	그걸 어떻게? 미행한 건가?
게티자	롬보는 언제나 감시 대상이었으니까.
얀코	언제나라니?
게티자	그야, 그놈은 이 도시에서 똬리나무에 대해 알고 있는 몇 안 되는 인사 중 하나였으니까 말이야. 물론 본인은 본인이 감시를 잘 따돌리고 있다고 믿는 것 같았지만…….
얀코	왜 비밀을 말하고 다니게 놔둔 거지?
게티자	왜 제거하지 않았느냐고? 단순한 이유에서지. 시간이 꽤 흘렀지만, 그래도 너처럼 똬리나무에 대해 궁금해하는 골칫덩이들이 드물게나마 계속 나타나더라고.
얀코	그게 무슨…….
게티자	말하자면 일망타진이지.

왕가의 사냥개 알도 게티자가 슬며시 웃을 때 눈가에 난 그의 칼자국 흉터가 소름 끼치게 휘었다. 몬세라토 수도원 부속 고아원부터 세금징수원 닷제까지 보안부 제7국은 이미 내 정보를 대부분—그리고 비교적 온전히—알고 있었다. 빈칸은 남방한계선에서의 참극뿐이었고, 게티자는 서류철을 덮으며 그 부분을 물었다. 때맞춰 옆방에서 비명 소리가 터져 나왔다.

《비겁하고 우둔한 과므 남작의 비극적인 귀향》을 덮으며

갈피마다 숨을 고르다 보면 어느새 저녁이다. 원경이 울긋불긋한 스모그와 흙빛으로 뿌옇게 번하고, 길가엔 일터를 떠나 집으로 터벅터벅 돌아가는 작업복들이 점점 불어난다. 저 멀리 목로주점은 탕아들이 벌써부터 보름치 급료일의 주연을 벌이려는 모양인지 떠들썩해진다. 다락방에 가만히 앉아 가스등 불빛이 노랗게 지는 노을에 구멍을 뚫는 걸 보고 있노라면 현기증과 배고픔이 교대로 찾아와 어느새 아주 멀리 와버린 것만 같은 기분에 시달리곤 한다. 돌이킬 수 없을 만큼 지나와버린 것이다. 과거가 손에 들린 원고지로만 남아버렸다는 걸 떠올릴 때마다 ─내게 안타까움은 금방 닳는 구두 뒷굽 같은 것이었다─ 언제나 얄궂다. 가끔씩 표준 문법에 저항하기도 하는 이 글자들은 딱히 가르치는 바가 없기 때문이다. 사실 소설의 유일한 효용이란, 바로 그런 배움 없음을 명확히 하는 데 있다. 소설을 읽고 덮는 순간은 단지 각자의 폐허에서 눈을 감았다가 다시 뜨는 상황에 지나지 않는다. 그러나 다시 눈꺼풀을 내릴 수 있기에 소설은 아름답다. 이를 데 없이 무책임하다는 것은 잘 알고 있으나, 그렇기에 이는 마음을 다해 말한 진실이다. 비난에 익숙해지고자 한다.

엄밀함은 내게 아무런 감동도 주지 못한다. 그러나 사정은 모호함 역시 마찬가지이다. 잠깐의 위안을 맛본 것치고는 뒷맛의 씁쓸함이 너무 짙기 때문이다. 펜촉이 메마르도록 도무지 갈피를 잡을 수 없을 때면 사막을 떠올리곤 한다. 허리를 꽉 조이고서 건들거리며 걷던 장교 시절, 교육 파견을 갔던 암노마 사막 접경 지역에서 어느 늙은 모피상을 만난 적이 있다. 우연찮게 말문을 터서 이런저런 말들을 주고받던 중 사막에 대한 말을 꺼내놓게 됐다.

"여기는 모래 말고는 아무것도 없습니다. 도처에서 죽음들이 메말라가는 것 같습니다."

모피상이 여유롭게 미소 지었다.

"그 말에서부터 이미 모래 말고도 죽음이 있군요." 괜스레 말꼬리를 잡는 것처럼 보였던 모피상은 잠시 숨을 고르고는 덧붙였다. "그리고 죽음이 있으면 거기엔 허식 없는 참된 삶도 있는 것이죠."

이 말은 끝내 그해 가을, 나로 하여금 제대 신청서를 내게 만들었다. 후회가 없다면 거짓말일 것이나, 다시 돌아간다고 해도 같은 결정을 할 터이다. 여태껏 그보다 더 나은 진리를 발견하지 못한 까닭이다. 이 소설을 이름 모를 그 늙은 모피상에게 바친다.

11장

392　나무들에게 각 부위는 뚜렷이 분리된다. 이를테면 뿌리의 끝에 있는 골무(根冠)는 중력을 인지하여 뿌리가 자라나는 방향을 조절하고 과육 세포엔 엽록소가 없다. 전문성은 곧 효율성이니, 수목형 식물들은 하늘 높이 자라난다. 그러나 그 대가로 시작점, 다시 말해 근원이 응축된 밑동을 잘라내면 속절없이 말라죽는다. 이 얄궂음은 언제나 나를 자극해왔다.

393　수목에게 근경(根莖)은 문제적이다. 감자가 그러하듯 뿌리줄기를 가진 식물에겐 중심이 없다. 분명 뿌리가 아닌 줄기임에도 마디에서 수염뿌리가 돋아나기도 하며, 어떨 때엔 그 막뿌리들이 서로 뒤엉키며 굵어져 아예 지주근을 이루기도 한다. 이 혼란 속에서 근경들은 하늘이 아니라 땅을 뒤덮는다. 근원이 없기에 하나의 경로를 잘라내도 죽지 않는다.

394   적어도 식물학적으로 봤을 때, 불멸의 대가는 무질서이다. 앞뒤 구분도 없고 줄기 뿌리 구분도 없는 난잡함이 고갈되지 않는 생명력의 비결인 셈이다. 반대로 뒤집자면, 이렇게 만들어진 문제점은 영구히 해결될 수 없다. 원인을 찾으려는 시도는 끝도 없는 비효율을 낳다가 결국 미아 상태로 귀결되고, 하늘을 올려다볼 기회조차 없다. 바닥을 기다가 끝날 따름이다.

395   하늘 높이 자라는 나무여도 정작 그 나무들 중에 정말로 하늘에 닿은 개체는 없다는 사실, 이게 위안거리일 수 있을까? 윤리는 차치하고서라도, 비방의 문제는 휘발적이란 데 있다. 뒤돌아서면 안정감은 온데간데없고 다시 막막한 안개 속이다. 기적이 사라진 해로부터 1124년 뒤 여름, 나는 그고 대위가 제대 신청서를 냈던 이유를 그만 찾기로 했다.

396   그고 대위가 어릴 적부터 착했다는 사촌의 증언은, 그가 입대 전 손도끼를 들고서 사채꾼 노릇을 했다는 이력과 배치됐다. 군대에서 그가 어느 군종의 권유를 받아 회개했다거나 혹은 검열국에서 일하면서 계몽주의 서적을 접하게 됐다는 증언들은 출처 확인이 불가능했다. 그렇다면 그에게 1092년은 어떤 의미였을까? 그때 중위였던 그는 17보병대의 소대장이었다.

397   1092년 식량 폭동 진압은 갑작스러웠고, 그렇기에 잔혹했다. 폭도들이라 규정된 이들과 조금이라도 시간을 두고 대치했더라면 그렇게 쉽게 방아쇠를 당길 수 있었을까? 적어도 그고는 피탈방지

끈이 달린 권총을 집어 든 채로 발포 명령을 내린 그 순간을 후회했던 것으로 보인다. 그게 아니라면, 그가 정보사령부의 기밀 서류들을 빼돌린 이유가 설명되지 않으므로.

398 포도탄에 찢기고 짓뭉개진 시체 조각들을 보면서, 혹은 무너진 벽돌 더미 틈으로 흘러나오는 핏물을 보면서 심경의 변화를 맞이했을까? 마음속 무언가 깨졌을까? 어쩌면 계엄령이 해제된 후 일상으로 돌아간 살인자에게서 죄의 흔적이라곤 전혀 찾아볼 수 없었던 것이 도화선이 됐는지도 모른다. 적어도 몬세라토 수도원을 떠나오며 나는 그러했으니까.

399 그고 대위를 처음 만난 건 기적이 사라진 해로부터 1107년 뒤 7월 6일, 내가 숨어 지내던 누르네르가 구석진 곳의 어느 여관이었다. 당시는 혁명군을 자처한 릿챠의 군대가 비뵈시를 점령한 혼란스러운 때였는데, 낯선 이가 대뜸 내 여관방 문을 열고 들어왔다. 한데 그는 총을 맞았는지 피가 흘러나오는 아랫배를 붙잡고서 문설주에 엉거주춤 기대섰다.

그고   네가 그 식물학자겠지? 부디 맞기를.

얀코   누구시죠?

그고   잘 들어. 로벨토가 72번지로 가. 내일, 거기에 있는 주류창고에, 그 나무로 가는 길이 날 거야. 고블린 가롬이 운영하는 곳이야…… 분명, 분명 틈이 있을 거야, 놓치지 마.

얀코   지금 이게 다 무슨 소리예요? 당신 누구예요?

그러나 그때 그는 다리에 힘이 풀린 듯 한쪽 무릎이 꺾이며 무너졌고 바닥에 한바탕 피를 쏟았다. 당시 정신이 없었던 나는 황급히 그를 부축하며 "도대체 누구냐?" 하고 다시 다그쳤다. 그는 자신의 이름을 가쁜 숨에 섞어 간신히 내뱉었고, 그런 뒤 의식을 잃기 전 마지막 힘을 쥐어짜 내 멱살을 움켜잡았다: 잊지 마, 내일 72번지야. 당신은, 어차피 선택의 여지가 없어.

400   학살의 대가는 진급이었다. 그러나 그고 대위는 중대장이 아니라 정보사령부의 정보장교 자리를 희망했고, 그 요청은 흔쾌히 승낙됐다. 어쩌면 그는 폐허가 된 점령지에서 똬리나무에 대한 얘기를 이미 접했던 건지도 모르겠다. 17보병대보다 앞서 투입됐던 15보병대는 폭도들이 결사 항전을 준비하고 있는 곡물관리청이 아닌, 로벨토가로 향했으니 말이다 — 어째서?

401   보안부 비밀 요원이 아니라 군대가 긴급 투입됐다는 점은 폭동 진압 이후 생각보다 많은 변수를 낳았다. 의회에서 해산명령을 내리기 전에 계엄령은 군부 내에서 자진하여 해제했지만, 로벨토가에서 발견된 똬리나무에 관련된 사실들은 정보사령부에서 비밀리에 계속해서 취급하고자 했다. 보안부 제7국과 정보사령부 사이의 골 깊은 기관 갈등이 다시 점화됐던 것이다.

402   기적이 사라진 해로부터 1097년 뒤 12월 7일, 보안사령부에

서는 보안부 제7국에 큰 문제가 발생했다는 첩보를 입수했다. 무정부주의자들 사이에 넣어놨던 간첩 하나가 트라케시에서 건네받은 똬리나무 문건을 들고 잠적해버렸다는 것이다. 롬보였다. 그때 정보장교였던 그고 대위는 대대적인 도청 작업을 지휘하고 있었고, 암호명 '줄담배'로 통했다.

403 알도 게티자는 간수를 불러서 중요한 취조 중이니 주변을 조용하게 하라는 명령을 내렸다. 그러자 감옥은 귀신같이 조용해졌다. 그건 아마도 자신이 얼마나 높은 위치에 있는 인물인지를, 그러니까 마음만 먹으면 얼마든지 나를 구원해줄 수 있다는 것을 알려주기 위한 각본이었으리라. 그가 능청스레 물었다: 진실의 미덕을 제값 주고 사는 놈들은 왜 이렇게나 드물까?

404 전날 극남식물연구소, 좀 더 정확히는 '8호 요새'에서 벌어졌던 일들을 듣는 동안 게티자의 표정엔 별다른 변화가 없었다. 마치 정교한 기계장치가 설치된 밀랍 인형처럼 이따금씩 고개를 끄덕이거나 담뱃불을 다시 붙이는 것이 전부였다. 잠시 숨을 고르던 차에 문득 롬보의 얼굴이 떠올랐다: 죽기 전에 미처 맞추지 못했던 퍼즐의 빈칸을 맞춰볼 수 있지 않을까?

얀코 뭐 하나 물어봐도 되나?

게티자 그건 뭘 물어보느냐에 따라 다르겠지.

얀코 롬보가 똬리나무 문건을 탈취했을 때, 어떻게 그 서류들을 인쇄할 수 있었지?

173

게티자　아, 그건 지금도 잊을 수 없지. 그때 정보사령부에 롬보, 아니 '정의'의 추종자가 있었거든. 우습지?

뙈리나무 문건을 들고서 달아난 롬보를 숨겨줬던 것은 다름 아닌 정보장교 그고였다. 보안부의 전화선을 감청했던 그고는 제7국 요원들보다 발 빠르게 움직여서 롬보의 신원을 확보했고, 그런 뒤 롬보가 기밀 서류를 복사하고서 팸플릿으로 요약하여 출판하는 과정까지 은밀히 지원했다. 물론 공식적으로는 정보사령부가 롬보를 놓친 것으로 보고된 상태였다.

405　그해 겨울 식량 폭동 당시 벌어진 학살의 진상과 뙈리나무에 대한 사실들이 적힌 팸플릿이 지하출판을 통해 유통되기 시작했다. 금서로 찍힌 출판물들이 대부분 그러하듯 한번 사람들의 손에 넘어간 뒤부터는 자가 증식했다. 은밀히 타이핑된 원본들은 먹지 위에서 복사됐고, 그 복사본들은 맥주홀, 카페, 지하 서점, 지하철 가판대, 삼류 극장 등 여러 곳으로 보내졌다.

406　그러나 지하출판이란 것이 대부분 그러하듯, 인쇄가 거듭될수록 철필로 만든 등사지 원고가 마모되어 인쇄 품질이 급격히 하락했고 또한 롤러를 서툴게 밀다가 찢어진 원고를 다시 파는 과정에서 페이지가 마음대로 누락되기도 했다. 게다가 보안부 제7국에서 본격적인 뙈리나무 팸플릿 회수 작업에 착수하기 시작하면서 이런 불량 상태는 더욱 심화됐다.

407 그고 대위는 이 사태에 대한 책임을 지겠다며 옷을 벗었고, 뒤늦게 붙잡힌 롬보의 입에서 그의 이름이 나왔을 때쯤엔 이미 국경선을 넘은 뒤였다. 추격조는 헛물만 켜다가 해체됐다. 혹자는 그고 대위가 남방한계선으로 갔다고 추측했고 레오르트에서 얼굴을 봤다는 목격담도 나돌았지만 무엇도 명확히 확인되진 않았다. 그러나 그가 뿌린 씨앗은 남았다.

408 각국 대사관이나 정보기관이 롬보의 팸플릿 냄새를 맡기까지는 그리 오랜 시간이 걸리지 않았고, 이듬해 봄부터 암시장에서 똬리나무 문건은 값을 후하게 받을 수 있는 장물처럼 취급됐다. 보안부 제7국은 가지고 있는 끄나풀을 총동원해서 문건들을 회수했고, 그 과정에서 억울하게 걸린 지하출판업자 몇이 본보기로 아킬레스건이 끊어진 채 강물에 던져졌다.

409 팸플릿 대부분은 여름이 오기 전에 회수됐지만, 전량 확보는 인쇄기가 돌아가는 순간부터 불가능한 목표였다. 몇몇 페이지는 이른바 '진귀한 문서 편람'이란 이름의 끼워팔기용으로 묶였고 몇몇 구절은 공상과학소설이나 음모론 책자에 인용되는 방식으로 살아남았다. 그렇게 도시 밑바닥에 거대한 나무가 똬리를 틀고 있다는 전설이 만들어졌다.

410 문건 회수에 끈질기게 매달렸던 세력으로는 보안부 제7국 외에도, 롬보를 연락책으로 썼다가 뒤통수를 된통 맞은 무정부주의자들이 있었다. 문제는 이 활동 자체가 모종의 보증이 됐다는 거였다: 똬리

나무가 한낱 도시 전설에 불과하다면 무정부주의자들이 뭣 하러 그 서류 쪼가리들을 수집하고 다니겠는가? 이제 똬리나무는 호사가의 입에 오르내리기 시작했다.

411 똬리나무에 대한 말들은 일종의 뿌리줄기처럼 퍼져나갔다. 음 모론 이상으로 높게 솟아오르진 않았지만 한쪽 줄기를 잘라낸다고 해서 죽지도 않았다. 박멸되지 않고 끈질기게 뿌리내리며 지표로 번졌다. 그리고 최초 유포로부터 2년여가 흐른 어느 시점, 똬리나무에 대한 전설은 역전에서 구두를 닦던 어느 허름한 난쟁이의 귓가에도 닿았다. 바로 참토였다.

412 참토는 몬세라토 수도원을 나간 뒤의 일들에 대해 말을 아 끼는 편이었다. 가리려야 가릴 수 없는 목부터 왼쪽 팔까지 이어진 화상 흉터에 대해 묻자 "재수가 없었지"라는 짧은 답변이 돌아왔다. 좀 더 정확히는 답변으로 위장한 일축이었고, 그래서 더 캐물을 수 없었다. 나 역시 꺼내고 싶지 않은 기억을 안고 살아간다는 것의 의 미를 잘 알았던 까닭이다.

413 몇 년 뒤 남방한계선에서 재회하고서야 참토는 자신의 과거에 대해 들려줬다. 이번에도 그리 긴 설명은 아니었지만, 그럼에도 네 컷 만화는 그릴 수 있을 정도였다. 단순히 난쟁이에다가 또래에 비 해 어깨가 다부지다는 이유만으로 구리 광산에 넘겨지게 된 경위. 어린아이만 들어갈 수 있을 정도로 좁았던 갱도, 무시된 안전 지침, 그리고 끔찍했던 분진폭발.

참토	그날은 유독 더웠고, 갱도 안쪽의 먼지들도 가라앉을
	생각을 안 했지. 돌이켜 생각해봐도 낌새는 충분했어.
	그런데 감독관은…….
얀코	그냥 투입시켰군.
참토	그리고, 쾅. 어디서 점화됐는지는 지금도 몰라. 자잘한
	갱도가 한두 개가 아니었으니까.

참토는 그날 자신이 광차를 뒤에서 밀었다면 지금 이 자리에 없었을 거라고 말했다. 특별한 계기랄 것도 없이, 그날따라 다른 아이들의 채탄 속도는 유독 느렸고, 그래서 광차를 빨리 채운 자신이 먼저 밖으로 나오던 길이었을 뿐이다. 일순간 달궈진 무더운 분진들이 그를 넘어뜨렸고, 다시 뒤돌아봤을 때 조금 전까지 길이었던 것들이 모조리 끊어져 있었다.

414 난쟁이 고아 참토를 살린 건 아이러니하게도 불황이었다. 1098년 항구도시 트라케에선 공산주의 정권을 무너뜨리기 위한 본격적인 움직임들이 일어났다. 그 과정에서 세계 주가가 요동쳤고, 유동성 위기에 대응하기 위해 비뫼시의 광물자원공사는 갖고 있던 광산들의 지분을 매각하기 시작했다. 그래, 거기에 참토가 있던 구리 광산도 포함됐던 것이다.

415 구리 광산의 규모가 만만치 않을뿐더러 지분 구조도 복잡했던 까닭에 처분은 더디게 진행됐다. 손실액이 자꾸 누적되자 그해 가을 광물자원공사는 구리 광산의 일시적인 가동 중단을 명령했다. 물론

이건 하루 벌어 하루 사는 광산촌 광부들에겐 받아들일 수 없는 조건이었고, 광부들은 대표자를 선출해서 사측과의 협상을 시도했다. 그러나 사측은 경찰을 불렀다.

416 구리 광산 광부들은 세 가지를 가지고 있었다: 수년간 위험한 갱도를 넘나들면서 생긴 끈끈한 우애, 손에 들린 큼직한 곡괭이, 그리고 다이너마이트. 참고로 맨 마지막 항목인 폭약은 무정부주의자들이 언제나 눈독 들이는 물품이었다. 광부들이 무정부주의자들을 부른 것인지 아니면 무정부주의자들이 광부들을 선동한 것인지는 몰라도 좌우간 유혈 사태가 시작됐다.

417 참토는 그때 처음 사람을 죽여봤다고 고백했다. 그는 분진폭발이 있던 날 아이들을 갱도에 집어넣은 감독관이었다. 꼬질꼬질한 광부용 멜빵바지를 입었으면서도 콧수염은 귀족처럼 다듬던 표독스러운 남자. 참토는 태우던 담배를 웅덩이가 된 트롤들의 피 속으로 던져 넣었다. 그러고는 허공을 응시하며 속삭이듯 말했다: 그렇지만 처음부터 죽이려고 한 건 아니었어.

418 그 모든 건 내가 구테므나 하인학교에서 굴뚝 청소를 배우는 동안, 먼 땅에서 벌어진 일이었다. 한때 구리를 캐내던 곡괭이는 두개골을 부수었고, 한때 매질당했던 등근육들은 불룩거리며 뇌수를 짓뭉갰다. 그리고 아직 성년이 되기도 전에 살인자가 된 난쟁이 참토의 이름은 무정부주의자의 귓가에도 들어갔다. 될성부른 나무는 떡잎부터 다르다던가?

419 충성심 있는 조직원을 길러내는 것은 모든 조직의 공통된 목표였고, 조직의 성격이 극단적일수록 그 목적은 간절해졌다. 무정부주의자들은 —광부들과 운명을 함께하기로 한 몇몇 동지를 제외하고는— 진압군이 오기 전에 서둘러 광산을 떠났고, 짐마차엔 다이너마이트와 함께 참토도 실려 있었다. 이후 그는 비밀 훈련소에서 권총 사용법과 문자를 배웠다.

420 기적이 사라진 해로부터 1099년 뒤 —이른바 '무정부주의자들의 회계사' 사건이 한창인 때이기도 했던— 여름날, 마침내 비뢰시로 다시 돌아온 참토에게 맡겨진 임무는 살생부에 등록된 이들의 주소지 파악이었다. 작은 아이는 미행에 제격이었기 때문이다. 그는 구두닦이 행세를 하면서 고위 관료를 집까지 미행하거나 부자들의 마차 뒤에 몰래 매달렸다.

421 파이프 담배를 피우던 수다쟁이 신사는 옆에서 기다리던 친구에게 레오르트시의 외교관 댁 살롱에서 있었던 일들에 대해 쉴 새 없이 떠들어댔다. 포도주깨나 들어간 여주인이 이른바 "땅속에 묻힌 멍청하고 쓸데없이 큰 나무 찾기"라는 일 때문에 벌써 몇 년째 근무지 변경도 못한 채 여기 비뢰시에만 눌러앉아 있다고 툴툴댔다는 것이다.

422 수다쟁이는 1, 2년 전 문학 살롱이나 사교계를 중심으로 적잖이 떠들썩했던 똬리나무를 곧바로 떠올렸다. 친구는 담배를 태우며 어깨를 으쓱했다: 그 부인이 공상과학소설을 너무 많이 읽은 건 아

179

니고? 수다쟁이는 고개를 가로저으며 그 여자가 꽤 감상적이긴 하지만 그렇다고 노망은 아니라고 대꾸했다. 그러자 그의 구두를 닦던 참토의 손은 점차 느려졌다.

423   폭동 진압 이후에 갑자기 변한 것들: 본래 모노레일과 지하철의 환승 교차역으로 설정됐던 곳은 로벨토가로 변경됐고, 거기에 철도경찰대까지 신설하여 배치됐다. 시 당국에선 지반 부실 문제를 언급했고, 어느 지질학자가 이에 대해 반론을 제기했더니 이듬해 그의 연구비 지원을 끊어버렸다. 이후 경제 부양을 위한 토목공사 필요성에 모든 건 묻혀버렸다.

424   그리고 보면 로벨토 교차역 옆에 철도경찰대가 붙어 있는 건 어딘가 이상했다. 적국에서 철도를 공격하는 상황을 가정했다면 물류가 몰리는 남부 교차로의 철도화물취급장이나 시설관리사무소 쪽에 위치하는 것이 더 맞는 게 아닐까? 그런 시선으로 보면 로벨토가의 철도경찰대가 지키는 것은 철도가 아닌, 다른 무언가라는 의구심이 몽글몽글 피어오를 수밖에 없었다.

425   수다쟁이는 구두닦이 난쟁이에게 아직 멀었느냐고 물었고 참토는 이제 광을 내려고 하니까 조금만 더 기다려달라고 했다. 친구가 거의 다 태운 담배를 구두 밑창에 지져 끄며 반문했다: 하지만 거기에 경찰들이 있는 건 폭동 대비용이잖아? 수다쟁이는 흐트러진 앞머리를 손질하며 대답했다: 그 출처가 정부 기관지라면 음모론자들에겐 아무런 소용도 없지.

426　돌아온 참토는 비뫼시에서 오랫동안 머물렀던 동료들에게 뙈리나무에 대해 물었다. 답변은 쉽게 얻어졌다. 그도 그럴 것이 동료들 입장에선 거리에 흩어진 지하출판소를 이 잡듯이 뒤지며 롬보의 팸플릿 쪼가리들을 긁어모았던 일들을 숨길 이유가 없었기 때문이다. 뙈리나무는 대단한 비밀이 아니었다. 그러나 동시에 뙈리나무는 일종의 상징처럼 취급되고 있었다.

> **참토**　선배들은 그 문서가 일종의 암호문, 소설로 위장한 비밀문서라고 했지. 군 수뇌부에서 깊이 관여하고 있는 해외 공작과 비밀 무기에 대한 정보가 담긴, 뭐 대충 그런 기밀 사안 말이야.
>
> **얀코**　그럼 뙈리나무에 대한 건……?
>
> **참토**　당연히 아무도 믿지 않았어.

　멀찍이서 실험관 안쪽의 가스가 폭발하면서 극남식물연구소의 남은 외벽이 힘없이 무너졌다. 폭삭 무너져내린 검은숲의 폐허에서 까마귀들이 푸드덕 날아올랐다. 비로소 바람을 타고 온 피 냄새를 맡은 모양이었다. 이윽고 참토는 비밀은 너 혼자만 알고 있을 때 의미가 있는 거라고 했다. 나는 고개를 끄덕이며 손에 들린 기밀 문건들을 가방 속에 밀어 넣었다.

427　그러나 참토는 롬보의 팸플릿이 참 이상하다고 생각했다. 수많은 문학 장르가 존재하는데 어째서 '뙈리나무'라는 괴이한 이야기란 말인가? 또한 계엄군들이 곡물관리청이 아닌 로벨토가로 먼저

진군했던 것도 의심쩍었다. 물론 그렇다고 해서 도시 밑바닥에 거대한 나무가 존재한다는 허무맹랑한 소리를 믿을 순 없었지만, 그럼에도 암호문이란 설명은 전혀 개운치 못했다.

428 회수된 문건들은 무정부주의 수뇌부로 모아진 뒤 비밀문서고로 보내졌다. 일반 단원은 열람이 불가능했다. 참토는 발로 뛸 수밖에 없었다. 고서점이나 비밀 살롱의 뒷문을 드나들며 귀동냥했고, 밤새 음모론 책자들을 뒤적거리기도 했다. 나중엔 로벨토가의 지하철 건설에 참여했던 인부들을 직접 찾아보려고 시도했는데, 괴이하게도 하나같이 다 실종 상태였다.

429 흩어진 파편들을 끈질기게 쫓으며 어떻게든 전체 그림을 맞춰보려던 참토는, 이윽고 포누그놈 감옥에서 출소한 롬보의 행방에 대한 단서를 손에 쥐게 됐다. 그러나 그쯤 해서 난 언론 보도는 그의 발걸음을 멈추게 했다. 기적이 사라진 해로부터 1102년 뒤 6월 30일, 총리였던 마그 게르기벨이 노환으로 추정되는 건강상의 문제로 사의를 표명했던 것이다.

430 식량 폭동 당시의 계엄사령관이자 이후 두 차례 내무장관을 지낸 뒤 왕실의 전폭적인 신뢰를 받으며 기어코 총리직까지 오른 남자도 늙음은 어찌할 수 없었다. 참토는 마음이 급해졌다. 심판의 몫을 세월에 빼앗길 순 없었기 때문이다. 그렇지만 당장 복수를 실행할 수는 없었다. 그가 도끼를 들고서 게르기벨의 면전에 서기까지는 아직 2년여의 시간이 더 필요했다.

12장

431 소총탄이 관통할 경우, 탄환 주변의 충격파 때문에 총알이 들어온 자리보다 나간 자리가 더 크게 벌어진다. 이것이 세상사에 대한 유효한 비유일 수 있을까? 수년 전 발사된 납탄들이 교차되고, 계단을 뛰어 올라온 참토의 방아쇠도 당겨졌다. 그리고 세계는 마치 깨진 안경으로 바라본 것처럼 산산조각 나버렸다. 회개할 시간이 없어서 아무도 회개하지 않았다.

432 참토의 소식을 다시 들은 것은 Q교수가 마련해준 위조 신분증을 들고서 남방한계선행 열차에 올라탔을 때였다. 이등칸 객석 맞은편에 앉은 여자가 신문을 읽고 있었는데, 1면에 마그 게르기벨 전 내무장관이 간밤에 무정부주의자 난쟁이에게 습격을 당했다는 소식이 실려 있었다. 직감적으로 참토가 떠올랐다. 양해를 구하고서 기사를 살펴보니 과연 그러했다.

433 사건 개요는 일견 단순하고 전형적이면서도 다시 들여다보면 불가해하게 끝맺음됐다. 기적이 사라진 해로부터 1105년 뒤 2월 9일, 납의 시대가 황혼기를 맞았던 그때 참토는 조부의 복수를 위해 게르기벨의 저택에 숨어들었다. 전날 고아원에서 했던 말처럼, 시체를 찾지 못하게 토막 내 하수구에 던져버릴 요량으로 사냥꾼용 도끼를 손에 든 채였다.

434 계엄사령관부터 내무장관으로 한때 뉴스의 중심을 차지했던 게르기벨은 이제 빛바랜 과거가 되어 있었다. 내무장관직에서 사퇴한 뒤로 언론을 극도로 피해와 기자들과 사교계도 권좌에서 물러난 구시대의 유물에게 아무런 관심이 없었기 때문이다. 무정부주의자들의 테러로 요란한 거리에서, 은퇴한 전 내무장관을 잊지 않고 있는 자는 참토가 유일한 듯싶었다.

435 신성한 언덕 남쪽 마그노폴 대성당의 건립자는 마그 가문이었다. 수백 년 전 나병에 걸렸던 마그 가문의 가주(家主)가 교회를 지으면 병이 나을 것이란 계시를 듣고서 자신의 저택 앞에 성당 하나를 큼지막하게 짓기 시작한 게 바로 마그노폴 대성당이었다. 명목상 왕이 주교 임명장에 승인 도장을 찍어줄 뿐 지금도 실질적인 지명권은 마그 가문에 있었다.

436 마그노폴 대성당 뒤편에 딸린 정원은 마그 가문의 저택과 연결되어 있었고, 참토는 정원사들만 드나드는 은밀한 쪽문을 알고 있었다. 그러나 그뿐이었다. 참토는 미리 하인들을 만나서 저택 구조

나 게르기벨의 위치를 파악한 것도 아니었고, 그저 도끼 하나만 달랑 들고서 쳐들어간 것에 불과했다. 그의 발걸음은 순전히 운과 순발력에 의해 좌지우지됐다.

437　그때 참토가 술을 마신 것은 아니었지만 사실상 그와 비슷했다. 계획성에 비례하지 않는 집념은 위험했다. 당시 참토의 생각이며 행동은 미래가 없는 자처럼 거침없었는데, 마치 막다른 골목에 몰려 고양이를 무는 쥐 같았다. 기사에 실린 참토는 확실히 내가 알던 그 기민한 난쟁이가 아니었다. 이듬해 남방한계선에서 다시 재회했을 때 그는 이때를 이렇게 술회했다.

> **참토**　맛이 간 상태였지. 입구만 머릿속에 넣고 달려갔으니까. 어떻게든 되겠지,라고 생각했던 것 같아. 만일 그걸 생각이라고 부를 수 있다면 말이야.
>
> **얀코**　어쩌려고 한 거야?
>
> **참토**　처음엔 녀석을 죽인다는 생각만 했는데, 나중엔 그 생각을 한 녀석이 누군지 모르겠더라고.

'자살하려고 했니?'라는 말은 꺼내지 못했다. 참토는 모닥불에 나뭇가지를 넣으며 침묵했다. 분노는 불인지라 몸 안의 수분을 모조리 증발시킨다. 그래서 세상과 다른 이들의 마음 그릇에 담기어 그 형태를 짐작하게 해줄 물이 한 모금도 남지 않게 된다. 물을 빼면 단단한 돌이 될 거라고 생각하지만, 우리는 그저 마른 나뭇가지로 남을 뿐이다. 타거나 부러지거나.

438 그날따라 저택을 뛰쳐나간 변덕스러운 고양이를 잡기 위해 나온 불운한 하인은 그대로 참토에게 붙잡혔다. 참토는 그의 안내를 받아 저택 옆에 딸린 별채로 향했다. 참토는 도낏자루로 후려쳐 하인을 기절시키고는 별채 창문을 넘어갔다. 도끼날이 어둠 속에서 빛났다. 바야흐로 수년 전 식량 폭동 때 삶을 박살 냈던 계엄사령관의 뼈 마디마디를 끊어놓을 시간이었다.

439 별채는 침묵을 어그러뜨리는 낯선 웅얼거림으로 가득했다. 그건 집시들의 언어처럼 알아들을 수 없었다. 침실로 가까이 다가가자 머릿속으로 수천 번도 더 반복했던 복수 장면에선 한 번도 끼어든 적 없던 악취가 맡아졌다. 햇볕에 찌든 거리의 부랑자들에게서 맡아지던 쉰내, 오줌 지린내. 그러나 그가 악취의 진원지에 닿기 전에 낯선 남자가 문을 박차고 나타났다.

440 참토는 재빨리 큼지막한 커튼 뒤의 그늘로 몸을 숨겼다. 다른 때였다면 발각됐을 수도 있겠지만 그때 별채로 들어온 남자는 취한 상태인데다가 잔뜩 화가 나 있기까지 했다. 헝클어진 머리카락 밑으로 푸르죽죽한 감정들이 뚝뚝 떨어졌다. 참토는 숨죽이고서 뒤를 밟았고, 이윽고 가스등 불빛에 길게 늘어진 그림자가 대뜸 술병을 집어 던지며 욕설을 내뱉기 시작했다.

441 뺨따귀, 애원, 발길질, 비명 등이 마구잡이로 뒤섞인 채 이어졌다. 참토는 그 무시무시한 그림자극을 향해 다가갔고, 마침내 비스듬히 열린 문틈에 눈이 닿았다. 진실은 볼품없고 또한 끔찍했다. 침

대 위에는 오줌을 지린 흔적이 역력했고 그 옆 침대 기둥에 노끈으로 묶인 노인네, 광인처럼 머리카락을 풀어헤친 늙은 게르기벨은 매맞는 짐승처럼 웅크리고 있었다.

앤코   치매였군. 그러면 때린 사람은⋯⋯.

참토   그래, 게르기벨의 외아들이었지. 자세한 가족사까지는 잘 몰라도, 한이 맺힌 건 확실해 보이더라고. 참 나⋯⋯ 이미 벌을 받고 있었던 걸까?

앤코   잘 모르겠어. 너는 어땠는데?

참토   글쎄, 나도 잘 모르겠다. 정말 모르겠어.

참토는 아들이 혁대를 풀고서 정신 나간 아버지를 몇 번이고 내려쳤다고 말해줬다. 반쯤 헐벗은 게르기벨은 성기를 죽 늘어뜨린 채 이리저리 도망 다녔지만, 노끈에 묶여 침대 주변을 빙글빙글 도는 게 그가 할 수 있는 전부였다. 그 몰골에선 군마 위에서 발포 명령을 내리던 계엄사령관의 모습을 전혀 찾아볼 수 없었다. 그저 자식에게 학대받는 흔한 치매 노인일 뿐이었다.

442   터빈에서 짙뿌연 증기들이 솟아오르고 열차가 굴러가기 시작했다. 기사의 똑같은 구절을 몇 번이고 반복해서 읽었다. 참토는 채찍을 휘두르는 아들의 뒤로 다가갔고, 아들이 낌새를 느끼고 뒤돌아섰을 땐 이미 도낏자루가 턱을 향해 날아오고 있었다. 다행히 빗맞았기에 의식을 끊진 못했지만 그를 고꾸라뜨리기엔 충분한 충격이었다. 뽑힌 이가 바닥에 떨어졌다.

443 왜 게르기벨을 도와줬느냐는 물음에 참토는 말이 없었다. 문득 어느 외골수 철학자가 자신이 철학을 하는 이유를 두고, 자신의 기형성을 보고 교정할 수 있도록 독자에게 하나의 거울이 되어주기 위함이라고 말했던 게 떠올랐다. 참토에게 게르기벨, 자기 자신도 몰라보며 아들에게 매 맞는 늙어빠진 그 치매 노인이 그러했을까? 한 줌 의미마저 소실돼버린 고통들.

444 신문이 끝맺음하길, 침입자는 가만히 서 있기만 하다가 정신이 든 하인의 신고로 출동한 경찰에 붙잡혔다고 했다. 모닥불이 꺼져갈 때쯤 참토는 다시 입술을 뗐다. 그는 늙은 게르기벨이 쓰러진 아들에게 수저와 그릇을 집어 던지며 욕지거리를 한바탕 내뱉고는 자신에게로 와 손을 덥석 잡고서 연신 고맙다며 울먹였는데 그 바람에 목을 끊어놓을 생각을 잊어버렸다고 했다.

445 다음 교대인 보초병들이 걸어오는 소리가 들려왔다. 참토는 자리를 털고 일어나며 언덕 아래 아직 밑동이 성한 검은나무들을 바라봤다: 여기로 온 건 바보짓이야, 뭘 기대하고 있는 건데? 일순간 말문이 막혔다. 그런 뒤엔 도착한 보초병의 인사말과 너스레가 빈 공간을 메웠다. 저 너머 바람에 흔들리는 건 나뭇잎이 아니라 어둠 같았다. 시간은 도의엔 관심이 없다.

[사설] 공공 임대주택 연쇄 붕괴
―무너진 곳이 북쪽이 아닌 남쪽이었다면?

리든 베저타인

비극은 어찌 이리도 계급적이란 말인가? 11년 전 리마버그 봉제 공장에서 화재 사건이 벌어졌을 때, 감독관이 잠가놨던 비상구 문을 열지 않고 혼자서 탈출하는 바람에 불타 죽은 어린 여공들은 어디에 살았던가? 북쪽 외곽의 빈민굴이었다. 6년 전 데롬 화학 공단에서 아황산가스가 유출됐을 때, 가스중독으로 수백여 명이 쓰러졌던 동네는 어디였던가? 모두 북쪽 외곽의 빈민굴이었다. 그리고 2년 전 창문 없는 좁은 방에서 수십여 명이 뭉쳐서 잠드는 숙박소에서 불이 났을 때, 그 투숙객들이 부자였겠는가? 아니다. 집주인들의 방해로 주거안정기준법이 의회에서 잠자는 동안 희생된 것은 이번에도 북쪽 외곽의 빈민이었다.

신성한 언덕의 귀족과 부자 들은 결코 이런 식으로 죽는 법이 없다. 이들 자녀가 걱정하는 것은 결핵균이나 가스중독이 아닌, 소아마비뿐이다. 왜냐하면 공중위생 및 하수 설비가 훌륭히 갖춰진 곳에서 태어나 자라온 이들은, 어려서부터 병원균과의 접촉이 너무도 드물어서 소아마비바이러스의 항체 형성이 제대로 되어 있지 않기 때문이다. 이것이 바로 비뫼시의 참혹한 현실이다.

이번 공공 임대주택 연쇄 붕괴 사건 역시 마찬가지이다. 최초 사건은 벌써 두 달 전에 토풀리나가(街) 28번지에 있던 공공임대주택에서 지반이 조금씩 내려앉고 건물에 균열이 가고 있다는 신고가 접수되면서 시작했다. 명백한 이상 징후였으나 시 당국에서는 안이하게 대처했고, 나흘 뒤 내린 폭우에 공공 임대주택이 갑작스레 반파되면서 7명이 사망하고 12명의 부상자를 낳았다. 그런데 이 정도의 목숨값은 너무 싸다고 생각했던 모양인지, 시 당국은 같은 거리 71번지에 있는 공공 요양원에서 접수된 비슷한 신고에도 굼뜨게 대응하고 말았다. 공공 요양원의 식당이 무너지면서 15명의 사망자가 나왔을 때 구청장은 '흙막이나 옹벽 공사를 값싼 방식으로 진행'한 건설사에 책임을 돌렸다. 그런 식으로 책임을 피할 수 있다면 도대체 관공서에 감리(監理) 기능이 부여된 이유가 무엇이란 말인가?

그렇게 행정적 무능과 책임 떠넘기기 공방이 이뤄지는 가운데, 나흘 전인 17일 밤 굉음과 함께 북쪽 외곽 옌데슨가 28번지에 있는 공공 임대주택이 붕괴됐다. 이번엔 약 50여 명이 매몰되어 지금까지 12명의 사망자가 나왔고, 구조 작업 중인 소방대 발표에 따르자면 유감스럽게도 사망자는 더 많이 나올 예정이다. 묻건대 이곳이 일곱 개의 첨탑이 우뚝 솟은 궁전과 고관대작들의 저택이 있는 신성한 언덕이었다면 이런 일이 벌어졌을까? 아니, 거기까지 갈 필요도 없다. 위선적인 중간계급들의 요새인 게로브란타까지만 가도 이런 참상은 결코 벌어지지 않는다.

이제 북쪽 외곽 전역에서 지반침하 관련 신고들이 빗발치고 있다. 아니, 좀 더 정확히는 묵살됐던 목소리들이 뒤늦게나마 공식적인 집계로 잡히기 시작했다고 봐야 할 것이다. 이런 상황인데도 북부 구청장 핀데르 씨는 19일 대책 회의에도 참석하지 않아 충격을 주고 있다. 이쯤 되면 안전 불감증이 아니라 일종의 테러 행위라고 볼 수밖에 없지 않은가? 그러나 암담한 일은 멈추지 않는다. 뒤늦게 건설부에서 안전 관리 실태 점검에 나설 것이란 발표를 했지만, 이미 시 당국을 믿을 수 없게 된 북부 시민들이 직접 토목공학과 교수인 프루스 씨를 초빙하여 안전 점검을 실시하기로 했는데, 놀랍게도 어제 경찰들이 프루스 씨가 탄 마차를 중간에 멈춰 세우더니, 제대로 된 명목도 알 수 없는 갑작스러운 취조를 빙자하여 그를 경찰서에 하루 종일 잡아두었다는 것이다. 이는 자신의 무능을 은폐하기 위한 시 당국의 졸렬한 방해 공작이나 다름없으며, 동시에 북쪽 외곽 전역을 위기 상태에 계속해서 방치해두는 끔찍한 선택이다. 정녕 지금까지의 희생들로도 부족하단 말인가!

로벨토 청과물 직매장 정비를 위한 자진 철거 처리 이행 공고

지반 침하 및 균열로 인한 땅 꺼짐 현상이 빈번해지며 사고 위험성이 크게 증대된바, 북부 로벨토가 102-105번지 청과물 직매장 정비를 위하여 기존 설치되어 있는 집기, 설비 등에 대하여 자진 철거 처리 이행 공고합니다.

1106년 9월 2일

북 구 청 장

---

1. 재산(임대) 현황

건물명 : 로벨토 청과물 직매장

위 치 : 북부 로벨토가 102-105번지

2. 이행 기간 : 1106. 9. 2. - 1106. 10. 3.(1개월간)

3. 이행 사항

입점자와 관련 없는 기존 집기, 설비 등에 대하여 자진 철거 처리. 또한 자진 철거 처리 기간 동안엔 골목 안쪽의 불법 건축물들에 대한 사법 처리를 유보함.

※ 로벨토 청과물 직매장 정비 공사 및 수리 등으로 입점자와 관련 없는 기존 집기, 설비 등에 대한 재산 피해가 발생될 경우 구청에서는 행정적, 민형사적 책임이 없으니, 이행 기간 내 반드시 자진 철거 처리하시기 바랍니다.

13장

446　나무는 죽음과 함께 생을 지탱한다. 부름켜 세포가 안쪽으로 자라서는 물관을, 밖으로 자라서는 체관을 만들어내는데, 가장 바깥 쪽 세포는 수분 공급을 차단하여 나무껍질, 즉 수피(樹皮)로 굳어지 게 만든다. 수피는 분명 죽은 조직의 집적이지만 이 수피가 없으면 안쪽의 목질부 속살이 휑하니 드러나 말라 죽게 된다. 망자가 생명 을 살리는 것이다.

447　동물은 무엇보다 죽음과 함께하지 못한다는 점에서 나무와는 달랐다. 자체적으로 영양분을 만들어내지 못하는 동물은 집어삼킬 먹이를 찾아서 끊임없이 이동해 다녀야만 하는데, 흡수 과정에서 생 겨나는 노폐물이나 독소를 반드시 몸 밖으로 배출해야 하기 때문이 다. 그래서 배설을 하는 종들은 죽음을 떠안을 수 없다. 반대로 나무 에겐 배변 기관이 없다.

448　돌이켜보면 비나드는 마치 항문이 필요 없는 존재처럼 굴었다. 자체적으로 광합성을 하며 필요한 영양분들만 알맞게 만들어서 쓰는 식물적인 존재인 것마냥, 또한 세포벽을 갖고 있어서 그 자리에서 쓰러지지 않고 계속해서 층층이 쌓아 올라갈 수 있는 존재인 것마냥 말이다. 그러나 그는 자기 안에 쌓인 노폐물과 소화되지 못한 적체물 속에서 질식하고 있었다.

449　재활 병원에서 비나드와 같은 병실을 썼던 늙은 노인은 식물학자라고 했다. 식물학자들 중에서 약물중독에 걸리는 이들은 열이면 열 모두 남방한계선에 갔던 이들이었고 그 노학자 역시 마찬가지였다. 그는 금단증상으로 벌벌 떨리는 손으로 거의 매일 무언가를 적었는데 그건 일기가 아니라 회고록이었다. 비나드는 긴 호리병처럼 생긴 담배통에 물을 담으면서 말했다.

　　비나드　그 노인네 이름이 체누였는데, 왜 회고록을 적느냐고 물으니까, 여기서 허구한 날 회전 기계에 빙빙 돌려지거나 냉수마찰을 당하다가 자기를 잃어버릴 것만 같아서라고 답하더라고.

　　얀코　글을 쓰면 자기를 유지할 수 있나요?

　　비나드　나도 똑같이 물었지. 고개를 끄덕이면서 "글은 나무껍질이니까"라고 답하더라고.

　　얀코　나무껍질? 그게 무슨 말이죠?

　　비나드　잘은 모르겠지만, 나무껍질은 죽은 세포라서, 그게 나무를 유지해주고 있는 거라고 하더군.

얀코   글도 그런가요?

비나드   딴건 몰라도, 죽었다는 것엔 동의하지.

비나드는 물담배용 숯덩이를 올려놓으며 킬킬댔고, 이윽고 농담하듯 덧붙였다: 재활 병원에선 중독자들이 정신을 차릴 수 있도록 두뇌에 자극을 주는 충격요법을 시행했는데, 그중 하나가 회전 장치가 된 의자에 묶어두고서 수백 번씩 빙빙 돌려대는 거였다. 어느 날 기계에서 풀려나 구토를 하면서 결심하길, 자신도 뭔가를 적기로 했다고. 다름 아닌 시(詩)였다.

450   '나무'라는 구조 속에서 실제로 살아 있는 기관은 나무껍질 안쪽에서 새로운 세포를 만들고 영양분을 운반하는 형성층이다. 이들은 해가 거듭될수록 나이테를 두르며 밖으로 굵어진다. 반대로—바깥쪽의 체관이 그러하듯—중심부의 물관부는 죽은 뒤엔 오롯이 나무를 지탱하는 역할만 하게 된다. 그러니까 나무는 안팎으로 죽은 것들에 의해 지지되는 셈이다.

451   식물학에선 얄궂게도 모든 생명 기능을 상실하고서 단순한 지지기능만 남은 죽은 중심을 나무의 심장, 즉 심재(心材)라고 불렀다. 시간이 거듭될수록 나무속으로 침투한 균들이 심재를 갉아 먹었고, 그 때문에 수령이 오래된 나무들일수록 속이 텅 비게 됐다. 산림생장학 강의에서 Q교수는 인간도 그와 같아, 노화란 겉은 멀쩡해도 속은 구멍이 나는 과정이라 했다.

452 심재를 계속해서 갉아 먹힌 고목은 어느 순간 중심을 잃고서 무너지게 된다. 죽은 것들이 사라질 때에야 비로소 바수어져 죽음을 맞이한다. 세상 만물의 끝이 그러하듯 나무 역시 자연사(自然死)를 모른다. 얼굴도 본 적 없는, 그리고 아마도 지금쯤이면 땅에 묻혀 단백질 덩어리로 분해되고 있을 체누라는 식물학자도 이 같은 사실을 모르지 않았을 것이다.

453 비나드라는 이름으로 보낸 시간들은 그리 나쁘지 않았다. 싸맨 가슴이 가끔씩 결린다는 점을 제외하면 대우도 좋았고 난이도도 높지 않았다. 누렇게 뜬 고아들의 얼굴과 그늘이라곤 찾아볼 수 없는 귀족 자제들의 얼굴 사이엔 건널 수 없는 강이 흘렀다. 그곳에 속해서 무람없이 즐길 수 있다는 것, 정녕 그로부터 아찔함을 느끼지 않았다고 말할 수 있나?

454 물론 티 낼 순 없었다. 학교에서 과한 시선을 받았다가 자칫 대역인 것이 들통나기라도 하면, 돌이킬 수 없게 될 터였다. 그래서 아주 잘하지도 아주 못하지도 않으며 늘 중간에만 머물렀다. 다행히 이 일은 구테므나 하인학교 때부터 해온 내 주전공이었다. 걱정할 일 따윈 없었다. 남은 일이라곤 하잘것없는 수준의 대입 자격시험을 통과해주는 것뿐이었다.

455 되도록 혼자서 은밀히, 눈에 띄지 않게 시간을 만끽하고자 했다. 덕분에 사교적이지 못한 음침한 성격의 학생으로 찍혔지만 그리 아쉬울 건 없었다. 신분과 계급의 힘일까? 선생도 학생도 나를 함부

로 대하지 않았다. 또한 빈도가 뜸할 뿐 어느 누구도 나를 일련번호나 직책 따위로 부르지 않았다. 그걸로 족했다. 인원수나 통계 따위가 아닌, 어딜 가든 손님인 삶.

456 비나드로서 살아가는 세상은 화려했다. 귀족들이 걸친 고급스러운 옷들과 과시적인 매너는 마치 미술 애호가들의 화첩에 나오는 그림 같았다. 그리고 내 얼굴도 회랑의 한쪽에 그려져 있었다. 본 적도 없는 비나드의 걸음걸이를 더는 고민하지 않았다. 이제 비나드가 나를 따라 해야 할 것이었다. 나는 일개 아편쟁이로선 결코 할 수 없었을 일들을 해주고 있었다.

457 내게 일어난 변화들 중 하나는 다시 고기를 먹을 수 있게 된 것이었다. 별다른 계기는 없었다. 돼지 안심 스테이크가 식탁에 올랐던 날, 그리 거북함이 느껴지지 않아 무심코 나이프로 썰어서 먹어보곤 전혀 역하지 않아서 다 먹은 게 전부였다. 오랫동안 단백질을 갈망했던 야윈 몸은 격하게 반가워했다. 그렇게 나는 비나드의 이름을 빌려 스스로를 살찌웠다.

458 마치 식물처럼 나는 내 것이 아닌 것에 기대어 부풀고 단단해지고 높아졌다. 죽음이 관찰되는 방식이 사라짐이라면, 본 적도 없는 비나드는 내게 심재였다. 과외 교사로부터 더 이상 딱히 가르칠 게 없다는 평을 받았던 날, 나는 오래전 프님 남작으로부터 받았던 작은 수첩을 꺼냈다. 일기라도 적어볼까 펼쳐봤지만 이상하게도 아무것도 적고 싶지 않아 도로 덮었다.

459 그게 계시가 됐을까? 그해 겨울의 초입, 닷제에게 전보가 왔다. 재활 병원의 비나드 담당 의사로부터 온 거였고, 퇴원 조건을 모두 갖췄으니 그만 데려가라는 내용이었다. 그게 신경을 꽤나 긁었던 모양인지 닷제는 사냥해 온 사슴의 가죽을 벗기다가 그만 칼날을 삐끗해버렸다. 다음날 그는 접질린 손목에 붕대를 감고서 아파트로 돌아왔고 신경질적인 목소리로 나를 불렀다.

> **닷제** 오늘 급행열차를 타고 그놈을 데리러 간다. 비나드, 내
> 아들 말이다. 혹시나 해서 일러두는 건데 그 녀석과는
> 말도 섞지 마라. 놈은 정상이 아니니깐.
> **얀코** 알겠습니다.
> **닷제** 알겠다로는 부족하니 명심하도록 해. 놈과 엮이지 마.
> 너는 졸업장만 따 오면 되는 거야.

늘 그렇듯 곧바로 명심하겠다고 대답했지만 그건 곱씹을수록 참 이상한 말이었다. 이미 비나드의 대역을, 그것도 성별까지 감춰가며 연기하고 있는데 그와 엮이지 말라니? 닷제는 왼손이 서툴렀던 관계로 조끼의 단추를 채우는 데 꽤 고생했고 이는 프록코트를 입을 때에도 마찬가지였다. 자존심 때문인지는 몰라도 그는 끝까지 도와달라는 말을 하지 않았다.

460 마부 욜른에게 비나드가 집으로 돌아온다는 얘기를 하니 그는 닷제가 아마 다른 사람들보다 평균 체온이 낮을 거라고 중얼거렸다. 재활 병원에 입원시킨 아들을 데리러 가는데 급행열차까지 탄다는

199

뜻은 그곳이 적어도 외국이란 뜻이 아닌가? 비뫼시에도 마약중독자들을 위한 치료 시설이 있는데 굳이 국경까지 넘어간 이유가 무엇이겠는가? ― 꼴도 보기 싫었던 게지.

461 그날 학교에서 시간을 보내는 동안 무심코 국경 너머를 떠올렸다. 처음엔 철도를 따라서 가다가 어느 순간 철도를 벗어나 푸른 평야와 산림지대로 넘어갔다. 눈을 감았다 뜨면 독수리가 되어 단박에 창공으로 날아올라 드넓은 대지를 굽어봤다. 그러다가 지평선 너머 어딘가에 있을 재활 병원에서 비나드가 걸어 나오고 있다는 생각이 들자 상상에서 깼다.

462 점심시간이면 늘 같은 그루터기에 앉아서 참토를 기다렸다. 매일은 아니었지만, 그래도 일주일에 한 번씩은 꼭 얼굴을 비췄다. 그러면 나는 학생 식당에서 받아 온 요구르트나 통밀빵을 참토에게 건넸다. 거리의 구두닦이로 사는 것은 애처로운 일이었고, 무정부주의자들의 주머니는 늘 헐거웠다. 참토는 가끔씩 이렇게 말하곤 했다: 배고프면 배신하게 된다고.

463 참토는 그날 부식으로 나온 초코 쿠키를 먹으면서 약쟁이를 특히 조심해야 한다고 했다. 모르핀이건 아편이건 간에 마약에 한 번 중독된 이들은 영원히, 영원히 헤어날 수 없게 되기 때문이라고. 자신이 길거리에서 본 폐인들의 이야기를 하나둘씩 꺼내면서 강조하길, 언어를 갖춘 종이 떨어질 수 있는 가장 밑바닥을 약쟁이들이 담당한다고 했다.

얀코	재활 병원에서 치료를 받아도 소용없어?
참토	재활 병원? 우습구먼. 그건 돈 좀 있는 자식들이나 누릴 수 있는 유예기간 같은 거거든.
얀코	다시 약을 하게 될까?
참토	그런 건 별로 궁금하지 않고. 너한테 권하거든 뺨따귀를 후려쳐버려. 알겠지?

참토는 장난스레 손뼉을 치면서 말했지만 그 눈빛엔 무게가 실려 있었다. 정적이 번거로웠던 터라 이윽고 일전에 얘기했던 똬리나무에 대해서 좀 더 알아낸 게 있는지 물어봤다. 참토는 한쪽 눈썹을 추켜세우며 주머니에서 신문 쪼가리 하나를 꺼내서 보여줬다. 거기엔 다음과 같이 적혀 있었다: [부고] 에누아 드레이턴(극남식물연구소 소장) 씨 별세.

464 식량 폭동 당시 계엄령이 선포됐던 날, 드레이턴 소장은 남방 한계선에서 비뢰행 급행열차에 올라탔고, 체류하던 호텔에서 나흘 뒤 갑작스레 심장 발작을 일으켜 사망했다. 참토는 암거래상에게서 일명 '브눔의 웃음'이라 불리는 독극물이 그 언저리에 팔렸다는 얘기를 들었다고 했다. 참고로 브눔은 심장을 수집하고 다닌다는 민담 속 악마의 이름이었다.

465 이틀 뒤 닷제가 아파트로 돌아왔다. 접질렸던 부위가 악화된 모양인지 아예 팔걸이를 한 채였다. 대입 자격시험이 열흘 앞으로 다가온 터라 닷제는 시험공부에만 매진하라고 말하고는 자기 방으

로 들어갔다. 그러나 아파트 어디에도 비나드의 모습은 보이지 않았다. 벽난로를 청소하던 하녀에게 물어봤지만 여느 때처럼 그녀에게선 유의미한 대답을 들을 수 없었다.

466 다음날 마부 욜른은 비나드 도련님을 분명 마차에 태웠었다고 말해줬다. 예전보다 키는 커졌지만 얼굴은 훨씬 더 수척해져 있었다고도 덧붙였다. 나는 아파트에서 비나드의 얼굴을 볼 수 없었다고 말했지만 욜른은 그럴 리가 없다며 분명 승강기에 올라타는 것을 봤다고 대꾸했다. 그 순간 아파트의 가장 위인 지붕층이 떠올랐다. 그곳은 몇 년째 비어 있었다.

467 그루터기에 앉아 지붕층에 대해 생각했다. 그곳은 지붕층이란 이름 그대로 지붕 바로 밑의 층을 의미했는데, 본래는 다락방처럼 창고 용도로 쓰던 곳을 주거용으로 개조한 것이었다. 여름엔 지붕이 달궈져 덥고 겨울엔 외풍이 심하며 심지어 펌프가 닿지 않아 물을 길어다가 써야만 하는 곳인지라 주로 가난한 이들이 지붕층에 살았다. 그날 참토는 오지 않았다.

468 확인해보고픈 마음이 없었다면 거짓말일 터, 그날 아파트로 올라가는 승강기 앞에서 잠시 우두커니 서 있었다. 눈동자는 맨 꼭대기 6층에서 멈춰 섰다. 무슨 말을 해야 할까? 제가 당신의 대역입니다,라고 대뜸 고백이라도 할까? 왜? 감사 인사라도 들으려고? 혼자서 실소를 터뜨리고서 내 골방이 있는 3층을 눌렀다. 닷제의 말마따나 시험일이 코앞이었다.

469 일전에 닷제랑 같은 테이블에서 식사를 한 적이 있었는데 닷제는—대화 주제가 사냥밖에 없는 모양인지—며칠 전에 사냥터에서 있었던 일을 주절주절 늘어났다. 떡갈나무 숲에서 사슴 몰이를 하고 있었는데 반대편에서 오던 또 다른 사냥꾼들이 실수로 자신의 사냥개를 쏴버렸다는 내용. 총탄은 말 한 마리 가격을 주고 산 사냥개의 뒷다리 근육을 완전히 끊어놨다.

> 닷제   똑똑한 하녀 씨, 혹시 다리를 못 쓰게 된 사냥개를 뭐라고 부르는 줄 아나?
>
> 얀코   잘 모르겠습니다.
>
> 닷제   잘 모를 수밖에 없지. 왜냐하면 그런 것엔 이름이 없거든. 그냥, 그냥 아무것도 아닌 거지……. 그나저나 시험 대비는 잘돼가나?

닷제는 내가 대답을 하기도 전에 스스로 답하길, 과외 선생으로부터 내 평이 괜찮다며 싱긋 웃어 보였다. 그러고는 태연자약하게 그 사냥개의 머리를 개머리판으로 부서뜨린 이야기를 이어나갔다. 곰 사냥 때 먹이로 쓸 생각을 못 해서 아쉽다는 후술. 언젠가 이 이야기를 비나드에게 해주니 그는 입꼬리를 씰룩이며 말했다: 그 인간은 그런 게 언제나 먹힐 거라고 믿지.

470 기적이 사라진 해로부터 1102년 뒤 12월 3일, 마침내 대입 자격시험을 치렀다. 특별한 긴장이 되진 않았다. 네 번째 시험인 지리 과목을 칠 때 허리와 펜을 잡고 있던 손목이 아려와서 고역이었다는

것, 그리고 철학 시험 문제였던 '우리는 진실을 포기할 수 있는가?' 라는 질문 정도가 기억에 남았을 뿐이다. 성취감보다는 피로감이 앞섰다.

471　시험에 미끄러질 것이란 생각은 전혀 하지 않았지만, 만일 그런 일이 벌어진다면? 내 입장은 모호하고 모순적이었다. 한쪽에선 아무렇게나 되어도 상관없다고 냉소했지만 다른 쪽에선 삶에 미련이 없다는 건 위선에 불과하다며 윽박질렀다. 떠밀리듯, 그러나 간신히 넘어지지 않고 흘러온 삶. 구테므나 하인학교에 선발되게 해달라고 빌었던 기도문이 떠올랐다.

472　비나드의 무엇이 나를 사로잡았던가? 퇴폐가 아니라, 그 퇴폐 앞에서조차도 아무렇지도 않은 눈동자였다. 비나드는 마치 모든 길을 꿰고 있는 사람처럼 아무런 망설임 없이 걸어갔다. 그 자연스러움은 바라보는 이들에게 뒤쫓음을 명령했다. 그러나 이제는 그것이 전부 연기였음을 안다. 그는 페달 밟기를 멈추는 순간 넘어지고 말 것임을 잘 알고 있었다.

473　시험이 끝나고서 나흘 뒤, 닷제는 평소처럼 담배위원회에 나간 상태였고 나는 채점 발표를 기다리며 아파트에서 허드렛일을 돕고 있었다. 그때 초인종 소리가 울렸다. 소포라고 생각하며 열쇠 구멍을 들여다봤는데 집배원이 아닌 웬 프록코트의 신사가 서 있었다. 부스스한 머리칼 밑으로 곧게 뻗은 콧날, 넓은 눈두덩이와 투명한 눈동자. 직감했다. 비나드였다.

474 순간적으로 말문이 막혔고 덩달아서 생각도 멈췄다. 하필이면 하녀가 장을 보러 나간 관계로 아파트에 혼자 남아 있었고, 갈팡질팡하는 사이에 초인종이 연거푸 다시 울렸다. 열쇠 구멍을 다시 들여다봤을 때, 비나드는 돌아간 것이 아니라 좀도둑마냥 작은 쇠꼬챙이로 자물쇠를 이리저리 찔러보고 있었다. 홈판이 걸리는 소리가 들렸을 때 나도 모르게 소리쳤다.

> **얀코**   안에 있습니다! 그, 그런데 주인님이 외출 중이십니다.
>   문을 마음대로 열지 말아주세요.
>
> **비나드**   그럼 그렇지, 안에 있었군. 너는 누구지?
>
> **얀코**   하녀입니다.
>
> **비나드**   새어머니는 아니라서 다행이구먼.
>
> **얀코**   주인님께선 저녁에 돌아오십니다.
>
> **비나드**   그러시겠지. 지금 이 아파트가 빈 걸 알고서 온 거니, 이
>   문 좀 열어보지 그래?
>
> **얀코**   무슨 일이시죠?
>
> **비나드**   알면 열어주려고? 음식이 떨어졌어.
>
> **얀코**   죄송합니다. 주인님이 도련님과 마주치지 말라고 하셨
>   고, 집으로 들이라는 말도 없었습니다.

순간 인기척이 끊어졌다. 입에 고인 침을 삼키고서 다시 열쇠 구멍을 들여다봤는데 거기엔 아무도 없었다. 돌아간 건가? 콧등에 고인 땀을 훔쳐내려는데 뒷문 쪽에서 요란한 소리가 들려왔다. 철제 계단을 올라오는 구둣발 소리가 선명했고, 아파트 뒷면에 설치된 비

상 탈출구가 분명했다. 급히 부엌으로 달려갔지만 이미 창문으로 들어오는 비나드의 정수리가 보였다.

475 그렇게 우리는 만났다. 자기 아버지의 집에 빵을 훔치러 들어온 좀도둑으로, 그리고 한겨울에 식은땀을 흘리는 붉은 뺨으로 서로를 처음 마주했다. 열쇠 구멍에서 느꼈던 직감을 비나드 역시 똑같이 받은 모양인지 그는 꼿꼿이 서서 내 얼굴을 이리저리 뜯어봤다. 그러고는 눈을 한 번 깜박이고 말문을 뗐다: 어차피 열어주지도 않을 거, 뭣 하러 질문을 한 거지?

476 비나드는 능숙한 솜씨로 포도주를 꺼내서 한 잔 마셨고, 찬장에 있던 훈제된 닭 넓적다리를 발견하고는 쾌재를 불렀다. 그도 그럴 것이 한때 이곳은 그의 집이었던 것이다. 그는 나이프로 닭고기를 썰기 전, 냅킨을 허벅지 위에 올려두는 예절을 잊지 않았다. 나는 그 광경을 가만히 지켜보기만 했다. 이윽고 그가 자신의 턱을 나이프 등으로 툭툭 건드리며 말했다.

> **비나드** 진지한 건 아니고, 그냥 갑자기 궁금해진 건데 말이야, 내가 이 나이프로 뺨을 그어버리면, 너도 똑같은 흉터를 만들어야만 하는 건가?
>
> **얀코** 그건 잘, 잘 모르겠습니다…….
>
> **비나드** 하, 농담이야. 열심히 내 인생을 대신 살아주고 계신데 방해까지 하는 건 너무하잖아?

그러고는 태연자약하게 —아마도 이 부분은 닷제 집안의 유전병인 모양인데 —다시 남은 닭고기를 슥슥 썰어서 먹기 시작했다. 식사가 거의 끝나갈 때쯤 장 보러 갔던 하녀가 돌아왔고, 비나드를 보곤 눈이 휘둥그레졌다. 비나드는 냅킨으로 입 주변을 닦고는 은화를 꺼내 그 하녀에게 휙 던지며 말했다: 돈 중에선, 침묵으로 번 돈이 그나마 뒤탈이 제일 적지. 안 그래?

477 비나드는 왔던 비상 탈출구로 나가려다 생각을 고쳐먹고는 프록코트 깃을 똑바로 세우며 아파트 출입문으로 당당히 걸어 나갔다. 은화를 받은 하녀는 물걸레로 바닥에 찍힌 구두 자국을 지웠고 나는 문이 닫히는 순간까지 귀신에 홀린 듯 멍하니 서 있기만 했다. 훗날 알게 된 거지만, 그날 비나드는 하녀가 밖으로 나간 걸 보고서 아파트 초인종을 누른 것이었다.

478 은화는 그 값어치를 했고 나 또한 닷제에게 입을 다물었다. 비나드와 나 사이에 비밀이 만들어진 것이었다. 나에겐 아무런 잘못도 없었지만 이상하게도 그 쓸데없는 위험 부담을 짊어지고 싶었다. 서리라도 내린 것처럼 새하얀 뺨을 누르던 나이프를 다시 내려놓던 손놀림이 떠올랐다. 우습게도 마치 내가 그런 것처럼 느껴졌다. 기억은 곰팡이처럼 눌어붙기 마련이다.

479 대입 자격시험을 준비하면서 봤던 문학 교과서 예문에 적혀 있길, 영혼은 눈동자에 담긴다고 했다. 물론 헛소리였다. 정신은 육체의 습관에 불과하기 때문이다. 그러나 —그럼에도 —저 명제에서

속마음을 알고픈 갈망이 묻어난다는 것 정도는 읽혔다. 어둠 속에서 비나드의 눈동자를 떠올려봤다. 그러다가 일어나서 촛불을 다시 켜고서 손거울을 바라봤다. 뭐였을까?

480   물어본 적이 없다. 재활 병원에서 비뫼시로 돌아온 이후 열흘 내내 지붕 방에 틀어박혀서 비나드는 무슨 생각을 했을까? 매일 이른 아침 마차에 올라타는 내 모습을 창 밑으로 내려다봤을까? 계단을 올라가는 발걸음을 보면서 무슨 생각을 했을까? 마침내 컴컴한 어둠 속에서 걸어 나와 난로의 탄내가 묻은 프록코트를 털어내면서 무슨 생각을 했을까? 후회된다.

481   그날 밤, 간만에 오랜 악몽이 찾아왔다. 골목에서 길을 잃고 방황하다가 광장으로 나왔는데 그곳은 폭동으로 죽은 이들을 뉘어놓은 시체들투성이였다. 퍼뜩 아버지를 찾아야겠다는 생각이 들었지만 도무지 발걸음을 뗄 수 없었다. 그때 가까이서 이목구비를 알 수 없는 시체가 일어나 나를 가만히 바라보더니 이윽고 손에 들린 만년필로 내 뺨을 그어버렸다.

482   벌벌 떨리는 손으로 뺨을 붙잡으며 눈을 떴다. 목덜미에서 흘러내린 땀이 베개에 흥건했다. 하녀가 음식을 준비하고 있었고, 나도 얼른 머리를 묶고서 다가가 일손을 도왔다. 어제 비나드가 들어왔던 창문을 쳐다봤다. 꿈처럼 느껴졌다. 도플갱어를 보면 반드시 죽게 된다던 외국의 민담이 생각났고, 그러자 어제 망설이며 바라봤던 승강기의 6층 버튼이 떠올랐다.

483 승강기 철제문이 닫히는 걸 보면서 이건 터무니없는 바보짓이라고 생각했다. 비나드에게 아무런 용무도 없었다. 민담 때문에 그의 생사를 확인하려고 왔다,라는 말이 제대로 된 '용무'일 리가 없었다. 이윽고 6층에 도착했음을 알리는 벨이 울렸다. 복도랄 것도 없는 좁은 통로 건너편에 지붕 방의 닫힌 문이 보였다. 침을 꼴깍 삼켰다.

484 지붕 방의 문 앞까지 발소리를 죽인 채 걸어갔다. 우편함엔 우편국 도장이 찍힌 서류 봉투가 들어 있었다. 슬쩍 들여다보니 발송인은 '비췻빛 삶'이었고 그 옆의 괄호 속엔 작은 글씨로 '늙는 데 실패한 시인들'이라고 적혀 있었다. 그런데 필기체로 적힌 수취인은 비나드가 아닌 '블리모로 니타'라는 처음 들어보는 이름이었다. 그때 문고리가 돌아갔다.

485 이날을 회상할 때면 비나드는 언제나 황급히 우편물을 내려놓던 내 손놀림이 가장 귀여웠다고 말했었다. 뒤이은 헛기침 소리, 우편물이 잘못 와서 전해주려고 왔다는 즉석에서 급조한 거짓말. 그는 승강기가 6층에 닿는 벨 소리가 들렸던 순간부터 이미 열쇠 구멍으로 내 모습을 엿보고 있었던 것이다. 나는 비나드에게 왜 가명으로 시를 적었느냐고 물었다.

> **비나드** 내 이름으로 적기 싫어서.
>
> **얀코** 적은 시가 부끄러워서?
>
> **비나드** 아니, 그 반대였어. 부끄러운 건 시가 아니라 나였으니까. 시에 한참 못 미쳤지. 이게 체누 노인네랑 비슷하면

서도 다른 점이었어……. 너한테는 이상한 이유이려나?

얀코   아뇨, 별로 안 이상해요.

나는 비나드에게 지금도 가명으로 시를 쓰느냐고 물었고 그는 허연 물담배 연기를 뱉어내며 고개를 끄덕였다. 비뫼시에서 대학 졸업장이 얼마나 귀한지 몰라서 하는 소리라고 되받아쳤더니 비나드는 반쯤 웃으면서 손가락으로 내 이마를 톡톡 건드렸다: 그렇지만 대학생은 내가 아니라 너인걸. 그리고 덕분에 그 이름은, 더 이상 내가 짊어질 수 없는 게 되는 중이지.

486   그 뒤로 비나드는 한동안 3층으로 내려오지 않았다. 갑작스러운 만남 이후엔 그날을 곱씹는 긴 과정이 필요한 것처럼 말이다. 부재는 언제나 상상의 도화지가 됐다. 대입 자격시험 이후 특별히 매달릴 일이 사라졌기 때문일까, 지붕 방의 비나드를 떠올리는 시간이 점차 많아졌다. 그리고 말을 걸 만한 이유가 없다는 것을 아쉬워하는 시간도 점차 많아졌다.

487   새삼스레 시들을 다시 뒤적거리게 된 것이 그때부터였다. 대입 자격시험을 위해 선정된 명시들과 유명한 문학자들의 해석들을 암기할 때에나 펼쳐보던 시집들. 내 삶에 전혀 어울리지 않는다고 생각하여 멀리했던 유려한 언어들이 다시 눈앞에서 펼쳐졌다. 여전히 같잖은 비유와 상징 들. 문득 괄호 속 이름이 떠올랐다. 늙는 데 실패한 시인들이라…….

488   공식적으로 기적이 사라진 해로부터 1102년 뒤 12월 30일은 대입 자격시험 합격 통보를 받은 날이지만 비공식적으로는 뙈리나무에 대한 또 다른 의구심을 갖게 된 날이었다. 졸업 관련 서류 때문에 마차를 타고서 고등학교로 넘어간 날, 그루터기에서 참토가 기다리고 있었다. 누더기 같은 목도리를 돌돌 매고 있던 그가 말했다: 뭔가 잡은 것 같아.

489   로벨토가 뒷구역에 오래된 주철 공장이 있었는데, 1096년 공황 때 파산한 뒤부터 지금까지 계속 방치된 흉물이었다. 그런데 두 달 전쯤에 대뜸 건물이 기울면서 큰 굴뚝이 무너지는 일이 발생했다. 다행히 굴뚝이 공장 담벼락을 넘어가지 않아서 인명 피해는 없었지만 이상한 일은 그다음이었다. 대뜸 시 당국에서 주철 공장 부지 전체를 사들였던 것이다.

490   대변인은 관공서를 옮겨 오기 위한 사전 작업이라고 말했지만 의회나 건축위원회에서 이런 공사 계획안이 통과된 바는 없었다. 실제로도 시 당국은 주철 공장의 무거운 무쇠들과 쌓인 자재들을 모두 헐값에 경매에 붙이거나 쓰레기장으로 옮기기만 했을 뿐이었다. 이후 공장을 해체한 뒤엔 목책으로 담벼락을 쌓고서 '출입금지'라는 팻말을 걸어두었다.

> **참토**   어젯밤 몰래 그 목책 위로 올라가봤어. 그랬더니 그 안이 어땠는지 알아? 아무것도 없었어. 철거한 뒤의 텅 빈 공터뿐이었지.

얀코   건물이 기울고 있었다며? 안전 때문에?

참토   아냐. 내가 알기로 이 도시는 북쪽 외곽의 안전에 관심
        이 있었던 적이 없어.

  참토는 수소문 끝에 오래전 공장을 지을 때 인부로 참여했다던 늙
은 난쟁이를 찾아냈는데 그 난쟁이가 말해주길, 주철 공장이란 게
무겁디무거운 무쇠를 다루는 공장이다 보니 처음부터 주춧돌과 기
둥 들을 제대로 세우지 않으면 안 됐다고, 그러니 노후화 때문에 건
물이 기울었다는 건 말도 안 되는 소리라고 일축했다. 그렇다면 남
은 경우의 수는 지반침하뿐이었다.

491   비뫼시를 건립한 이들은 정치인이나 건축가가 아니라 이름 없
는 인부들이었다. 수년 전 하수도관 공사에 참여했던 인부들이 알려
주길, 로벨토가 밑에선 건물을 주저앉힐 만큼 심각한 지반 동공(洞
空)을 발견한 적이 없다고 했다. 그런데 지하수가 아니라면 애당초
석회암 지반이 용해되어 내려앉는 일 자체가 일어날 수 없었다. 참
토는 짧게 말했다: 똬리나무.

14장

492   토포론에서의 소행성 충돌, 속죄왕이 서명해야 했던 입헌 헌
장, 종교전쟁의 도화선이 됐던 소르돈 5세의 파문 등 1082년을 기
억하는 데에는 여러 방법이 있겠지만, 남방한계선에선 거의 3년간
이어진 대가뭄으로 기억됐다. 병사들은 이 시절을 '메마른 평화'라
고 불렀는데, 가뭄과 함께 검은나무의 이상증식이 멈추면서 트롤들
의 습격 또한 멈췄기 때문이다.

493   이 시절 가뭄은 남방한계선으로 가는 군용열차 화물칸의 8할
을 물탱크로 채울 만큼 심각했지만, 한편으로 남방한계선에선 간만
에 인력이 남아돌았다. 검은나무가 뻗어 오지 않으니 벌목꾼들이 할
게 없었고, 그러면 벌목꾼을 경호하기 위한 병사들도 사실상의 휴가
를 얻은 셈이기 때문이다. 덕분에 남방요새사령부에선 탐사대를 꾸
려서 예전에 접근하지 못했던 곳까지 보내볼 수 있었다.

494　대리청정을 했던 왕세자의 후원하에 조직된 탐사대는 검은나무의 세대교체가 일어난 구역의 실상부터 트롤 군락의 규모 변화까지 여러 성과들을 가져왔다. 특히 이때 식물학자들의 눈길을 사로잡은 것은 검은나무의 고대 종으로 추측되는 규화목이었다. 가뭄으로 늪지대들이 말라버리면서 수천 년 동안 늪 바닥에 누워 있던 화석들이 빛을 보게 된 것이었다.

495　모든 유기물이 그러하듯 나무도 사후엔 곤충이나 박테리아에게 분해되어 사라진다. 그러나 화산재나 모래 폭풍 혹은 갑작스러운 지각변동으로 인해 강이나 늪 속으로 내던져지는 경우엔 사정이 달랐다. 일시에 산소가 차단되니 박테리아가 활동할 수 없었고, 또한 지하수에 녹아 있던 광물들이 나무의 물관으로 침투하면서 그대로 무기물로 굳었다. 즉 석화됐다.

496　식물학자들이 검은숲 밑바닥에서 발견된 규화목에 열광했음은 물론이다. 검은나무의 이상증식에 관련된 기원을 밝혀줄지도 몰랐고, 혹은 적어도 계통발생적 공백의 한 대목을 채워줄 수도 있었던 것이다. 극남식물연구소는 열띤 흥분으로 가득했다. 소장을 비롯한 연구원들 모두가 관전하는 가운데 연구원 하나가 규화목의 한 부분을 조심스레 톱질하기 시작했다.

497　마침내 단면이 드러났을 때 식물학자들은 경악했다. 왜냐하면 단면은 나이테 없이 매끈했고, 이 말인즉 물관이 없다는 뜻이었기 때문이다. 그렇다면 지금 보고 있는 이 화석은 일종의 선태류, 즉 이

끼인가? 난쟁이만 한 크기의? 그러나 탐사대원은 지금 가져온 규화목은 일부를 떼어 온 것일 뿐 실제로 늪지대에 있는 건 적어도 건물 한 채만 한 크기라고 했다.

498 현미경을 통한 정밀한 관찰 결과, 겉면에서 땅속줄기와 연결된 기부(基部)와 원시적인 형태의 유관속을 발견하는 데 성공했지만 여전히 설명되지 않는 것이 많았다. 가령 심재 없이 어떻게 이 정도 크기를 유지할 수 있었나? 한 연구원은 이 정체불명의 것이 일종의 원시적인 구근의 한 종류일지도 모른다는 가설을 내놓았다. 즉 거대한 감자라는 것이다.

499 물론 그 가설은 가설로만 남았다. 우선 이 화석을 구근이라고 하면 안쪽에 영양분을 담아두는 저장엽이 어떻게 응회암으로 굳었는지 설명할 수 없었다. 저 원시 구근은 화산재를 먹어서 영양분으로 저장해놓기라도 했단 말인가? 또한 온전한 관다발식물류인 검은나무와도 계통발생적으로 어긋났다. 이로써 검은숲은 한층 더 알 수 없는 곳이 돼버렸다.

500 빗방울이 다시 떨어지자 가물었던 글란비우스강은 갈증을 채웠다. 늪지대엔 다시 망각이 들어찼고, 이로써 정체불명의 고대 종은 탐사대원의 조악한 스케치로만 남게 됐다. 검은나무들은 기지개를 켜듯 다시 증식을 시작했고 여름이 시작될 무렵엔 트롤들이 벌목 캠프를 습격했다. 고대 종은 기밀 분류 번호 'R4-522' 도장이 찍힌 채로 창고 깊숙이 보내졌다.

501   그로부터 대략 20년 후, 그러니까 기적이 사라진 해로부터 1103년 뒤 3월 무렵 R4-522에 대한 비밀의 보호 기간이 종료됐다. 그리고 보안부 제7국에서는 이 기록물에 대한 비밀 재지정을 신청하지 않았다. 창고 자리가 모자라기도 했거니와 지난 세월 동안 특별히 더 밝혀진 부분도 없었고, 무엇보다 검은나무와의 관련성이 없는 이형종(異形種)이었기 때문이다.

502   극남식물연구소에서는 각 대학의 자연과학부로 R4-522에 대한 '최신' 소식을 전했다. 그러자 두 군데에서 표본을 신청했는데, 한 곳은 시립 식물원이었고 다른 곳은 고틀러테 사립대학 식물학과였다. 전자는 원래 식물에 관한 모든 것을 다루는 곳이었기 때문이고 후자는 담당 교수의 연구 주제가 때마침 구근에 대한 계통발생학이었기 때문이다. 그래, 신청자는 Q교수였다.

503   남방한계선에서 급행열차를 타고 온 R4-522가 비료 냄새로 찌든 우리의 연구실로 도착했을 때, 가뜩이나 더운 온실 안은 흥분으로 더욱 달궈졌다. 그즈음 Q교수는 구근의 진화론적 발생의 원인으로 ─ 단순히 다년생식물의 겨울 나기 전략이라는 설 외에도 ─ 오염 물질 정화 가설을 강력히 지지하고 있었다. 또한 검은숲에 대해서도 비슷한 가설을 갖고 있었다.

> Q교수   검은나무는 떡갈나무보다 중금속 흡수율이 20배나 높아. 액포도 비정상적으로 크지. 그렇게 되어야 할 진화론적 이유가 뭐겠어?

얀코   그게 이상증식과 관련이 있다고 보세요?

Q교수   어쩌면 그럴지도…… 이상한 현상엔 그만큼 이상한 이
       유가 필요한 법이지 않겠나?

여기까지 얘기를 듣던 알도 게티자는 대뜸 웃음을 터뜨리며 그 모
든 것이 우연의 일치, 순수한 탐구심의 발로 같으냐고 물었다. 그러
고는 서류철을 뒤적거리더니 사진 한 장을 꺼내 내밀었다. 그건 죄
수복을 입고 있는 초췌한 몰골의 Q교수였다. 게티자가 날카롭게 말
했다: 본명은 모나트 쾨슈예프. 이놈은 레오르트 놈들한테 남방한계
선 정보를 빼돌리던 스파이였어.

504   Q교수로부터 아무런 낌새도 느끼지 못했음을 고백해야겠다.
나한테 Q교수는 별다른 문제를 일으키지 않고 나를 자연과학부에
받아준 사람이자, 과학자치고는 유머와 유연성을 두루 갖춘 이였다.
또한 온실에 가장 오래까지 남아서 표본추출에 애쓰는 성실한 식물
학자이기도 했다. 그렇다면 그는 무슨 생각을 하면서 나에게 극남식
물연구소 추천장을 써줬던 걸까?

505   포누그놈 감옥은 소리 울림에 최적화된 형태로 설계됐다는 얘
기를 어디선가 들은 적이 있다. 흐느낌과 비명은 연쇄될수록 효과적
이기 때문이다. 옆방에서 누군가 졸도하듯 짧은 비명을 지르고서 쓰
러지는 둔탁한 소리가 들려왔다. 게티자는 사진을 도로 가져가 서
류철에 끼우며 비웃듯 입꼬리를 올렸다. 나는 입술을 앙다물었다—
어디서부터 감시당했던 걸까?

506 게티자가 담뱃불을 붙이며 말하길, 모니트 쾨슈예프가 비뵈시로 귀화한 건 대략 15년 전이라고 했다. 때마침 고틀러테 사립대학의 식물학과 교수 자리가 공석이었고 임용 조건이 귀화였기 때문이다. 그러나 그의 아내는 여전히 레오르트 시민권자였고 그의 자식들도 마찬가지라고 했다. 게티자는 거드름을 피우며 덧붙였다: 따분하지. 너무 전형적인 사례잖아?

507 나를 왜 진작에 체포하지 않았느냐고 묻자 게티자는 천장을 향해 담배 연기를 뭉게뭉게 내뱉으며 무심히 대꾸했다. 도청에서 뭔가 나왔다면 남방한계선 열차에 올라타기도 전에 붙잡혀서 살가죽이 벗겨진 뒤 어딘가에 파묻혔을 것이라고 말이다. 일순간 남방한계선에서 트롤들에게 살가죽이 벗겨진 채로 나무 꼬챙이에 꽂혀 있던 시체가 떠올랐다. 어금니를 꽉 깨물었다.

> **얀코** 하지만 내가 롬보를 만났다는 건 알고 있지 않았나? 왜 가만히 놔둔 거지?
>
> **게티자** 재미있는 대목이지. 처음엔 쾨슈예프의 사주를 받고 있는 거라고 생각했지만 좀 더 살펴보니 아니더군. 그냥 우연의 장난이었더라고! 그러니까 너는 그냥, 그냥 거기 있었던 것뿐이지.

게티자가 킬킬대면서 다 타버린 담배를 재떨이에 짓뭉갰다. 기억이 뒤섞이면서 담배 연기가 시체 타는 메스꺼운 냄새와 겹쳤다. 손톱으로 손가락을 꼬집으며 정신을 차려보려 애썼다. 사실만 따지자면 게티자는 이제껏 온갖 잔혹한 암시들로 위압적인 분위기를 조성하여 협박을 하고 있을 뿐이었다. 당장 인두를 달궈서 들을 수 있는 시답잖은 얘기들인데도 말이다. 어째서?

외곽의 봄, 로벨토를 방문했던 소회

스완테페 조제(여행 작가)

보통 빈민굴이라고 하면, 행복한 계급들의 눈에 띄지 않도록—
차라리 지옥으로 내려가는 계단을 찾는 게 더 쉬울 만큼—도시 외
곽 깊숙이 유폐된 채 썩어 문드러져가는 구덩이를 떠올릴 것이다.
물론 이는 대체로 옳은 인상이다. 실제로 북쪽 외곽 전반이 문명이
가라앉는 늪지대란 점은 주지의 사실이니 말이다. 온갖 불법 증축으
로 고개를 숙이지 않으면 천장에 머리를 부딪칠 만큼 나눠놓은 복층
들, 끔찍한 소음, 콜레라와 유행성 티푸스, 배수 시설도 없이 웅덩이
에 쌓인 인분들, 극심한 식수 부족, 도살장이나 무두질 공장처럼 악
취 나는 혐오 시설, 부패한 야경순찰대원, 이엉을 이은 지붕, 연주창
과 폐병에 걸린 아이들, 양철공의 망치질 소음, 가망이 없는 수준까
지 내려간 허깨비들이 모인 구빈원, 결핵균을 실어 나르는 유독한
악취, 파리 떼, 배수로의 음식 찌꺼기를 찾는 돼지들, 역겨운 오수와
몹시 추악한 범죄들—계몽된 시민이라면 도저히 상상할 수도 없는

무시무시한 풍경, 그것이 곧 빈민굴이다.

바로 그렇기에 이런 풍경을 상상하고서 북쪽 외곽 로벨토가로 넘어온 시민들은 누구나 깜짝 놀라게 된다. 마차에서 내리면서 구두가 닿는 곳은 비포장도로가 아니라 말끔히 닦인 포석 도로이며, 가는 데마다 울퉁불퉁한 곳 없이 말끔히 깎인 수평을 자랑하기 때문이다. 그 위를 걸어 다니는 구성원들 역시, 비루한 날품팔이나 막일꾼이 아주 안 보이는 건 아니나, 대다수는 말끔히 세탁된 기성복의 단추를 올바르게 채운 상태이거나 푸른색 관복 차림이다. 또한 하수도가 존재한다는 것 자체에 의의를 둘 정도로 열악한 북쪽 외곽의 다른 구역들과는 달리, 이곳은 하수도관을 충분히 깊게 묻은 모양인지 아무런 악취도 맡아지지 않는다. 문 앞에 부어 버린 구정물이나 불결한 옥외 변소도 전혀 보이지 않고, 매춘부와 부랑자들을 위한 숙박소도 없다. 불어온 바람결에 멀리 청과물 직매장에서 발원했을 짓무른 채소 썩은 내가 약간 맡아진다는 점을 제외하면, 걸음을 내디딜 때마다 계몽된 대기로만 가득하다. 무엇보다 행정지도 상엔 존재하지도 않는 정체불명의 골목들로 구불구불하게 뒤엉켜 있는 북쪽 외곽의 여느 구역들과는 달리, 이곳의 대로들은 완벽한 도시계획을 따라서 로벨토역을 중점으로 하여―마치 신이 손을 짚었다가 뗀 것처럼―부채꼴로 시원하게 뻗어 있다. 심지어 건물들마저 질서정연하다. 한 점의 사기도 없이 성실하게 벽돌을 차곡차곡 쌓아 올린 건물들은 하나같이 건축물 높이 제한 규정을 지키고 있을 뿐 아니라 지붕 또한 아연합금을 덧대는 방식으로 통일돼 있기 때문이다. 굴뚝 새마저 오와 열을 맞춰서 날아갈 성싶다.

그러니 지금 이곳이 역사책에 적힌, 기적이 사라진 해로부터

1107년 뒤 여름을 뜨거운 피로 물들였던 릿챠의 반란 최대 격전지였다고 믿을 수 있겠는가? 정말로 이 거리가 창끝에 귀족 머리를 꽂아 들고 다니며 "공화국 만세"를 부르짖던 폭도들로 가득했을까? 북쪽 외곽에서 오랫동안 마부 노릇을 했다는 토클 씨가 은화 두 닢에 지역사가를 자처하며 들려주길, 지금의 모습은 군사 반란 때 의회파 농성군들이 잔해 더미로 진입로를 봉쇄하기 위해 멀쩡한 건물들을 죄다 폭파해버리면서 시작됐다고 한다. 이후—"땀을 흘리지 않으면 피를 흘리게 된다"라던 청동왕의 유명한 연설을 좇아—로벨토역 일대로 막대한 전후 복구 사업 예산이 투여됐고, 그때 진행된 대대적인 재건축 사업의 결과물이 바로 오늘날의 로벨토 시가지라는 것이다. 지금까지 남은 전쟁의 흔적이라곤 반란군을 막기 위해 자폭했던 5인의 청년 장교를 기리는 동상과 로벨토역을 향해 네 갈래로 뻗은 도로의 양옆으로 설치된 고가 낙석형 장애물이 전부였다. 단, 후자의 경우엔 육중한 크기 때문에 시선을 사로잡았는데, 듣자하니 혹시나 다시 전쟁이 벌어지면 지지대 위의 거대한 콘크리트 네모 덩이들을 떨어뜨려 진입로를 차단하는 용도라고. 보기에 따라선 민간인들이 버젓이 돌아다니며 생활하는 도심 한가운데에 국경 요새에서나 볼 법한 군사용 장애물을 설치하는 건 너무 과한 일이 아닐까? 어쩌면 이것은 '너희들은 절대로 이 도시를 점거할 수 없다'라며 시 당국이 북쪽 외곽에 득실대는 폭민들에게 보내는 무언의 웅변인지도 모른다—진보 만세, 질서 만세!

감히 선언컨대 이곳 로벨토가는 북쪽 외곽의 수도이다. 북쪽 외곽으로 갈라진 두 개의 노선과 동구까지 운행되는 노면전차, 그리고 남방한계선으로 가는 국경 횡단 열차까지 네 개의 노선이 교차되면서 무수히 유동 인구로 붐비며, 동시에 기마경찰들이 도시 미관을 지키기 위해 수시로 순찰을 돌며 부랑자나 거지 들을 거리 밖으로 솎아낸다. 퇴근 시간이면 역무원들과 철도경찰대 그리고 철도수송 지원대에서 근무하는 성실한 근로자들이 상점이나 음식점 들로 향해 건실한 소비력을 발휘한다. 심지어 매년 로벨토역에선 왕립미술원 전람회에서 낙선한 작가들을 공모하여 〈반역자들의 붓놀림〉이란 전시회를 개최하기까지 한다. 이런데도 정녕 이곳이 빈민굴들로 가득한 북쪽 외곽에 속한 시가지인가? 비유하자면, 마치 이곳에만 봄날의 햇살이 비치는 듯하다 — 말이 나온 김에 덧붙이자면, 토클 씨의 말로는 실제로 현지인들 사이에서 로벨토가의 별칭이 "외곽의 봄"인데, 신비롭게도 이는 로벨토가의 기원과도 조응된다고 한다. 바로 옮겨보자.

시인과 음송가 들의 노랫가락을 통해 전해지는 오래된 전설에 따르면, 북쪽 관문으로 역병의 천사가 찾아온 적이 있었다고 한다. 날갯죽지에서 돋아난 종기 같은 날개로 하늘을 날기엔 역부족이었기에 그녀는 향신료 상단의 수레를 몰래 얻어타고 있었는데, 수비대장 아놀피도 로에게 그만 발각되고 말았다. 그러나 로는 그녀를 매몰차게 쫓아내지 않고 되레 자신의 집에 들여 후한 대접을 했다고 한다. 이에 감복한 역병의 천사는 소원 하나를 들어주겠노라고 했고, 이에 로는 자신의 도시에서 전염병을 없애고 싶다고 했다. 이에 역병의 천사는 고개를 끄덕이며 곧 자신의 언니인 봄의 천사가 이곳을 찾아올 것인데 그때 필히 문전 박대를 하라고 일러줬다. 로가 이유를 묻자, 화가 난 봄의 천사가 더 이상 이곳을 찾지 않게 되면 이곳은 동토(凍土)가 될 터이고, 그러면 전염병도 거의 나돌지 않게 된다는 것이다. 얼마 뒤 정말로 봄의 천사가 나타났을 때 수비대장은 받은 조언대로 했고, 그러자 그해 비뫼시의 겨울은 다른 도시들보다 길고도 가혹해졌다고 한다. 천사의 조언처럼 병균이 얼어붙어서 전염병이 사라졌지만 가난한 이들이 얼어 죽는 걸 본 로는 큰 충격을 받았고, 이를 해결하기 위해 예언자 벨토를 급히 찾아갔다. 문을 두드리는 소리를 듣기 전부터 수비대장이 자신을 찾아올 줄 알았던 벨토는 진작부터 준비하고서 그를 기다리고 있었다. 예의상 그의 자초지종을 전부 들어준 뒤 그는 이렇게 조언했다. "북쪽에 봄을 기리는 사원을 세우고 거기서 역병의 신들을 저주하는 제례를 지내도록 하시오. 단, 역병의 천사가 당신에게 건넨 조언엔 아무런 속임수도 없었으니 이는 배은망덕이 될 터. 당신은 응분의 처벌을 받고서 죽게 될 거요." 로가 처벌을 피할 방법을 묻자 벨토는 고개를 가로저으며 대답했다. "당신의 죽음을 막을 길은 없소이다. 이 경우, 속죄의 방법마저도 죽음이기 때문이오. 단, 저주가 당신의 가문 전체로 옮겨붙는 건 막을 수 있는데, 그 길은 당신이 가문을 버리는 것이오." 이에 로는 얄궂고도 가혹한 운명을 탓하며 족보에서 자신의 이름을 지웠고, 북쪽에 사원을 세우고서 벨토의 조언대로 했다. 그러고는 처벌을 기다리는 시간을 견디다 못해 그만 자살하고 말았다. 이듬해 비뫼시의 겨울은 예전처럼 돌아갔고 여름이면 어김없이 전염병이 창궐했다. 이후 백성들은 수비대장 로와 예언자 벨토를 기리기 위해 봄의 사원 주변으로 생겨난 거리를 묶어 '로벨토'라고 부르게 됐다고 한다.

토클 씨는, 이 으스스하고도 씁쓸한 여운을 남기는 유래를 자신의 할아버지에게서 들었다고 말하며 맥없이 덧붙였다. "그렇지만 이젠 이 이야기를 기억하는 이도 몇 남지 않았을 테지." 천 년도 넘는 시간을 건너온 민담을 경유했기 때문일까, 다시 본 거리의 모습이 약간 거북하게 느껴지기도 한다. 도시의 어느 구역 소속 관청에 들어가도 똑같은 관복을 입고서 똑같이 판에 박힌 절차를 준수하느라 퇴보와 비효율의 길을 걷고 있을 공무원들로 가득한 저 시가지에선, 로벨토가 로벨토로 구분되어야 할 아무런 이유도 찾을 수 없지 않던가? 규격화된 건물에서도 재개발의 냄새를 맡고서 몰려왔을 개발업자와 투기꾼 그리고 은행가 들의 보편적인 체취가 맡아질 뿐 그 이상은 없다. 변덕이란 건 잘 알았지만, 그럼에도 위생적인 미관에 대한 예찬이 끝나자마자 이 거리가 지겨워진다.

가슴 깊숙이 얄궂고 안타까운 감정이 피어오르는 것을 막을 길이 없다. 위대한 진보는 케케묵은 과거와의 근본적인 단절을 단행할 수밖에 없겠지만 —새 술은 새 부대에 담아야 하는 법이므로 —동시에 어떤 깊이가 송두리째 사라져버리는 께름칙한 기분이 내장 아래에서부터 가스 배관이 새듯 흘러나온다. 발진티푸스와 동거하며 도저히 어떤 인간도 살아갈 엄두를 못 낼 지경까지 떨어지는 것은 분명 근절되어야 할 것이지만, 그럼에도 하나의 장소에서 세대가 거듭될 때마다 그곳에 쌓이는 작은 일화들과 서정의 무게 또한 간과할 순 없다. 혹자에겐 그 무게가 자신을 영원토록 가난과 악덕의 심해 속에 가둬놓는 발목 족쇄의 쇠공처럼 느껴지겠지만, 한편으론 결코 끊어진 적 없이 이어져온 거대한 흐름에 자기 자신 또한 속해 있다는 확신으로 다가오기도 한다. 말 없는 대지와 조응하며 존재의 무게를 약간이나마 덜어낼 수 있다는 것, 이로 말미암은 여유와 자신감은 예기치 못한 길을 트기도 하니 말이다. 지금까지의 역사와 내 경험으로 미뤄 보건대, 시원(始原)에서 인류는 선택하기보다는 선택받기를 갈망한다 ―선택된 자가 선택하기 때문이다. 하여, 필사적으로 사라져가는 전설과 민담 들을 수집하는 구술 채록가라도 된 것처럼, 옛 로벨토의 흔적이나 이야기가 남은 곳이 없느냐고 물으니 토클 씨는 72번지로 가보라고 알려준다. 거기에 가면 예전에 주류 창고 겸 밀수용 갱도로 활용됐던 건물이 남아 있다고 말이다. "지금은 기념관으로 쓰고 있지."

토클 씨와의 쏠쏠했던 만남을 뒤로하고서 달려간 72번지엔 과연 입구서부터 주랑 현관을 깔아놓은 전쟁기념관이 우뚝 서 있다. 누군가 벤치에 놔두고 간 팸플릿을 읽어보니, 72번지 주류 창고 하수도에서부터 시작해 대범하게도 입시 세관이 있는 건물 밑을 통과해 성벽 너머까지 뚫린 갱도는 세금이 낳은 사생아였다. 수년 전 술, 담배, 도박, 경마 등의 사업에 높은 세금이 부과됐던 이른바 "죄악세의 시대"가 열리자 각종 밀수 사업들이 들끓게 됐는데, 그중 72번지의 땅굴은 자유용병대 출신 고블린들이 의기투합해서 뚫어낸 ―발각된 것 중에선―비뫼시 최대의 밀수용 지하 갱도라고 했다. 여기서 밀반입된 주류들이 막대한 이윤을 남겼음은 물론이다. 그러나 아이러니하게도 이후 그 규모 때문에 극악무도한 무정부주의자들의 표적이 됐는데, 반란 당시 사실상 정부군의 요새였던 로벨토역을 함락시키기 위한 침투용 땅굴로 활용하기 위함이라 했다. 전설이 아닌 역사이다. 팸플릿을 덮고서 기념관을 오가는 관광객들을 바라보니, 얄궂게도, 기껏 마찻삯을 내고서 온 곳임에도 어딘가 김빠진 기분이 든다. 분명 저 기념관 안으로 들어가면 72번지 주류 창고의 옛 모습과 반란군들이 달려갔을 땅굴들을 볼 수 있겠지만, 박제된 역사를 보기 위해 입장료를 내긴 싫다. 아니, 좀 더 정확히는 관람료가 붙지 않은 흔적들을 보고 싶다. 물론 이제 로벨토가에 그런 곳은 존재하지 않으리라. 봄의 새싹들이 피어나면 파릇하고 넓은 잎사귀들 밑으로 지난날 떨어진 낙엽들은 가려지고 잊히며 끝내는 썩어 사라지기 마련이니까. 이윽고 마음속으로 허허로운 명석판명의 기분이 들어찬다. 당연한 걸 새삼 다시 받아들이며 발길을 돌리기로 한다. 불현듯 며칠 전에 어디 놔뒀는지 잊어먹었던 주주총회 참석통지서를 끽연실 탁자 위에 올려뒀다는 사실이 떠오른다. 우습다.

15장

508 누구에게나 전환점이 되는 시간이 있다. 그 방향이 좋은 쪽이건 나쁜 쪽이건 간에, 지금처럼 이렇다 할 고향도 없이 셋방 월세 변동에 따라 이리저리 옮겨 다니며 사는 뿌리 뽑힌 인생들의 시대엔 그 전환점이 더욱 잦다. 한순간일 때도 있고 하루일 때도 있으며 혹은 한 해일 때도 있다. 내겐 기적이 사라진 해로부터 1103년째 되던 해가 그러했다.

509 그해는 시작부터 예사롭지 않았다. 1월이 채 지나가기도 전에 내게로 전쟁과 진실들이 밀려들었다. 남방에 있던 브룅시(市)는 오랫동안 왕위 계승 문제로 인한 내전 때문에 애를 먹고 있었는데, 1102년 가을 무렵 드디어 왕좌의 주인이 정해졌다. 단, 왕좌에 왕이 앉는 대신 귀족들로 이뤄진 원로원의 수장이 앉는 다소 예상 밖의 방식으로. 왕가는 축출돼버렸다.

510   그러나 권력을 거머쥔 브룅시의 원로원이 직면했던 문제는 대규모 실업 사태였다. 밀 공황 이후 전 세계가 장기 불황 국면이기도 했거니와 내전 때문에 산업 설비까지 붕괴된 상태였기 때문이다. 바닥까지 떨어진 줄 알았던 주가는 아예 지하실을 파고 있었고, 내전 동안 국외에서 사들인 막대한 무기 대금 역시 발목을 붙잡고 있었다. 거리엔 혁명 분위기가 감돌았다.

511   원로원은 다시 전쟁을 주창했다. 징병제를 실시하면 실업률을 일거에 해결할 수 있었고 창고에 쌓인 무기들을 소비할 수 있었으며 또한 점령지의 동산들을 팔아서 채무를 갚을 수도 있었다. 특히나 마지막 사안에 대해선 전쟁에서 패배하면 말 그대로 파산 상태가 될 테니 채권국에서 어쩔 수 없이 대금상환 기간을 늘려주리란 얄팍한 계산도 들어가 있었다.

512   브룅 외무국에선 곧바로 주변 도시들과 접촉해서 동맹 전선을 구축하기 시작했고, 그 표적은 다름 아닌 공산주의자들의 본거지, 즉 트라케시였다. 수병들의 반란으로 트라케시가 공산주의자들에게 넘어간 뒤로 벌써 7년이 흐르지 않았던가? 다들 때마침 전쟁이 필요한 시점이었다. 각국의 결정권자들은 트라케시를 무너뜨리고서 공용 식민지를 건설하기로 결의했다.

513   결국 기적이 사라진 해로부터 1103년 뒤 1월 7일, 브룅시를 필두로 한 동맹국들의 선전포고가 이뤄졌다. 그러나 개전 초기부터 예기치 못한 문제가 벌어졌는데, 그건 다름 아닌 서쪽의 도시들이 뭉

처서 은밀히 트라케 공산당에게 무기를 비롯한 군자금을 지원한 일이었다. 레오르트시 전략사무국에서 금괴를 건넨 사실이 첩보 전쟁 중에 발각되고 말았던 것이다.

514 저들 역시 자국 내에 공산주의자 전용 수용소를 두고 있을 만큼 반공 정서가 강했지만, 동시에 글란비우스강 너머 인접국들의 세가 강해지는 것 또한 원치 않았다. 그보다는 트라케시를 계속 존속시켜서 브룅을 비롯한 다른 나라들이 남쪽 국경으로 국방비를 계속 쓸 수밖에 없는 상황을 유지하고 싶어 했다. 이처럼 전쟁이란 이념을 넘어선 연대였다.

515 결론적으로 말해, 두 세기 전 세상을 불바다로 만들었던 '도시들의 광란'이 재현되는 것은 막았지만 적어도 1103년 세계경제는 완전히 폭락했다. 원자재 가격이 폭등했고 군비 지출이 늘어나면서 가뜩이나 부족했던 복지 예산이 대거 삭감됐다. 비뫼시 역시 그 광풍으로부터 예외가 아니었다. 내가 대학 입학식에 갔던 날, 재무장관이 궁전 첨탑에서 투신했다.

516 재무장관이 자살을 택했을 만큼 큰 위기의 정체는 나흘 뒤에 밝혀졌다. 작년부터 계속된 부도설로 자금난에 허덕이던 광산회사 하토가 끝내 부도 처리된 것인데, 하토 회장이 은행들이 요구한 경영권 포기 각서에 끝까지 서명하지 않으면서 끝내 사태는 파경으로 치달았다. 하토와 엮인 밑도급 업체들이 줄도산했음은 물론이다. 즉 공황이 시작된 것이다.

517   급진적인 신문에선 임시로라도 소득세를 전시소득부가세 수준으로 격상시켜 빈민들을 부양해야 한다고 목소리를 높였으나 비뢰시에서 최고 소득세율 70퍼센트를 받아들일 부르주아는 없었다. 대신 의회에서 내놓은 대책이란, 평등당 대표 판토야에게 내란선동죄 혐의를 씌워 유형을 보내버린 것과 용병 기업들에게 부가됐던 특별세 인하 조치를 단행한 것이었다.

518   실업자가 되느니 식민지나 고다바르 같은 분쟁 지역으로 가서 용병질이나 하란 소리였는데, 익히 예상되듯, 거리에선 "실업자 구제 대책이 전사자인가?"라는 외침이 울려 퍼졌다. 그 와중에 계엄령을 의식한 모양인지, 의회파 장성들이 아니라 전날 시위대를 향한 발포를 거부했던 전쟁 영웅 릿챠 같은 양심적인 소장파가 군 수뇌부에 올라가야 한다는 여론까지 일어났다.

519   군부에서 내놓은 대책은 의회에서 야당 대표를 찍어내던 것과 비슷했다. 가뜩이나 왕령식민지를 탈환해낸 전쟁 영웅을 더 이상 전공을 세우지 못하도록 후방 군수참모로 처박아둔 것에 대한 불만이 있던 차였지만, 군부는 아랑곳하지 않고 릿챠를 해외무관으로 임명해서 아예 국경 밖으로 보내버렸다. 중령으로 진급시킨 승진 인사라고 했으나 사실상의 유배였다.

520   군내 강경파들은 문제가 생기면 계엄령을 다시 선포하면 된다고 호언장담했지만, 의회의 공화파 의원들은 6년 전 '7월 대학살'이후 치러진 총선에서 성난 빈민들과 왕당파가 연합했던 걸 상기하며

상황이 결코 예전 같지 않음을 감지하고 있었다. 심지어 보통선거권 폐지에 거부권을 행사한 뒤부터 청동왕의 지지도 역시 계속해서 상승 곡선이지 않던가?

521 게다가 1103년은 10여 년 전 식량 폭동 때 코흘리개였던 이들이 무기를 들 수 있을 만큼 자라난 시점이기도 했다. 지금도 북쪽 외곽에선 4월만 되면 식량 폭동 때 죽은 가족의 기일 때문에 찾아온 이들로 공동묘지가 붐볐다. 그곳에서 얼굴을 마주한 이들은 모두 죽은 이들의 남겨진 가족들이었고, 동시에 가축이나 먹일 거친 귀리죽을 먹는 가난뱅이들이었다.

522 보안부에게 4월은 위험천만한 시한폭탄과도 같았다. 경찰력이 증강됐고, 그에 발맞춰서 무정부주의자들도 테러 준비에 박차를 가했다. 왜냐하면 이들에겐 지난날 부자들 회계사의 장부를 털어서 확보한 군자금이 있었기 때문이다. 그렇게 거리엔 포누그놈 감옥을 습격해 정치범들을 해방시킨 뒤 왕정을 완전히 끝장내자는 불법 선전물들이 나돌기 시작했다.

523 한동안 보이지 않던 참토가 다시 나타난 건 그 무렵이었다. 손등에서 뭐라 빗댈 표현을 찾기가 힘든 역한 냄새가 났다. 물어보니 동상 연고에서 나는 냄새라고 했다. 그동안 뭘 했느냐는 질문엔 피식 웃기만 할 뿐 제대로 답하지 않았다. 지망했던 자연과학부에 무사히 들어갔다고 말하자 참토는 무릎을 치면서 오늘 자기가 해줄 얘기도 바로 그거라고 했다.

524 기적이 사라진 해로부터 1103년 뒤 3월 17일 자정 무렵, 남방한계선에서 온 급행열차 한 대가 은밀히 비뙤시로 들어와 승강장에서 모두 일곱 명이 내렸다. 비뙤시는 봄까지도 바람이 매서운 곳이었던지라 다들 털모자와 코트 옷깃을 단단히 여미고 있었다. 탑승자 명단엔 '도르브'라는 이름의 회계사가 있었는데, 이름부터 직업까지 모두 가짜였다.

525 도르브는 녹색 털모자를 쓴 뚱뚱한 남자로, 역 밖에 미리 대기하고 있던 증기자동차에 올라탔다. 시동이 걸리자 멀찍이 떨어진 골목의 그늘 속에 몸을 숨기고 있던 낯선 남자 하나가 말고삐를 여며 쥐었다. 그는 말을 타고서 골목과 골목 사이를 오가며 증기자동차를 은밀히 뒤쫓았다. 그러다가 증기자동차가 로벨토 청과물 직매장 쪽으로 들어가자 말고삐를 잡아당겼다.

526 폐부에 살얼음이 얼 만큼 밤공기는 찼다. 말 탄 남자는 안장주머니에서 자그마한 조명탄을 꺼내 하늘로 쏘아 올렸다. 작은 불빛이었지만 기다리던 이에겐 명확히 보이고도 남을 정도였다. 로벨토가 129B번지 옥상에서 대기하고 있던 난쟁이 하나가 그 신호를 보고는 난간 사이로 얼굴을 드러냈다. 그래, 참토였다. 이윽고 건널목에서 증기자동차가 나타났다.

527 참토는 벙어리장갑을 꼼지락거리며 증기자동차를 주시했다. 거대한 묘비처럼 솟은 로벨토역 앞에서 차바퀴가 멈추고, 가명의 살찐 남자가 내려서 주변을 두리번거리는 것까지 빠짐없이 눈에 담았

다. 이윽고 그는 역사 옆에 붙은 철도경찰대 건물로 걸어갔고 대문 앞에서 경계 근무를 서고 있던 경찰은 빗장을 풀었다. 참토는 입에 고인 침을 삼키며 말했다.

참토 그놈의 본명은 '젠버그'야. 귀족이 아니라서 가문명은 없지만, 그래도 고위직이지. 직책은 남방한계선 극남식 물연구소 소장. 연구직인데도 직급은 이사관, 중앙관청의 국장급이야.

얀코 식물연구소라고?

참토 한번 물어보자. 자정이 넘은 시각에 식물학자가 급행열차를 타고서 은밀히 비뫼시로 와야 할 일이 뭐지? 그것도 시립 식물원이나 대학 연구실도 아니고 철도경찰대 청사에 말이야…….

얀코 그러면 그 사람이, 식물세포 배양 관련 논문을 적었다던 그 후임 소장인가?

참토 그래, 에누아 드레이던의 후임이지.

참토가 걸치고 있던 누더기를 들어 올리자 안쪽에서 가슴부터 골반까지 닿는 기다란 지퍼가 달린 조끼가 나타났다. 그는 거기서 문서 하나를 꺼내 건네줬다. 복사된 자국이 역력한 서류였는데, 결재란엔 '트라케시 외무국 총영사'라고 인쇄되어 있었다. 참토가 접어놓은 페이지엔 1092년 8월 12일 자 전보가 옮겨져 있었는데 아주짧았다: 검은나무, 생체 병기.

528 적당히 찢은 흑밀빵을 수프에 찍어 먹던 게티자가 쿡쿡거리며 기분 나쁜 웃음을 터뜨렸다. 그러고는 휴지로 입가에 묻은 것들을 닦으며 말했다. 1103년에 레오르트 입국자들은 이미 모두 감시 대상이었고, 그래서 직접 움직일 수 없게 된 레오르트 대사관 놈들이 일종의 하청을 쓴 거라고. 게티자는 돈이면 뭐든 다 하는 족속들이 바로 무정부주의자들이라며 비웃었다.

> **게티자**　대충 예상은 했다만, 역시나 그놈들이었군. 똥개는 역
> 　　　　　시나 똥개였어. 도대체가 최소한의 믿음조차 가질 않는
> 　　　　　족속들이야. 안 그래?
> **얀코**　　정말로 생체 병기를 연구했나?
> **게티자**　이봐, 알면서 묻는 건 뱀이나 하는 짓이야. 폭파시킨 연
> 　　　　　구소에서 기밀 서류도 다 보고 나온 거 아니었나?

나는 연구소를 그렇게 만든 건 내가 아니라고 곧장 항변했지만 게티자는 어깨를 으쓱하며 입가에 비열한 미소를 걸어 보였다. 나는 숨을 삼켰다. 젠버그 소장의 금고에 있던 비밀 문건들은 과학적으로, 적어도 현행 과학으로는 도저히 설명이 되지 않았다. 거기 적혀 있었던 건 암흑을 에너지로 바꾸는 이른바 '암합성(暗合成)'에 관한 화학식이었으니까.

529 모호한 안개 속에서도 발밑 어딘가 깊숙이에 마치 월동에 들어간 거대한 뱀처럼 똬리를 틀고 있을 뿌리들의 모습이 이상하리만큼 명확하게 상상됐다. 문득 모두가 광장에 누워 있던 수많은 시체

들이 떠올랐다. 거적때기로 덮여 있던 아버지의 시체, 더 이상 기억 나지 않게 된 얼굴, 거리의 악사의 형편없는 장송곡 연주, 그리고 파리 떼로 뒤덮여 있던 암흑, 암흑.

530 똬리나무, 이리저리 뒤엉킨 그 뿌리들이 정말로 도시를 떠받치고 있던 비밀스러운 토대라면 그것은 참으로 짓궂은 일이었다. 그나무는 나를 시체 벌판 속으로 내다버린, 송두리째 빼앗고서 아무렇게나 방치했던 차갑고 배고프며 또한 외롭고도 외롭기만 했던 세계, 바로 그 세계를 지탱하고 있었던 것이니 말이다: 그건 정녕 그럴 만한 가치가 있는 일이었을까?

531 밖에서 기마경찰들이 호루라기를 불며 어디론가 말을 몰고 갔고, 신문팔이 소년이 거리의 인파들 사이로 달려가며 "호외요, 호외!"라고 외쳐댔다. 어디서 화재라도 난 모양인지 바람에 탄내가 묻어났다. 참토는 서류를 다시 조끼 안으로 집어넣으며 한숨을 삼켰다. 그러고는 한동안 바깥에 나가는 걸 자제하라고 말했다: 지금은 무슨 일이 벌어져도 이상하지 않거든.

532 프님 남작이 다가와서 천국으로 선발됐으니 어서 짐을 싸라고 말했다. 꿈이 분명했다. 왜냐하면 꿈속에서 나는 아무것도 거절하지 못했기 때문이다. 내 침대 위엔 시체 구덩이에서 기어 올라온 심술쟁이 린제가 앉아 있었다. 그는 구더기가 파먹고 있는 눈동자로 나를 쳐다봤고, 이윽고 추깃물이 뚝뚝 떨어지는 입가에서 나무 삽을 꺼내 건넸다: 자, 선물이야.

533　가까스로 비명을 삼키며 잠에서 깨어났을 때 침대보는 식은땀으로 축축하게 젖어 있었다. 시체에서 떨어지는 끈적끈적한 점액질 같아서 몸서리치듯 일어났다. 밖에선 식기 부딪치는 소리가 났다. 문을 열어보니 부엌에서 비나드가 스튜를 끓이고 있었고, 잠금장치를 어떻게 푼 건지는 몰라도 뒤창은 도로 열려 있었다. 비나드가 능청스레 말했다: 좋은 꿈이었나 보네.

534　5대 곡물에 대한 최고가격제에 반대했던 어느 의원이 암살당한 날─마차 문고리를 여는 순간 뇌관이 터졌다─비나드는 내게 직접 끓인 염소 고기 스튜를 건넸다. 그 고기는 그날 닷제의 저녁식탁에 오를 것이었는데 이에 대해 비나드는 대략 하루쯤 고기를 먹지 않는다고 해서 문제 될 건 없다는 취지의 쌍스러운 말들을 갈겼다. 스튜의 간은 적절했다.

> **얀코**　왜 제게 스튜를 해주신 거죠?
>
> **비나드**　글쎄. 아마도 네가 일어나면 배가 고플 것 같아서? 그런데 맛은 어때?
>
> **얀코**　그건 제대로 된 대답이 아닌데요? 그리고 그와 별개로 맛은 조금 싱겁네요. 그렇지만 고마워요.
>
> **비나드**　그럴 리가. 조리법에 적힌 대로 만들었는걸?

　비나드가 선반 위의 책자, 좀 더 정확히는《유서 깊은 7대손 왕실 조리장 말롱 그라나토의 실용적인 스물네 가지 요리 비법》을 가리켰다. 표지가 빳빳한 걸 보니 최근에 구매한 것 같았다. 이윽고 비나드는 정말 좋은 비법을 책값 몇 푼에 공개하는 것이 처음부터 의심스러웠다며 툴툴댔고, 나는 내가 왜 거짓말을 했는지 알 수 없었다. 그건, 그건 너무 순간적인 일이었다.

535　염소 스튜로는 모자랐던 모양인지 비나드는 어제 먹고 남은 청어 튀김과 으깬 감자를 꺼내 먹기 시작했다. 마주 앉은 나는 조심스레 그의 얼굴을 훑어봤다. 비슷하면서도 달랐다. 무엇보다 그의 눈구멍은 나보다 더 깊었고, 그래서 그늘 또한 더욱 짙었다. 새하얀 피부는 그 어둠을 더욱 돋보이게 했는데, 그 탓에 그의 전반적인 안색은 병약하고 위태로워 보였다.

536　비나드는 뜨거운 차를 내면서 대학 생활에 대해 물었다. 무엇을 배우는지, 교수와 학생들은 괜찮은지, 주변 카페에 사복형사들이 숨어 있는 건 아닌지 등등. 나는 대체로 무난한 답변들을 했고, 비나드는 심심한 표정으로 고개를 끄덕였다. 여러 전공 중에서 왜 하필이면 식물학을 선택했느냐는 물음엔 이렇게 답했다: 이 도시는 온통 칙칙한 석탄 색깔뿐이라서요.

537　훗날 비나드는 그 대답이 제일 마음에 들었었다고 고백했다. 비밀이 숨겨져 있는 것 같으면서도 답변 자체로 충분히 만족스러웠기 때문이라고. 그는 아름다움이란 문장 이면의 뜻에 있는 것이 아니라 되레 그 뜻을 숨긴 문장 자체에 있다고 했다. 내가 그게 무슨 말인지 모르겠다고 하자 비나드는 고개를 가로저으며 대꾸했다: 아냐, 넌 이미 알고 있어.

538 기만은 가볍다. 가벼움은 무거움이 쓰는 가면이자 미끼이기 때문이다. 기화 작용엔 열이 반드시 수반되고, 기체로 바뀌는 분자는 주변부에서 열을 빼앗아 오므로 냉각 작용이 일어나게 된다. 그 열역학으로부터 예외인 것은 없다. 비나드는 내게 가볍지 않은 말로 그걸 식게 만든 것이 무엇인지가 중요함을 가르쳐줬다. 그러나 그건 내가 요구한 적 없는 가르침이었다.

539 귀족의 자제답게 비나드는 식후 티타임을 가졌다. 캐러멜 맛 과자를 내고 주전자에서 홍차를 우려냈다. 내가 하려고 하자 손짓으로 제지하며 부디 자신의 '조그만 즐거움'을 방해하지 말아달라고 부탁했다. 홍차 통을 닫으며 말하길, 재활 병원에선 유통기한이 지난 눅눅한 녹차 잎밖에 먹지 못했고 그마저도 주일에만 허락된 호사였다고.

540 붉은빛이 감도는 홍차 속으로 약간의 우유가 스며들었다. 바닥에 부딪쳐 뭉게뭉게 솟아오르는 우유 방울들을 가만히 쳐다봤다. 문득 밤중에 귀족들이 버린 쓰레기 더미를 뒤져서 찻잎 찌꺼기를 가져다가 다시 우려내어 거리에서 팔던 행상들이 떠올랐다. 박하 잎과 설탕 한 줌이 추가됐을 뿐인 그 싸구려 차는 노화 억제제이자 숙취 해소제로 둔갑했고 꽤나 인기였다.

541 비나드는 내게 홍차를 건네며 취미가 무엇인지 물었다. 이때 나는 조건반사처럼 독서라고 답했고, 비나드는 어깨를 으쓱하며 다시 물었다: 최근에 뭘 읽었는데? 딱히 대꾸할 말이 없었다. 왜냐하면

저 취미는 전날 다녔던 고등학교에서 대충 둘러대기 위해 마련한 대답이었기 때문이다. 거짓말에 사과해야 할까? 일순간 얼굴이 후끈해지려고 했다.

> **얀코** 그런데 그게 왜 궁금하신 거죠?
>
> **비나드** 너는 '나' 잖아? 내가 무슨 취미를 갖고 있는지 정도는 알고 있어야 할 것 같아서.
>
> **얀코** 그게 무슨 이상한 말이에요? 도련님이 저한테 맞추는 게 아니라, 제가 그렇게 하는 거예요.
>
> **비나드** 그럼 내 취미가 네 취미가 되는 건가?

능청스러웠던 눈웃음. 궤변이되 속고픈 궤변이었다. 준엄한 논리학의 법칙에 의해, 바보 같은 전제에서 시작됐으니 그 결론 역시 어릿광대일 터였다. 그래서 속아주기로 했다. 나는 그에게 취미가 무엇인지 물었고 그는 장난스러운 표정으로 턱을 괴며 고민하는 척했다. 이윽고 그는 그릇 위의 과자를 가리키며 나지막이 말했다: 내 취미는 말이야, 캐러멜 먹기야.

542 그날 태어나서 처음으로 캐러멜을 먹었다. 설탕을 가열해서 만드는 흑갈색의 감미료 위에 생크림을 적절히 섞은 마법의 질료이자 거리의 하층민들은 평생토록 구경도 못 할 그 천국의 다과 말이다. 고아원 시절은 물론이고 부르주아 자제 노릇을 하면서도 먹어본 적 없는 캐러멜이었다. 그날 비나드는 내가 그동안 캐러멜에 손도 대지 않는 걸 알아봤던 것이다.

543 전날 지붕 방에 갔을 때 봤던 소포가 떠올랐다. '늙는 데 실패한 시인들'이란 이름과 '블리모로 니타'라는 수취인. 홍차를 다 마시는 동안에 시에 대한 얘기가 나올지도 모르겠다고 생각했지만 그 예감은 적어도 그날엔 틀렸다. 주머니에서 회중시계를 꺼내서 보더니 비나드는 아직 김이 피어오르는 홍차를 놔두고서 먼저 일어났다: 좋은 시간이었길. 그럼 이만.

544 며칠 뒤 하녀가 닷제에게 집 안의 식료품이 조금씩 사라진다고 보고했는데, 말미에 그의 아들을 충분히 암시하면서 말꼬리를 흐렸다. 닷제는 한숨을 내쉬면서 알았으니 가서 일을 마저 보라고 대꾸했다. 그러나 그 한숨이 꼭 비나드를 향한 것만은 아니었다. 어제 라디오방송에서 말하길, 담배위원회 위원 하나가 무정부주의자들에게 피살당했기 때문이었다.

545 바야흐로 이른바 '납의 시대'가 개막됐다. 귀족들의 마차 밑엔 폭탄이 설치됐고 고위 관료들은 집 앞에서 피격당했다. 무정부주의자들은 검사장 롯포를 납치하여 포누그놈 감옥에 갇힌 동지들을 석방하라고 요구했고 이것이 거절되자 롯포의 목을 잘라서 신성한 언덕에 있는 가로등에 걸어놨다. 1092년처럼 도시에 군대를 주둔시켜야 한다는 목소리가 높아졌다.

546 담배위원회뿐만 아니라 주류위원회에도 들어가고 싶었던 닷제의 소망에 하나님은 기묘한 방식으로 응해줬다. 뇌물로는 뚫리지 않았던 자리가 잿빛 납탄으로 뚫렸던 것이다. 무정부주의자의 총기

난사에 주류위원회 위원 세 명이 사망했고 그 공석에 닷제의 이름이 올랐다. 그러나 이런 흉흉한 시국에 담배위원회와 주류위원회를 모두 겸한다는 것은 일종의 자살행위였다.

547 무정부주의자들은 이른바 "인민의 적"이라고 불리는 살생부를 들고 다녔는데, 고관대작과 그 하수인들의 이름들로 빼곡했다. 그중에서도 특히나 세금징수인에겐 수많은 이들의 원한이 집중되어 있었다. 경찰을 믿을 수 없었던 각종 위원회 위원들은 너나 할 것 없이 사설 경비업체를 고용하거나 혹은 아예 직책을 내려놓고서 외국행 열차에 몸을 실었다.

548 결국 닷제는 목적을 달성하자마자 그 모든 걸 포기해야만 했다. 주류위원회에 위원 위촉을 거부하겠다는 공문을 작성했고, 전화를 돌려서 예정됐던 수입 담배에 관한 감찰 일정을 전면 취소했다. 뿐만 아니라 사냥 계획도 접어야만 했는데, 사냥터로 나갔다가 그대로 숲속 어딘가에 암매장돼버릴 것 같았기 때문이다. 참고로 그 감은 꽤나 현명한 것이었다.

549 야간 통행금지가 강화되고 거리마다 충원된 경찰들이 유별스럽게 순찰을 돌았다. 그러자 이번엔 경찰들이 살해되기 시작했다. 사냥용 엽총부터 전근대적인 활까지 무엇이든 무기가 될 수 있었고 좁은 골목은 그 자체로 위험 구역이었다. 결국 그해 봄이 다 가기도 전에 경찰청장은 위해성 경찰 장비의 사용 기준 등에 관한 규정을 대폭 완화하겠다는 발표를 했다.

550 경쟁이라도 하듯 서로의 방아쇠가 가벼워지기 시작했다. 경관 하나가 총에 맞으면 그날 저녁 3등급 선술집에선 ― 첩보가 들어왔다라는 편리한 명분만을 들이민 채 ― 대대적인 불심검문이 이뤄졌다. 그리고 그 과정에서 약간의 반항이라도 하게 되면 꼭 무정부주의자가 아니더라도 이마에 공기구멍이 뚫렸다. 경관이 느끼는 위협의 범위는 굉장히 유연했으니까.

551 한동안 굶주렸던 포누그놈 감옥이 다시 포식을 시작했다. 이 시절 '참고인 조사'라는 건 경찰서가 아닌 감옥에서 벌어졌는데, 영장 없이 7일 동안 누구라도 구금할 수 있다는 특별법이 통과됐기 때문이다. 물론 이때 '조사'라는 것은 국어사전에 적힌 '사물의 내용을 명확히 알기 위하여 자세히 살펴보거나 찾아봄'이란 정의에 과도하리만큼 충실한 행위였다.

552 무정부주의자들은 물론이고 그 가족과 주변인들이 모조리 포누그놈의 암흑 속으로 끌려 들어갔다. 물론 무정부주의자들은 근본적으로 점조직이었기 때문에 정강이뼈를 부러뜨린다고 해서 유의미한 정보가 나오는 건 아니었다. 그러나 고문은 무엇보다 고문기술자들의 밥벌이였다. 얼마 뒤 무정부주의자들은 간수들의 신상 정보를 캐내기 위해 교정본부의 인사국을 급습했다.

553 남방한계선에서 재회했을 때, 참토는 납의 시대 동안 자기가 했던 일들에 대해 말을 아꼈다. 해야 했던 일도 있었고 하지 말아야 했던 일도 있었다고 했다. 모호함과 죄책감은 근친 관계이다. 그렇

다면 우정이란 이를 받아들이는 것일까, 아니면 그럴수록 캐묻는 것일까? 아마 저 둘의 대답은 서로 다르지 않되, 다만 받아들임이 선행되어야 할 것이다.

554   그럼에도 비나드에 대해선, 그에 대해서만큼은 다시 물어야 했다. 잊히질 않는다. 그때 참토의 눈가에서 주름을 따라 일어난 그늘은 무슨 의미였을까? 죄책감인가, 반발심인가, 억울함인가, 그도 아니라면 단순한 당혹감인가? 그를 몰아세워선 안 된다고 생각했지만, 이성이 주인이라면 세상은 이 꼴이지 않았을 것이다. 참토는 무겁게, 그리고 천천히 입술을 뗐다.

참토	담배위원회 위원들의 이름 모두가 명부에 올라 있었어. 그중에서도 닷제, 그자는 그간 지은 탐욕의 죄가 너무 컸지.
얀코	그렇다고 아비의 죄가 아들의 죄가 되는 거니?
참토	그렇게 말하지 않았어.
얀코	그래, 말은 그렇게 하지 않았지.

대화가 끊겼다. 다만 대화를 자른 것이 참토인지 아니면 나인지는 알 수 없었다. 그쯤 해서 불길이 잔해 더미로 옮겨붙기 시작했다. 무너진 극남식물연구소 밑에 깔려 있던 트롤들이 —압사를 피한 것을 후회하며—산 채로 불탈 때 내는 끔찍한 소리를 내질렀다. 이제 샛노란 불꽃들을 등지게 된 참토는 뭔가를 말하려다가 이내 다시 고개를 숙였다.

555　전날 무정부주의자들의 회계사 사건에서 그러했듯 참토는 닷제를 도맡아서 미행했다. 그의 아파트와 담배위원회 사무실의 위치, 자주 가는 식당과 카페, 심지어 생일을 챙기는 지인의 주소지까지 파악했다. 당연히 가족 관계도 감시 대상이었는데, 추가적인 자금 확보가 필요할 때 인질극을 벌여야만 했기 때문이다. 그러나 그는 비나드에 대해선 보고하지 않았다.

16장

556   트롤들에게도 언어가 있는지는 잘 모르겠지만, 적어도 언어를 가졌다고 평가되는 종들에겐 수 세대에 걸쳐 끊임없이 북상하려는 검은나무는 재앙의 상징이었다. 이 나무는 기적이 사라지기 전의 고대 문헌에서부터 그 기록을 찾아볼 수 있는데, 국제적인 규모의 전쟁이 길어지는 걸 막는 주된 이유로도 기능해왔다. 모든 도시는 남방한계선을 유지하기 위한 세금을 내야만 했다.

557   이른바 문명세(稅)를 통해 남방한계선의 병사들이 충당되고 벌목꾼들이 고용됐다. 비용 절감을 위해 죄수들이 많이 보내졌기 때문에 '유형지'라 불리기도 했다. 국제법상 남방한계선의 주둔군을 빼는 건 엄격히 금지됐는데, 마법사가 존재했던 시절의 끔찍한 기록들처럼, 검은나무를 피해 종족과 민족 들의 대대적인 북상이 시작된다면 그야말로 대재앙이 벌어질 것이기 때문이다.

558 각 도시의 식물연구소가 건립된 것은 비교적 최근의 일, 그러니까 기적이 사라진 해로부터 800~900년 뒤 들어오고서부터이다. '식물학'이란 한없이 한가해 보이는 학문 이름으로는 예산집행이 거의 이뤄지지 않았다. 왕부터 선출 집정관까지 권력자들이 주력했던 건 문명세 부과 기준이나 남방한계선에서 생산된 목재 운송 체계를 정비하는 사업이었다.

559 그래, 모든 도시에서 목재는 오랫동안 중요한 자원이었다. 집을 짓고 선박을 만들며 또한 취사, 난방, 정제, 제련, 전쟁 등 불에 기초한 모든 활동의 근간이 바로 나무였기 때문이다. 즉 문명은 나무 위에 있었다. 그래서 남방한계선은 오랫동안 경제학적으로 접근됐지만, 석탄과 증기기관의 시대가 도래하고부터는 애물단지로 전락하고 말았다.

560 하늘이 굴뚝으로 뒤덮이고 증기기관차가 굴러다니면서부터 식물학이 부상했다는 건 역사의 아이러니이다. 각 도시는 이제 수천 년간 이어졌던 이상증식을 멈추고 가능하다면 검은나무를 아예 멸종시켜버리고 싶어졌고, 그에 따라 목재 생산에 들어갔던 예산의 일부가 식물 연구 쪽으로 돌려졌다. 이로써 주요 대학에 식물학과가 설치됐고 남방한계선에는 식물연구소가 건립됐다.

561 그러나 투자가 꼭 유의미한 결과로 이어지는 건 아니다. 한 세기가 흘러가도록 검은나무에 대한 연구 성과는 지지부진했고, 식물연구소는 조롱거리로 전락하기 시작했다. 비유컨대 태풍의 존재 자

체를 없애는 것과 피해 규모를 최소화하기 위한 제방 건설 중에 어느 것에 돈을 쓰는 것이 더 현명한가? 이윽고 식물학자들은 세금 도둑 취급을 받게 됐다.

562 기적이 사라진 해로부터 1089년 10월, 비뫼시 극남식물연구소의 제16대 소장으로 취임한 에누아 드레이던의 이름을 눈여겨본 이는 아무도 없었다. 메마른 평화 동안에 발견됐던 R4-522까지 별다른 소득 없이 잊힌 뒤였고, 그래서 대략 지난 120년 동안 정기 예산심의가 열릴 때마다 삭감되어왔던 남방한계선 식물 연구 예산은 또다시 헐거워질 예정이었다.

563 그러나 취임했던 그해 가을, 의회로 간 에누아 드레이던 소장은 한바탕 마법을 부렸다. 대략 지난 천 년간 자취를 감췄던 혈마법을 부활시키는 데 성공한 거였다. 식물연구소 예산 삭감을 저지하는 것이 아니라 아예 늘리는 데 성공했기 때문이다. 그는 식물생장조절실 증축과 식물의 화학 처리를 돕기 위한 장비 구입 예산을 새롭게 따냈다.

564 정계의 뒷골목에선 왕실의 입김이 작용했다는 은밀한 소문이 나돌았다. 굴욕적인 입헌 헌장에 서명한 뒤부터 교회에 틀어박혀 지내는 속죄왕 대신 7년 전부터 대리청정하던 왕세자가 직접 의회를 설득했다는 것이다. 그러나 소문은 일정 크기 이상으로는 부풀지 않았다. 증액 규모가 그리 크지 않았을뿐더러 그 분야가 아무도 관심 없는 식물학이었기 때문이다.

565 이 사건은 금방 잊혔다. 밀 공황부터 식량 폭동, 청동왕의 즉위, 7월 대학살, 그리고 전쟁 영웅 릿챠의 회군 사태까지 시민들은 역사의 거인들이 걸어 다니는 걸 쫓아가기 바빴기 때문이다. 그러나 동종 업계 종사자들은 달랐다. 특히나 그곳이 식물학계만큼 좁고도 좁은 곳이라면 망각보다 빠른 것은 예수그리스도의 재림 혹은 운석 충돌로 인한 세계 멸망일 것이다.

566 식물학자들은 드레이던 소장이 무슨 일을 한 건지 알아보기 시작했다. 사적으로 편지를 붙여서 묻기도 하고 학회 때 그의 논문 발표를 눈여겨보기도 했다. 그러나 특별한 징후를 발견할 수는 없었다. 확실한 건 그가 식량 폭동이 있었던 1092년 의문의 죽음을 당했고, 이후 새로운 내무장관 게르기벨의 주도하에 극남식물연구소에 비공개 예산이 투여됐단 것이다.

567 학적 연구로서는 짧다고 볼 수 있는 2년이란 시간 동안 무슨 일이 있었던 걸까? 시립 식물원에 있던 시절 드레이던 소장의 연구 주제는 목본식물의 이상증식이었고 거기엔 검은나무도 포함되어 있었다. 드레이던을 기억하는 동료 학자들은 하나같이 그가 검은나무에 미쳐 있었다고 증언했다. 왜냐하면 검은나무는 그가 세운 학설의 유일한 반례였기 때문이다.

568 현재 기록원에서 열람 허가가 나오는 드레이던의 논문은 남방한계선 취임 이전의 것들이다. 목본식물의 이상증식에 대한 표본이나 실험 설계는 조금씩 달랐지만, 그럼에도 모든 결과는 하나의 결

론으로 귀결됐다. 이상증식은 성장 균형이 파괴되어야만, 즉 목질부와 형성층 중 하나가 없어야만 성립한다는 것이었다. 쉽게 말해 위로 뻗거나 옆으로 굵어지거나.

569　그러나 검은나무는 촘촘한 물관부를 갖고 있으면서도 동시에 매주 나이테를 새롭게 그려가며 굵어졌다. 불가해했다. 오죽했으면 드레이던은 검은나무를 두고 '자연의 오류'라고 부르기까지 했다. 검은나무가 가진 특유의 빨판 같은 생장점이 관찰되긴 했지만 그 원동력은 알 수 없었다. 검은나무 모종은 남방한계선을 떠나서는 이상증식을 하지 않았기 때문이다.

570　여태껏 식물의 생장 속도는 감히 손댈 수 없는 영역처럼 여겨졌다. 고온을 가하면 식물세포의 단백질 성분이 변질되어 성장이 멈췄고, 질소가 과다 투여되면 내병성이 떨어져 병원균에 갉아 먹히다가 붕괴됐다. 그리고 어느 누구도 옮겨심기가 불가능한 검은나무의 생장 조건을 밝혀내지 못했다. 남방한계선의 토질 조사 결과도 평범하기 그지없었다.

571　이 시점에서 시립 식물원의 종신직을 박차고 직접 남방한계선까지 갔던 드레이던 소장의 돌파구가 무엇이었는지에 대한 학술적 자료는 남아 있지 않거나 혹은 접근할 수 없다. 그러나 그 돌파의 결과는 남았다. 감추기엔 너무도 컸기 때문이다. 기적이 사라진 해로부터 1105년 뒤 2월, 내가 극남식물연구소로 갔을 때 본 건 일종의 거대한 지하 미로였다.

검은숲 대지진 피해 유족들이
국왕 폐하께 드리는 호소문

존경하는 국왕 폐하!

지난 1107년 1월 21일 남방한계선 8호 요새 촉발 대지진 직후 유족들을 친히 방문하여 직접 위로해주시고, 긴급 구호금이 필요하다는 성명을 발표하여 의회에서 검은숲대지진특별법이 제정되도록 관심을 가져주신 데에 깊은 감사를 드립니다. 또한 객관적인 조사를 위해 파견된 조사단에 직접 기부금까지 내주신 점 역시도 깊은 감사의 말씀을 드립니다.

존경하는 국왕 폐하!

남방한계선에서 벌어진 대지진으로 문명 수호의 의무를 위해 나섰던 수많은 장병들과 벌목꾼들이 희생됐고, 그들 슬하에 있던 가족들의 삶 역시도 한순간에 송두리째 뽑혔습니다.

트롤들의 습격 위험 때문에 시신조차 제대로 수습하지 못한 상태이나, 유족들은 이를 신경 쓸 여력이 없을 정도입니다. 유족들은 사랑하는 이를 잃은 슬픔을 달랠 길도 없이 가혹한 생계로 내던져졌고, 심지어 이번에 닥친 면화 불황으로 제대로 된 일자리를 구하지 못한 이들이 대다수입니다.

사정이 이러할진대 보훈처에서는 보수적인 법 해석으로 유족 연금 지급이 지지부진한 상태이고, 언론에서는 희생된 이들이 모두 식량 폭동이나 1097년 사태 당시 내란 사범으로 유형을 떠난 범죄자들이란 유언비어를 퍼뜨리고 있습니다.

존경하는 국왕 폐하!

유족들은 범죄자의 가족이란 오명을 뒤집어쓴 채 지금까지도 그 후유증에서 벗어나지 못하고 있습니다. 유족들 대다수는 북쪽 외곽에 거주하고 있으며, 흔히 빈민굴이라 멸칭되는 이곳의 열악하기 짝이 없는 환경에 대해서는 국왕 폐하께서도 익히 들으신 바가 있으실 겁니다. 이번 겨울에도 발진티푸스가 창궐했습니다.

또한 거듭된 지반침하로 인해 낡은 건물들이 여기저기서 붕괴되고 있는 흉흉한 시국임에도, 빈곤에 허덕이는 유족들은 언제 무너질지도 모르는 지하 셋방을 벗어나지 못하고 있습니다. 모든 고통은 지금도 현재진행형입니다.

분명 검은숲 대지진은 종잡을 수 없는 자연의 변덕으로 말미암은 재해이긴 하나, 동시에 시 당국에서 추진했던 지질조사 및 광산 개발용 갱도들에 의한 지반 약화에도 큰 영향을 받은 결과임이 조사연구단에 의해 판명 났습니다. 뿐만 아니라 주변 요새들에서 구조대 파견이 늦어진 이유에서도 해당 부처 군무원들의 위법 및 직무 유기 등 귀책사유가 명백히 시 당국에 있음이 드러났습니다.

존경하는 국왕 폐하!

이런 가운데 지난달 12일 입법 예고된 검은숲대지진특별법 시행령 개정안을 보고 피해 주민들은 정말로 어안이 벙벙하고 억울한 심정을 가눌 길 없어 이렇게 국왕 폐하께 직접 호소하게 되었습니다.

다름 아닌 시행령 개정(안)에 피해지원금 지급 기준에 피해 유형별로 지급 한도와 지급 비율(50퍼센트)을 정해놓은 것입니다. 이는 모법인 지진특별법 제14조에 '국가는 피해자에게 실질적인 피해 구제를 위한 지원금을 지급한다'고 규정한 조항에 정면으로 배치되는 위헌적인 독소 조항이라 판단됩니다.

여기서 '실질적인 피해 구제'란 철없는 아이나 종지기 꼽추에게 물어봐도 '100퍼센트 지원'이라고 대답할 것입니다.

존경하는 국왕 폐하!

다음 두 사항을 꼭 해결해주실 것을 간청드립니다.

첫째, 시행령 개정(안)의 '지급 한도'와 '지급 비율'을 없애 국가가 100퍼센트 피해를 구제해주십시오.

둘째, 검은숲대지진특별법에 소멸시효가 5년으로 명시될 수 있도록 법을 개정해주십시오.

바쁜 국정 운영 속에서도 늘 건강에 유의하시길 바라오며, 검은숲 대지진으로 피해를 입은 유족들이 하루빨리 아픔을 치유하고 종전과 같은 일상으로 돌아갈 수 있도록 끝까지 도와주시길 간곡히 호소 드립니다.

1107년 3월 11일

검은숲대지진유족대책위원회 공동위원장

아샤스·바바르·줄라예프 올림

17장

572 만족은 결과와 무관할까? 그렇게 믿으며 살았던 시절도 있었다. 시도조차 하지 못한 후회보다 쓰린 결과는 존재하지 않는다고 믿었던 나날. 그러나 결과는 동기를 집어삼킨다. 비나드는 결코 본명으론 시를 쓰지 않았다. 그렇게 하면 자신의 삶과 시를 분리할 수 있다고 믿었던 걸까? 신은 운명을 휘두르지 않는다. 운명이 곧 신이기 때문이다.

573 한때 나는 언젠가 나만의 여름을 가지게 될 것이라고 믿었다. 오롯이 나만을 위해 쏟아지는 햇빛과 무더운 열기 그리고 초록빛 생명력으로 가득한 숲을 가지리란 소망 말이다. 그러나 시간은 내게서 그 소망 자체를 제외한 모든 것을 앗아 갔다. 또 한 번의 여름이 찾아왔을 때, 세상엔 완연한 여름빛이 헌정됐지만 정작 나에겐 거리로 나서는 것이 허락되지 않았다.

574 세계의 아름다움은 나의 비참에 비례했다. 태양은 다시 빛났지만 그건 오롯이 나의 어둠 위에서만 눈부셨다. 이제는 꿈을 꾸는 것조차 지치는 지경에 이르렀다. 류머티즘은 결국 내 오른쪽 다리를 완전히 집어삼키고 말았다. 부어오른 발등은 더 이상 나의 육신이 아닌 게 돼버렸고 무릎은 망가진 톱니바퀴가 돼버렸다. 이제 나에게 문은 고통만 줄 따름이다.

575 관절들에 열이 오를 때면 냉동장치 속에 들어가서 완전히 얼어붙고 싶어진다. 심장은 이미 오래전에 얼어버렸으니 아무래도 상관없다. 이 고통엔 아무런 의미도 부여할 수 없다. 염증은 피부에 홍반을 찍어내기만 하고, 움직일 때마다 부스스 떨어지는 허연 살가죽 부스러기들에선 귀찮음과 비참 외에 아무것도 읽히지 않는다. 류머티즘은 교훈을 비웃는다.

576 팔꿈치가 가렵지만 긁어줄 손가락을 펼 수가 없다. 네 발로 걷는 짐승처럼 의자 등받이에 가려운 부위를 비비다가 일순간 눈앞이 핑 돌았다. 마치 누군가 생명의 시동을 끈 것처럼 아무것도 하지 못한 채로 나자빠졌다. 눈동자에 새하얀 이끼가 낀 것처럼 시야가 좁아졌고, 간질병 환자처럼 팔다리가 뻣뻣해져 말을 듣지 않았다―그리고 어둠, 어둠, 오로지 어둠.

577 관계는 유리잔과도 같다. 깨지면 다시 붙일 수는 있지만 자국은 남는다. 최후의 순간 주마등을 위해 마련된 예비 전력이 켜지면, 본드로 간신히 이어져 있던 조각들이 다시 떨어져 나간다. 파편들이

각자 소리치기 때문에 아무런 말도 알아들을 수 없다. 그러다가 기억들은 암흑 속으로 뿔뿔이 흩어지고, 거기서 나는 떠나가지 말라고 빈다. 울며 애원한다.

578 간신히 다시 눈을 떴을 때 가장 먼저 나를 맞이해준 것은 입가에 말라붙은 침의 텁텁한 악취였다. 의식을 잃은 동안에 입에 거품을 물었던 모양이다. 이어서 조임쇠로 관자놀이를 누르는 듯한 두통이 느껴졌고 헛구역질도 올라오려고 했다. 문득 류머티즘이 뇌졸중으로까지 전이됐다던 의사의 진단이 떠올랐다. 그러나 그게 언제 받은 진단인지는 기억나지 않았다.

579 처음이 힘들 뿐 다리가 마비된 느낌은 그런대로 견딜 만했다. 발가락으로 권총 방아쇠를 당기는 건 아니었기 때문이다. 문제는 움직이지 않는 사타구니 사이로 소변이 새어 나올 때였다. 특유의 그 축축한 느낌은 견디기 힘들었다. 그러나 그보다 힘든 건, 실금을 하기 전에 어떻게든 마비가 풀리길 비는 간절한 시간과 흘러나온 게 대변이 아님에 안도하는 마음이다.

580 후각의 장점은 빨리 마비된다는 것이다. 반대로 시각은 좀처럼 망가지지 않는다. 흘러나온 소변이 벽에 닿을 때쯤 조금씩 팔다리의 마비가 풀렸다. 걸레를 짤 수 없어서 양동이의 물을 바닥에 붓듯 소변을 치워야만 했다. 서랍장을 열어서 권총의 약실을 살펴봤다. 머지않은 듯싶었다. 눈물은 나오지 않았다. 경멸, 그것이 이제 나에게 남은 유일한 양식인 까닭이다.

581   오후엔 바를람 박사가 찾아왔다. 혹시나 방에서 지린내가 날까 봐 문을 열어주기가 망설여졌지만, 바를람 박사는 내 상태를 봐야겠다며 반쯤 강제로 문을 열고 들어왔다. 털모자를 뒤집어썼지만 귓가에 눌어붙은 머리카락은 감출 수 없었다. 퀭한 눈동자, 굽듯 자라난 손톱들도 마찬가지였다. 바를람의 눈동자는 한쪽 벽에 깨져 있는 모르핀 주사기에 멈췄다.

> **바를람**   어쩌려는 겁니까? 입원 치료도 안 받겠다더니, 이젠 진통제도 안 맞겠다는 겁니까?
>
> **얀코**   아냐. 결국엔 맞게 될 테지.
>
> **바를람**   당신은 제 은인이시죠. 그래서 이제껏 하신 부탁들, 모두 도와드렸습니다. 그렇지만 자살은 아닌 것 같습니다. 권총을 돌려받으러 왔습니다.

검게 모아진 동공이 결연한 듯 보이지만 겉이 파르르 떨리는 눈동자. 그러나 바를람 박사가 내게서 권총을 가져감으로써 지키려는 것은 존엄이 아니라 자신의 마음이었다. 권총을 회수해간다고 해서 죽을 사람이 죽지 않게 될까? 이 세상에, 아니 세상까지 갈 필요도 없이, 이 다락방에서만 해도 스스로 목숨을 끊을 수 있는 방법은 차고 넘치지 않던가?

582   친애하는 바를람 박사는 아직 위선 앞에 떨 수 있는 선한 눈을 간직하고 있다고 나는 믿는다. 세상엔 반드시 존중받아야 할 생명도, 그렇다고 경멸받아야 할 생명도 존재치 않는다. 그는 단지 마지

막 방아쇠를 건넸다는 책임을 떠맡고 싶지 않을 뿐이다. 밑바닥에 남은 그 한 줌 이기심을 비웃고 싶진 않았다. 나는 그럴 깜냥이 되는 인생을 살지 않았기 때문이다.

583　나는 서랍에서 권총을 꺼내 바를람 박사에게 건네줬다. 삶에 대한 뻔한 말들을 늘어놓아도 그냥 가만히 들어줬다. 그런 말들로 아무것도 떠안고 싶지 않은 스스로를 감출 수 있으리란 믿음은 우스꽝스럽지만, 그럼에도 구태여 반문을 반복해서 진실을 드러낼 필요가 없었기 때문이다. 남은 시간이 얼마 없다. 피곤하다고 둘러댄 뒤 그를 돌려보냈다.

584　고독은 배신하지 않는 유일한 것이다. 침묵 속에서 수십 년간 쌓인 수첩들과 각종 서류들, 그리고 신문에서 오려낸 기사 더미를 바라봤다. 삶을 정리한다는 건 터무니없는 일이었다. 웃다가 갈비뼈가 아려와서 웅크린 채로 잠시 멈춰 있어야만 했다. 다시 움직이려고 하자 밖에서 초인종이 울렸다. 택배였다. 보내진 곳은 트라케시의 나울란 정치범 수용소였다.

18장

585 오래전 울레이안 왕위 계승 전쟁 당시 고립됐던 경험, 그러니까 적군의 곡사포 포탄이 벌레만도 못한 북쪽 외곽의 빈민들이 아니라 왕과 귀족들, 그리고 본인들도 같은 급에 속한다고 믿어 의심치 않는 부르주아들의 저택에도 떨어졌던 경험은 지배계급에게 거대한 트라우마를 남겼다. 전염병 덕분에 간신히 포위가 풀린 뒤 비뫼시의 국방 계획은 전면 수정됐다.

586 사령부에선 어떤 식으로든 적국과 직접적으로 국경이 닿지 않게 하는 것을 최우선 순위로 두는 계획을 수립했는데, 이후 기존에 국경을 방위하던 변경백(邊境伯)의 수가 더 늘어났고, 또한 완충지 확보를 위해 동맹국 관리에 무수한 예산이 집행됐다. 필요하다면 아예 왕령식민지를 수립하는 강경책도 불사할 정도였다. 그러나 그 결과 비뫼시 국경 안쪽은 텅 비게 됐다.

587 자국을 전쟁터로 삼지 않겠다는 전략은 분명 탁월한 것이었지만, 모든 일엔 빛과 그림자가 있는 법이다. 이제부터 비뫼시는 군사 반란에 취약해질 수밖에 없었다. 일단 국경을 넘어가는 순간 비뫼시까지 반란군을 막아낼 병력은 겨우 네다섯 개 남짓한 보병대가 전부였기 때문이다. 심지어 철도가 본격 도입된 후 모든 작전 반경은 일주일 안쪽으로 짧아졌다.

588 물론 이를 일찍부터 고려하여 군대를 감시하기 위해 정보사령부와 사단 감찰부를 강화하고 또한 왕의 직속 근위대를 강화하긴 했으나 이것들이 반란에 대한 완벽한 차단책일 순 없었다. 기적이 사라진 해로부터 1107년 뒤 여름에 벌어졌던 군사 반란이 대표적이었다. 군 수뇌부가 의회파와 귀족파로 갈라지자 반란에 제대로 대응할수 없었던 것이다.

589 사후엔 누구나 다 현자가 되는 법이다. 이제 와서 손쉽게 필연 운운하는 역사가들의 뻔뻔한 견해와 달리, 그 당시엔 아무것도 예측되지 않았다. 이른바 '별들의 무덤'이라 불렸던 고다바르 지방을 릿챠가 — 의회가 받아들이기 힘든 방식으로 — 평정해버릴지도 몰랐고, 오랫동안 군역에 있어서 차별받았던 동로군이 삽시간에 반란군으로 돌변할지도 몰랐다.

590 의회파 장군들은 뒤늦게 수습에 나섰지만, 테제라스 평원에서 전쟁 영웅 릿챠는 '전쟁은 머릿수로 하는 게 아니다'라는 오랜 격언을 보기 좋게 다시 증명했다. 그간 비무장한 시위대에게 발포하거나

책상머리에서 펜대나 굴리는 게 전부였던 의회파는 변방을 헤쳐 나온 강병들의 상대가 될 수 없었다. 그러나 전쟁은 끝날 때까지 끝난 게 아니었다.

591　우연인지 아니면 미리 첩보를 들었는지는 몰라도 보름 전부터 비뫼시를 나가 있던 청동왕은 남쪽 국경을 돌면서 근왕병을 모아 북상을 준비 중이었다. 게다가 이 소식을 들은 의회파 잔존 병력은 항복하지 않고 비뫼시 내에서 왕의 군대가 도착할 때까지 필사적인 항전을 펼치고자 했다. 하여, 반란군으로선 전선이 두 개가 되는 걸 막는 것이 급선무였다.

592　두 세기 내내 비뫼시 내에서 전쟁이 없었기 때문에, 한때 도시 외곽을 둘렀던 요새들은 관광지가 되거나 도시 확장 계획으로 아예 사라진 상태였다. 또한 재개발에 눈이 멀었던 건설업자들 때문에 도시 내의 군사 지역도 상당 부분 해제되어 금융거래소나 호텔 따위로 활용되고 있었다. 방어 시설도 마땅찮은 마당에 학살의 역사로 인해 여론마저 좋지 않았다.

593　그러나 의회파 군대가 도주하지 않고 비뫼시에 머물기로 선택한 건 단 하나의 예외가 있었기 때문이다. 그것은 그쯤 해서 준(準)군사시설에 가깝게 요새화된 어떤 교차역, 즉 로벨토역의 존재였다. 기존에 붙여놨던 철도경찰대로도 모자라 아예 철도수송지원대까지 옮겨서 각종 설비들을 적재해뒀고 그에 따른 경비 시설도 새롭게 확충한 상태였던 것이다.

594 군인들은 로벨토역에 틀어박히기 전, 반란군의 대포 진입을 최대한 방해하기 위해 교량을 끊어놓고 대로변에 세워진 건물들을 막무가내로 폭파했다. 그렇지만 이는 가뜩이나 고조됐던 시민들의 뚜껑을 완전히 열어놓았다. 흥분한 시민들은 포누그놈 감옥을 습격하고, 도시를 탈출하려다가 붙잡힌 귀족과 부자 들을 가로등에 매달기 시작했다.

595 학살과 핍박의 역사 속에서 묵고 묵은 원한들이 거리마다 폭발했다. 그러나 동시에 뒷골목이나 빈민들의 교회에선 릿챠의 군대가 결코 해방군이 아니란 말도 덩달아 흘러나오기 시작했다. 1081년엔 귀족과 부르주아 출신 장교들이 왕의 강경 진압 명령을 거부하고서 입헌 헌장을 받아냈지만 1083년엔 바로 그들이 거리로 나온 빈민들을 학살하지 않았던가?

596 기적이 사라진 해로부터 1107년 뒤 7월 6일, 릿챠의 군대가 비뫼시로 입성했다. 그날은 비가 억수같이 쏟아졌다. 남쪽 진입로는 무너진 건물들에 막힌 상태였고 북쪽도 사정이 여의치 않았다. 빈민굴들로 득실거리는 북쪽 외곽은 대부분이 비포장도로였을뿐더러 몇 안 되는 제대로 된 도로마저 하수구가 흘러넘치는 바람에 진창이 돼버렸기 때문이다.

597 이튿날, 대포 바퀴들이 진창에서 멈춰 섰지만 보병들은 로벨토역으로 꾸역꾸역 진군했다. 생애 다시 못 볼 역사를 구경하기 위해 구름 같은 인파가 모여들었고 그 행렬엔 나도 포함되어 있었다.

그러나 내 발걸음은 이내 구경꾼들에게서 이탈해, 로벨토역이 아니라 거기서 세 구역 떨어진 72번지로 향했다. 놀랍게도 그곳엔 무정부주의자들이 모여 있었다.

대 법 원

제 2 부
판 결

사 건   1121도 0381 가. 국가보안법위반

나. 반공법위반

다. 범인도피

라. 범인은닉

피고인   1. 가.나.다.라. A

2. 가.나.라. B

3. 가.나. C

상고인   검사

변호인   법무법인 F(계몽적 문필의 벗들) 담당변호사 G

원심판결 로딤지방법원 1121.5.12. 선고 1119재노12 판결

판결선고 1121.9.23.

주 문

상고를 기각한다.

이 유

상고이유를 판단한다.

원심판결 이유를 기록에 비추어 살펴보면, 원심이 그 판시와 같은 이유를 들어 피고인들에 대한 이 사건 공소사실 중 각 반공법위반 및 국가보안법위반의 점(재심 전 원심에서 유죄로 판단된 부분에 한함), 피고인 A에 대한 이 사건 공소사실 중 각 범인도피 및 범인은닉의 점에 대하여 범죄로 되지 아니하거나 범죄의 증명이 없다는 이유로 제1심의 유죄판결을 파기하고 무죄를 선고한 것은 정당하다. 거기에 상고이유 주장과 같이 논리와 경험의 법칙을 위반하여 자유심증주의의 한계를 벗어나거나, 검사 작성의 피의자신문조서와 압수물 등의 증거능력, 반공법위반죄 및 국가보안법위반죄에서의 이적 표현물의 이적성 판단, 범인도피죄 및 범인은닉죄 등에 관한 법리를 오해하여 판결에 영향을 미친 위법이 없다.

그러므로 상고를 기각하기로 하여, 관여 대법관의 일치된 의견으로 주문과 같이 판결한다.

재판장 대법관 잔 디트리

대법관 일사르 페르하르크

주 심   대법관 고더 메를레약

　　　　 대법관 핌 하르트먼

《계몽된 야만인》출간 기념
—고브 작가와의 인터뷰

1096.3.16.

인터뷰어 이번에 발표하신 소설《계몽된 야만인》에선 골상학적으로 유인원에 가까운 어느 사형수의 육체를 몰래 사들인 의사 이야기가 나옵니다. 훌륭한 표본이라고 생각하며 인간 박제를 하는 장면은 매우 충격적이었는데요, 혹시 영감을 받으신 사건이 있는지요?

고 브 우선 제가 골상학 같은 사이비 과학을 혐오하는 사람임을 밝히고 싶군요.

인터뷰어 아무래도 흥분한 독자의 편지를 받은 모양입니다.

고 브 예, 그래요. 소설을 발표할 때마다 겪는 일이지만, 매번 참 난감하답니다. 얼마 전에《살인에 대한 미학적 감상법》을 발표했을 적엔 제가 살인마일 것이라는 음모론들이 날뛰었는데, 이번엔 제가 정신 나간 시체 매매꾼이란 비방 서신들이 오고 있답니다. 도대체 제가 이사를 갈 때마다 바뀐 주소를 어떻게 알아내는 건지…….

인터뷰어 그만큼 독자 입장에서 선생님 소설이 정말 있었던 일 같다는 뜻이 아니겠습니까?

| 고 | 브 | 광인이 자기가 원하는 것만을 현실로 취한다는 걸 고려한다면, 과연 저 소동들이 곧 제 소설이 뛰어나다는 증거로 직결될지는, 솔직히 말해, 저로선 매우 회의적이랍니다. 으음…… 그런데 처음 질문이 뭐였죠? 죄송합니다, 정신이 없네요. |

인터뷰어 혹시 영감을 받으신 사건이 있는지요?

| 고 | 브 | 아, 있죠. 특히나 이번 소설은 실화에 많이 기댔습니다. 자료를 조사하면서 새롭게 알게 된 것인데, 다른 행정구역은 안 그렇지만, 북쪽 외곽처럼 열악한 곳에선 사형 집행에 많은 허점이 있습니다. 이를테면 하루에도 워낙 많은 사형수의 형이 집행되기 때문에, 사형 참관인들이 자리를 비우거나 대리 참관을 부탁하는 경우가 더러 있죠. 심지어 교수형 밧줄에 사형수의 몸이 매달리는 것만 확인하고서 휙 나가버리는 경우도 봤습니다. |

인터뷰어 그러니까 소설에서처럼 교도관을 매수해서 사형수를 기절만 시킨 뒤 도로 교수대 밑으로 내릴 수도 있다는 말입니까? 그리고 그 육체를 누군가에게 판매하는 것까지도요?

| 고 | 브 | 이론적이 아니라, 실제로도 얼마든지 가능합니다. 가끔씩 군대에서 이런 식으로 인력들을 데려다가 특수 요원으로 양성한다고도 들었습니다. 공식적으로 확인은 안 됩니다만, 훈련 과정이 극도로 위험해서 죽어도 부담 없는 후보들이 필요하다고 하더라고요. |

인터뷰어 설령 죽어도 이미 예전에 죽은 사람이니까? 생각하니까

<u>으스스해지네요.</u>

고　　브　어차피 죽을죄를 지은 쓰레기들인데 그렇게라도 쓰임새를 얻는 것이 어디냐, 뭐 대충 이런 식으로 합리화하는 거겠죠.

인터뷰어　그렇지만 독자들은 분명 매력을 느낄 소재인 것 같습니다.

고　　브　안 그래도 차기작으로 한번 고려해보는 중입니다.

인터뷰어　역시나 벌써. 촉이 좋은 작가답습니다. 혹시 고려 중이신 다른 소재도 있습니까?

고　　브　비슷한 결이긴 한데, 사망자 명단을 조작해서 감옥 내의 죄수들을 빼돌려 인체 실험을 감행하는 미친 과학자 얘기도 한번 적어보고 싶습니다.

인터뷰어　그 얘기를 들으니까, 얼마 전에 자기 아들의 시신을 돌려달라고 감옥 앞에서 시위하던 어느 어머니에 대한 기사가 생각나네요. 마차를 도둑질하다가 붙잡혀 2년 형을 선고받은 어느 청년의 얘기였는데, 글쎄, 사망진단서에 '전염병'이라고만 적어놓고서, 간수들이 시신이 부패한다는 이유만으로 어머니가 자기 아들을 보기도 전에 그 시신을 화장해버렸다고 하더라고요. 뭔가 구린내가 진동하지 않습니까?

고　　브　저도 그 기사를 읽었습니다. 그 어머니께선 간수들이 폭행 사실을 감추기 위해서 아들의 시신을 마음대로 없애버린 거라고 주장하셨죠?

인터뷰어　예. 그런데 이런 식의 일들이 한둘이 아닌 모양입니다. 비슷한 일을 겪은 유가족들이 모여서 단체를 꾸릴 것처럼 보이더라고요.

고 ㅂ 가능하다면 이 얘기도 소설로 녹여내보고 싶은 마음이 있습니다. 행정기관에서 남의 귀한 자식을 이런 식으로 다루는 건, 정말이지 심각한 문제거든요. 특히 1083년 이후로 위정자나 관료들의 인명 경시가 하나의 유행처럼 굳어진 것 같은데…… 이건 반드시 바로잡아야 할 병폐입니다. 후손들에게 이런 사회를 물려줄 수는 없잖습니까?

19장

598 이전까지의 현미경은 렌즈에서 상이 찌그러지고 색이 퍼지는 현상, 즉 구면수차와 색수차를 해결하지 못했다. 렌즈의 굴절면을 아무리 정교하게 깎아도 둥근 면에서 미끄러진 광선들이 초점에서 벗어났기 때문이다. 인생의 출발선에서 떠올린 꿈들이 그러하듯, 빛은 광축에서 멀어질수록 꺾이는 각도가 커지다가 결국엔 상을 흐릿하게 만들어버렸다. 빛은 과학을 비웃었다.

599 그러나 비웃음은 대가를 치르기 마련이다. 설령 빛이라도. 기적이 사라진 해로부터 1102년 뒤 4월 2일, '리스터'라는 이름의 어느 아마추어 광학자가 몇 개의 렌즈를 일정한 간격으로 중첩하는 방식으로 구면수차를 해결하는 데 성공했다. 대물렌즈로부터 건네받은 상은 접안렌즈를 거쳐서 수십 배로 확대됐다. 바야흐로 광학현미경의 시대가 개막된 것이었다.

600 이후 광학현미경은 가시광선의 파장에 대한 연구가 진척되면서 더욱 개선됐고, 이듬해엔 거의 모든 주요 연구소에서 찾아볼 수 있을 만큼 보급됐다. 특히나 생물학 분야에서는 단지 세포가 아니라 그 안의 조직들까지 살펴볼 수 있는 시대가 열렸다. 그리하여 1089년엔 불가능했던 것이 1103년엔 가능해지게 됐다. R4-522는 여전히 Q교수의 손에 들려 있었다.

601 그해 학계에선 식물의 광합성에 관련된 몇 가지 증명들이 이뤄졌다. 광합성은 흡수한 빛에너지를 활용하여 물과 이산화탄소를 분해한 뒤 그 원소들로 포도당을 합성하고 산소를 배출하는 공정인데, 당연지사 여기서 엽록체 내에 빛에너지를 흡수하는 특수한 기관이 있을 것이라 추론됐다. 바로 그 추론이 1103년에 실질적인 관찰로써 증명된 것이다.

602 엽록체는 기다란 탄화수소 꼬리를 가진 형태였고, 관련 논문들은 국제학술지도 게재되었다. 문제는 R4-522였다. Q교수가 화석 표본을 검사해본 결과, 외관은 식물세포처럼 액포와 세포벽을 가진 형태였지만 그 안쪽의 내용들이 자못 괴이했기 때문이다. 우선, 무엇보다 핵이 없었다. 세포막이 형성되어 있는데 어떻게 세포핵이 없을 수 있단 말인가?

603 굳이 비교를 하자면 R4-522의 세포 형태는 진핵생물이 아니라 무핵생물인 바이러스에 가까웠다. 다른 세포에 침투하여 숙주로 만든 뒤 거기에 있는 자원들로 증식하는 바로 그 기생 괴물 말이다.

그래서 바이러스에는 핵도, 그 핵으로써 유지되는 세포 기관들도 존재하지 않았다. 그러나 R4-522는 원시적인 형태의 세포 기관들을 분명히 갖추고 있었다.

604　전날 뙈리나무가 그러했듯 R4-522도 기존의 생물학적 원리로는 도저히 설명이 되질 않았다. Q교수는 R4-522가 정상 식물이 아니라 용원성 바이러스일지도 모른다는 가설을 내놓았다. 숙주를 죽여서 다시 바깥으로 나가는 것이 아니라, 숙주세포를 일부 변형시키며 복제되고 증식되는 용원성 상태, 즉 '암'이라는 것이다. 그러나 식물은 암에 걸리지 않는다.

605　식물은 동물처럼 자유롭게 움직일 수 없는 대신 뿌리내린 자리에서 세포벽을 층층이 쌓아가며 증식했다. 설령 세포 중 하나에 암이 생기더라도 이어진 세포벽에 막히기에, 동물처럼 암세포가 전신으로 전이되어 죽음에 이르는 일은 없었다. 자유를 포기했으므로 그 대가인 변질 역시도 피할 수 있었던 것이다. Q교수는 보다 근원적으로 물었다: 이건 생물인가?

　　얀코　Q교수는 통상적인 세포 구조를 갖지 않은 존재를 무생물로 분류하는 쪽이었지. 그 정의에 따르자면 그건 생물인 척하는 무생물이었어.
　　게티자　정의에 너무 집착하는 건 바보짓이지.
　　얀코　답해줘. R4-522와 뙈리나무는 같은 종인가? 같은 엽록소를 공유하고 있나?

'엽록소'라는 말에 일순간 게티자의 눈매가 짙어졌다. 그러나 곧 그는 자신은 식물학자가 아니라며 웃음으로써 질문을 뭉개버렸다. 로벨토역 지하선로 밑에서 봤던 똬리나무의 모습들이 떠올랐다. 유리관 안쪽으로 보였던 줄기들은 죽은 나무처럼 퍼석퍼석하고 주변은 계란 썩는 냄새로 가득했던가? ―황화수소가 배출되고 있다는 뜻이었다. 방독면이 필요했다.

606 폐수처리장을 제외한다면 무엇이 황화수소를 내뿜는지는 몰랐다. 그러나 황화수소를 흡수하는 생물은 알고 있었다. 나무가 물을 갖고서 이산화탄소를 쪼개면, 녹색황세균은 황화수소를 갖고서 이산화탄소를 광분해하여 영양분을 만들어냈다. 그리고 배출물로 산소가 아닌 가스를 내뿜었다. 코포는 시가스 협곡에서 봤던 '동굴나무'에서 분명 악취가 났다고 했던가?

607 로벨토 교차역의 고꾸라진 객차들 사이에선 총격과 비명 들이 교차했다. 혼란을 비집고서 지하선로로 들어섰지만 이내 거대한 폭발과 함께 주변의 모든 것이 알 수 없는 밑을 향해 추락했다. 그래, 운은 잃을 것이 없을 때야 비로소 깃든다. 방독면을 뒤집어쓰고서 말을 듣질 않는 다리를 질질 끌고서 앞으로 나아가며 물었다: 어째서 서서히 붕괴하는 걸까?

608 돌이켜보면 그해 여름, 고틀러테 사립대학의 후미진 곳에 위치한 좁다란 유리 천장과 비늘로 덮인 식물원에서 이뤄졌던 일들은 세계사적이었다. Q교수의 관찰이 계속될수록 R4-522는 식물학적

외계 생명체에 가까웠는데, 나는 그 과정에 실험 조수로 참여했다. 마치 운명의 인도를 받은 것처럼 그 순간 그 자리에 있었다. 그러나 나는 운명을 착각하고 있었다.

609 이제는 수 세대 전의 일이 돼버린 울레이안 왕위 계승 전쟁 당시 비뵈시가 포위되어 포격을 당했을 때를 제외하고는 단 한 번도 교정본부에서 폭탄이 터진 적이 없었는데, 그 일이 기적이 사라진 해로부터 1103년 뒤 6월 3일 백주대낮에 벌어졌다. 청소 용역으로 위장한 무정부주의자들이 인사국 출입구가 철문으로 막히자 외벽을 통째로 박살 냈던 것이다.

610 전쟁에서 승리하기 위해서 적이 상상도 하지 못한 일을 해야 한다면, 확실히 무정부주의자들은 승리를 향해 가고 있었다. 교정본부 인사국으로 습격해서 교정직 공무원들의 신상 정보를 털어낼 생각을 도대체 누가 할 수 있겠는가? 상식을 넘어선 무정부주의자들은 탈취한 서류들을 갖고서 하수도로 탈출했고, 그 모든 과정은 반 시간도 채 걸리지 않았다.

611 다음날 법무부 장관은 공개 발언대에서 이건 분명히 내전 상태이며 즉각 계엄령을 발동하여 시내에 군대를 주둔시켜야 한다고 소리쳤다. 왕실이 침묵하는 가운데 의회에서는 영원히 끝나지 않을 토론이 이어졌다. 그러는 동안 포누그놈 감옥에서는 비상이 걸렸다. 수감됐던 무정부주의자 하나가 내장파열로 사망하자 다음날 담당 교도관의 아내가 납치됐기 때문이다.

612 꼬리에 꼬리를 물고 이어지는 피의 복수들이 신문을 은하수처럼 수놓을수록 닷제의 불안감은 증폭되었다. 사냥을 즐기던 강인한 사내의 모습은 온데간데없고, 우체통에 사제 폭탄이 설치되어 있을지 모른다며 벌벌 떠는 야윈 몰골만이 남아 있었다. 그렇게 닷제가 아파트에 계속 머무르자 비나드는 창문을 넘어오는 대신 쪽지를 남기기 시작했다: 오늘 밤, 지붕 방에서 보아!

613 그 시절엔 나 역시 야간 통행금지가 강화되는 바람에 식물원에 오래 남아 있을 수 없었고, 참토 또한 두 달이 넘도록 코빼기도 비추지 않던 터였다. 밤이 찾아왔을 때, 나는 '이런 식으로 절 불러내는 건 이번이 마지막입니다'라는 말을 하기 위해 지붕 방으로 가는 계단을 올라갔다. 비나드는 승강기 옆에 가스등을 켜놓고서 담배를 태우고 있었다.

비나드   담배 좋아해?

얀코   안 피웁니다. 그리고 도련님, 제가 지금 이 시간에 여기
　　　　까지 올라온 건⋯⋯.

비나드   그래, 확실히 담배 안 피운다는 말을 하려고 온 건 아니
　　　　겠지. 나도 그거 묻자고 부른 건 아냐.

얀코   그럼 뭐 때문이시죠?

비나드   나는 꼭 이유가 있어야 부르고 만날 수 있는 사이는 참
　　　　안타까운 거라고 생각해.

얀코   그건 제 물음에 대한 답이 아닙니다만.

비나드   인생이 지루해서. 취미를 갖고픈데 내 취미가 뭔지 모

르겠더라고. 그래서 물어보려고 했지.

얀코   제겐 그런 궤변에 대답할 의무가 없습니다.

비나드가 자그마한 웃음소리를 내며 계단에 담배를 지져 껐다. 가스등의 노란 불빛에 보조개가 도드라져 보였다. 그는 등 뒤에서 책을 한 권을 꺼내 내밀면서 말했다: 독서가 취미라며? 안 받을 거야? 전쟁에서 승리하기 위해서 적이 상상도 하지 못한 일을 해야 한다면, 확실히 비나드는 승리를 향해 가고 있었다. 나는 얼떨결에 그 책을 받아버렸다.

614   비나드는 짐짓 하품하는 척하며 자리를 털고 일어나 지붕 방으로 들어가버렸고 나는 얼마간 어둠 속에 혼자 남아 있었다. 이제껏 태어나서 받은 선물, 적어도 내가 기억하는 선물은 두 가지뿐이었다. 하나는 프님 남작이 준 작은 수첩이고 다른 하나는 꿈속에서 린제가 건넨 나무 삽이었다. 달빛에 책 제목을 비춰 봤다.《비겁하고 우둔한 과므 남작의 비극적인 귀향》.

615   책의 주된 특징은 안심하도록 만든다는 데 있다. 종이는 죽은 나무이고 인쇄된 글자들은 내가 읽어주지 않으면 영구히 침묵하기 때문이다. 다시 말해 납작 엎드려 있는 셈이다. 그래서 주인은 경계심을 풀고 그 낯선 정신을 자신의 가장 내밀한 장소까지 가져가게 된다. 침대 위 속옷 차림으로 모든 긴장을 푼 무방비 상태에서, 이윽고 책이 엄습해 온다.

616 줄거리: 과므 남작 집안은 대대로 북방의 암노마 대사막을 오가며 교역을 하던 무역상이었다. 평소엔 모래바람이 너무 거세서 건너갈 수 없었던 길이 여름쯤 편서풍이 멎으면 열렸고, 그러면 무역상들은 낙타를 끌고서 건너편 교역국으로 향했다. 비단, 정향, 노예, 안료, 청금석 등 온갖 물품이 사막을 건너가면 이듬해 무수한 은괴로 돌아왔다.

617 과므의 아버지는 주로 향신료를 취급했는데, 몇 세대를 거듭해서 쌓은 부로 몰락한 어느 남작의 작위를 사들였다. 왜냐하면 그는 젊은 날 북부 사막군의 멋들어진 장군 휘장을 보고서 야망을 가졌지만 안타깝게도 천식 때문에 입대가 좌절됐던 슬픈 과거를 갖고 있었고, 또한 사관학교의 입학 자격은 귀족 자제였기 때문이다. 즉 그는 아들을 장군으로 만들려고 했다.

618 그러나 과므는 군인에는 영 소질이 없는 섬세한 아이였다. 어려서부터 눈물이 많았고 벌레 한 마리 죽이지 못했으며 웅크리고 앉아 그림을 그리는 걸 좋아했다. 도자기에 보랏빛 선인장 꽃을 그려서 어머니에게 보여주는 것이 소년의 가장 즐거운 일이었다. 그럴 때면 어머니는 다정하게 웃으며 머리를 쓰다듬어줬고, 가져온 도자기에 꽃을 꽂아 탁자를 장식했다.

619 아버지는 어린 과므에게 가정교사를 붙여서 강제로 전투 체육을 배우도록 했고, 행동이 굼뜰 때마다 심한 욕설과 함께 탁자 위의 도자기들을 내던져 깨뜨리곤 했다. 당연히 부부싸움이 벌어졌다. 어

린 과므는 불길 같이 날름거리는 혓바닥들이 보기 싫어서 체육에 매진하기로 했다. 집으로부터 멀어지기 위해 뜀박질했고, 응어리를 두드리기 위해 권투를 배웠다.

620 마침내 사관학교 입학시험을 통과했지만, 유감스럽게도 집안에 찾아온 평화는 그가 원하던 것이 아니었다. 어머니는 시든 꽃처럼 말이 없었다. 다시 도자기에 그림을 그리면 어머니의 미소를 찾아줄 수 있을지도 모른다고 생각했지만, 유감스럽게도 사관학교의 빽빽한 시간표를 모두 소화하고 나면 탈진하여 침대 위에 쓰러지는 것 외엔 아무것도 할 수 없었다.

621 어머니의 입술에서 핏기가 사라져가자 참을 수 없게 된 과므는 병영을 탈영하여 도자기 그림을 그렸다. 사관학교에서 징계를 해도 그는 아랑곳하지 않고 철조망을 넘었다. 결국 그는 퇴학 처분을 받았지만 괴이하게도 어머니는 예전처럼 밝아지지 않았다. 도자기에 그려진 그림이 너무 진짜 같아서 벌레들이 꼬일 정도였음에도 어머니는 전혀 웃질 않았다.

622 아버지는 길길이 날뛰면서 분개했지만, 과므 남작의 귀엔 들리지 않았고, 뺨따귀를 맞아도 아프지 않았다. 그쯤 해서 그는 며칠 전 야시장의 주술사에게 들은 이야기에 완전히 꽂혀 있었다. 암노마 대사막 건너편에 그림을 실물로 살아나게 만들 수 있는 마법의 물감이 존재한다는 것이다. 그 물감은 전설적인 마법사였던 일라람의 피로 만들어졌다고 했다.

623 이듬해 과므는 아버지에게 무릎을 꿇고서 자신도 향신료 상단에 끼워달라고 부탁했다. 사관학교를 그르쳤으니 가문의 사업이라도 제대로 잇겠다고 호소했다. 눈물이 먹혔던 모양인지 아버지는 아들을 상단에 포함시켰다. 그러나 상단은 거타스 고원을 넘을 때 도적 떼의 습격을 받고 말았다. 그 뒤엔 엎친 데 덮친 격으로 모래 폭풍에까지 휘말렸다.

624 가까스로 눈을 떴을 때 과므는 혼자만 모래 위에 덩그러니 남은 상태였다. 백여 마리의 낙타부터 시작해서 아버지와 호위무사들까지 모두 모래 속으로 사라져버린 것이다. 과므는 살갗을 태울 듯 작열하는 태양을 등지고서 사막을 정처 없이 떠돌았다. 그러다가 운좋게 자그마한 오아시스에 닿았지만 그곳에서도 사람의 흔적이라곤 찾아볼 수 없었다.

625 몇 날 며칠을 기다려도 그 오아시스로는 아무도 지나가지 않았다. 물을 챙겨서 다시 사막을 건너보려고 했지만 헛수고였다. 가도 가도 모래언덕뿐이라 다시 오아시스로 돌아와야만 했다. 게다가 밤하늘의 별자리마저 처음 보는 낯선 것들로만 빼곡했다. 과므는 그 오아시스를 빠져나갈 수 없었다. 마치 완전히 다른 세계로 넘어온 듯했다.

626 무인도가 된 오아시스에서 과므는 나무를 잘라 집을 짓고 물고기를 잡거나 백향과(百香果)를 따 먹으며 홀로 10년을 보냈다. 현실엔 아무런 즐거움도 없었기 때문에 그는 꿈을 꾸기로 했다. 눈을

감고서, 본래 사막을 건너가 구하려고 했던 마법의 물감으로 세계를 새롭게 그려내고 구축하며 조립했다. 그 알록달록한 세상에서 어머니는 되살아났다. 행복했다.

627 시간은 질료였다. 그의 손에 들린 목필은 신의 권능인지라 무언가를 그릴 때마다 시곗바늘을 움직였다. 채색을 멈추면 시간도 멈췄다. 상념들에 고통받을 때면 길어 온 물로 그림들을 지워버렸고, 그걸 반복하다가 끝내 무엇을 지우고 잃어버렸는지조차 기억하지 못하게 됐다. 꼼꼼하게 그린 뒤 사막풍에 띄워 멀리 날려 보냈다: 어머니, 저것 봐요! 연(鳶)이에요!

628 긴 세월은 기적의 조건이다. 모래 회오리를 타고서 멀리까지 날아간 그림들 중 몇몇을 본 이가 있었던 모양이다. 더 이상 나무 팻말에 날짜를 새기지 않기로 결심한 날, 보랏빛 로브를 입은 낯선 여자가 오아시스에 나타났다. 신비로운 비췻빛 눈동자를 갖고 있던 그녀는 자신의 이름을 '일라람'이라고 밝혔고, 반쯤 헐벗은 과므를 지그시 들여다봤다.

> **일라람** 여기는 아무도 싸우지 않으니 고요하고, 또한 너는 사랑하는 것들과 함께 살고 있구나.
>
> **과므** 당신의 이름, 어디서 들어본 적이 있어요.
>
> **일라람** 그런데 이제는 잊어버린 모양이구나.
>
> **과므** 시간이 너무 많이 흘렀거든요. 저는 사막에 완전히 갇혔습니다. 여기를 나갈 수가 없어요.

일라람은 오아시스 주변을 거닐었다. 그럴싸한 거처와 나무 조각 상들, 그리고 모래 바닥에 무언가를 그리고 지우고를 무수히 반복한 흔적들을 천천히 살펴봤다. 과므는 밤하늘을 가리키며 여기선 늘 같은 별들만 뜬다고 했다. 일라람은 고개를 끄덕이며 말했다: 그럴 수밖에 없지. 네가 별자리를 그리지 않았으니까. 북쪽에 길잡이별을 그려보렴. 여긴 너의 꿈이니까.

629　과므는 식은땀을 흘리며 눈을 떴다. 시간은 여전히 밤이었고 공기 중엔 오묘한 흥분이 감돌았다. 일라람은 온데간데없었다. 처음부터 이곳에 오긴 한 걸까? 잠시 우두커니 서 있던 그는 긴장하며 고개를 들어 밤하늘을 들여다봤다. 그곳엔 꼭 눈꺼풀을 내린 것 같은 어둠만이 가득했다. 그는 이윽고 손가락을 뻗어서 조심스레 북쪽에 길잡이별을 그려 넣었다.

630　일단 빛나기 시작한 길잡이별은 마음대로 움직이기 시작했다. 길잡이별이 움직일 때면 주변에 있던 다른 별들은 본래의 자리에서 어그러지거나 혹은 혜성이 되어 어디론가 떨어졌다. 과므는 무언가에 홀린 듯 그 길잡이별을 따라서 오아시스를 떠나 사막을 걷기 시작했다. 걸음의 끝자락에 고향이 있을 것만 같았고, 며칠 뒤 그 예감은 옳았던 걸로 증명됐다.

631　10년 만에 돌아간 집은 떠나오던 날의 모습 그대로였다. 문을 열고 안에 들어가니 낯익은 얼굴의 집사가 과므에게 저녁을 차려놨다고 말했다. 그는 놀라는 기색이 전혀 없었는데, 그 이유를 물어보

니 어리둥절한 표정으로 "어제도 보지 않았습니까?"라고 답했다. 과
므 남작은 어제 자신을 어디서 봤는지 물었고, 집사는 손가락으로
방향을 가리켰다.

632   과므 남작은 혼란스러워하며 어머니가 도자기를 놔두던 방으
로 달려갔다. 그곳의 벽면은 온통 아버지가 깨뜨린 도자기 파편들로
만든 모자이크로 가득했다. 천장엔 별자리가 그려져 있었고 밑에는
알록달록한 꽃들이, 그리고 가운데엔 웃는 얼굴의 어머니 초상화가
그를 쳐다보고 있었다. 고립됐던 오아시스에서의 나날, 그 명징한
현실이야말로 진짜 꿈이었던 것이다.

633   구역질을 하며 밖으로 달려 나갔다. 속을 완전히 게워낸 뒤 그
는 꿈이 현실이고 현실이 꿈이었음을 받아들였다. 집사에게 어머니
에 대해 물으니 몇 해 전 아들의 정신을 되돌리기 위한 마법 약을 구
하기 위해 사막을 건너갔다고 했다. 그 마법 약의 이름을 묻자 집사
는 '일라람'이라고 답했다. 과므 남작은 비가를 부른 뒤 머리가 허옇
게 세고 말았다. 끝.

634   며칠 동안 짬이 날 때마다 그 책을 펼쳐봤다. 마지막 문장을 읽
었을 때의 기분을 지금도 잊을 수가 없다. 분명 무언가로 가득 찬 것
같은데 동시에 한없이 텅 빈 느낌. 그곳으로 스산한 바람이 불어와
모래알들을 사방으로 날리는 기분. 이유 모를 공복감에 아랫입술을
깨물었지만 곧 목구멍으로 뜨거운 것이 역류하는 느낌에 화들짝 놀
라 가슴을 쓸어내려야만 했다.

635 소설을 읽는다는 것은 타자를 내 안에 들이는 일이었다. 그건 크게 두 가지를 의미했다: 홀로된 삶이라 여겼던 골방의 한쪽에 누군가 비스듬히 기대어 있는 듯한 충만감, 그리고 낯선 이가 언제나 나를 노려보고 있다는 소름 끼침. 오싹했다. 공포의 비밀스러운 얼굴을 알게 된 것이다. 호흡을 가다듬고서 다시 책을 펼치기로 했다. 작가의 말이 남았던 까닭이다.

636 그러나 목차에 적힌 쪽 번호로 미뤄 보아 두 장 남짓했을 작가의 말은 정교하게 잘려 있었다. 대신 표지 안쪽 면에 누군가 적은 글귀가 있었다: 자정쯤 책을 췄던 그 계단에서 기다릴게. 비나드였다. 곧장 현관으로 나가 괘종시계를 보니 새벽 1시였고, 나는 발소리를 죽이며 지붕 방으로 올라갔다. 아니면 다를까 비나드는 정말로 계단에 앉아서 기다리고 있었다.

비나드	어머, 드디어 다 읽었나 보네.
얀코	언제부터 여기서 기다린 거예요?
비나드	글쎄, 세본 건 아니지만 아마도 일주일이나 보름쯤 기다렸나?
얀코	제가 그 책을 안 읽었으면 어쩌려고 했어요?
비나드	그런 생각은 안 했지. 그럴 리가 없었으니까.

비나드가 바보처럼 싱긋 웃어 보였고, 그 대책 없는 맑음에 나도 모르게 따라서 웃어버렸다. 어처구니가 없는데 동시에 어처구니 따윈 아무래도 상관없을 것 같았다. 이윽고 비나드는 성냥을 북 그어

느릿느릿 담뱃불을 붙였고, 나는 왜 작가의 말을 오려냈느냐고 물었다. 그는 담배 연기를 음미하듯 머금었다가 내뱉으며 말했다: 그야, 거긴 네 자리니까.

637 그날 밤의 대화는 생각대로 흘러가지 않았다.《비겁하고 우둔한 과므 남작의 비극적인 귀향》을 두고서 느낀 점이나 해석이 오갈 줄 알았지만 비나드는 그 소설 얘기라곤 단 한 마디도 꺼내지 않았다. 밤잠을 아껴가며 그가 꺼낸 말이라곤 이따금 캐러멜이 먹고 싶으면 자기 이름을 팔고서 한두 개씩 먹어도 된다는 쓸데없는 선심이 고작이었다. 좋았다.

638 바보처럼 쿡쿡거리다가 다시 골방으로 돌아왔다. 날이 밝을 때까지 남은 두 시간 남짓이라도 자보려고 침대에 누웠지만 어림도 없었다. 어두운 천장을 바라보니 과므 남작이 떠올랐다. 닷제의 아파트에 가족사진 한 장 없던 것과 도자기 조각 위에 어머니의 초상화를 그리는 과므 남작의 뒷모습이 겹쳐졌다. 문득 여기에 대해 영원히 묻지 못할 것 같다는 생각이 들었다.

639 행복이 무엇인지 알기 전에 그것과 결코 함께할 수 없음을 먼저 알았던 삶, 그게 나의 나날이었다. 그날 밤 꿈속에서 나는 사막에서 길을 잃었다. 정처 없이 배회하다가 어느 오아시스에 닿았는데, 그곳에선 쓸쓸한 표정의 과므 남작이 모래 위에 그림을 그리고 있었다. 가까이 다가가니 그는 나를 물끄러미 올려다보며 물었다: 그때 왜 내 손을 놓은 거야?

640 나뭇잎이 떨어지던 어느 날, 나는 비나드에게 과므 남작 얘기를 꺼낸 적이 있다. 그 귀향이 진짜 귀향이 아니면 어떡하느냐고, 또 어머니가 마법 약을 찾아 사막을 건너간 게 아니라 그냥 아들을 버리고 떠난 거라면, 즉 모두 지어낸 꿈속의 꿈이면 어떡하느냐고 물었다. 비나드는 잠시 골똘히 생각하다가 이렇게 답했다: 그러면, 결국엔 다시 깨어나야만 하겠지.

641 기적이 사라진 해로부터 1103년 뒤 7월 무렵, 무더워지는 날씨에 비례하여 비뢰시의 상황은 더욱 최악으로 치닫고 있었다. 교정청의 인사 기록 유출이 큰 영향력을 발휘했던 관계로 포누그놈 감옥에서 고문이 위축되자 경찰 쪽에서는 제대로 된 정보를 입수할 수 없었다. 검거 실적이 곤두박질쳤고, 그러는 동안 무정부주의자들은 더 큰 계획을 준비했다.

642 경찰청장을 직위 해제시켜버린 사건은 북쪽 외곽의 곡물관리청에서 터진 폭탄이었다. 전날 풀무형제단에서 불을 놓은 곡물 거래소의 저울 위에서 다이너마이트가 터진 것이다. 지난 역사와 시국으로 미뤄 보아 이는 상징하는 바가 커, 내무장관은 청장 대리로 일하게 된 경찰 차장에게 명확히 주문했다. 실질적인 질서 회복까지는 바라지도 않으니 그런 인상이라도 가져오라고.

643 포누그놈의 교정청 인력들을 한꺼번에 교체하는 것은 현실적으로 불가능했기 때문에 주요 정치범들의 수감동부터 단계적인 인사이동이 시작됐다. 이제 관건은 그 기간 동안 언론을 장식할 사건

들을 만들어내는 것이었다. 무정부주의자들을 직접 색출하는 것이 어려워진 현시점에서 만만한 것은 단연 계몽주의자들이었다. 이튿날 경찰 차장은 정보국장을 불렀다.

644 그로부터 20년의 세월이 훌쩍 흐른 뒤에야 겨우 열린 청문회에서 밝혀진 사실에 따르자면, 이른바 '계몽주의자들의 음모'라는 사건은 처음부터 끝까지 조작된 공작이었다. 내무장관의 사퇴를 압박하던 제1야당의 총재와 무정부주의자들이 모여서 국가 전복 기도를 했다는 굵직한 시나리오가 먼저 적혔고, 그런 뒤 그 복선 역할을 할 자잘한 사건들이 설계됐다.

645 설계: 첫 단추는 헌금을 통해 무정부주의자들의 자금 세탁을 도맡은 교회를 '발명'하는 데서 끼워졌다. 그리고 내란 사범으로 지목된 목사의 장부에서 야당 의원의 정치 후원금이 발견됐다는 사실이 언론으로 흘러들었다. 그와 동시에 교회 청년부 내의 '독서회'로 위장된 계몽 단체들이 무정부주의자들과 엮여 있다는 공작 역시 같이 진행됐다.

646 물론 대다수 계몽주의자들은 무정부주의와는 무관했다. 되레 테러로 인한 공포가 사회를 더욱 수구적으로 돌아서게 한다는 이유로 무정부주의 과격파들을 비판하는 쪽이 다수였다. 그러나 신기루처럼 붙잡히지 않는 폭탄 투척범들과 달리 계몽주의자들은 얼마든지 손에 닿았다. 이윽고 3등급 선술집을 털던 경찰들이 대학과 카페들을 급습하기 시작했다.

647 라디오에서 의회가 제출한 계엄령 요청에 대해 왕이 거부권을 행사했다는 소식을 전한 날, 나는 그 모든 게 나와는 별 상관이 없는 일처럼 느껴졌다. 해가 떠 있을 땐 Q교수와 함께했던 식물원이 나의 세계였고, 해가 지면 흡연자가 담배를 태우는 이유는 구름을 사랑하기 때문이란 헛소리를 해대는 비나드가 앉아 있던 승강기 옆 계단이 나의 세계였다.

648 Q교수가 R4-522로부터 추출해낸 엽록체는 일반적인 엽록체와는 다른 구조를 갖고 있었다. 막의 형태는 속씨식물이 아닌 녹색황세균에 가까웠지만 결코 동일하지는 않았다. 계통발생이 의심될 정도였지만, 현재로선 녹색황세균이 환원제로 물이 아닌 황화수소를 사용하듯 R4-522도 무언가 다른 걸 환원제로 흡수해서 사용했다고 추측해보는 것이 전부였다.

649 현미경으로 육안의 수천 배율까지 확대해서 획득한 엄밀하기 짝이 없는 미세 단위 측정값과 온갖 전문용어로 구축된 논리적 세계에서 낮 시간을 보내다가, 마침내 해가 지고서 마치 색깔 찰흙을 떼어다가 마구잡이로 천장에다 던져 붙인 것 같은 비나드의 시적인 밤 속으로 발을 들이는 것은 무언가 잘못된 일 같았다. 그러나 위반과 즐거움은 같은 말이었다.

650 언제부터였을까? 만난 적도 없는 이의 걸음걸이를 상상해야만 했을 때? 뒷창문을 처음 넘어왔을 때? 요리 책자를 샀을 때? 캐러멜의 단맛이 뇌에 자기폭풍을 일으켰을 때? 새하얗게 배시시 웃었

을 때? 능청스럽게 궤변들을 늘어놓았을 때? 과므 남작이 사막에서 길을 잃었을 때? 아니면 근거 없는 기다림의 계단에서 다시 만났을 때? —이제는 부질없게 된 의문들.

651　참토가 나를 다시 찾아온 것은 기적이 사라진 해로부터 1103년 뒤 8월 19일이었다. 학생들이 가는 싸구려 식당에서 요기를 마치고 나오는데 한쪽 골목에서 구두닦이 하나가 다가왔다. 참토였다. 초췌한 몰골에다가 누렇게 변색된 옷깃에선 산패한 기름 냄새가 났다. 그는 인사도 생략한 채 말했다: 블리모로 니타가 수배 목록에 올랐어. 넌 여기 있으면 안 돼.

652　사연은 대략 일주일 전으로 거슬러 올라갔다. 곡물관리청을 날려버렸지만 생각했던 것만큼의 소요 사태는 일어나지 않았다. 수년간 농촌을 갈아 넣으면서 강행했던 저곡가제가 효과를 발휘했기 때문이고, 또한 이례적으로 왕이 직접 칙령을 내려 밀에 대한 최고 가격제를 단행했기 때문이다. 납의 시대는 장기화될 것으로 전망됐다. 즉 새로운 자금 마련이 필요했다.

653　무정부주의자들의 큰형 토추는 자금 마련책으로 인질극을 준비하도록 명령했다. 부르주아부터 세금징수인들까지 명부에 올라 있는 여러 인물의 가족 관계를 다시 파악해야 했고, 참토는 이제 비나드를 숨겨줄 수가 없었다. 지도부에 비나드의 대역인 나에 대해 이야기하는 것은 어려운 일이었다. 참토는 한숨을 삼키며 말했다: 너 같은 하인들은 부역자로 분류됐거든.

654   참토는 적절한 시점에 나를 빼돌릴 궁리를 하면서 비나드를 미행했다. 아파트부터 시작해서 '늙는 데 실패한 시인들'이라 불리는 익명들이 은밀한 회합을 갖던 로딤가(街)의 음침한 지하 소극장까지. 그러나 그 과정에서 참토는 예기치 못한 수확을 얻었다. 가금(家禽)가게 옆에 쭈그리고 앉아 있는데 자기 외에 비나드를 감시하는 또 다른 누군가를 발견했던 것이다.

> **참토**   녀석의 뒤를 쫓았지. 골목길에서 총구를 들이미니까 곧장 실토하더라고. 자기는 경찰 쪽 끄나풀이라고 말이야……. 이런, 젠장맞을!
>
> **얀코**   아니, 경찰이 비나드를 왜?
>
> **참토**   뻔해. 공작이지 '늙는 데 실패한 시인들'이라는 문회(文會)를 재료로 삼기로 한 거야.
>
> **얀코**   그럼 어떡해?
>
> **참토**   어떡하긴 뭘 어떡해. 거기서 도망 나와야지.
>
> **얀코**   비나드는?
>
> **참토**   무슨 소리를 하는 거야? ……그 녀석 아비는 연줄도 많고 돈도 많아. 어떻게든 빼내겠지. 문제는 너야. 사칭죄로 곧장 감옥행일 거라고.

묘하게 마음이 놓였다. 분명 집이 불타고 있긴 하지만 제일 중요한 가보는 무사히 밖으로 들고 나온 느낌. 참토는 흥분을 죽이고 계속해서 말했다: 이 도시엔 너 같은 귀족 대역들이 꽤 있어서 따로 수사까지 벌이진 않겠지만, 그럼에도 적발되면 필히 입건될 것이라고.

게다가 그 대상이 귀족 가문도 아니라면 구제될 일말의 가능성도 없다고 그는 덧붙였다.

655 훗날 진상규명위원회에서 나온 보고서를 통해 알게 된 사실이지만, '늙는 데 실패한 시인들'은 그 당시 무정부주의자들과 연관되어 있다고 '조사'됐던 열한 개의 문회 중 하나였다. 익명의 시인들 중에는 계몽주의자도 있었던 관계로 그들의 시집엔 구습, 즉 비뫼시의 현행 질서에 대해 비판적인 목소리도 섞여 있었다. 참고로 블리모로니타의 죄명은 퇴폐풍조 조장이었다.

656 생각할수록 상황은 난감했다. 이 사실을 닷제에게 말했다간 그 정보의 출처를 캐물으려고 들 게 뻔했다. 그리고 참토의 이름은 그에게 내가 무정부주의자들과 내통하고 있다는 뜻으로만 읽힐 터였다. 참토는 오늘 당장 도망가야 한다고 말했지만, 갑자기 사라지고 싶진 않았다. 결국 그날 밤 나는 지붕 방 계단으로 올라가 비나드에게만 조심스럽게 털어놨다.

> **비나드**　그자는 너한테 변호사를 붙여주지 않을 거야. 그냥 모른 척하겠지, 어머니한테 그랬던 것처럼.
>
> **얀코**　오늘 밤 나는 떠나야 해요.
>
> **비나드**　안 돼. 그러면 너는 다시는 대학으로 돌아갈 수 없게 돼. 이곳의 칙칙한 색깔이 싫다며?
>
> **얀코**　실없는 소릴 할 때가 아니에요.

비나드는 피식 웃으면서 대학 졸업장을 따주는 것이 전부라면서 매일같이 식물원에 가는 이유가 뭐냐고 되물었다. 대학엔 강의가 매일 있는 것도 아니라면서? 내가 곧장 답하지 못하고서 말꼬리를 흐리자 비나드는 괜찮다며 한쪽 눈을 찡긋 감았다. 그런 건 말해줄 수 있을 때, 또 말하고 싶을 때 말해주면 되는 거라고. 게다가 더 좋은 방법이 있다고 했다.

657 비나드의 방법은 단순했고, 어떤 의미에선 이미 몰린 상태에서 둘 수 있는 유일한 수이기도 했다. 그건 나보다 비나드 본인이 먼저 검거되는 것이었다. 비나드는 정말로 상황이 그렇게 된 거라면 자신은 어차피 검거될 것이고 또한 어차피 풀려나게 될 거라고 말했다. 그러니 내가 할 일은 대학에 가는 척하면서 한적한 곳으로 소풍이나 떠나는 거라고…….

658 나는 그 말을 따르기로 했다. 비나드가 '늙는 데 실패한 시인들' 동료들에게 도망가라고 말한 뒤 혼자서 소극장에 앉아 담배를 태우며 경찰들을 기다리는 동안, 나는 철도역에 앉아서 열차가 들어오고 나가는 걸 멍하니 바라봤다. 혹시나 옛 친구 아샤를 볼 수 있지 않을까 하는 허무맹랑한 기대를 품기도 했지만 그런 일은 없었다. 바보 같은 시간이었다.

659 믿음은 사실의 얼굴을 하고 있다. 지금도 그때의 순간들로 되돌아가보곤 한다. 비나드의 대안이 최선으로 느껴졌던 건 거기에 논리적 하자가 없었기 때문일까, 아니면 뛰리나무, 혹은 단순히 거리

로 내몰리기 싫은 내 이기심 탓이었을까? 지금 생각해보면 그건 터무니없는 믿음 위에 세워진 결론이었다. 그리고 가벼운 생각의 대가는 무거운 결과이다.

20장

660 죽음이 다가오면서 새롭게 얻은 건 새벽이다. 그러나 그 시간
엔 참회가 끼어들 틈이 없다. 해가 뜨려고 할 때마다 쇳그물로 짠 장
갑이 뇌를 움켜잡고서 쥐어짜는 듯한 고통이 쏟아지기 때문이다. 그
저 누구에게라도 제발 멈춰달라고 빌고 싶을 뿐이다. 의사는 뇌종양
의 증상 중 하나라고 했다. 잘 때 머리 근처의 혈관이 팽창해 압력이
높아지기 때문이란 것이다.

661 편두통이 그립다,라는 문장을 적고서 나도 모르게 실소했다.
그러나 웃음에서 약간이라도 안심하고 싶은 간절함이 읽혀 이내 씁
쓸해졌다. 문득 언젠가 들었던, 사형수를 고통스럽게 하는 것은 죽
음이 아니라 죽음을 기다리는 시간이라던 말이 생각났다. 그 말은
그 사형수에게 뇌종양이 없을 경우에만 유효할 것이다. 교수형 밧줄
보다 두려운 건 두통이다.

662　유실물 보관소: 과거는 결코 극복되지 않는다. 누군가를 죽인다고 해서 죽은 사람이 되돌아오는 건 아니기 때문이다. 허용되는 건 자위뿐 해결되는 건 없다. 그 상처는 결국 모든 걸 집어삼키고야만다. 반론을 입에 담는 자는 자신이 견딜 만한 불행만을 겪어온 행운아임을 고백하는 것일 따름이다. 그늘에서 버섯이 돋아나듯 내 삶에선 절망이 자라났다.

663　내가 자책을 멈춘 건 자책의 끝자락에서 발견한 것이 어떤 달콤함이었기 때문이다. 스스로를 할퀴고 주머니칼로 그어댈 때 한편으론 해결책을 찾은 듯한 안정감을 느꼈음을 고백해야겠다. 이 몸뚱이, 한 목숨만 구덩이로 밀어넣으면 모든 것이 해결될 것만 같은 아찔한 확신. 꿈속에서 룽게는 활짝 웃으면서 말했다: 그래. 이제 그걸 읽을 줄만 알면 돼.

664　기억을 넣어두는 곳이 서랍장이라면 그 손잡이가 가장 닳은 곳은 단연 수감된 비나드를 기다리던 나날이다. Q교수에게 은밀히 사정을 설명해야 했고, 전화를 받은 닷제는 미친 사람처럼 물건을 집어 던져댔다. 지금은 사라지고 없는 로딤가의 소극장으로 경찰 병력이 들이닥쳤을 때 끽연을 즐기고 있던 비나드는 이렇게 말했다고 한다: 이거까지만 다 태우고 갑시다.

665　지금까지도 무수한 일들이 기밀 서류들과 망각 속에 잠겨 있는 납의 시대 동안 참토가 어떻게 시간을 쪼갰는지는 알 길이 없다. 확실한 건 폭약 제조와 감시가 반복되는 나날 속에서도 참토는 똬리

나무를 계속해서 추적했다는 것이다. 이쪽으로 얘기가 나왔을 때, 게티자는 고소한 에스프레소를 홀짝이며 난쟁이들에겐 불가사의 한 면이 있다고 쿡쿡 댔다.

게티자   그 반토막이 녀석한테 천부적인 추적꾼 기질이 있다는
          건 확실히 인정할 수밖에 없더군.
얀코   참토는 어떻게 됐지?
게티자   네가 마지막으로 본 게 아니었나?
얀코   진실을 말해줘. 내가 남방한계선에서 참토를 다시 만난
          게 정말로 우연이었던 거야?

게티자가 자그마한 에스프레소 잔을 내려놓으며 고개를 갸웃했다. 극남식물연구소의 경비 초소에서 형기를 살던 참토와 재회했던 건 처음엔 진귀한 우연처럼 느껴졌지만 지금 여기 포누그놈 감옥에서 다시 떠올려보면 괴이한 일이었다. 게다가 이제까지의 일들을 돌아보건대 이 바닥에 우연이란 없기도 했다. 이윽고 게티자가 대꾸했다: 알고 있나? 넌, 친구를 참 잘 뒀어.

666 현재 시립 도서관에서 남방한계선 검은나무들의 이상증식에 관련된 에누아 드레이던의 논문들은 모두 대출 불가능으로 처리되어 있다. 대출 신청을 하면 검토 후―그 이름이 보안부로 넘어가 등록되는 행정절차를 밟은 뒤―참관인의 엄격한 감시하에 30분가량의 짧은 열람만이 허락된다. 서류가 막히면 사람을 잡아야 했고, 수년 전 참토는 드레이던을 겨냥했다.

667 참토는 에누아 드레이턴의 주소지를 찾는 데 애를 먹었다. 동사무소에서 전입신고 내역을 찾을 수 없었고 의료 기록에서도 마찬가지로 허탕을 쳤다. 그 부재들에서 권력의 입김이 느껴졌다. 당시 무정부주의자들은 세무청 부가소득세과에 끄나풀이 있었는데, 다행히 여기서 겨우 단서를 잡을 수 있었다. 과연 비뫼시에서 엄격한 건 발진티푸스와 세금인가?

668 그러나 기쁨도 잠시, 찾아간 주소지엔 다른 사람이 살고 있었다. 근처에서 평생토록 보석상을 해온 어느 난쟁이가 말해주길, 드레이턴의 장례가 끝난 후 그 가족은 어디론가 이사를 가버렸다고 했다. 그것도 도망이라도 치듯 집을 헐값에 내놓고서 말이다. 보석상이 물었다: 그 남자는 스파이였나? 몇 년 전에 외국 놈 여럿이 와서 드레이턴에 대해 물었거든.

669 각국의 대사관들. 똬리나무 문건이 중간에 끊어지는 지점이었으니 확인차 왔던 것이 틀림없었다. 에누아 드레이턴의 가족을 도망치도록 만든 건 비뫼시 수녀부인 걸까? 그러나 증거가 없었다. 보석상에게 드레이턴의 장례식에 참석했느냐고 물으니 보석상은 고개를 끄덕였다. 참토가 물었다: 혹시 참석자들 중에 이상하거나 수상한 사람은 없었습니까?

670 그 많고 많은 정보국 요원들 중에 드레이턴의 장례식 자체에 관심을 가졌던 사람은 아무도 없었던 것 같다. 아마도 그의 가족이 사라졌으니 그 소재지를 찾아 이리저리 뛰어다니다가 제풀에 지쳐

나가떨어졌으리라. 보석상은 수상한 사람은 모르겠고 사진 촬영을 위해 기자가 하나 왔었는데 다음날 신문에 아무것도 실리지 않았던 게 기억난다고 했다. 냄새가 났다.

671　부지런히 발품을 판 결과, 드레이던의 장례식에 왔던 기자가 《베저타인 포스트》소속임을 확인했다. 참토는 전공을 살려서 퇴근하는 그 기자의 뒤를 쫓았고, 으슥한 층계참에서 그를 불러 세워 드레이던에 대해 물어봤다. 대번에 분위기를 파악한 기자는 기삿거리가 될 만한 정보를 달라며 거래를 요청했고 참토는 고개를 끄덕이며 주머니에서 총구를 꺼내 보여줬다.

672　예상대로 외압이 있었던 모양이다. 사진을 찍어 왔지만 편집장이 그 기사는 없었던 것으로 처리하기로 한 것이다. 편집장에 대해 묻자 그 편집장은 재작년에 동맥경화 합병증으로 사망했다는 맥빠지는 대답이 돌아왔다. 참토는 장례식 사진이 남아 있느냐고 물었고 기자는 아마도 필름보관실에 남아 있을 거라고 답했다. 참토는 총구를 거두며 말했다.

참토　내일 이 시간에서 여기서 다시 보자고 했지. 그래, 거래하자고. 그 사진을 가져오면, 나는 당신이 알고픈 정보를 가르쳐주겠노라고.

얀코　그래서 거래했어?

참토　아니. 그놈을 뭘 믿고? 그렇게 안심시키고서 그날 밤에 곧장 신문사 문을 땄어.

참토는 사진을 건네서 보여줬다. 검은 장례복을 입은 이들이 무덤가로 운구 행렬을 하는 장면이었다. 참토는 뭔가 이상한 게 없느냐고 물었지만 나는 찾을 수 없었다. 이윽고 그는 발인식 땐 관을 보통 대여섯 명이 든다고 말해줬다. 그런데 사진 속엔 겨우 세 명의 무덤꾼이 관을 들고 있었다. 어떻게 된 거냐고 물으니 답하길—그때 장례 조합이 파업 중이었거든.

673   운구할 때 망자가 들어 있는 관에 친지가 직접 손대지 않는 건 비뫼시의 오래된 장례 문화였다. 그러나 그 문화적 맥락이 뭐가 됐건 간에 오늘날엔 그저 무덤꾼들의 장삿속에 활용될 따름이었다. 참토는 공동묘지를 찾아갔고, 사진을 보여주자 무덤꾼들로부터 당시 장례 조합이 파업 중이었기에 아마도 저들은 긴급 고용된 외부인들일 거라는 대답을 들을 수 있었다.

674   참토는 인근의 인력사무소 직원을 꼬드겨 닭 요리를 먹인 뒤 임시로 고용됐던 무덤꾼들의 주소지를 알아냈다. 두 명은 병사했지 한 명은 다행히도 알코올중독 치료소에 수감 중이었다. 참토는 섬망증에 시달리는 그 늙은이를 찾아가서 드레이던의 장례식에 대해 끈질기게 반복해서 물었고 온갖 횡설수설 중 이런 답변을 얻어냈다: 세 명으로 충분했거든!

675   관을 여섯 명이서 드는 이유는 예법 때문이었지만 세 명이서 거뜬히 드는 것은 그 세 명이 모두 역사(力士)일 때에만 가능한 일이었다. 그만큼 시체, 그것도 관짝에 든 시체는 생각 이상으로 무거웠

다. 참토는 필름을 수십 번 들여다봤지만 드레이던의 관을 든 무덤꾼들의 표정은 특별히 고통스러워 보이지 않았고 운구 행렬 또한 그리 위태로워 보이지 않았다.

676　으슥한 밤, 결국 참토는 삽과 쇠지렛대를 들고서 공동묘지로 향했다. 증류주에 잔뜩 취해 고꾸라진 무덤꾼들의 사택을 지나 드레이던의 묘지를 찾아갔다. 묘비 앞에서 잠깐 망설였지만 이내 삽질을 시작했다. 얼마 뒤 삽날이 관에 닿았다. 참토는 흙을 밀어낸 뒤 쇠지렛대로 관을 뜯어봤다. 놀랍게도 양초 냄새가 났다. 가스등을 비춰 보니 누워 있는 건 밀랍 인형이었다.

징 계 처 분 사 유 설 명 서

계 급	성 명	소 속
경 위	데카트 고뮈	남부지방경찰청 게로브란타 경찰서

주 문	국가공무원법 제78조 제1항 제1·2·3호에 따라 3개월간 정직에 처함.

이 유	별첨 "징계의결서" 참조

위와 같이 처분하였음을 통지함.

1103년 12월 19일

남 부 지 방 경 찰 청 장

※참 고 : 이 처분에 대한 불복이 있을 때에는 제63조에 의하여 이 설명서를 받은
날로부터 7일 이내에 인사위원회에 재심을 청구할 수 있습니다.

21장

677 몰락 귀족들은 크게 두 부류로 나뉘었다. 첫 번째는 야박한 세상과 사나운 운수를 탓하며 서서히 자멸해가는 부류였다. 이들은 스스로를 비극의 주인공이라고 생각하며 사창가를 들락거렸고, 대개 매독이나 알코올중독으로 객사하거나 혹은 강제 시료원(施療院)에서 생을 마감했다. 브룅의 국영 철도 회사에 투자했다가 쫄딱 망한 데카르트 고뮈의 부친이 바로 여기에 속했다.

678 그러나 고뮈는 아버지와는 달리 두 번째 부류에 속했다. 잃어버린 지위를 얻기 위해서 수단 방법 가리지 않으며 필요에 따라 빙점을 훌쩍 넘길 만큼 차갑고도 비열해질 수 있는 존재. 밑바닥을 향해 추락하는 아버지를 보며 아들이 키운 건 혐오였고, 또한 자신을 이런 구렁텅이로 떠민 세상에 대한 분노였다. 즉 고뮈는 자신의 모든 행동을 정당한 복수라고 여겼다.

679 고주망태가 된 부친이 비를 쫄딱 맞은 채로 집에 돌아왔던 날, 고뮈는 대번에 상태가 좋지 않음을 눈치챘으리라. 부친을 데려온 마부도 그의 몸이 불덩이이며 고장 난 증기기관 같은 숨소리가 예사롭지 않다는 걸 알았는데, 그걸 아들이 모르기도 어려웠을 테니까. 폐렴이 강력히 의심됐다. 그러나 그로부터 나흘간 고뮈는 아무런, 아무런 조치도 취하지 않았다.

680 데카트 가문을 파탄 낸 주정뱅이는 폐렴 합병증으로 사망했다. 적어도 사망진단서엔 그렇게 적혔다. 거리엔 고뮈가 제발 병원으로 데려가 달라는 아버지의 입에 솜뭉치를 욱여넣었다는 소문이 나돌았다. 비록 그 당시 고뮈의 집에서 솜으로 된 침구류는 모조리 전당포에 있었지만, 그럼에도 고뮈가 가만히 서서 기침으로 부친의 폐가 쏟아질 때까지 기다린 건 분명한 듯 보였다.

681 몇 년 뒤 그런 고뮈가 경찰대학에 진학했다. 법령이 바뀌기 전인지라 경찰대학의 입학 자격은 여전히 귀족 출신이었지만, 문제가 된 건 신분이 아니라 높은 입학금, 즉 돈이었다. 쫄딱 망한 데카트 가문이 이걸 어떻게 해결했는지는 아무도 몰랐다. 혹자는 뒤늦게 지급된 보험금을 받았다고 했고 누군가는 그의 누이가 궁둥짝을 놀렸기 때문이라고 수군거렸다.

682 간부 후보생 시절 고뮈의 별명은 '순경 남작'이었다. 워낙 가난하여 제대로 된 외식 한 번, 극장 구경 한 번 하지 못했기 때문에 동기들이 쥐꼬리 봉급을 받는 순경처럼 산다고 비아냥거렸던 것이다.

대신 고뫼는 기숙사에 틀어박혀서 시험 준비에만 몰두했다. 졸업 시험을 거뜬히 넘길 연줄도 없을뿐더러 당장 장학금을 받지 못하면 학업 자체가 불가능했기 때문이다.

683 졸업 시험을 우수한 성적으로 통과했음에도 고뫼는 중앙 부처로 갈 수 없었다. 성적과 별개로 그곳은 이미 내정자들로 꽉 차 있던 까닭이다. 그리하여 고뫼가 경위 계급장을 갖고서 보내진 곳은 남쪽 게로브란타 거리였다. 예상하지 못한 바는 아니었다. 그는 경찰서 옥상에 올라가 이곳부터 저 멀리 신성한 언덕까지의 거리를 재보며 바람이 불기를 기다렸다.

684 전쟁터에선 진급이 빠르다. 가진 것이 없는 자에게 혼돈은 기회이기 때문이다. 납의 시대가 활짝 열렸을 때 데카트 고뫼 경위가 어떤 표정을 지었을지는 상상되고도 남았다. 그는 무정부주의자들에게 가족이라도 잃은 사람마냥 물불 가리지 않고 용의자들을 잡아들였고 암묵적인 처형도 마다하지 않았다. 마침내 그의 이름이 경찰 수뇌부까지 올라갔다.

685 '늙는 데 실패한 시인들'에 대한 정보 자체는 검열국에서 넘어온 것이지만 그걸 위험한 음모로 구체화시킨 건 고뫼 경위였다. 끄나풀을 풀어서 문인들의 비밀 회합 장소와 주요 특징들을 알아냈고, 고문으로 이끌어낼 각본도 세밀하게 모두 짜놓았다. 그러나 기적이 사라진 해로부터 1103년 뒤 8월 2일, 끄나풀이 허겁지겁 달려와 작전이 샜다고 알려왔다.

686 끄나풀은 어느 난쟁이가 '늙는 데 실패한 시인들'을 지키고 있다고 말했다. 참토는 그때까지 붙잡힌 적이 없었기 때문에 몽타주가 없었고, 유일하게 붙잡은 비나드는 마음대로 두들겨 패기엔 부담되는 인물이었다. 고뮈 경위는 난감했다. 그러나 가까스로 잡은 기회를 이렇게 허망하게 날려버릴 순 없는 노릇이었다. 고뮈는 비나드가 갇힌 독방 문을 열었다.

고뮈	누가 너한테 정보를 알려줬지?
비나드	거리의 벗이 알려줬습니다.
고뮈	그렇게 아무나 믿고 움직이나?
비나드	경관님 기분을 나쁘게 하려는 건 아니지만, 요즘 같은 시대엔 더한 말에도 움직일 수 있죠.

비나드는 내 앞에서 과장되게 뺨을 맞는 시늉을 하면서 킬킬댔다. 어금니가 흔들릴 만큼 세게 맞았고 발길질도 몇 번 당했지만 단지 그게 전부였다는 무용담 아닌 무용담이 이어졌다. 그러나 별로 유쾌하지 않았다. 감옥에서 먹고 자느라 수척해진 비나드의 얼굴을 보고 있으니 걱정되고 미안할 따름이었다. 나는 한숨을 삼키며 말했다: 다시는 못 보는 줄 알았어요.

687 고뮈 경위는 비나드를 8월 내내 붙잡고 있었다. 편지는 검열될 게 뻔했으므로 나는 아무런 소식도 전할 수 없었고 푹푹 찌는 더위 속에 발만 동동 굴러야만 했다. 물리적으로 부재는 무게를 앗아 가지만, 감정의 참된 무게는 오롯이 부재를 통해서만 증명됐다. 그간

의 밀회로 쌓은 비밀스러운 헛소리들이 이토록 깊숙이 쌓여 있는 줄은 그때 처음 알았다.

688　나는 휴학계를 내야만 했고 그 과정에서 Q교수와의 또 하나의 비밀이 추가됐다. Q교수는 경찰이 찾아오면 적절히 둘러댈 것이니 안심하라고 일러줬다. 닷제는 제정신이 아니었다. 무정부주의자들의 위협에도 아랑곳하지 않고 사설 경호원들을 대동하고서 날마다 내무부 건물을 드나들었고, 비나드를 빼내기 위해 호소, 호통, 비난, 협박 그리고 뇌물을 아낌없이 건넸다.

689　닷제가 여태껏 담배위원회를 하면서 긁어모은 돈이 얼마나 많은지는 몰라도, 적어도 포누그놈 미결 수용동에서 비나드가 벌거벗겨진 채 거꾸로 매달리는 걸 막아줄 만큼은 됐던 모양이다. 그러나 감옥 철문은 좀처럼 열리지 않았다. 공작을 처음 설계했던 정보국 수뇌부도 그렇고 고뮈도 '늙는 데 실패한 시인들'을 이대로 놓아줄 마음이 없었기 때문이다.

690　시인은 언어를 갖고서 현실을 너머를 들여다보고자 하는 존재이다. 그러나 화폐로 온 세상을 사려다간 인플레이션이 찾아오는 것처럼 시인들의 언어도 마찬가지였다. 현실의 담장을 넘어간 언어를 갖고서 할 수 있는 일이 현실적일 리가 없었다. 시는 현실의 무덤에 피어난 꽃이다. 도망쳤던 비나드의 동료들이 다시 잡히기까지는 열흘이 채 걸리지 않았다.

691   비나드와 달리 변변찮은 배경에다가 금서 애독 취향을 가진 것이 전부인 이들에게 현실은, 그러니까 악에 받친 데카트 고뮈 경위는 가차 없었다. 폐기종으로 죽기 직전까지 콧구멍에 고춧가루와 후추를 섞은 물을 부어댔고 최신식 전기 고문도 단행됐다. 물론 참토를 만나본 적도 없는 이들이 제대로 된 이름을 댈 수 있을 리 만무했다. 그러나 그런 건 중요치 않았다.

692   고뮈가 노렸던 건 처음부터 비나드였다. 그의 육신을 매달 수 없다면 정신을 매달면 될 일이었다. 비나드는 쇠고랑에 묶인 채로 동료들이 고문당하는 것을 지켜봐야만 했다. 몇 년 전, 그때 고문대에 묶여 있었던 베자네프라는 시인의 소재지가 확인되어 찾아간 일이 있다. 그는 환각 상태에서 벨 보이를 칼로 찔러 치료감호소에 수감된 상태였다.

> **얀코**   아까 전에 의사가 말하길, 당신의 정신이 대화를 할 만큼 회복됐다고 하더군요.
>
> **베자네프**   회복? 웃기는군. 나한테 이제 회복이란 건 없어. 고문을 당하다가 영양 주사를 맞는 게 전부지.
>
> **얀코**   비나드에 대해서 물어보려고 왔습니다.
>
> **베자네프**   그럼 잘못 찾아왔군. 꺼져.

내가 그 자리에 계속 서 있자. 베자네프는 화를 내며 물건을 집어 던지려고 했다. 그러나 이미 야윌 대로 야윈 그의 팔로는 물병 하나 제대로 들 수 없었다. 발작적인 고함에 간호사가 달려왔고, 튀어나올 듯 순식간에 부푼 베자네프의 눈을 귀찮게 바라봤다. 이윽고 간호사는 환자의 턱을 붙잡아 간단히 눌렀고, 다른 손으로 옆구리의 압박복 끈을 잡아당겼다.

693 입에 물린 재갈 위로 콧물을 쏟는 베자네프를 바라보며 간호사는 돈을 요구했다. 치료감호소 원칙상 환자가 소란을 일으키면 면회인은 즉각 퇴출이지만 자신의 기억 지우개는 그렇게 비싸지 않다고 말이다. 결국 값을 치르고서 다시 베자네프와 마주했다. 나는 압박복 때문에 옴짝달싹 못 하게 된 베자네프를 바라보며 내가 누구인지에 대해 천천히 말해줬다.

694 씩씩거림은 점차 잦아들었다. 조심스레 입에 물린 재갈을 풀어주자 베자네프는 자신에게 이해를 바라지 말라고 경고했다. 방 전체가 피범벅이 되고, 똥오줌을 쏟고, 기절하고, 제발 밀고자가 누구인지 말해줘버리라는 동료들의 절규를 들으면서도 비나드는 끝끝내 입을 열지 않았다고 했다. 이때 이를 너무 꽉 다물어서 잇몸에 피가 났고, 그러다 치주염에 걸린 것이었다.

695 베자네프의 증언을 듣고 있으니 나도 모르게 손발이 떨려왔다. 비나드는 내게 아무런 말도 해주지 않았다. 잠을 제대로 자지 못해 늘 퀭한 눈동자였지만, 포누그놈에 대해서 물으면 독방을 같이 썼던 작은 거미와 친구가 됐다는 헛소리만 잔뜩 늘어놨을 뿐이다. 아버지는 내 손을 놓았다. 비나드는 내 손을 놓으니 세상을 버렸다. 나는…… 과분한 삶을 산 것이다.

696　그 8월은 세상에서 제일 무덥고 긴 8월이었다. 특별법에 의해 내란 혐의일 경우 영장 없이 구금할 수 있는 30일이 모두 찰 때까지 비나드는 포누그놈 바깥으로 한 발자국도 나올 수 없었다. 초조해진 닷제는 감옥을 통째로 사버릴 것처럼 뇌물을 써댔지만, 무정부주의자들의 습격 이후 교정 인력들에 대한 대대적인 인사 교체가 이뤄지고 있었던 관계로 어림도 없었다.

697　그러던 차에 '늙는 데 실패한 시인들' 중 하나가 심장마비로 사망했다. 닷제로부터 족히 사륜마차 세 대 값은 받아먹은 보안과장이 이틀 간격으로 비나드의 상태를 살펴봤고, 좀처럼 안심하지 못하는 닷제에게 아들의 의료 진단서를 몰래 복사해서 보여주기까지 했다. 닷제는 거기에 적힌 '소화불량'이란 단어에 집착하며 제대로 된 빵을 넣어주라고 윽박질렀다.

698　덕분에 비나드에겐 마들렌이 건네졌다. 소 염통을 곤 형편없는 수프에 빵 껍질이 전부였던 감옥 식단에서 버터와 달걀에다가 심지어 레몬 향까지 첨가된 구운 빵이 나온다는 건 일종의 기적이었다. 식사 때마다 비나드는 심문실로 불려갔고 그곳엔 보안과장이 직접 사 온 마들렌이 든 종이가방이 기다리고 있었다. 그러나 마들렌 외엔 어떤 것도 들일 수 없었다.

699　날짜가 넘어갈수록 고뮈는 지독하게 굴었고 아무리 부드러운 밀가루를 써도 비나드의 소화불량은 개선되지 않았다. 고문을 받던 동료 하나가 비나드를 저주하며 혀를 깨물었다. 감옥 의사는 비명을

듣다가 탈진한 비나드에게 영양 주사를 강제로 놓았고 어떤 날엔 수면제를 투여하여 이틀간 강제로 재우기도 했다. 그때 이미 잠을 잃어버렸던 것이다.

700 　내가 비나드의 소식을 알 방법은 닷제의 푸념들을 몰래 엿듣는 것뿐이었다. 그 조각들을 일간지에서 본 가엾고도 섬뜩한 증언들과 엮어서 '아마도……'로 시작하는 이야기들로 가공해냈다. 한데 시나리오들은 하나같이 최악의 결말로만 굴러떨어졌다. 상상 속에서 비나드는 이미 죽어버린 시체가 되기 일쑤였고, 이내 나는 상상을 그만두기 위해 발악하는 처지가 됐다.

701 　문학자들은 신문에서 만화란이 아무리 늘어나도 활자의 매력은 사라지지 않을 것이라고 장담했다. 활자의 비가시성이 상상하는 맛을 선사하기 때문이란 게 주된 이유였다. 그러나 그런 이유라면, 내가 보기에 문학은 위선적이었다. 그림처럼 활자 역시 상상을 한곳에 묶어두는 장치이기 때문이다. 가시성이란 오십보백보에 불과하다. 결국엔 여백으로 던져지게 될 터이다.

702 　나는 비나드를 기다리며 그가 남긴 것들에 집착했다. 나눴던 말들을 떠올리려 애썼고, 그가 건네준《비겁하고 우둔한 과므 남작의 비극적인 귀향》을 반복해서 읽었다. 그로써 어젯밤 비나드를 만난 것 같은 느낌을 약간이라도 가져보려고 발악했다. 그 한 덩이를 무한히 얇게 펴서 세계 전체를 덮어버리고 싶었다. 계단을 오르기까지는 그리 오랜 시간이 걸리지 않았다.

703　압수 수색을 왔던 경찰들이 지붕 방 문짝을 뜯어냈던 관계로 비나드의 골방에 들어가는 것은 손쉬웠다. 뾰족하게 올라간 지붕 천장 속에서 외풍이 음산한 소리를 냈다. 한쪽 벽이 포도주 지게미 색깔로 페인트칠이 되어 있었는데 거기엔 작은 액자가 하나 걸려 있었다. 가까이 다가가서 보니 그건 누군가 마차를 타는 모습을 위에서 내려다본 스케치였다.

704　대로와 주변의 건물들 그리고 마부의 중절모가 낯익었다. 이윽고 그 스케치가 전날 고등학교로 가기 위해 내가 욜른의 마차에 올라타던 모습이란 걸 알아챘다. 창문으로 가서 아래를 내려다봤다. 기분이 묘했다. 다시 지붕 방으로 돌아온 비나드가 벽을 가리키며 액자를 찾았을 때 나는 잘 모르겠다고, 아마도 수사관들이 가져가서 잃어버린 것 같다고 답했다.

705　옆으로 나자빠진 철제 침대 옆으로, 온통 칙칙한 지붕 방에 어울리지 않는 주홍빛 벨벳 소파가 놓여 있었다. 그 위엔 책자 하나가 엎어져 있었는데 그건《유서 깊은 7대손 왕실 조리장 말롱 그라나토의 실용적인 스물네 가지 요리 비법》이었다. 전날 염소 스튜를 생각하니 절로 미소가 지어졌다. 그러나 그 미소가 이내 나를 끄잡아 내렸다. 비나드가 보고 싶어진 것이다.

706　불안은 사물의 온기를 앗아 간다. 심장이 뛰고 더운 피가 도는 세상 유일한 존재는 오롯이 나뿐인 것 같고 주변의 모든 것은 태엽 인형처럼 느껴지는 것이다. 비나드가 나를 기다리던 계단은 다 타버

린 재처럼 보였다. 기억은 휘발성 물질인지라 머잖아 그 얼굴마저 잊어버리게 될 것만 같았다. 무서웠다. 블리모로 니타의 시들을 구해다가 읽어보고 싶어졌다.

707　어떤 사실은 거부될 때에만 인식된다. 대학에 휴학계를 내고 올 때까지만 해도 몰랐던 건데, 지난 몇 년간 비나드가 아닌 채로는 밖에 나가본 적이 없었다. 그의 얼굴이 아니면 외출을 해야 할 이유도, 딱히 갈 곳도 없었다. 결국 문턱을 넘지 못했다. 골방 거울에 비친 짧게 잘린 머리카락과 가슴을 동여맨 — 언제 마지막으로 맸더라? — 붕대가 낯설게 느껴졌다.

708　아파트에서 닷제와 함께 보내는 시간은 소중하고도 역겹다. 노기로 푸르죽죽한 이마를 보고 있노라면 마치 누군가 자기 물건을 훔쳐 간 사람처럼 보였다. 걱정이라기보다는 자존심, 자존심이라기보다는 탐욕, 탐욕, 탐욕, 게걸스럽고도 억지스러운 탐욕. 그러나 구취에 찌든 그 언어들만이 비나드의 안부를 알 수 있는 유일한 길이었다. 그간 비나드는 몸무게가 준 모양이었다.

709　붙박이장에 걸린 거울을 보며 오랫동안 서 있었다. 마치 그 거울이 내 얼굴을 훔쳐 가기라도 한 것처럼. 섬뜩함에 모골이 송연해졌다가도 이내 뿌리를 알 수 없는 안도감 속으로 추락하곤 했다. 비나드가 연필로 나를 스케치하는 모습을 상상하며 침대에 엎드렸다. 베개에서 일어난 보풀이 눈에 들어왔다. 잡아 뜯으면 주변의 섬유들이 딸려 나와 안감이 상하게 될 터였다.

710 나는 비나드를 만나기 전부터 비나드였다. 본 적도 없는 그의 걸음걸이와 목소리를 상상하며 시간을 보냈고 또 그보다 많은 시간을 그 상상을 직접 흉내 내며 보냈다. 대다수가 나를 비나드라고 불렀다. 이제는 얀코라는 본명이 어색할 지경이었다. 비나드는 밤마다 또 다른 비나드를 만났다. 그리고 이제 일라람이 내게 말한다: 북쪽에 길잡이별을 그려보렴.

711 기회를 노리고 있었던 것마냥 비나드의 빈자리를 꿈들이 메우기 시작했다. 구석에서 눈을 뜬 나는 도자기 조각에 그림을 그리고 있었다. 벽면은 팔다리가 끊어져 피범벅이 된 시체들이 그려진 모자이크로 빼곡했고, 멀리서 식사 시간을 알리는 타종 소리가 들려왔다. 그러나 마지막 조각에 그려진 남자의 자리를 찾을 수가 없었다. 그 남자가 누구인지도 생각나지 않았다.

712 구두닦이를 찾아 로벨토역 주변을 헤매다가 검은 두건을 뒤집어쓴 사내들에게 붙들렸다. 나를 어디로 데려가는 거냐고 묻자 그들은 뭉툭한 목소리로 법원이라고 대꾸했다. 거기서 어떤 서류를 찾았는데 자기들은 까막눈인지라 대신 읽어줄 사람이 필요하다는 것이었다. 나는 나도 문자를 모른다고 소리쳤다. 그 순간 법원이 무너져 내리며 거대한 모래언덕이 돼버렸다.

713 남방한계선에서 만났던 어느 아편쟁이 점쟁이가 말하길, 꿈은 지옥을 미리 엿보는 것이라고 했다. 그래서 누군가는 꿈을 피해 현실로 도망치고 또 누군가는 속죄를 위해 지옥 속을 제 발로 걸어 들

어간다고 했다. 한여름에도 담요를 뒤집어쓴 채 덜덜 떨던 그 점쟁이는 복비 겸 적선을 하려던 내 손을 덥석 잡으며 부탁했다: 이 꿈에서, 제발, 날 좀 깨워주시오.

714 삶의 비극은 깨어남과 꿈이 동의어라는 데 있다. 식은땀을 뻘뻘 흘리며 깨어날 때마다 팔다리를 만져대며 육신이 계속 존재하고 있는지 확인해야만 했다. 자고 있을 땐 꿈에 존재를 빼앗기는 것 같았고 깨고 나서는 존재에 꿈을 빼앗기는 기분에 시달렸다. 무언가 대꾸해보려고도 했지만 결국엔 못했다. 꿈이 너무 짧아 그걸 말할 시간이 없었기 때문이다.

715 결국 불면증은 포누그놈 감옥에 갇힌 비나드만의 일이 아닌 게 됐다. 나도 너무 지쳐서 도저히 잠자리에 들 수 없는 날이면, 전날 비나드가 처음 들어왔던 부엌 뒤창을 넘어가 거기에 있는 비상계단에 걸터앉아 밤을 지새우곤 했다. 그러나 짙은 매연 때문에 밤하늘에 별자리를 이어볼 순 없었다. 그러던 8월의 마지막 주엔 참토가 몰래 다가왔다.

참토   여기 있었구나. 그동안 네가 도통 나오질 않아서 만날
      방법이 없었어, 어떻게 된 거야?
얀코   미안해. 나갈 이유를 만들지 못했어…….
참토   이유야 뭐가 됐건 간에 이제는 가야 해.
얀코   ……부탁 하나 들어줄 수 있을까?
참토   갑자기 무슨 부탁?

얀코	시집을 하나 읽어보고 싶어.
참토	시집? 그거라면 얼마든지 구해줄 수 있지. 하지만 블리모로 니타의 것이라면, 안 돼.
얀코	읽고 싶어. 부탁이야.
참토	빌어먹을, 도대체 무슨 생각을 하는 거야? 종노릇하다가 사랑에라도 빠졌다는 거야 뭐야?

　참토는 더한 독설을 쏟아내려고 했지만 이내 한숨과 함께 입술을 앙다물었다. 나도 대꾸하지 않았다. 솔직히 말하자면, 나 스스로도 정리하지 못하는 마음을 참토에게 꺼내 설명할 자신이 없었다. 신발이 없어서 뜨거운 모래사막을 건너갈 수 없다는 말을 어떻게 할 수 있겠는가? 아무래도 헛소리도 전염되는 모양이었다. 이윽고 참토는 말없이 계단을 도로 내려갔다.

716　블리모로 니타의 시들은 시집으로 묶이지 못했다. 대도서관의 정기간행물 보관함에 꽂힌 1102년 겨울 언저리에 나온 문예지 한구석, 분류 번호도 없는 팸플릿의 특별 지면, 혹은 훗날 법정에 제출된 검찰측 증거물 별첨에서나 찾아볼 수 있었다. 즉 모두에게 잊혔다. 곧 나도 놓게 될 터이다. 비나드는 허공에서 기억되지 않을 말들을 꺼내 조탁했던 것이다.

717　블리모로 니타의 친구들은 세 가지 형태로 존재했다. 죽었거나 미쳤거나 혹은 비나드를 너무도 증오하여 언급조차 하지 않으려고 하거나. 시들은 매년 쏟아졌기 때문에 그곳에 비나드의 자리는

없었다. 나 외엔 아무도 읽지 않는 시 앞에 있으면 마치 시인이 오롯이 나만을 위해 그 시를 적은 것처럼 느껴진다. 내게 말을 건네는 듯한 느낌이 들곤 한다.

718 비나드가 적은 시를 처음 만났던 곳이 닷제의 서랍장이라는 것은 아이러니했다. 닷제가 외출한 사이 그의 방을 뒤졌다. 혹시나 비나드에 관련된 내가 모르는 것들이 있을까 싶은 마음에서였다. 담배위원회 공문서, 가죽 장갑, 나침반, 신문, 이빨로 만든 조각품, 모피, 이니셜을 새긴 탄피, 사냥터 지도 등. 그 잡동사니 속에 클립에 꽂힌 인쇄물이 하나 있었다.

719 인쇄물의 윗면에 찍힌 붉은색 증거 도장을 봤을 때 그것이 닷제가 경찰들로부터 받아낸 시임을 직감했다. 마치 하류로 떠내려가 수일간 찾지 못했던 이의 시신을 건져낸 것만 같았다. 그때 나는 사향 냄새가 나는 양탄자 위에 쪼그리고 앉아 비나드의 시를 처음 읽었다. 그리고 나는 그가 그런 좁고 어두운 감옥에서 죽어선 안 된다고 생각했다. 그건 옳지 않았다.

720 꿈은 불면을 방해한다. 잠을 자지 않으려는 꿈을 꾸게 됐는데, 수면 부족 속에서 명료해지는 것은 끔찍한 두통뿐이었다. 주물 난로에 잠깐 기대어 쪽잠에 들었을 때, 은총처럼 창밑을 내려다보며 스케치를 하는 비나드와 만날 수 있었다. 그러나 너무 반가워 다가가자 그는 신경질적인 목소리로 나를 밀쳐냈다: 놈과 엮이지 마. 너는 졸업장만 따 오면 되는 거야.

721 폐를 토해낼 듯 기침을 하다가 옆으로 나자빠졌다. 어깨뼈가 으스러질 듯 아려왔지만 팔다리는 말을 듣질 않았다. 바닥에선 기름 때로 악취가 났다. 구석에서 괄태충이 점액을 토해내며 느릿느릿 기어가고 있는 게 보였다. 이윽고 뇌로 포를 뜨는 듯한 고통이 엄습해왔을 때 나는 바닥에 이마를 찧어가며 수납장 밑으로 기어갔다. 거기에 모르핀이 있었다.

722 혈관으로 녹아든 모르핀은 고통을 한데로 모아 희멀건 보자기로 싸듯 묶어놨다. 두통의 박동은 여전했지만 고통은 더 이상 느껴지지 않았다. 그러나 고통이 사라지자 무게도 사라졌다. 깊은 구덩이 속으로 몽롱하게 떨어지는 오싹함이 뒷덜미로 올라왔지만 속절없었다—바닥이 존재할까? 입안에 고인 끈적끈적한 침을 삼켰더니 캐러멜 맛이 났다.

723 눈동자가 먼 곳을 향해 못 박힌 듯 고정됐고, 이윽고 유체 이탈이라도 한 것처럼 그곳에 이미 가 있는 듯한 느낌이 들었다. 필경 모르핀중독자들처럼 동공이 점을 찍은 것처럼 좁아졌을 터였다. 고통 너머에서 비나드가 내게 남방한계선에 뭐가 있는지 묻던 과거가 떠올랐다. 그러나 무용했다. 이제 그 기억을 갖고서 할 수 있는 건 아무것도 없었기 때문이다.

724 기적이 사라진 해로부터 1103년 9월 3일, 마침내 비나드가 돌아왔던 날은 뚜렷하되 컴컴했다. 기억은 있되 기록은 없었다. Q교수가 마련해준 지하 방에서 숨어 살 때에도 이 부분은 끝끝내 여백

으로 남겨야 했고 그 후로도 수년간 그날을 떠올리지 않으려고 했다. 오늘에서야 모르핀에 기대어 겨우 펜을 든다. 그럼에도 앞서는 건 그리움보단 수치심이다.

725 마부 욜른이 행려병자 꼴이 된 비나드를 엎고 나타났을 때, 그가 지독한 고문을 당한 줄로만 알고 나도 모르게 비명을 질렀다. 뒤이어 나타난 닷제가 이리 같은 표정으로 소리쳤다: 입 닥치고 더운 물이랑 수건이나 가져와! 심장이 좀처럼 진정되지 않았지만, 그럼에도 비나드의 팔다리가 비교적 멀쩡하다는 것이 눈에 들어왔다. 다만 잔뜩 야위고 더러울 뿐이었다.

726 그리 놀라울 것도 없지만, 포누그놈 감옥은 수감자들의 위생 상태에 대해선 딱히 신경 쓰지 않았다. 옷 세탁은 계절이 바뀔 때에나 이뤄지는 행사 같은 일이었고, 그 때문에 죄수들은 땟국에 절은 채 옷감에 붙은 벼룩을 잡으며 시간을 보내야만 했다. 다시 말해 고문으로 뜯겨나간 부위는 세균 감염이 이뤄지기에 최적의 장소였다. 독방마다 살 썩은 내가 진동했다.

727 비나드는 오랫동안 더러운 진창을 굴러다닌 것 같았다. 머리카락은 기름때와 석탄재로 뒤엉켜 있었고 납빛 발바닥에선 토사물이 굳은 악취가 났다. 그건 오랫동안 잊고 있던, 그러나 뼈에 사무치도록 익숙한 고아원의 냄새였다. 넝마 같은 셔츠를 벗기자 땀에 젖은 겨드랑이에서 시커먼 구정물이 흘러내렸다. 꼭 하수구 오물 더미에서 끄잡아 올린 시궁쥐 같았다.

728 닷제는 손가락으로 코를 잡으며 욕지거리를 내뱉었다. 건강검진표에 '양호'라고 적은 감옥 의사를 두고 목매달아 죽여도 시원찮을 작자라며 길길이 날뛰었고, 이어서 자신이 아끼는 양탄자에 얼룩이 묻어선 안 되니 비나드를 거실 바닥에 놓으라고 명령했다. 잠시 뒤 양동이에 물을 데워서 가져왔지만 닷제는 아들의 더러운 몸 앞에서 찡그린 채 서 있기만 했다.

729 뒷짐을 지고 선 닷제는 내게 비나드를 씻기라고 명령했다. 비나드가 왜 정신을 못 차리는 건지 묻자 닷제는 짧게 대꾸했다: 염병할 수면제 때문이야. 그러나 진실은, 수면제 탓이 아니었다. 구류 기한이 끝나자 비나드는 밖으로 나가야 했는데, 만신창이가 된 동료들을 두고 나갈 수 없다며 광인처럼 소리를 내지르다가 기절한 것이었다. 그만큼 허약해진 상태였다.

730 혹시나 눈물이 흐를까 봐 겁이 났다. 단추를 풀자 비나드의 몸은 갈비뼈가 모두 드러날 만큼 앙상해진 상태였다. 움푹 깊은 쇄골부터 골반까지 필요한 최소한의 살만 붙어 있는 것 같았다. 침을 꿀꺽 삼켰다. 젖은 수건으로 구석구석 닦았다. 바닥이 딱딱했던 모양인지 군데군데 푸르스름한 멍이 들어 있었고 어깨엔 손톱으로 할퀸 자국들이 가득해 마음이 미어졌다.

731 의식이 없는 상태임에도 심장은 계속해서 뛰었다. 내 손길이 닿는 걸 알고 있다는 듯 진땀이 고인 배꼽 아래로 은밀한 열기가 느껴졌다. 일순간 비나드의 인중에 고인 땀을 삼키고픈 충동이 들었

다. 얼른 수건으로 그의 얼굴을 닦아버렸다. 고개를 돌리니 소파에 앉은 닷제는 고약한 냄새 때문에 담배를 태우고 있었다. 양동이는 금세 구정물로 가득 찼다.

732 닷제는 마치 피부마냥 들러붙은 리넨 바지를 벗기게 했다. 고 간만 그놈이 직접 씻게 놔두라고 말하고는 다시 담배를 입에 물었다. 변색된 속옷을 제외하면 비나드의 몸은 마치 하얗고 매끈한, 죽은 지 얼마 안 된 생선 같았다. 금방이라도 으스러뜨릴 수 있을 것처럼 야윈 허벅지에 손을 올려놓으니 안쓰럽고도 흥분됐다. 그때 그는 내 손아귀에 있었다.

733 육신은 저항하되 정직하지만 정신은 음험하다. 어디에도 발붙이지 못한 채 그 사이에서 떠도는 비참한 유랑 생활, 그것이 삶이다. 가운데에선 머리칼을 쥐어뜯을 만큼의 슬픔이 소용돌이쳤지만 외곽 구석진 곳에선 독버섯들이 돋아났다. 이렇게 만신창이가 됐으니 한동안 나에게 의지할 수밖에 없으리란 기대감, 죄책감이란 편리한 변명거리, 땀, 그리고 어쩌면 손톱자국.

734 다 씻긴 뒤 비나드는 지붕 방으로 올려보내졌다. 닷제가 이해되지 않았다. 아들을 감옥에서 빼내려고 그토록 발악하지 않았던가? 손도 대지 않고, 심지어 눈 밖으로 내보내다니? 그러나 하녀와 경호원은 이유를 묻기 위해 고용된 존재가 아니었다. 밖은 이미 해가 떨어진 뒤였고, 닷제는 피곤하다며 저녁은 생략하고서 잠자리에 들겠다고 했다. 나는 잠이 오질 않았다.

735 누워서 손을 바라봤다. 불과 서너 시간 전까지만 해도 비나드의 몸을 구석구석 더듬었던 손가락들. 미약하고도 불규칙했던 호흡 위에 다시 손을 올려두고 싶어졌다. 그만둘 이유를 찾기도 전에, 홀린 듯 이미 계단을 오르고 있었다. 비나드가 늘 기다리던 층계참은 당연히 비어 있었다. 상관없었다. 그를 옮기고 나오며 지붕 방 문을 잠그지 않았기 때문이다.

736 밤엔 그림자가 없다. 복된 일이다. 혹자는 그림자를 두고 빛의 얼룩이라 했지만 그건 시를 이해하지 못한다는 고백에 불과하다. 빛이야말로 어둠의 얼룩인 까닭이다. 태양, 그 영원한 불꽃 앞에 진절머리가 난다. 불멸의 권태를 먹고 자란 나무들이 깊숙이 뿌리 뻗어 똬리를 틀고 세계를 동여맨다. 그러나 심장은 어둠 속에서 뛰고 또한 그곳에서 멎는다. 나는 삶이다.

737 문고리를 잡고서야 겨우 망설임이 찾아왔다. 더운 피 때문에 마비됐던 머리가 가까스로 급제동을 거는 데 성공한 양 모든 게 멈춰 섰다. 그러나 문고리에서 손을 떼지는 않았다. 문을 열고 들어가 비나드를 본 뒤 곧장 다시 나오자는, 혹여나 그가 깨어난다면 '무사한지 확인하고 싶어서요'라고 둘러대자는 멍청한 생각 따위를 떠올리며, 또한 믿으며 안심했다.

738 그 앞에서 얼마나 서 있었는지 모르겠다. 확실한 건 내일 아침 정신병원에서 다시 눈을 떠도 이상하지 않을 것 같다는 거였다. 차디찬 구리 속으로 혈관이 파고든 것처럼 이제 문고리는 신체의 일부

같이 따뜻했다. 땀 때문에 손이 미끄러지려던 순간 안쪽에서 나무 바닥이 삐걱거리는 소리가 들려왔다. 나도 모르게 숨죽였다. 그러나 발이 떨어지지 않았다.

739 비나드, 그 야윈 영혼은 나처럼 문 앞에서 멈춰 섰다. 그의 심장 뛰는 소리가 들리는 것 같았다. 더운 식욕이 솟구쳤다. 문 하나를 두고 두 영혼이 마주 섰다. 문틈으로 들어간 그림자들은 이미 서로를 서툴게, 그러나 격렬히 껴안고는 흘러내린 머리카락 사이로 손가락을 밀어 넣고 있었다. 이윽고 문고리가 돌아갔다. 누가 먼저였는지는 중요치 않았다.

740 그 눈빛은 묘사할 길이 없다. 언어로 겨우 붙잡을 수 있는 것이라곤 둥근 채광창으로 희미하게 들어온 달빛에 드러난 목덜미의 흰 솜털들뿐이다. 그래, 눈을 피했다. 그러자 손가락이 턱을 살며시 잡아 올렸다. 어둠 속에서 닿은 건 말이 아닌 숨결, 더운 숨이었다. 누가 먼저랄 것도 없이 입술을 포갰고 또 열었다. 그곳으로 지난 꿈들을 모조리 욱여넣었다.

741 불은 망상을 땔감 삼아 타올랐다. 믿음은 서로 뒤엉키며 끈적끈적한 혀 속에서 녹아내렸고 미망은 급히 풀다가 뜯겨나간 단추처럼 내팽개쳐졌다. 쉴 새 없이, 다급한 육체만 남을 때까지. 갸름한 목선을 타고 흘러내리는 땀방울을 집어삼켰다. 오그라든 겨드랑이를 밀어냈고, 낚아채듯 끌어당겼다. 숨이 새는 걸 잠시도 견딜 수 없었다. 다시 혀를 밀어 넣었다.

742 모든 걸 허락해버리는 열기에 바싹 달아올랐다. 기울어진 비나드는 내 품속에 있었다. 셔츠가 바닥으로 흘러내리자 그가 움찔하는 것이 느껴졌다. 그러나 멈출 수 없었다. 약간의 틈이라도 생기면 풍선처럼 터져버릴 것 같았고, 조금이라도 늦춰지면 모든 게 물거품이 돼버릴 것만 같았다. 서투르지만 결코 멈추지 않을 집요함으로 휘감겼다. 그건, 모두 내 것이다.

743 열정, 그것은 뜨거워진 뒤엔 한없이 억세졌다. 현기증 속에서 탐닉이 몰아쳤다. 한 손에 감길 듯한 그의 발목이 휘청거렸고, 나는 그 무너진 균형 속에서 위태롭게 안심했다. 파국이 예감될수록 전율했다. 날개를 감춘 등 위로 손톱자국이 났고, 힘이 풀릴 때까지 엉덩이를 주무르고 움켜쥐었다. 눈물이 왈칵 나오려는 중에도, 어느 때보다 맹목적으로 냉정했다.

744 그러나 허기는 채워지지 않았다. 처음엔 빼앗긴 걸 되찾는다고 생각했지만 한 꺼풀 한 꺼풀 벗겨낼 때마다 벌거벗는 것은 나였다. 테두리가 분명해질 때마다 더욱 미칠 것 같았다. 아찔한 숨이 가슴 사이를 간질였다. 떨렸지만, 떨림으로 멈춰질 수 있는 것이었다면 애당초 시작되지 않았을 터였다. 숨이 가빠진 그가 쓰러지듯 침대에 앉았다. 몸을 내던졌다.

745 기숙사에서 아이들이 몸을 비비 꼬아대며 키득대던 추문들, 교미에 대한 생물학적 삽화, 지하도에서 몰래 팔던 춘화, 성병과 주색잡기에 관한 팸플릿들, 숭고한 사랑에 대한 소네트, 맥줏집에서의

음담패설, 그 밖의 수많은 말들. 그러나 삶은 보고 들은 대로 흘러가지 않았다. 닿아야 할 곳에 닿으려고 하자 일순간 비나드의 몸이 목석처럼 굳어버렸다.

746　비나드는 나를 가볍게 밀어냈다. 침묵 끝에 입술을 뗐다, 미안해. 무슨 말을 해야 할지 몰라서 나도 따라서 사과했다, 저야말로 미안해요. 그 좁은 침대 위에 갑작스레 각자의 공간이 생긴 것처럼 느껴졌다. 남근은 부풀지 않았다. 힘없이 늘어져 있기만 했고, 비나드는 그걸 예전부터 알았던 것 같았다. 맥 빠지고 안쓰러운 동시에 은밀한 안도감이 피어났다.

22장

747　망각으로부터 살아남는 건 동기가 아닌 결과이다. 그 결과가 돌이킬 수 없을 만큼 무모하고도 거대하다면 더욱 그러하다. 에누아 드레이턴의 머릿속에 무슨 생각들이 똬리를 틀고 있었는지는 몰라도, 반쯤 미쳤었다는 걸 제외한다면 적어도 확실한 것 하나는, 그것이 땅바닥을 온통 파헤쳐서라도 검은나무의 모체를 찾아내는 것과 연관되어 있다는 거였다.

748　검은나무엔 열매가 맺히지 않았다. 그러니 마치 마가목처럼 모체로부터 뿌리와 줄기가 뻗어나가는 무성생식을 한다고 봐야 했다. 보기에 따라서는 남방의 검은숲 전체가 하나의 모체로부터 뻗어 나온 것일 수도 있었다. 여태껏 검은숲 너머에 무엇이 있는지 본 이는 아무도 없었으니 어쩌면 전설처럼 끝자락엔 거대한 신수(神樹)가 서 있는 건지도 몰랐다.

749 그러나 무성생식 식물의 모체엔 아무도 관심을 갖지 않았다. 인간의 부모자식 관계처럼, 모체가 죽는다고 해서 그로부터 뻗어 나온 개체가 죽는 건 아니었기 때문이다. 그저 뿌리로 모체와 연결되어 있을 뿐 그 뿌리가 끊어져도 자체적으로 생존 가능한 엄연한 독립적인 개체였다. 그러니 박멸의 관점에서 보건대 검은나무 모체를 찾는 건 쓸데없는 짓이었다.

750 비밀 서약서를 쓰고서 극남식물연구소 남쪽 경계 구역으로 들어간 식물학자들의 공통된 의견은 두 가지였다. 첫째, 드레이던 소장이 사실상 돌았다는 것, 둘째, 시 당국자 역시 그에 못지않게 돌았다는 것. 뿌리의 뿌리를 밟아가며 모체를 찾는 이유를 도저히 알 수가 없었다. 무성생식의 특성상 모체건 개체건 그 유전형질은 같았다. 그런데도 모체를 찾는 이유가 뭔가?

751 학술 탐구를 위해서라고 답하기엔 그 규모가 실로 엽기적이었다. 처음 시작된 지점은 얕았지만 뿌리들을 따라갈수록 그 깊이는 한없이 깊어졌다. 덕분에 착굴 현장은 마치 남쪽으로 기울어진 거대한 노천 탄광 같았다. 실제로 사용되고 있던 기기들은 모두 탄광에서 쓰던 것들이었다. 심지어 중심부엔 수직갱에서나 볼 수 있는 작은 권양탑이 설치되어 있기까지 했다.

752 모체 발굴 계획엔 난점이 한두 가지가 아니었다. 일단 보안 문제가 불거졌다. 예산 문제는 내무장관 마그 게르기벨이 책임지고서 비공개로 처리해줬지만, 기본적으로 이건 똬리나무를 목격했던 로

벨토가 지하철 공사 현장 몇몇 인부들의 입을 막는 것과는 차원이 다른 문제였기 때문이다. 식물학자나 경비 인력을 제외하고서도 고용된 광부들만 수백이었다.

753   모체 발굴 계획에만 관련됐다 하면 당국은 출렁거렸다. 처음엔 소박하게 지질조사를 한다고 했지만 공사 규모가 커질수록 점차 광산 개발, 탐사 땅굴, 유적 발굴, 그러다가 나중엔 아예 남방한계선을 확장하기 위한 전초기지를 건설하려고 한다는 요새 건설 계획으로까지 비화했다. 덕분에 남방한계선은 각국에서 소문을 듣고 몰려든 정보 요원들의 투기장이 돼버렸다.

754   남방요새사령부에선 새롭게 건설되는 전진기지를 '8호 요새'라고 불렀는데, 근처에 남방철도차량정비단을 신설하겠다는 명목으로 막대한 예산을 투여했다. 이듬해엔 아예 극남식물연구소까지 요새 안으로 옮기기로 결정이 났다. 이전 청사가 너무 낡았기 때문이라 둘러댔으나 이는 누가 보더라도 보안을 위해 부처들을 철조망 안쪽으로 모아두는 조치였다.

755   8호 요새를 둘러싼 치열한 첩보 전쟁이 시작된 지 2년쯤 흘렀을 무렵, 굴착 작업이 난점에 부딪혔다. 왜냐하면 공사 범위가 남방한계선을 넘어섰기 때문이다. 1년이면 모체를 찾아낼 수 있으리란 수뇌부의 장밋빛 전망과는 달리, 퍼낸 흙이 가득 담긴 수레가 트롤들로 득실거리는 빽빽한 검은숲에 닿고 만 것이다. 그러나 그때까지도 모체 발견은 요원해 보였다.

756 문제는 언제나 병력 부족에 시달리는 남방한계선 주둔군이 전선 확장은 고사하고 공사로 인한 돌출부를 방어하는 것조차 버거웠다는 것이다. 남방요새사령부에선 증원을 요청했지만, 기각됐다. 1103년 무렵 비뫼시는 북쪽 왕령식민지에서 벌어진 전쟁으로 인해 국방비에 구멍이 난 상태였고, 심지어 긴급 현안도 납의 시대로 인한 소용돌이던 것이다.

757 그러나 해결책은 있었다. 지상으로 갈 수 없다면 지하로 가면 될 일이었다. 게다가 이건 줄기가 아니라 뿌리를 쫓아가는 작업이지 않던가? 최전선에 닿은 지점부터 공사는 완전히 지하로 진행됐다. 덕분에 비용이 더 들긴 했지만, 그럼에도 트롤들과 싸우는 데 드는 전쟁 비용보다는 저렴했다. 그렇게 검은나무 뿌리를 따라 지하 갱도가 뻗어 내려가기 시작했다.

758 끝도 없이 이어진 곁뿌리들을 따라가며 모체의 원뿌리를 찾아 내려는 여정은 지난하기 짝이 없었다. 갱도는 서늘한 바람이 불어올 지경까지 깊어져 수시로 천장을 수리해줘야만 했다. 지상의 검은나무는 계속해서 자라나는 상태였기에 갱목으로 떠받친 천장 사이로 자꾸만 뿌리를 내렸던 까닭이다. 덕분에 깊어질수록 작업은 더욱 고되고 더뎌졌다.

759 편차가 있긴 했지만 대체로 뿌리들은 깊어질수록 굵어졌고, 언제부턴가 인간 서넛은 우스울 정도 굵기의 뿌리들이 출몰하기 시작했다. 일정 간격마다 갱도엔 번호가 부여됐는데, 일례로 32번 구

역에 있는 검은나무 개체의 수령은 400년이 넘은 것으로 추정됐다. 그만큼 문명의 손길이 닿은 적이 없다는 뜻이었다. 인부들은 이곳을 "지옥의 정원수"라 불렀다.

760 지옥의 정원수들을 보기 위한 보안 등급은 매우 높았다. 대부분 수형자들으로 이뤄진 인부들은 군사도시가 아닌 극남식물연구소 구역 내에 마련된 특별 숙소에서 머물렀고, 갱도를 오가는 굴착 장비들 역시 모두 검문소를 거쳐야만 했다. 그때는 미처 몰랐었는데, 돌이켜보면 Q교수의 추천장과 졸업장만 겨우 들고서 남방한계선에 도착한 내가 2급 등급을 받은 것은 이례적인 일이었다.

게티자	이제야 감이 좀 잡히나?
얀코	일부러 남방한계선에 가도록 내버려뒀던 거군.
게티자	자기가 발각된 줄 모르는 간첩만큼이나 효과적인 것도 없지. 알아서 골칫거리들을 찾아주잖아?
얀코	그래서 참토를 매수해서 내게 붙인 건가?
게티자	너는 뇌물보다는 우연의 은총을 받은 편이지.

처음 갱도로 들어갔을 땐 마치 자연사박물관의 계단을 내려가는 듯한 느낌이 들었다. 뜨문뜨문 걸린 가스등 불빛에 쇠못이 박힌 흉물스러운 뿌리들의 모습이 드러나자 그 맹목적인 뻗어 내림 앞에서 표정 관리가 제대로 되지 않았다. 이 뿌리들은 세계를 묶은 오랏줄이자 역사보다 긴 수형 생활의 증표였다. 마치 고향에 온 듯 친숙한 낯섦 앞에 소름이 끼쳤다.

761 남방한계선엔 내 보안 등급으로 출입할 수 없는 1급 시설이 두 군데 있었다. 주둔군 사령부의 방첩 부서와 극남식물연구소 기밀문서고. 전자는 군사시설이라지만 후자는 좀처럼 이해되지 않았다. 연구 성과를 나눠야 보다 생산적인 활동이 가능해진다는 건 학문 연구의 기본이지 않던가? 그때부터 극남식물연구소 전체가 마치 거대한 가림막처럼 보였다.

762 드레이던의 후임인 젠버그 소장은 한동안 내게 식물분류학 관련 업무들을 시켰다. 그러니까 유독 그늘이 짙은 검은숲의 음습한 밑바닥에서 자라나는 이끼나 야생 버섯들을 채집하여 도해(圖解)로 남기는 일을 했다. 보안 등급은 영관급 장교와 동급으로 쥐놓고 정작 시킨 일이라곤 선발대 병사들과 함께 숲으로 들어갔다가 트롤들에게 습격을 받는 것이 전부였다.

> **게티자** 그래도 보충 병력으로 베테랑들이 충당되고 장비 교체 요청이 거절되는 일은 없었지? 심지어 위험할 때마다 지원군도 언제나 보내졌고 말이야.
>
> **얀코** 나는 여러 번 죽을 뻔했어.
>
> **게티자** 하지만 결국엔 살아남았지. 굼벵이라면 진작 뒈졌겠지만, 너는 최소한 굼벵이는 아니었잖아?

알도 게티자가 기분 나쁜 웃음소리를 내며 어깨를 들썩였다. 고문실에서 누군가 똥이라도 싸지른 모양인지 문틈으로 지독한 냄새가 스멀스멀 올라왔다. 어느덧 은제 케이스에 남은 담배는 한 개비뿐이었고 창살로 나뉜 하늘엔 땅거미가 지려고 했다. 게티자는 열쇠를 꺼내 내 쇠고랑을 풀어주고는 무덤덤한 표정으로 선고했다: 이제 그만 나가보쇼, 무혐의니까.

763 왜 자살하지 못했을까? 기회는 언제나 많았다. 비나드가 쏟아낸 피로 양손이 붉게 물들었을 때, Q교수의 지하 방에서 잉크가 떨어졌을 때, 달리던 열차의 난간 앞에 섰을 때, 밤마다 검은숲의 어둠을 바라봤을 때, 그리고 트롤들이 습격해 올 때마다 그 짐승들의 아가리 속으로 고개를 밀어넣을 수 있었다. 그러나 끝내 그렇게 하지 못했다. 원흉이란 신앙 때문이다.

764 투기 과열 지구: 건강한 육체엔 건강한 정신이 깃들지 않는다. 정신은 육체적 빈곤을 자양분으로 삼기 때문이다. 방향을 몰라서가 아니라, 그곳으로 갈 수 없어서 죽어간다. 나는 사막을 건너다가 쓰러질 것이다. 작열하는 모래에 덮여 손에 든 나침반과 함께 영원히 잊히리라. 기적이 사라진 해로부터 1107년 뒤 1월 21일, 마침내 모체가 발굴됐다.

녹 취 록

(통 화 록)

본 증명은 행정사법 제2조 제1항 제2호(사실증명에 관한 서류 작성) 및
제20조 제1항(증명의 교부)에 근거함.

로딤녹취록 프로빈 행정사무소(남구 등록 423-19424호)
비뢰시 남구 로딤가 12-72번지 / 전화 003-201-3199

대표 행정사 프로빈 (서명)

※ 발행자 외 수정할 수 없으며, 복사하여 사용하여도 무방합니다.
※ 본 사무소는 녹음의 복사본을 보관하지 않으므로, 사건종결 때까지 녹음기기
  (원본)의 보관에 유의하십시오.

녹 취 록
(통 화 록)

녹 취 자 : 르릴다(003-321-4921)

상 대 방 : 아투스, 타누(002-756-0091)

통화일자 : 1103년 8월 20일

통 화

르릴다 원래 어제 오기로 했던 물품이 오지 않았습니다.

아투스 그게 무슨 말이지?

르릴다 그것이, 그쪽에서 웃돈을 요구했습니다.

아투스 젠장맞을, 트라케 놈들은 믿을 게 못 되는군. 브룅에서 연락은?

르릴다 없었습니다.

아투스 미치겠군. 도대체 뭐가 어떻게 되는 거야?

르릴다 죄송합니다만, 그게, 오늘 오전에 들어온 다른 쪽 정보인데, 그저께 트라케시 쪽 특공대가 브룅시의 1사단 12포병대를 급습했다고 합니다. 야포들을 모두 파괴했다고…….

아투스 12포병대? 설마 우리 쪽에 포탄을 빼돌리기로 했던?

르릴다 그렇습니다.

타　누　지랄 났군.

아투스　설마 트라케시 쪽으로 정보가 샜나?

르릴다　확인되지 않았습니다.

타　누　하지만 그럴 가능성은 있다?

르릴다　증거는 없지만, 가능성을 배제할 수는 없다고 봅니다.

타　누　우라질, 가능성이라고? 내가 보기엔 자명해, 재고 자시고 할 것도 없지! 우리가 빌어먹을 놈의 폭약을 브룅 놈들한테 산다는 얘기를 엿듣지 않았다면, 많고 많은 포병대들 중에 하필이면 12포병대를 콕 집어서 습격할 이유가 뭔데? 그러고는 감히 웃돈을 요구해? 가증스러운 빨갱이 자식들! 이럴 때 보면 자본가들보다 더 자본가 같단 말이지.

아투스　너무 속단하진 말게.

타　누　아니, 더 이상 신중했다간 익사할 지경이야. 어쩌면 그 공산당 승냥이들이 브룅 놈들한테 노획한 포탄들을 웃돈을 얹어서 다시 우리들한테 팔려고 들겠구먼.

아투스　트라케시에서 요구한 웃돈은?

르릴다　지금 남은 예산으로는 간당간당합니다.

아투스　돈이 원수로군. 그 세금징수인 녀석은 어떻게 됐지?

르릴다　아들이 아직 포누그놈에 잡혀 있다고 합니다. 고문은 이뤄지지 않는 것 같은데 왜 계속 잡아두고 있는지는 잘 모르겠습니다.

아투스　세금징수인은?

르릴다　닷제는 계속 내무부 관료들을 만나고 있고, 최근엔 왕실 쪽 인맥을 찾아다니고 있습니다.

타 누	환장하겠군. 담배쟁이들 주머니를 털어서 엉뚱한 놈들 주머니를 채워주고 있잖아? 재수도 없지, 우리가 납치할 놈을 경찰 자식들이 먼저 가져가다니. 우리가 다시 잡았을 때 빈털터리면 어떡하느냐고?
아투스	너무 속단하진 말게.
타 누	어휴, 또 그 소리! 이러다가 가라앉다 못해 용왕님이라도 만날 판이라니깐. 당장 그 세금징수인 자식 대가리에 총구를 들이밀어야 해.
아투스	괜히 일을 번거롭게 만들지 말게나, 부모에게 자식만큼 효율적인 것은 없어. 그나저나 고문이 없는 것으로 보아 기한을 모두 채우면 밖으로 내보내긴 할 것 같군. 좋아, 녀석이 나오는 대로 보고해주게.
르릴다	알겠습니다.

23장

765 오래전 시인들은 늦여름을 두고 보리까락이 푹푹 찌르는 계절이라고 노래했다. 석탄 찌꺼기와 인분이 흐르는 오늘날 비뫼시의 썩은 샛강 앞에서 그 시구들은 형이상학적 수사처럼 느껴진다. 신문엔 북쪽 외곽으로 위생 시찰을 나갔던 위원 하나가 콜레라로 쓰러졌다는 기사가 났다. 뺨에 닿는 공기는 덥되, 신열에 달아오른 병자의 가쁜 숨처럼 무더웠다.

766 언제 봐도 늦여름은 수상한 계절이다. 포악한 더위는 한풀 꺾였지만 포석은 여전히 달궈져 있다. 열사병엔 불충분하되 부패를 지속시키기엔 여전히 차고 넘치는 온도. 산패한 시신에서 터져 나온 가스의 열은 끈적거린다. 덕분에 늦여름엔 언제라도 열기가 다시 돌아올 것처럼 느껴진다. 마치 지나간 뒤엔 다시는 되돌아오지 않는 호시절처럼 말이다.

767 손가락에서 힘이 풀리고 있음을 가장 먼저 느끼는 것은 그 손아귀에 붙들려 있는 자이다. 같은 이유에서 여름의 쇠락 앞에 가장 민감하게 반응하는 것은 단연 대지였다. 그간 여름은 대지의 피를 뽑아 올려 녹음과 뿌리들로 대지를 동여매지 않았던가? 늦여름, 당연히 주어졌고 또 마음껏 누릴 수 있는 것이라 믿어졌던 것들의 배신이 시작된 것이다.

768 젊음이 그러하듯 여름의 관성은 갑작스레 끊어진다. 밤이 내려앉고서 불쑥 찾아온 스산함에 이불을 끌어 올릴 때 불행히도 깨어나면, 불현듯 모골이 송연해지며 뒷덜미를 움켜잡는 아득한 공포 속에 내던져진다. 그 싸늘한 식음은 곧 완전히 풀려날 대지가 청구할 손해배상액, 즉 죽음의 전조이다. 비나드는 늦여름에 흠뻑 젖어 있었다.

769 어둠 속에서 난폭한 격정은 분해됐다. 때로는 투박하게 갈라졌고 때로는 세밀하게 쪼개졌다. 그 안도감은 무엇이었나? 칼에 찔린 것 같고 몸 안에 상어가 들어온 듯한 느낌, 적어도 그렇게 말해진 고통에서 벗어나서? 아니면 비나드가 제구실을 못 한다는 사실을 알게 돼서? 자기 자신을 짊어질 수 없는 자는 무엇일까? 동정엔 달콤함의 정수가 섞여 있다.

770 원본보다 더 원본 같은 모조품은 과연 모조품일 수 있을까? 비나드라는 이름은 공중에 붕 뜬 조각구름처럼 보였다. 마음대로 주무르려 하면 손가락 사이로 빠져나가고 말을 걸면 잠시 흔들리다가 덧

없이 흩어져버렸다. 비나드에게 비나드는 버거웠다. 나는 가면을 쓰고서 그 짐을 대신 들어주고 있었다. 빚을 진 것이다. 그러나 정녕 그뿐이었나?

771 허약해진 비나드는 잘 먹지 못했고 잠도 제대로 자지 못해 언제나 어지러워했다. 일전에 났던 엄포와는 달리 닷제는 내게 비나드의 병간호를 맡겼다. 내가 오트밀을 갖고서 올라가면 비나드는 게슴츠레한 눈으로 맥없는 미소를 짓곤 했다. 흐트러진 머리칼을 빗겨주며 왜 불면에 시달리느냐고 물으니 그는 이렇게 대꾸했다: 잠들기엔 현실을 너무 사랑하거든.

772 오트밀을 두고 가면 알아서 먹겠다고 비나드가 말해, 나는 먹는 걸 보겠다고 대꾸했다. 그가 날 내치지 못하리란 아무런 근거 없는 확신으로 가득했고, 나는 결국 그 도박에서 땄다. 떨렸고 분위기도 어색했지만 나는 다가갈 수 있었고, 그래서 그렇게 했다. 이윽고 그릇이 비자 그에게는 더 이상 시선을 피할 데가 없었다. 말을 하기엔 이미 너무 가까웠다.

773 성배: 그의 타액을 삼킨 뒤 모든 금지의 사슬이 끊어진 것 같았다. 분명 걱정은 됐지만 걱정은 격정의 마른 땔감이 되어 활활 타올랐다. 피부 같던 피륙이 이렇게도 쉽게 벗겨진다는 건 물리적 오류처럼 느껴졌다. 뻔뻔스러우리만큼 순수하고 또렷한 나신, 황홀감. 병실 문턱 뒤에서 베자네프가 물었다: 이봐, 그 녀석이 정말로 너를 사랑했을까?

774 두 계단 정도의 거리를 두고서 허풍을 들으며 점잖게 웃던 시절과 발가벗은 채 뒤엉킨 흥분 사이의 간격, 나란히 떠올리는 것만으로도 영원한 평행선을 그릴 것처럼 보이는 저 두 지점이 어떻게 좁혀지다가 마침내 포개어지는지는 도무지 알 길이 없었다. 비나드는 손가락을 갖고서 은밀한 마법을 부렸고 내겐 선물 포장지를 찢듯 돌이킬 수 없는 행복이 찾아왔다.

775 손끝이 닿는 곳마다 소름이 돋았고 젖힌 허리를 따라 혈관들이 일어났다. 그러나 그의 허약한 팔은 내 무게를 감당할 수 없었다. 내가 허벅지의 균형을 잃으면 그도 여지없이 침대로 무너졌다. 애써 웃으며 뒤척이는 그를 보고 있노라면, 또한 고혹적이지만 동시에 너무 앙상한 몸뚱이를 어루만지노라면 새빨개진 귓불을 들켜도 아무런 걱정이 없었다.

776 헐떡이는 숨소리를 듣다 보면 짓궂은 마음이 들었다. 능글맞던 모습은 다 어디로 갔느냐고 손가락으로 볼을 찌르고 싶어지는 것이다. 심장박동 소리: 그가 살아 있음을 확인하는 것도 좋았다. 소중했다. 아니 어쩌면, 더 정확히는, 죽음으로써 내가 버림받지 않았다는 것에 탐닉했던 걸까? 알 수 없다. 약간만 멀어져도 꺼져버릴 위태로운 불씨를 붙잡고 있는 것 같았다.

777 이튿날 시인들이 국가보안법 위반으로 기소됐다는 소식이 들려왔다. 그러나 공소장엔 비나드의 이름이 없었다. 나는 이 얘기를 비나드에게 전하지 않았다. 계단을 올라가기만 하면 닿는 탐스러운

현실이 무너질까 두려웠다. 그러나 돌이켜보건대 그렇게 취해 있어서는 안 됐다. 그때 나는 닷제가 왜 내가 비나드의 지붕 방으로 올라가게 내버려뒀는지 좀 더 고민해봐야만 했다.

778 데카트 고뫼를 다시 찾아간 건 기적이 사라진 해로부터 1120년 뒤 10월의 어느 날이었다. 징계로 잠시 주춤했을 뿐 결국엔 정보심의관까지 벼락같이 출세했던 그는 이제는 모든 직위를 박탈당한 채 무기한 가택 연금 상태였다. 납의 시대부터 벌여온 온갖 일에 대한 진상 규명이 이뤄지고 있었고 변론의 여지가 없는 재판들이 그를 기다리고 있었다.

779 반복된 역사 앞에선 언제나 기분이 묘하다. 언짢고 한심스러우면서도 어딘가 신비롭다. 부친이 브룅의 국영 철도 회사에 전 재산을 밀어 넣었다가 쫄딱 망했듯 데카트 고뫼 역시도 모든 걸 걸어놨던 끈이 떨어지면서 나락으로 내던져졌기 때문이다. 왕실도 내무부도 그리고 의회도 더 이상 그를 비호해주지 않았다. 듣자 하니 고뫼는 술에 절어 산다고 했다.

780 처음에 고뫼는 날 만나주지 않았다. 담당 감시관이 귀띔해주길, 듣고픈 얘기가 있다면 고뫼가 포누그놈 감옥으로 이송되기 전에 들어야 할 것이라고 했다. 이유인즉 총경 이상의 간부는 감옥으로 보내지기 전 최소한의 명예를 위해 자살하는 것이 관례라는 것이다. 다음날부터 나는 문고리를 두드리며 어차피 죽을 거라면 저승까지 묻고 갈 비밀이 뭐가 있느냐고 외쳤다.

781 그 말이 효과가 있었는지 없었는지는 모르겠다. 주정뱅이의 머릿속은 취한 승무원들이 탄 배인지라 매 순간 마음대로 요동치기 때문이다. 문을 연 고뮈의 혈색은 빛바랜 회색 종이 같았다. 지저분한 수염을 늘어뜨린 입으로 그는 퉁명스레 말했다: 5분, 그 이상은 안 돼. 응접실엔 술병들이 굴러다녔다. 바닥에 떨어진 샹들리에를 사이에 두고서 입술을 뗐다.

> **얀코** 징계 기록을 봤습니다. 닷제가 비나드를 감시했던 건가요? 그게 면책 조건이었습니까?
>
> **고뮈** 우리는 그렇게 하려고 했는데 신께선 그럴 마음이 없으시더군. 그나저나 그딴 걸 묻는 걸 보니, 네가 그 시인 나리 대역 하녀였나?
>
> **얀코** 답하세요. 비나드를 미끼로 쓴 건가요?

데카트 고뮈는 고개를 뒤로 젖히며 신경질적인 웃음소리를 냈다. 그러나 잠깐일 뿐이었다. 이내 귓가에 알코올중독자 특유의 윙윙거림이 올라온 모양인지 더 이상 웃지 못한 채 제자리에 가만히 서 있기만 했다. 갈라진 입술, 망가진 간 때문에 푸르죽죽해진 납빛 낯짝. 이윽고 고뮈는 숨을 고르며 다시 입술을 뗐다: 웃기는군. 그놈을 미끼로 쓴 건 너희 아니었나?

782 나는 불면증을 해결해줄 수 없었다. 권력의 개들과 포누그놈 감옥을 원망하는 시간들을 보냈건만, 잠을 앗아 간 건 바로 나였기 때문이다. 가엾은 그는 어쩌다가 얕은 잠에 들었더라도 이내 비명을

342

내지르며 깨어나기 일쑤였고, 작열감으로 붉게 달아오른 혈관의 모양이 하나하나 다 드러날 정도의 식도염에 시달려야만 했다. 그러나 그는 단 한 번도 나를 원망치 않았다.

783　며칠 뒤 몰래 밖으로 나간 비나드는 중독자들의 뒷골목에서 물담배를 구해서 돌아왔다. 유리병엔 건조된 채로 돌돌 말린 대마 잎들이 들어 있었는데 잠시 뒤 그것은 모락모락 피어오르는 새하얀 연기로 변했다. 이윽고 그는 별다른 이유 없이 피식피식 웃더니 한없이 둔해졌다. 재활 병원에 완전히 놔두고 왔다고 믿었던 마약에 다시 손을 대고서야 그는 겨우 잠들 수 있었다.

> **얀코**　　이제 악몽을 꾸지 않나요?
>
> **비나드**　아니, 꿈에 나오는 건 크게 다르지 않아.
>
> **얀코**　　그런데 왜 깨지 않는 거죠?
>
> **비나드**　글쎄…… 어쩌면 덜 시끄러워서?
>
> **얀코**　　그게 무슨 말이에요?
>
> **비나드**　이제 보니 헛소리에 집착하는 버릇이 있네.

비나드는 침대 위에서 나른하게 뒤척이며 쿡쿡 웃어 보였다. 그러고는 예전처럼 다시 실없는 소리들을 늘어놓기 시작했다. 눈동자에 힘이 풀려 있는 게 계속 마음에 걸렸지만 그래도 기뻤다. 가끔 말을 너무 많이 해서 기침을 하기도 했지만 그래도 좋았다. 생각은 되도록 하지 않으려고 했다. 추측은 절벽인지라 한번 미끄러지면 너무 깊숙이 떨어지기 때문이다.

784 마지막으로 매를 맞는 아이는 이미 심리적으로 죽어 있다. 그런 점에서 노련한 사냥꾼은 사냥감에게 잔혹한 자비를 베푼다. 주변이 너무도 자연스러워서 사냥감은 자신이 감시를 당하고 있는 것도, 총구가 겨눠진 것도, 조준경이 좁혀지고 있는 것도 전혀 눈치채지 못한다. 하늘과 풀은 평소처럼 제자리에 있을 뿐인데 갑작스레 총성이 울리고 심장이 멈춘다.

785 공포는 사냥의 오점이다. 완벽한 사냥은 단발로 이뤄진다. 과녁은 빗나가는 법이 없고, 나자빠진 사냥감은 누가 총에 맞은 걸까, 라고 물으며 숨이 끊어진다. 두려워할, 한 걸음 도망쳐볼 기회조차 가져보지 못하고 가버리는 것이다. 그렇기에 잔혹성과 도덕성은 근친 관계이다. 내가 계단을 올라갈 때마다 닷제는 자신이 완전한 사냥에 가까워지고 있다고 믿었으리라.

786 언제 죽는지 알 수 없다는 것, 그건 근본적인 부조리이다. 최소한 사형 집행일을 알려주고서 그걸 외면할지 말지를 결정하게 해줘야 하는데 세계는 공평을 모른다. 세계를 존중해야 할 아무런 이유도 없는 것이다. 가로수 하나 없는 황량한 거리에서 가을이 왔음을 알려주는 유일한 표지는 썩은 물을 먹고 나자빠진 철새들의 시체뿐이다.

787 내 얘기나 늘어놓으며 헛되이 시간을 쓴 것이 후회된다. 너무도 후회된다. 겨우 같이 있을 수 있게 된 비나드, 너무 야윈 비나드는 내가 살아온 삶에 대해 계속해서 물었다. 누군가에게 내 과거를 말

할 날이 올 거라고 생각하지 않았던 터라 혀는 서툴렀다. 그러나 그와 함께 침대에 알몸으로 누워 있노라면 부끄러워도 도망칠 만큼 부끄럽지는 않았다.

788 비참하되 시시콜콜한 이야기일 뿐이라고 처음부터 단서 조항을 달았다. 그러면 과거의 무게를 덜 수 있지 않을까 싶었다. 그러나 기적이 사라진 뒤로부터 주문(呪文)은 한낱 말 쪼가리에 불과했고, 떠듬떠듬 멈춰 서야 하는 지점, 아예 없던 일처럼 말할 수 없는 지점들이 부지기수였다. 과거가 주마등이 될까 봐 두려웠다. 비나드는 그 중단들 앞에서 함께 머물러줬다.

789 어느 날 나는 비나드에게 내가 아버지에게 버림받았다고 처음이자 마지막으로 고백했다. 폭동을 빙자해서 자살한 것이라고 말이다. 떨리는 말투였지만 그래도 꾸역꾸역 모두 뱉어냈다. 이제 그만 그 기억을 보내줘도 된다고 마음속 어딘가에선 생각했고 또한 믿었다. 설령 다시 붙잡히더라도 적어도 지금은 아니었다. 비나드는 말없이 듣기만 했다.

790 하인학교 때의 일들을 말하고 있는데 비나드가 잠깐 끼어들어서 프님 남작으로부터 받았다던 그 작은 수첩을 아직도 가지고 있느냐고 물었다. 내가 그렇다고 대꾸하자 그는 웃으면서 여태껏 살아온 나날을 그 수첩에 담아보는 건 어떻겠느냐고 즉흥적으로 제안했다. 나는 고개를 가로저으며 내 삶은 그다지 글로써 회고할 만한 게 아니라고 답했다.

비나드	그렇담 글로 담아낼 만한 건 뭐지?
얀코	무슨 말인지 알잖아요. 나는 그냥 흘러왔어요.
비나드	흐르지 않는 삶이란 없어. 그리고 가라앉지 않고 떠 있기 위해서는 배가 필요하지.
얀코	그렇게 말하는 도련님은 왜 시를 적는 건데요?
비나드	시도 뗏목이야. 다만 걔네는…… 형편없는 내 안에 있기엔 너무 빛나는 녀석들이지. 그래서 꼬리표를 자르고서 밖으로 보내주는 거고.
얀코	도련님은 형편없지 않아요.
비나드	그렇게 말해주니 고맙군.
얀코	말귀 못 알아들어요? 형편없지 않다고요, 당신은.
비나드	정말로 그렇다면야, 너도 마찬가지겠네.

 일순간 말들은 베일 만큼 날카로워졌고 표독스러운 침묵이 가슴을 후벼 팠다. 그러나 비나드의 말은 궤변이고 비문(非文)에 불과했다. 그러니 설득된 건 논리가 아닌 감정이었고, 그건 신뢰할 만한 게 못 됐다. 정동이란 언제나 자기중심으로 구부러지고 녹아드는 탐욕스러운 액이기 때문이다. 그 물감들을 긁어내기 위해 썼건만 결국 내가 한 것이라곤 도화지를 찢은 것뿐이다.

791 아까부터 조금씩 머리를 두드리던 뾰족한 끝들이 기어코 바늘이 되어 관자놀이를 뚫고 들어왔다. 그 쇠꼬챙이는 불로 달궈져 있어 머리를 지져댔다. 모르핀 덕택에 느꼈던 평온 때문에 고통이 더 커진 듯하다. 과연 인간을 죽이는 것은 불행이 아닌 행복이렷다? 그

러나 그 고통의 근저가 꼭 종양은 아니란 느낌이 든다. 작열감 속에서 비나드의 목소리가 지워졌다.

792 추억은 위험하다. 희망을 가질 수 없을 땐 좋았던 기억들이 암세포로 돌변하기 때문이다. 귓가로 다가와, 아니 역으로 머릿속에서 고막으로 속삭인다. 이렇게 계속 까닭 없이 형기를 이어갈 이유가 없다고 말이다. 오래전부터 이미 약보다는 독주가 유효한 상태였는데 이제는 독주가 아닌 독(毒)이 필요한 지경에 이르렀다. 필경 꽃이 피는 걸 보지 못할 것이다.

793 육신은 오래전에 나에 대한 믿음을 거뒀다. 내가 육신을 먼 곳으로 데려가주지 못함을, 되레 같은 곳을 맴돌게끔 만드는 족쇄임을 깨닫고야 만 것이다. 종국엔 정신은 삶을 짊어질 수 없다. 그러니 혈관과 조직을 부풀려 정신을 끊어놓으려는 저 완고한 분노를 이해해볼 수 있다. 물론 그렇다고 해서 멈출 수 있는 건 아니다. 이해하지 못한다고 해도 마찬가지이다.

794 죽음은 무수한 알갱이가 되어 세상으로 다시 흩어지는 과정, 그러나 그 흩뿌림은 나와는 아무런 관계가 없다. 그건 내가 영구히 멈춘 곳에서 시작되는 여정의 결과일 뿐이고 그곳 어디에도 내 자리는 없기 때문이다. 비롯됨과 묷은 별개이다. 삶은 대가라기보다는 처분에 가깝다. 다행히 오늘은 노곤함이 고통을 짓누르려 한다. 복되다, 죽음 또한 이렇게 찾아오기를.

795 자고 일어났는데도 모르핀 때문에 열린 기억들의 후유증이 이만저만이 아니다. 패잔병들이 고국으로 돌아가기 위해 소동을 일으키듯, 가까스로 닫힌 국경이 시끄럽다. 얼음물에 담가뒀던 왼손이 시뻘겋게 변했지만 덕분에 류머티즘의 작열감은 가셨다. 펜을 들고서 다시 수첩 앞에 앉았다. 그 잉크 냄새를 맡았던 걸까, 기억들이 무덤을 뚫고 올라와 죽음의 춤을 춘다.

796 나무 바닥이 죽은 흙으로 변한다. 코로 맡아지는 익숙한 악취에 이곳이 몬세라토 수도원에 딸려 있던 공동묘지임을 안다. 시체 구덩이에서 작은 유골들이 땅을 파헤치며 올라오는데 모두의 손에 나무 삽이 들려 있다. 뼈다귀들이 손에 손을 맞잡고서 내 주위를 돌며 웃어댄다. 류머티즘에도 참았던 위태로운 격정이 꿈틀거린다. 사람을 죽이는 건 분노가 아니라 웃음이다.

797 회고를 할 때 그 의미를 좀 더 숙고해봤어야만 했다. 마지막 나날 동안 비나드는 왜 나로 하여금 과거를 기억하게 하고, 고백하게 하고, 적게까지 한 걸까? 처음엔 단순히 내가 궁금했기 때문이라 여겨졌지만, 어쩌면 그건 내가 비나드가 아님을, 결코 그렇게 될 수 없음을 알려주는 시간들이었는지도 모르겠다. 혹은 반대였는지도. 그러나 이젠, 너무 늦게 닿았다.

798 비나드를 씻기고, 핥고, 끌어안고, 단추를 풀고, 먹이고, 잠드는 걸 지켜보고, 그리고 과거들까지 모두 끄집어내고서야 비로소 다시 바깥으로 나갈 수 있게 됐다. 여름 내내 손질하지 않은 머리카락은

귀를 모두 덮을 만큼 흘러내린 상태였고 가슴을 조이던 붕대도 더 이상 감지 않았다. 비나드는 날이 좋다며 산책을 나가자고 했고 닷제는 그러라고 했다.

799 게로브란타 거리에 있는 서커스 극장 그리고 미술관을 가자는 즉흥 계획을 세웠지만 그중 어느 것 하나도 제대로 소화할 수 없었다. 야윈 데다가 몽롱했던 비나드는 조금 걷다가 지쳐서 앉을 자리나 벤치를 찾기 일쑤였고, 그렇게 앉아서 매연을 마시다가 기침을 해대며 킬킬거렸다. 결국엔 산책보다는 카페에 앉아서 잡담을 하는 쪽으로 계획이 전면 수정됐다.

800 카페를 방문할 때마다 주문하는 커피나 빵 종류는 매번 바뀌었지만 캐러멜은 예외였다. 내가 괜찮다고 말해도 비나드는 고집스레 캐러멜 맛 과자를 주문했고 그때마다 당이 떨어지면 곤란하다며 피식피식 웃어댔다. 가끔 카페에서 연주자들 서넛이 간이 무대로 올라가 현을 켰는데, 나는 그 즉흥연주를 들으며 비나드의 손을 잡고 있는 게 좋았다. 참 좋았었다.

801 그러나 우리에겐 달콤함을 즐길 충분한 시간이 허락되지 않았다. 만일 내가 감시당하고 있는 걸 알았더라면 참토는 그런 식으로 나를 찾아오지 않았을 터였다. 10월의 오후, 카페를 나와서 분수대 주변을 걷고 있는데 구두닦이 가방을 맨 난쟁이 참토가 슬쩍 다가왔다. 눈빛을 읽은 나는 비나드에게 잠깐 화장실에 다녀오겠노라고 말하고는 뒷골목으로 들어갔다.

802 다시 재회한 참토의 얼굴은 생각이 많은 것 같기도 했고 그냥 무표정 같기도 했다. 시간이 많지 않았기에 그는 최대한 간결하게 말했다—에누아 드레이턴은 죽지 않았고 그가 숨겨둔 '무언가'를 찾을 수 있을지도 모르겠다고. 그러고는 품 안에서 찢긴 종이 하나를 건넸는데 그건 블리모로 니타의 시 두 편이었다. 이윽고 그는 짧게 혼잣말했다: 이게 최선인 걸까?

> **얀코**   그때, 다 보고 있었던 거죠?
> **고뤼**   그 난쟁이 녀석이 내 연락책을 쳤던 놈이더군. 미끼를 던졌는데 생각지도 못한 게 물려버린 거지. 시인 나리가 아니라 바로 너였던 거야.
> **얀코**   왜 곧바로 체포하지 않았나요?
> **고뤼**   내가 빌어먹을 미끼를 문 걸 몰랐으니까.

사복경찰은 난쟁이 구두닦이의 뒤를 밟았다. 생각이 많았던 참토는 평소처럼 예민하지 못했고 로벨토가의 청과물 직매장까지 미행을 허락하고 말았다. 그는 직매장 길모퉁이에 있는 낡아빠진 목로주점으로 들어갔고, 모주꾼과 야바위꾼의 들뜨고 성난 틈바구니를 지나쳐 뒷문을 열고서 다시 안마당으로 나갔다. 거기엔 구리로 된 관들을 늘어뜨린 증류기가 있었다.

803 가열기 앞엔 장작을 집어넣는 일꾼 하나가 서 있었는데, 참토는 증류주에 찌든 주정뱅이들을 지나쳐 그에게 다가갔다. 둘은 비밀스러운 말을 속닥였다. 그러더니 참토는 목로주점의 한쪽 구석의 빈

자리로 걸어갔고 거기서 술 한 잔 마시지 않으면서 꼬박 두 시간을 앉아 있었다. 그러는 동안 일꾼과 귓속말을 주고받은 술집 주인이 어디론가 전화를 걸었다.

804 사복경찰은 탈출한 갤리선 노예 행세를 하며 목로주점의 온갖 건달, 짐꾼, 넝마주이, 땜장이, 싸구려 악사, 협잡꾼 들과 어울렸지만 슬슬 인내심의 한계가 오려고 했다. 어느덧 해가 지고서 여느 때처럼 보름치 급료를 탕진하러 온 탕아들이 거리로 쏟아져 나왔다. 그리고 그 행렬에 뒤섞여서 벙거지 모자를 푹 눌러쓴 제화공 하나가 목로주점으로 들어왔다.

805 살짝 취해 있긴 했지만 그래도 정신은 말짱했던 사복경찰은 참토와 제화공을 눈여겨봤다. 이윽고 제화공이 모자를 고쳐 쓰며 얼굴을 드러냈을 때 인내는 비로소 열매를 맺었다. 수배 전단에 그려져 있던 여러 몽타주 중 하나인 무정부주의자, 그것도 간부급으로 분류된 르릴다였다. 멍든 것처럼 짙은 눈매와 왼쪽 이마의 화상 자국으로 미뤄 보아 틀림없이 그녀였다.

806 소가 뒷걸음치다가 쥐를 잡고, 대어는 언제나 뜻하지 않게 낚이는 법이다. 그날 밤 때마침 야간 당직을 서던 고뮈는 잔뜩 취한 채로 돌아온 사복경찰로부터 놀랄 만한 사실을 들었다. 그건 닷제의 외아들의 대역이자 은밀한 관계였던 하녀가 다른 이도 아닌, 비뫼시 무정부주의자들 사이에서 작전참모 역할을 하고 있는 르릴다와 연결되어 있다는 정보였다.

807 혀꼬부랑 소리가 신고 온 정보는 곧장 고뮈의 야심 화로에 땔 감으로 던져졌다. 망치를 두드리고 풀무질을 할 때마다 불티들이 하늘 높이 치솟았다. 작전에 재를 뿌린 쥐새끼 하나를 색출하겠다던 초기의 소박한 생각은 깨끗이 사라졌고 그 빈자리엔 거물을 붙잡아 특진을 하겠다는 장밋빛 미래가 들어찼다. 그리고 공훈을 독차지하기 위해선 비밀 엄수가 필수였다.

> **참토** 르릴다, 지옥에서 영원토록 불타야 할 그년은 배신자였어. 하지만 그때는 몰랐어, 미안해.
>
> **얀코** 그러면 다른 간부들보다 먼저 알기 위해서 그날 너를 직접 만난 거였다는 거야?
>
> **참토** 우리가 닷제의 돈을 먹으면 관리하기가 어려워질 테니까. 청동왕은 슬슬 납에 질려가고 있었거든.

참토가 말을 멈추고서 고개를 숙였다. 그 침묵 속에서 돌이킬 수 없게 된 필연들이 맴돌며 귓가를 윙윙 울려댔다. 결국엔 이뤄질 일들이 이뤄지는 것이라던 옛 현자들의 가르침에 진절머리가 났다. 저 멀리, 아마도 식물생장조절실쯤 되는 곳에서 불기둥이 솟아올랐다. 자리를 털고 일어나 반파된 극남식물연구소로 걸어갔다. 아직 거기엔 기밀문서고가 남아 있었다.

808 기적이 사라진 해로부터 1103년 뒤 11월 3일, 본격적인 찬 바람이 휘몰아치기 시작했고, 북쪽 외곽을 중심으로 독감의 유행 조짐이 보고됐고, 해외무관을 빙자해 유배 보낸 전쟁 영웅을 복귀시키란

시위가 있었고, 닷제는 아침 식사로 청어 요리를 먹었고, 할퀸 자국들이 마음에 걸렸던 나는 계단에 앉아 손톱을 잘랐고, 그리고 비나드가 총에 맞았다.

809 역사가는 과거라는 중핵을 갖는다. 그 중핵은 모든 사건을 끌어당겨서 배열하고, 그때 우주는 마치 행성궤도처럼 완전한 질서로 이뤄진 것처럼 보이게 된다. 너무 뻣뻣하여 칼로 베어도 피 한 방울 나올 것 같지 않은 필연들. 이는 혜성이 불길함의 징조가 된 이유이기도 하다. 제자리에서 빛나기를 그치고 이곳을 향해 맹렬히 떨어지는 것 같은 불덩이들.

810 지난날을 돌아보건대 모종의 숙명을 찾아내려는 건 간절하며 또한 덧없다. 이제 내게 절박함은 허무로 뻗은 에움길에 불과하다. 별은 우리를 굽어본 적조차 없다. 건조한 문체는 달관이나 강인함의 표징 따위가 아니다. 무덤덤한 표정은 그 기억을 수많은 인생사 가운데 하나일 뿐이라고 여기고픈 믿음의 발로이기 때문이다. 성숙과 노년은 관계가 없다.

811 그날 오전, 비나드는 잠시 외출을 갔다 오겠다며 프록코트에 팔을 집어넣었다. 어디로 가느냐는 물음엔 배시시 웃으며 "혼자 가고픈 곳"이라고 말했다. 그때 나는 그게 아편을 사러 가는 걸 에둘러 말한 것이라 여겼다. 전날까지도 시시콜콜한 농들만 늘어놨기에 그 대답에 무슨 특별한 의미가 있다고는 생각하지 않았다. 그에게 마지막으로 한 말: 우산 챙겨 가요.

812 비나드를 태운 승강기가 내려가고서 닷제도 외출을 하려고 나왔다. 담배위원회에서 마련한 오찬 모임이 있다고 했는데 이 역시 특별한 의미를 부여할 만한 말은 아니었다. 보기에 따라서 닷제와 비나드의 외출 시간이 겹친다는 건 이상한 일일 수도 있었지만, 그때는 단순한 우연의 일치, 아니 우연이란 생각조차 하지 않았다. 그냥, 그냥 그런가 보다 했다.

813 나는 창밖을 내다보지도 않았다. 층계를 닦고 구두 흙털이를 흑연으로 닦을 청소 생각만 하고 있었다. 그러는 동안 비나드는 삯마차를 잡아탔고, 길모퉁이에 대기하고 있던 증기자동차 세 대에 시동이 걸렸다. 거기엔 고뮈를 비롯한 무장 경관 여섯 명이 타고 있었다. 그리고 자기 아들을 미끼로 쓰는 데 동의한 닷제가 직접 마부석에 앉아 경찰들을 뒤쫓았다.

814 비나드를 태운 삯마차는 약쟁이들의 골목인 펠룸 부두로 갔다. 거기에는 르릴다를 비롯한 무정부주의자 네 명이 매복하고 있었다. 참토도 그중 하나였다. 그런데 비나드가 도착하기 전에 금속 연마공 하나가 긴급 전보를 들고 달려왔다. 그걸 받아 본 르릴다의 얼굴색이 싸늘하게 변했고 참토는 일이 뒤틀어졌음을 직감했다. 르릴다는 막대형 수류탄을 가져오라고 명령했다.

815 곡물관리청 테러에도 불구하고 식량 폭동 같은 위험한 조짐들이 사라지자 1103년 말엽부터 왕가에선 납의 시대의 종결을 준비했다. 승리로 가는 전법의 왕도는 보급로 차단이기에 왕가에서는 먼저

무정부주의자들의 자금줄을 끊어놓기로 했다. 가짜 채권, 위장 부동산, 무기 밀매 등 여러 사업장이 급습당했고 고위층들에 대한 납치극 첩보도 활발히 이뤄졌다.

816 참토는 르릴다가 닷제의 돈을 도중에 가로챌 생각을 하고 있었던 것 같다고 말했다. 왕가의 사냥개가 이를 알고 허락했는지 여부는 알 수 없었지만 말이다. 그렇게 봤을 때 고뮈는 계산에 없던 미꾸라지, 온 웅덩이를 흙탕물로 만드는 미꾸라지였다. 르릴다는 닷제의 돈을 꿀꺽할 수 없게 되자 사적인 분노를 비롯해 무정부주의자와 왕가 모두를 만족시키기로 했다.

817 삯마차에서 내린 비나드는 지붕이 뜯겨나간 창고와 썩은 누옥들이 있는 구역으로 걸어갔다. 증기자동차에서 내린 경찰들은 그의 뒤를 쫓았고 무정부주의자들은 세관 지붕 위에서 그 모습을 내려다보고 있었다. 이윽고 개펄 썩은 냄새로 가득한 골목을 빠져나온 비나드는 붉은 페인트칠이 된 부잔교 앞에 멈춰 섰다. 마치 거기서 누구를 기다리기라도 했던 것처럼.

818 수류탄이 먼저 던져졌다. 하역장 근처에서 거리를 두고 비나드를 좁혀오던 경찰들이 폭사했고 주변은 삽시간에 아수라장이 됐다. 참토는 권총을 들고 있긴 했지만 뭘 어떻게 해야 할지 알 수 없었다. 그래서 자신들을 향해 대응 사격을 하는 고뮈 쪽으로 총구를 겨눴고, 방아쇠가 당겨진 순간부터 생각은 끝장났다. 르릴다는 개머리판을 어깨와 팔 사이에 안착시키고 있었다.

819 참토는 비나드의 마지막을 얘기하면서 말을 몇 번이고 멈췄고, 그 틈마다 "그러려고 했던 게 아닌데……"라는 말이 부표처럼 불쑥 솟아올랐다가 다시 가라앉았다. 비나드는 갑작스러운 총격전에도 불구하고 그 자리에 가만히 서 있었다고 했다. 그리고 총알로 벼룩도 맞힌다는 명사수 르릴다의 조준은 빗나가지 않았다. 납탄이 그의 심장을 뚫었다.

820 수류탄을 먼저 던진 건 참토였다. 그건 무정부주의자로서 비나드에게 보낼 수 있었던 유일한 신호였지만 비나드는 엎드리지도 도망치지도 않았다. 어째서? 단순히 얼어붙은 건가? 죽음이 기억의 열쇠인 까닭일까. 남방한계선에서 재회한 참토에게서 진실을 들은 뒤부터 몇 번이고 억눌렀던 질문들이 다시 솟구친다: 오래전 내 아비처럼, 비나드, 그도 자살한 걸까?

821 동료들의 피가 쏟아지고 살이 도려내지는 걸 똑똑히 지켜보면서 함구했던 그의 침묵, 터진 잇몸 때문에 침을 뱉을 때마다 한 움큼씩 섞여 나왔던 핏덩이를 상상할 때마다 까무러칠 것만 같다. 불면의 시간들을 견디면서, 그리고 나와 섞이면서 했을 생각들을 헤아리다 보면 어느새 사막에서 길을 잃게 된다. 오아시스에선 비나드가 바닥에 그림을 그리고 있다.

822 그 모든 일이 벌어지던 순간, 나는 평소처럼 아파트에서 하녀일에만 매진하고 있었다. 대역으로 대학에 가지 않는 나는 단지 하녀에 불과했고, 그건 무릎을 꿇고서 현관을 닦은 뒤 회계장부를 정

리해야 한다는 뜻이었다. 승강기 초인종 소리가 들렸을 때 나는 그것이 비나드가 돌아온 소리라고 생각하며 손에 묻은 흑연을 앞치마에 닦았다.

823 그러나 문을 박차고 들어온 건 비나드가 아닌 닷제였다. 소매가 피로 흥건히 젖은 상태였고, 내 인사를 무시한 채 핏발이 선 눈동자를 끌고 곧장 자신의 집무실로 들어갔다. 이윽고 벽에 걸린 장총을 뽑아 드는 소리가 들려왔고 욕지거리와 함께 바닥에 탄환이 떨어지는 소리가 뒤를 이었다. 무언가 잘못돼도 단단히 잘못됐다는 느낌에 목덜미에 소름이 돋았다.

824 가까스로 장전을 마친 닷제가 다시 밖으로 나왔을 때 나는 곧바로 나를 겨눈 총구 앞에서 본능적으로 엎드렸다. 총성과 함께 소파가 터지면서 깃털들이 솟구쳤다. 욕을 내뱉는 소리가 들렸지만 너무 당황해서 알아들을 수 없었다. 닷제는 다시 도망치려다 넘어진 나를 조준했다. 바로 그때, 열린 문으로 뛰어 들어온 참토가 닷제의 이마에 총알을 박아넣었다.

24장

825　분서(焚書): 적다 만 것들 앞에 오랫동안 머무는 시간이 길어지고 있다. 딱히 완성시킬 것도 아니면서 끊어진 목적어와 주어 없는 동사들 옆을 하염없이 기웃대는 것이다. 남은 가능성, 비로소 고백건대 그건 명분일 뿐이다. 완성의 언저리에 두루뭉술하게 남기면, 마치 안개처럼, 언젠간 저절로 사라질 것 같은 마음이 들기 때문이다. 차라리 망각 속에 태워야 하거늘.

826　시간이 얼마 남지 않았으면서 지지부진한 것은 길을 찾지 못했기 때문이 아니라 되레 그 머묾이 소망한 바였기 때문이다. 동정의 행간은 우려감이다: 쓰러진 저 사람이 떨쳐내고 일어나 더 이상나를 필요로 하지 않으면 어쩌나? 그 시선은 모래알처럼 스며들어 내 안에서 나를 보는 눈동자가 된다. 그래, 모든 이는 결국엔 동정 속에서 익사하고야 마는 것이다.

827　다시 눈을 떴을 때, 얼굴엔 산소호흡기가 씌워져 있었다. 똬리 나무, 그리고 온 장기를 끄집어내리던 메스꺼움과 구토증이 떠올랐다. 의사가 다가와서 동공에 빛을 비춰 반응 검사를 했고, 이어서 황화수소 중독, 뜻하지 않은 행운, 아질산나트륨 해독제 따위의 말들을 늘어놨다. 약간이라도 여력이 있었다면 이렇게 외치고 싶었다: 왜 죽게 내버려두지 않았나?

무단결근에 따른 권고퇴직 통지문

소　속 : 비뫼지질자원연구원 남방 제2지진관측소

직　책 : 지진화산감시과장

성　명 : 외르딕 닐센

주　소 : 중구 룀티크가(街) 36B번지 토피오 빌라 7호

무단결근으로 인해 귀하를 권고퇴직 처분할 것을 알려드립니다.

귀하는 1107년 1월 21일부터 17일간 무단결근을 하였습니다. 그 후 비뫼지질자원연구원 산하 남방 제2지진관측소(이하 '지진관측소')에서는 몇 번이나 출근 권고를 하였지만 아무런 회답도 없이 여전히 무단으로 결근을 하였습니다.

이는 취업규칙 제29조 제4항에 위반되는 사항으로 징계해고 처분에 해당되는 행위입니다. 이에 지진관측소는 취업규칙에 따라 귀하에게 권고퇴직 처분을 하려고 합니다. 만약 귀하가 지진관측소의 권고퇴직 처분을 받아들일 의향이 있으면 이 문서가 도착한 날로부터 10일 이내에 1107년 2월 15일을 퇴직일로 한 퇴직 요청서를 인사부서 앞으로 발송해주시기 바랍니다. 만약 10일 이내에 퇴직 요청

서를 발송하지 않는다면 지진관측소에서 자체적으로 2월 15일을 퇴직일로 하여 해고 처분할 것임을 알려드립니다.

1107년 2월 9일

남방 제2지진관측소 방재본부장

<table>
<tr><td></td><td></td><td></td><td></td><td></td><td></td><td></td><td></td><td>(3)테</td><td></td></tr>
<tr><td>(1)누</td><td>르</td><td>네</td><td>르</td><td></td><td>(5)풀</td><td>무</td><td>형</td><td>제</td><td>단</td></tr>
<tr><td>수</td><td></td><td></td><td></td><td></td><td></td><td></td><td></td><td>라</td><td></td></tr>
<tr><td></td><td></td><td></td><td></td><td></td><td>(3)아</td><td>투</td><td>스</td><td></td><td></td></tr>
<tr><td></td><td></td><td>(5)몰</td><td></td><td></td><td></td><td></td><td>(4)두</td><td></td><td></td></tr>
<tr><td></td><td></td><td>(4)페</td><td>두</td><td>모</td><td>프</td><td>발</td><td>뇌</td><td>르</td><td></td></tr>
<tr><td>(2)독</td><td>(2)자</td><td></td><td></td><td></td><td></td><td></td><td>증</td><td></td><td></td></tr>
<tr><td></td><td>신</td><td></td><td></td><td></td><td></td><td></td><td>발</td><td></td><td></td></tr>
<tr><td></td><td>감</td><td></td><td></td><td></td><td></td><td></td><td></td><td></td><td></td></tr>
</table>

[가로]

1. 인두세 폐지를 조건으로 플레게톤강에 출몰했던 수룡의 목을 쳤던 전설 속 영웅. 이를 기리기 위해 북쪽 나루터의 지명을 그의 이름으로 바꾸었다고 전한다.

2. 돈을 내고서 수수께끼를 푸는 존재. 《게로브란타의 여인》에서 프쥔이 사교 모임에 온 오슈르 자작에게 건넸던 수수께끼의 정답이기도 하다.

3. 북쪽 외곽 하수구에서 굴다리 교회를 운영했던 목사이자 이른바 '폭탄 설교자'라는 별칭으로 불렸던 무정부주의 단체의 간부.

4. 왕가의 방계 출신이자 사교계에선 '미치광이 후작'으로 불렸던 인물. 훗날 전쟁영웅 릿챠의 오른팔로 군사 반란에 가담했다.

5. 1092년 식량 폭동을 주도했던 폭력 조직. 조사 결과 페디아 공국의 사주를 받았던 걸로 드러났다.

[세로]

1. 수도관이나 천장에서 물이 새는 경우.

2. ○○○은 실력과 반비례하는 것—예언자 벨토가 "얇은 의혹을 줄이는 것이 아니라 늘리는 기술"이란 조언을 해주면서 덧붙인 금언.

3. 고다바르 주둔군과 동로군, 그리고 국경을 넘으면서 자원 모집된 의용군들까지 규합된 릿챠의 반란군이 의회파 정규군에게 대승을 거둔 전투가 벌어졌던 평원.

4. 1070년 무렵부터 각 도시의 저명한 학자들이 사고사하거나 실종되는 사건들이 연달아 벌어지자 유행하게 된 음모론.

5. 20년간 최소 40여 건이 넘는 살인을 저질렀고, 희생자의 물건을 수집하는 데 집착하여 언론에서 이른바 '기념품 도살자'라는 별칭을 붙여줬던 연쇄살인범.

25장

828 쌓인 책자들이며 난삽하게 흩어진 메모 더미를 보며 반복해서 읊조리길, 임시방편엔 언제나 신중을 기해야만 한다. 그것이 정말로 임시적인 건지 아닌지 여부는 전혀 알려진 바 없기 때문이다. 한쪽에 그나마 손에 닿아 정리된 원고들을 따로 쌓아놨지만 그 제방은 위태롭다. 결국엔 눈 없는 파도가 들이닥쳐 모든 걸 휩쓸어 갈 것이다. 속절없이, 덧없이.

829 남방한계선에서 봤던 노파 하나가 떠오른다. 이름은 기억나지 않지만, 늘 입에 달고 살던 "내가 살날이 얼마 남지 않았어"라는 말은 지금도 생생히 떠오른다. 특히나 그 노파는 빵 교환권을 먼저 받으려고 새치기를 할 때마다 그 말을 반복했는데, 실제로는 지독하게도 죽지 않았다. 임박한 죽음에 주어진 모종의 우선권, 아이러니하게도 그것이 죽음을 미뤄줬다.

830 비록 쓰러졌지만, 붕괴 자체는 별로 놀랍지 않은 일이 돼버린 지 오래이다. 이제 나를 긴장케 하는 건 날짜이다. 분명 어젯밤에 쓰러져서 다음날 눈을 떴다고 생각했지만, 배달된 신문은 나흘 치가 쌓여 있었다. 책상과 펼쳐진 수첩엔 각혈이 말라붙은 자국이 역력했다. 이름 모를 작은 벌레가 그 굳은 핏자국을 끈덕지게 갉아대고 있었다. 허허롭다.

831 다시 병원에 가게 된다면 그건 치료 때문이 아니라 사망신고 절차를 간편하게 하기 위함일 터였다. 경관의 쓸데없는 발걸음과 시체 청소부의 수고를 덜기 위함인 것이다. 그러나 내겐 사후를 배려할 여력이 없다. 휑한 이곳에서 혼자 죽고 싶지 않지만 동시에 집 밖으로 나가고 싶지도 않다. 우습게도, 거절당할까 두려운 까닭이다. 그러나 무엇을?

832 그날을 떠올릴 때면 이상하게도 유독 탄피가 떨어지던 모습만이 느릿하게 상영된다. 참토는 쓰러진 닷제의 심장에 총알을 두 발더 박아넣고, 어쩔 줄 몰라 하던 나를 일으켜 세우며 말했다: 여기 있으면 안 돼. 밖에서는 벌써부터 사이렌 소리가 들려왔고 나는 참토를 뒤쫓아 비상계단을 내려갔다. 비나드 생각이 떠올랐지만 무서워서 끝내 묻지 못했다.

833 북쪽 외곽과 달리 조악한 골목들이 별로 없는 게로브란타 거리는 도주로로는 최악이었다. 우리는 길모퉁이에 있는 공동 세탁장까지 도주했지만 기마경찰들의 말굽은 여전히 매섭게 따라붙고 있

었다. 참토는 내 어깨를 붙잡고서 공동 세탁장 제동기 뒤에 하수구로 가는 철문이 있다고 말했다. 그러고는 나를 아낙네들 사이로 떠밀었다: 내가 널 다시 찾을게!

834 미끼가 된 참토는 추격하던 경찰들을 데리고서 어디론가 다시 달려갔다. 총성이 들릴 때마다 구경꾼들은 비명을 지르며 어깨를 움츠렸지만 웅성댈 뿐 그 자리를 떠나진 않았다. 오히려 더욱 몰려들었다. 나는 빨랫방망이 소리와 양잿물 동이의 첨벙거리는 소리를 뒤로한 채 공동 세탁장으로 정신없이 달려갔다. 중탄산소다와 찌든 때 냄새가 코를 찔렀다.

835 푸르스름한 물안개를 헤치고서 보일러 배관을 따라갔더니 쉭쉭거리며 돌아가는 제동기가 나타났다. 다행히 난리 통에 관리인은 밖으로 구경 나간 상태여서 나는 반쯤 녹슨 철문을 열어젖히고 하수구로 내려갈 수 있었다. 사다리의 끝에 발이 닿자 쥐들이 깜짝 놀라며 흩어졌다. 막막하되 머무를 순 없었다. 이윽고 세탁장에서 쏟아진 썩은 물길을 따라 걷기 시작했다.

836 어둠 속에서, 오롯이 혼자, 타르와 오물로 끈적끈적해진 벽을 짚는 것에만 의존한 채로 걸어갔다. 위안거리는 후각이 금세 마비됐다는 것 정도였다. 벼락처럼 내리친 파국들 앞에서 좀처럼 정신을 차릴 수가 없었다. 갑자기 닷제가 왜 나를 죽이려고 했는지, 또 참토는 어떻게 그걸 알았는지 그 무엇도 이해할 수 없었다. 어느 때보다 간절히 비나드가 보고팠다.

837 걷다가 지쳐서 쭈그리고 앉아 훌쩍일 때에도 최악을 생각하지 않으려고 안간힘을 썼다. 오랫동안 비뫼시의 구불구불한 내장을 배회하고서야 겨우 어느 계단에 닿았다. 창살 너머로 불어온 바람은 느껴지되 빛은 없었다. 즉 밤이었다. 종일 걸어서 내가 닿은 곳은 지하철의 피난 터널이었다. 예전엔 방공호로도 사용된 모양인지 선반엔 낡은 철모들이 놓여 있었다.

838 밖으로 나오니 자갈들이 발에 밟혔다. 가로등의 희미한 불빛들 외엔 도시는 온통 암흑에 잠겨 있었던 관계로 지금 내가 어디까지 왔는지 알 수 없었다. 데운 주전자, 머리끈, "우산 챙겨 가요"라는 마지막 말, 총성, 비명, 도주, 고함, 악취, 그리고 이제는 고요함이 나를 감쌌다. 이제 어디로 가야 하나? 답은 간단했다. 내게 남은 건 Q교수뿐이었기 때문이다.

839 돌이켜보면 그날 밤새도록 야경인(夜警人)들에게 들키지 않고 룀티크까지 걸어갔다는 건 기적이었다. 그러나 그 행운은 내가 아닌 비나드에게 베풀어졌어야 했다. 운에 대해 신은 낭비벽이 있는 것이다. 마차 계류장 맞은편에 있는 골목에 쪼그리고 앉았다. Q교수가 사는 곳은 몰라도 그가 매일 아침 지붕 없는 이륜마차를 타고서 출근한다는 건 알고 있었다.

840 생존엔 좀처럼 꺼뜨릴 수 없는 완고한 열기가 있다. 살을 에는 추위에도, 발등에 물집이 잡힐 만큼의 피로에도 또렷이 두 눈을 뜬 채로 밤을 지새웠다. 오늘따라 Q교수가 아침이 아닌 이른 새벽에

출근할지도 모른다는 희박한 경우의 수 앞에서 벌벌 떨며 손가락을 깨물었다. 그러나 그날 내가 살고자 했던 건 순전히 신문을 읽지 못한 호사를 누린 덕택이었다.

841 밤은 나의 오랜 일부인 것처럼 느껴졌다. 하인들이 밖으로 나와 빗질을 하고 삯마차가 굴러가는 새벽빛이 시작될 때까지 참토 생각은 거의 하지 않았다. 비나드에게 닷제의 죽음을 어떻게 설명할 것이며 또 지금 나의 상황을 어떻게 알려야 할지를 고민했다. 그런 생각을 하고 있노라면 비나드에게 무슨 일이 생겼을 것이란 생각은 하지 않을 수 있었기 때문이다.

842 Q교수는 친절했다. 그는 그날 나를 위해 결근했고, 나를 자신의 집으로 들인 뒤 따뜻한 홍차를 건네줬고, 처음부터 끝까지 얘기를 들어주고는 그 대답으로 목욕물을 데워주겠노라고 말했다. 그 당시엔 너무도 필요하여 전혀 의심하지 않았던 호의였고, 따뜻한 양철 욕조 속에서 긴장이 누그러지자 오랫동안 제 순번을 손꼽아 기다려 온 수면이 눈꺼풀을 움켜잡았다.

843 거리엔 나에 대한 지명수배가 내려졌다. Q교수는 밀고하는 대신 안전한 지하 방을 마련해줬다. 때마다 수도세를 내주고 음식도 넣어줬다. 나흘 뒤 그가 비나드에 대한 소식을 가져왔을 때 일순간 온몸의 피가 얼어붙었다. 납치극을 계획했던 무정부주의자들이 쏜 총에 비나드가 즉사했고 독단적으로 움직인 어느 경위가 징계를 받게 됐다고 했다. 듣고 싶지 않았다.

844 Q교수가 돌아간 뒤에야 감정을 드러내지 않기 위해 안간힘을 썼던 어금니와 손가락의 힘이 풀렸고 눈물이 왈칵 쏟아졌다. 여태껏 살면서 이렇게 울었던 적이 있었나 싶을 정도로 토해냈다. 그러나 소리는 크게 낼 수 없었기에 그 울음은 삼키려다가 조금씩 흘린 슬픔의 편린들이 됐다. 손톱이 팔 밑을 파고들었다. 그러나 손톱들이 뭘 원하는지는 알 수 없었다.

845 가쁜 숨을 내쉴 때마다 탁자에 놓인 촛불이 일렁였다. 손톱만 한 그 미약한 빛이 흔들릴 때마다 방에 들어찬 그림자들도 허깨비처럼 요란하게 요동쳤다. 나의 삶 또한 그와 같은지라 바람이 불면 그림자들은 수백여 가지 형태로 부풀고 쪼개지고 일그러졌다가 이내 어둠 속으로 침잠할 터였다. 이제 초가 짧아져간다. 삶의 진실이란 드러나는 것이 아닌 정하는 것이었거늘.

846 구역질을 하다가 몸이 기울었다. 신물 때문에 식도가 역하게 타들어가는 듯했다. 나를 따라서 여지없이 쓰러지던 비나드의 벌거벗은 몸이 생각났고, 이윽고 다시 토악질. 비웃음과 동정, 그리고 버림받고 싶지 않은 불안의 그림자들 사이에서 한 가닥 햇살이 파고들었다. 붙잡으려 했으나 빛엔 질량이 없었다. 방치된 위층에서 쥐들이 어디론가 줄달음치는 소리가 들려왔다.

847 흘러넘친 감정엔 기만적인 구석이 다분하다. 결과로 보건대, 육신을 지치게 하여 쓰러뜨리는 것이 목표인 것처럼 보이기 때문이다. 그러나 안으로 삭이다가 곪아버린 감정들도 진실과는 거리가 멀

다. 과거에 건넨 말은 아무런 의미도 없기 때문이다. 도처에 착각이 만연하다. 대화는 대기실에서 이뤄지는 게 아니라 대기실 그 자체이다. 시간은 부패의 조건일 뿐이다.

848 꿈속으로 굴러떨어졌다. 하수구를 빠져나오니 사막이 펼쳐졌고 거기서 신발을 잃어버렸다. 달궈진 발바닥에서 진물이 터져 나왔다. 마침내 도착한 수도원의 지하 묘지는 휑했다. 무릎을 꿇고 기도하는 대신 은밀한 지하 계단 밑으로 내려갔다. 그곳에선 누군가 꼬챙이에 끼워진 쥐를 굽고 있었다. 인기척에 뒤돌아보니 비나드였다: 내 취미는 말이야, 캐러멜 먹기야.

849 누군가 목덜미를 덥석 무는 듯한 느낌에 번쩍 눈을 떴다. 부기 때문에 곧장 시야가 좁게 느껴졌지만 머리는 맑았다. 문을 열고 나가면 아파트 부엌이 나오고 발코니에선 닷제가 담배를 태우고 있을 것만 같았다. 다시금 숨이 가빠왔다. 신발을 신고 나가면 마부 욜른이 가볍게 목례를 하고, 지붕 방 창문에선 비나드가 마차에 올라타는 나를 목필로 담아낸다.

850 머리카락 사이로 손가락을 밀어넣으며 물었다: 비나드의 스케치가 들어 있던 작은 액자를 어떻게 했더라? 침이 잘 삼켜지지 않았다. 벌떡 일어나 작은 손거울이 걸린 벽 앞으로 맹렬히 걸어갔다. 그러고는 서랍에 있던 가위를 꺼내 턱에 닿을 듯 내려온 머리카락을 모조리 잘라버렸다. 날이 잘 들지 않아 아예 뽑혀버린 머리카락들이 바닥으로 우수수 떨어졌다.

851 얼굴은 거울에 비쳤다기보다 그 속에 갇힌 것처럼 보였다. 마치 내가 바라보려고 할 때만 겨우 창살 사이로 얼굴을 내밀 수 있는 형벌을 받고 있는 것 같았다. 손이 생각을 앞질러 손거울을 떼어내 바닥에 내던졌다. 조각들이 요란한 소리를 내며 흩어졌고 나는 그 위에 서 있었다. 갈증이 밀려왔다. 불현듯 이것이 진정한 나와의 해후였음을 깨달았다.

852 보름 뒤 목도리를 칭칭 감고서 밖으로 나왔다. 신문 파는 아이들이 호외를 외치며 뛰어다녔고 나는 군중에 묻혀 게로브란타 거리까지 걸어갔다. 입주자 공지사항 알림판엔 닷제의 아파트 물품들에 대한 경매가 모레 시작될 것이란 전단이 붙어 있었다. 뒷골목에서 밤을 기다렸지만 경찰들은 보이지 않았다. 땅거미가 지고서 비상계단을 올라갔다.

853 창틀이 뜯겨나간 것을 보고서 내 순진함을 비웃었다. 소문을 듣고서 이미 좀도둑들이 든 모양인지 아파트 내부는 난장판이었다. 어쩌면 장례를 치러준 먼 친척이란 작자가 경매에 넘어가기 전에 쓸만한 가구나 집기 들을 미리 빼돌린 것일 수도 있었다. 잠시 멈춰 섰다. 지우려고 시도한 흔적에도 불구하고 닷제가 쓰러졌던 자리엔 여전히 핏빛 얼룩들이 남아 있었다.

854 비나드 역시 사정은 크게 다르지 않았다. 지붕 방에서 유일하게 값이 나가 보였던 주홍빛 벨벳 소파는 어디론가 사라지고 없었고, 경찰들이 한바탕 들이닥쳤던 모양인지 서랍들이 뽑혀 나와 바닥

에 나뒹굴고 있었다. 유일하게 온전히 남은 건《유서 깊은 7대손 왕실 조리장 말롱 그라나토의 실용적인 스물네 가지 요리 비법》뿐인 듯싶었다. 그 안엔 편지가 끼워져 있었다.

855 끝으로 나의 골방 문을 열었다. 돈이라도 숨겨뒀을 거라 생각했던 모양인지 침대가 뒤집혀 있었고 붙박이장도 넘어져 있었다. 그러나 난장판 사이에서 작은 수첩이 발에 툭 걸렸다. 오래도록 아무것도 적히지 않았던 수첩. 왜 남았던가? 도둑들은 문맹일 테고 형사에게 빈 수첩은 무의미했으리라. 어리석게도 나에게 그건 돌연한 계시처럼 느껴졌다.

26장

856　남방한계선에 있을 때 가장 좋았던 것은 단연 도처에 가득한 맑은 공기였다. 굴뚝들로 가득한 비뫼시에서는 전혀 느낄 수 없었던 상쾌함은 실로 낯선 것이었고, 그래서 초반엔 숲을 거닐다가 기침을 해댈 정도였다. 어느 연극에서 질투는 초록색 눈을 갖고 있다고 했는데, 아마도 그건 탁한 대기 속에서 살아가는 도시인이 자연을 질시했기 때문일 터였다.

857　각종 폐기물, 인분, 죽은 고양이, 널빤지, 석탄 찌꺼기, 그리고 도살장에서 무단 투기한 내장들까지 오물 범벅이 되어 흘러가던 플레게톤강에 비하면 글란비우스강은 가히 천국의 수로였다. 덕분에 남방한계선의 요새에서 적어도 수인성 전염병은 없었다. 트롤들의 습격으로 인한 전사율이 높다는 것을 제외한다면 평균수명도 비뫼시보다 무려 8세나 높았다.

858 무엇보다 마음에 들었던 것은 언제나 맑게 갠 하늘이었다. 별이 보였던 것이다. 비뫼시에 있을 적엔 가까운 거리에서 아른거리는 가스등을 제외하면 모든 빛은 원경(遠景)에 닿을 때마다 석탄재 빛깔로 뿌옇게 흩어져버리기 일쑤였다. 비가 쏟아진 여름날이나 강풍이 부는 겨울이 아니면 좀처럼 별을 볼 수가 없었고, 그래서 그곳 사람들은 하늘을 올려다보지 않았다.

859 남방한계선에서는 해가 완전히 지지도 않은 저녁 어스름부터 별들이 아른거렸다. 나는 별과 별 사이의 어둑한 공간을 손가락으로 그어보며 시간을 보내곤 했다. 목책을 넘는 순간부터 당장 내일 트롤들에게 습격당해 죽을지도 모르는 전장 속에서 살아가야만 했는데 덕분에 검은숲에서 모든 걸 덧없게 느끼게끔 해주는 아득한 별들을 구경하는 건 참으로 얄궂었다.

860 수색원 중엔 꼭 별마다 자신의 애인이나 어머니의 이름을 붙이는 이들이 있었다. 검은나무 외에도 느릅나무, 떡갈나무, 썩은 그루터기 그리고 바닥에 빼곡한 이끼들에서 풍기는 냄새들로 가득한 어둑한 숲속에서 언제나 자신을 이끌어주는 별이 있다는 건 적잖은 위안거리였기 때문이다. 나는 낯 뜨겁고 감상적이라 비웃으면서도 언제나 그들을 부러워했다.

861 어떤 벌목꾼들은 밤하늘의 광막함을 두려워했다. 이유는 각기 달랐다. 누군가 몰래 바라보고 있는 느낌이 들어서 께름칙하다고도 했고, 깊은 구덩이처럼 거대한 구멍이 뚫려 있는 것 같은 느낌이 든

다는 이도 있었다. 개인적으로 나는 밤하늘에 소용돌이가 가득하다고 믿었다. 그러나 그걸 두려워하진 않았다. 공포라는 감정은 지키고픈 것이 있을 때에만 유효한 까닭이다.

862   천문학자들은 저 거대한 천장이 넓되 고정되어 있고 또한 영원불멸하다고 믿었다. 그렇다면 어찌하여 은하들은 저렇게 존재하는가? 서로 끌어당기는 중력에 의해 부딪쳐 산산이 부서지지 않고 어떻게 거리를 유지하는 걸까? 어느 학자는 중력에 대항하는 어떤 척력의 고정값이 있다고 가정해 이걸 '우주 상수'라고 불렀다. 그렇다면 그건 뭔가? 답변: 암흑이다.

863   물론 학계에서 우주 상수와 암흑에 관한 이론들은 정설로 받아들여지지 않았다. 사실은 거의 공상과학소설처럼 취급됐다. 단순히 고정된 우주를 설명하기 위해 요청된 저 미지의 척력은 가정된 상수에 불과했고, 더군다나 그 근거지가 암흑이란 것도 증명될 수 없었다. 그러나 적어도 나는 우주적 균형이 암흑에 기초하고 있다는 저 설명에 끌렸다.

864   돌이켜보건대 밤하늘을 올려다보며 내가 탐닉했던 건 그릇된 위안에 불과했다. 의미는 무의미에 기초한다. 저 별과 나의 거리가 유지되듯 바로 지금이 균형 잡힌 상태라는 믿음, 최선의 세계들. 혹은 모두가 머리 위에 같은 암흑을 얹고 산다는 하잘것없는 위로, 종국엔 자조로 귀결될 비웃음들. 복수를 말하자 참토는 물었다: 그런 뒤엔? 너한텐 뭐가 남는데?

865 복수는 더 이상 살아야 할 이유가 없음을 증명하는 느릿한 과정이다. 적어도 내겐 그러했다. 혹시 모를 요행들 때문에 삶을 끊어내지 못하는 수많은 세인처럼, 나도 복수가 새로운 의미를 가져다줄 것이라 믿었던 것이다. 게걸스레 매달렸으나 절박함이 옳음을 보증해주는 건 아니다. 고백건대 이해할 수 없는 암흑에 닿기 전부터 어렴풋이 허무를 느끼고 있었다.

866 검은나무의 모체가 발견된 날, 극남식물연구소에서 B구역으로 분류된 식물생장조절실부터 병리발생실험실까지 연구동 전체의 출입이 통제됐다. 1급 보안 등급이 아닌 연구자들이 숙소로 돌아와서 공짜 휴가를 얻게 됐다며 콧노래를 불렀고, 이윽고 방송에선 일정에도 없던 재난상황대응훈련을 진행하겠다고 알려왔다. 나는 만지작대던 트롤 버섯의 변종 표본을 내려놨다.

867 이상 징후는 곳곳에서 나타났다. 재난상황대응훈련을 빙자하여 무장 군인들이 극남식물연구소를 봉쇄했고, 점심쯤 젠버그 소장은 라디오방송을 통해 감찰국에서 특별 점검을 온 것이라고 소명했다. 연구소 내부에선 비상사태 때 극비 자료들을 어떻게 처리하는지에 관한 시찰이 이뤄지고 있다는 것이었다. 그러나 검문소에 달려가 물어보니 새벽 동안 외부 차량은 없었다고 했다.

868 다시 연구소로 돌아가려는데, 괴이하게도 축일도 아닌데 광부들의 숙소가 붐비고 있었다. 선술집 바깥까지 나무 궤짝을 뒤집어 임시 탁자로 삼은 술판이 벌어졌고 싸구려 악사의 첼로 연주에 맞춰

고깔모자를 쓴 익살 광대가 춤을 췄다. 모체 착굴은 3교대로 이뤄지고 있었는데, 야간조와 교대를 기다리던 오전조 광부들이 즉석 축제를 벌이기로 한 것이었다.

869 광부들은 오늘 착굴 계획이 갑작스레 취소됐다고 말해줬다. 야간조로 들어갔던 이들도 평소보다 두 시간이나 일찍 작업이 중단됐고, 들리는 소문엔 갱도의 가장 끝자락인 62번 구역에서 무언가 발굴됐기 때문이라고 했다. 모체냐고 물으니 광부들은 거기에 대해선 특별히 들은 바가 없다고 했다. 다만 62번 구역에 있었던 광부들은 지금 운반차 연구소에 있다고 했다.

870 온통 모포로 덮여 운반됐던 관계로 아무도 '그것'이 뭔지 보지 못했다. 갱도의 입구는 윤형(輪形) 철조망으로 막혀 있었다. 하사관은 재난상황대응훈련이 끝날 때까지 갱도 출입이 금지된다고 말해왔다. 무언가 발견된 것이 분명했다. 뭐가 됐든 간에 그것은 적어도 하루나 이틀이라도 좋으니 말이 밖으로 새어 나가지 않도록 조치해야만 할 만큼의 가치가 있는 것이었다.

871 그러나 시간을 버는 것은 무의미했다. 보안은 부차적인 문제였고, 검은나무의 모체로부터 '그것'을 적출했던 순간부터 파국은 예고된 것이었기 때문이다. 재앙은 시간을 지체하지 않았다. 광부들이 어깨동무를 하고서 노래를 부르는 동안, 그리고 달려온 헌병들과 실랑이가 벌어지는 동안 우지끈 소리와 함께 저 너머 검은숲에서 수천여 마리의 새가 일제히 날아올랐다.

872 발구지, 까마귀, 개똥지빠귀, 종달새, 유리딱새 그리고 올빼미까지 날개가 달린 조류라면 무엇이든 날갯짓하며 극남식물연구소로 날아왔고, 불길한 원을 그리며 빙빙 돌아댔다. 뿐만 아니라 검은 숲에서 달려 나온 쥐 떼도 목책을 넘어서 몰려왔다. 직감적으로 지진을 떠올렸는데, 아니나 다를까 멀리서 무언가 쓰러지는 소리와 함께 땅이 미세하게 흔들리기 시작했다.

873 그러나 지진은 아니었다. 그 흔들림은 건물을 철거할 때 주변 땅이 흔들리는 진동에 더 가까웠고 실제로 그러했다. 다만 무너지고 있는 게 건물이 아니라 검은숲, 즉 수만 그루의 검은나무들이라는 것이 차이였다. 망루 위로 달려 올라가 바라보니 수천 헥타르의 숲이 일제히 붕괴하고 있었다. 땅이 꺼진 것처럼 기울고, 말라붙은 나무들처럼 부러졌다.

874 공중으로 솟아오른 거대한 먼지들은 묵시록의 회오리바람처럼 느껴졌다. 알고 있는 모든 과학적 설명을 너끈히 뛰어넘고도 남는 광경 앞에서 할 말을 잃었다. 그러나 검은숲 전체가 무너진 건 아니었다. 망원경으로 바라보니 글란비우스강 지류를 중심으로 멀리 뻗은 다른 숲들은 여전히 건재했다. 직감적으로 떠오르길, 무너진 나무들은 하나의 모체로 연결된 군락 같았다.

875 참토 생각이 떠올랐다. 나흘 전 그가 속한 대대의 벌목꾼들이 경계 구역을 넘어간 상태였는데 오늘이 복귀일일 터였다. 숨죽인 채 망원경을 이리저리 움직이고 있는데 가까운 거리에서 노란 신호탄

이 발사됐다. 그러나 곧바로 붉은 신호탄이 이어서 솟아올랐다. 몇 초간의 침묵 뒤에 일제히 종소리가 울리기 시작했다. 붉은색은 트롤이 나타났다는 의미였기 때문이다.

876　축제는 한순간에 끝장났고, 대(對)트롤용 미늘창과 소총으로 무장한 대기조들이 일제히 달려 나왔다. 안장 위에 올라탄 경기병들이 제일 먼저 목책 앞으로 몰려들었고, 투구 끈을 조인 뒤 곧바로 신호탄이 솟아오른 곳을 향해 고삐를 내리쳤다. 이어서 보병들이 달려갈 준비를 서둘렀다. 내가 알기로 경계 목책에서 이렇게나 가까운 거리에 트롤들이 나타난 적은 없었다.

877　모든 것이 심상치 않았다. 가져간 신호탄을 모조리 쏘아 올릴 작정인지 하늘은 연이어 솟아오른 적색 가루들로 가득했다. 이윽고 트롤 특유의 짓이겨진 괴성이 들려왔다. 보초병이 긴급 전화를 걸었다. 숲이 부글부글 끓는 것처럼 느껴졌는데, 망원경으로 보니 그건 잔해 더미를 박차고서 몰려오는 수천여 마리의 트롤 떼였다.

871　난생처음 보는 진귀한 광경이자 순식간에 수명 심지가 끝자락까지 바싹 타들어 간 것처럼 느끼게끔 해주는 음산하기 짝이 없는 살풍경. 남방한계선에서 기댈 수 있는 몇 안 되는 위안거리 중 하나는 트롤들이 중앙집권적으로 뭉치지 않고 몇몇 부족 단위로 흩어져서 분포한다는 거였는데, 그 트롤 떼가 생태계를 완전히 뒤집어놓고 있었다.

872　톱밥처럼 잘게 부스러진 나무껍질들이 바람에 흩날리며 하늘을 온통 뿌옇게 흐렸다. 그래서 그 너머로 흔들리는 거뭇한 형상과 괴성들이 더욱 증폭되어 느껴졌다. 제아무리 노련한 지휘관이라도 머릿속이 텅 비어버릴 만큼 충격적이었다. 일대의 숲들이 왜 일거에 무너졌는지, 그리고 트롤들이 왜 이곳으로 몰려오는지 전혀 알 수 없었다.

873　심지어 시점도 최악이었다. 기적이 사라진 해로부터 1106년 뒤 가을 즈음 고다바르 주둔군 내의 평등파 군인들을 중심으로 한 반란이 벌어질 것이란 분위기가 감지됐기 때문에, 군 수뇌부에서 남방군 편제를 비뫼시 중심으로 긴급 재편성했기 때문이다. 덕분에 본래 8호 요새를 지키던 병력의 절반 가까이가 훈련 명목으로 비뫼시 근교로 나가 있던 상태였다.

874　어떤 상황에서도 명령은 내려져야만 한다는 것, 그것이야말로 전장에 내던져 있다는 가장 확실한 증거이다. 계속 머뭇거리고만 있을 순 없던 지휘관은 트롤들이 목책을 못 넘게 하라는 명령을 내렸다. 다급한 종소리와 함께 연락장교들이 "비상소집"을 외치며 여기저기 달려갔다. 병사뿐만 아니라 벌목꾼과 광부 들까지 모두 소집되어 무기를 들어야만 했다.

875　그러나 저 명령은 충분히 숙고하지 못한 채 조건반사처럼 내려진 잘못된 명령이었다. 목책이 저 야수 떼의 저돌적인 돌격을 막아낼 리 만무했고 게다가 지금 가진 병력으로 그 넓은 목책 경계를

379

모두 방어하는 건 불가능했기 때문이다. 즉 지휘부는 이미 공황 상태였다. 열쇠를 잃어버린 모양인지 어느 병사가 개머리판으로 무기고 자물쇠를 내리쳐 박살 냈다.

876 밖으로 나갔던 병사들의 외침과 비명 소리가 어느덧 목책에 닿을 만큼 가까워져 있었다. 다시 망원경을 옮겨 보니 앞서 출격했던 경기병들이 박차를 가하며 다시 기지로 돌아오고 있었다. 겁에 질린 얼굴로, 필사적으로. 혼자 달리는 이들도 있었지만 안장에 벌목꾼들을 태운 이들도 있었다. 섬멸을 지원하러 간 선발대가 삽시간에 구조대가 되어 도주하고 있었던 것이다.

877 참토를 찾아보려고 필사적으로 애썼다. 다행히도 어느 기병 뒤에 올라탄 난쟁이 하나를 찾아냈고, 이윽고 보호용 투구의 눈가리개가 올라가자 낯익은 참토의 얼굴이 나타났다. 안도했다. 그러나 헛된 안도감이었다. 이미 목책 끝에 닿은 트롤들이 육중한 팔과 몽둥이로 벽을 사정없이 두드리고 있었고 그리로 달려간 병사들은 허겁지겁 창을 던지고 장총을 발사하고 있었다.

878 문제는 트롤들을 죽이는 것이 좋은 방법이 되지 못했다는 것이다. 놈들은 쓰러진 동족의 시체를 밟고 올라섰고 그 위에서 다시 쓰러져 쌓이기를 반복했다. 이윽고 노란 수염을 가진 트롤 하나가 펄쩍 뛰어올라 목책 끝을 붙잡고 매달려서 온몸을 흔들었고, 그러자 이어져 있던 망루가 뿌리에서부터 흔들렸다. 비명과 욕설 그리고 서로 다른 명령들이 다급하게 뒤섞였다.

879 다시금 깨닫지만, 믿음엔 근거가 없고, 거꾸로 근거가 없기에 믿음이라 부른다. 안쪽에 있기만 하면 영원토록 트롤과 마주할 일을 없게 만들어줄 것 같았던 목책들이 무너지기까지는 10분이 채 걸리지 않았다. 한쪽에선 이미 경계를 넘어온 트롤들이 불결한 숨을 내뱉으며 병사들을 짓밟고 찢어댔으며, 기울다 못해 찌그러진 목책들은 속절없이 나자빠졌다.

880 모든 것이 혼란스러웠다. 누군가는 미늘창을 세우고서 맞서려고 했고, 누군가는 총을 내던지고 도망가려고 했다. 어느 중대장은 도주병을 향해 권총을 빼들고서 "돌아오지 않으면 처형하겠다"라고 외치다가 뒤에서 쏜 아군의 오인 사격에 맥없이 쓰러지기도 했다. 흙먼지와 매캐한 화약 연기 너머로 극남식물연구소 쪽으로 후퇴하여 전열을 다시 잡으라는 명령이 들려왔다.

881 나는 망루를 내려와 남문 쪽으로 달려갔다. 그곳엔 도개교를 올리기 전에 간신히 넘어온 경기병과 그들이 태워 온 귀환병들이 있었다. 애타게 동료를 찾는 외침들 사이에서 참토의 얼굴을 찾아다녔다. 그러나 ― 언제나 그렇듯 ― 내가 참토를 찾은 게 아니라 참토가 나를 찾았다. 그는 피를 잔뜩 뒤집어쓰고 있었는데 그의 것인지 아니면 트롤의 것인지 알 길이 없었다.

참토   이건 습격이 아니야, 침공이야. 도대체 뭐지?

얀코   다쳤니?

참토   아냐, 이거 내 피 아니야.

얀코　어젯밤 갱도에서 뭔가 발견됐어. 그리고 오늘 해가 뜨고서 숲이 무너져버렸고. 내 생각엔……

참토　빌어먹을, 일단 움직이자. 여기 있으면 안 돼.

참토는 바닥에 떨어진 미늘창을 던져서 달려오던 트롤의 가슴을 맞혔고, 허리춤에 꽂아둔 도끼를 뽑아 들고 달려가 쓰러진 트롤의 목동맥을 사정없이 내리쳤다. 그 옆에서 도망가던 벌목꾼 하나가 주인 없이 질주하던 말에 치여 쓰러졌고, 참토는 그걸 놓치지 않고 몸을 던져 뒤집어진 채 허우적거리던 말의 고삐를 거머쥐었다. 그리고 나를 보며 외쳤다: 내 뒤만 따라와!

재난안전대책본부 구성 및 운영 계획

도시 취약 지역의 지속적인 지반침하 및 여름철 호우 태풍에 대비하여 재난을 효과적으로 예방하고, 단계별 비상근무 등 신속한 재난 대응체계 구축을 위하여 종합상황실 실무반 편성 및 위기관리 실무부서 지정 등 재난안전대책본부를 구성·운영하고자 함.

〔1〕추진개요

□ 관련 법규

- 「재난 및 안전관리 기본법」 제16조, 제17조, 제60조(특별재난지역의 선포)
- 「지반침하 피해구제 및 지원 등을 위한 특별법」
- 내무부 재난관리기구 설치·운영 조례 제12조, 제13조

□ 기본 방향

- 작년부터 가시화된 이상 지반침하에 대한 신속하고 체계적인 대응체계 구축
- 위기관리 주관·실무부서를 명확히 지정하고, 부서별 비상근무체계 확립
- 유관기관 및 민간과 합동으로 통합재난대응체계 구축

□ 지반침하 및 풍수해 재난관리기구

● 내무장관 직속 재난안전대책본부

 - 비뫼시의 재난 및 안전관리 총괄·조정하고 필요한 조치 시행

● 풍수해 위기관리 주관부서 : 안전치수과

 - 해당위기에 대한 관리활동에 주책임을 지는 부서

● 풍수해 위기관리 실무부서 : 피해유형별 20개 부서 - 별첨1

 - 위기관리 대상 기능·시설을 직접 관리·관할하는 부서

● 풍수해 위기관리 유관기관 : 대외기관 11개 기관 - 별첨1

 - 해당 위기관리 활동에 있어 주관부서를 지원·협조하는 기관

● 지반침하 위기관리 주관부서 : 도시안전과

 - 해당위기에 대한 관리활동에 주책임을 지는 부서

● 지반침하 위기관리 실무부서 : 피해유형별 15개 부서 - 별첨2

 - 위기관리 대상 기능·시설을 직접 관리·관할하는 부서

● 지반침하 위기관리 유관기관 : 대외기관 9개 기관 - 별첨2

 - 해당 위기관리 활동에 있어 주관부서를 지원·협조하는 기관

□ 사전조치 상황

● 상황실 보강

 - 장비 : 전용 전보실 설치, 전화기 5개, 전용번호 부여(☎132-8882)

 - 인력 : 중앙재난안전대책본부 운영기준에 맞춰 각 부서별 인원 충당

● 수방시설 점검·정리 : 빗물펌프장 4개소 수문12개소 35문('07.2.15~5.10)

● 수해취약지역 시설물 일제점검 : 총2회(대형공사장, 사면, 수방시설물 등)

('07.2.20~4.20)

● 빗물받이관리 담당자 지정 : 14,000개소 1,092명(통·반장, 자율방재단 등)

('07.3.21)

● 침수취약가구 공무원 직접 방문 지원 : 720가구, 담당직원 약 300명

('07.4.25)

● 지반침하위험구역 시설물 일제점검 : 총5회(관공서, 대형건물 등)

('07.2.15~5.30)

● 안전신고연락망 설치 및 담당직원 선정 : 7개소 접수원 75명

('07.2.10~3.10)

● 긴급이주계획 대상 지역 지정('07.3.10)

  − 해당 안전담당관은 내무장관 주재 비상 안전회의 필참

● 지반침하위험구역 시설응급복구 담당자 지정 : 건설부, 자치안전과 각 1명씩

('07.3.11)

27장

882 코셰에서의 종교전쟁은 크게 3기로 구분됐는데, 특히나 잔혹했던 마지막 2, 3년가량은 끝까지 항복하지 않는 신교들의 수도를 공략했던 이른바 '핀체라우 공방전'이 이뤄졌다. 신교도들은 적 군함이 들어오지 못하도록 항구 입구에 자신들의 노후 군함들을 자침시켰을 만큼 필사적이었고, 특히나 수도 앞의 야산을 통째로 여러 열로 된 참호로 바꿔놨을 정도였다.

883 결론적으로 구교 연합군은 요새화된 핀체라우를 끝내 함락시키지 못한 채 평화조약을 맺게 됐다. 그만큼 참호들을 뚫기 힘들었다. 핀체라우를 포위한 철갑선에서 함포를 무차별적으로 퍼부어도 땅굴이나 방공호엔 별다른 타격이 없었기 때문이다. 별수 없이 병사들이 직접 참호를 올라가서 점령해야만 했고, 익히 예상되듯 이 과정에선 끔찍한 출혈이 강제됐다.

884 이때 포대 하나를 점령하기 위해 경기병 여단 하나가 돌격했다가 고스란히 산화해버린 충격적인 사건이 벌어졌는데, 이는 이제까지의 전쟁사에선 익숙하지 않았던 이른바 '참호전'의 본격적인 시작을 알리는 신호탄이었다. 이후 참호를 돌파하기 위한 다른 해결책이 강구될 수밖에 없었고 해답은 생각보다 간단했다. 그건 적군 참호를 향해 땅굴을 파는 것이었다.

885 땅굴을 파고 들어가서 기습하거나 혹은 아예 포탄을 매설해 날려버리는 작전은 처음엔 그런대로 잘 먹혀들어갔다. 그러나 얼마 뒤 신교군 측에서 청진기를 들고 땅의 진동을 감청하기 시작했을 때부터 전황은 다시 지옥 같은 교착상태에 빠지고 말았다. 이른바 '두더지'로 통했던 굴착병들은 역으로 폭사하거나 생매장되기 일쑤인 기피 병종이 된 것이다.

886 들리는 말엔 고블린 가롬은 코셰 전장에서 용병으로 뛰었고 주로 땅굴을 뚫는 임무를 도맡았다고 했다. 굉장히 유능했던 건지 아니면 우연의 가호를 받은 건지는 몰라도 그는 끝까지 살아남았고, 비뫼시로 돌아온 뒤부턴 주류 도매업에 뛰어들었다. 왜 하필 그 업종이었는가 하는 이유는 2년 뒤 밝혀지게 됐는데, 그건 전쟁터에서 얻어 온 주특기를 살린 것이었다.

887 가롬은 두더지 출신 동료들과 함께 로벨토가 72번지 주류 창고에서 입시세관(入市稅關) 너머까지 땅굴을 팠고, 거기로 주류들을 밀반입했다. 주세가 붙지 않으니 갑절 이윤이 남았음은 물론이다.

그러나 1106년쯤 승승장구하던 사업가 가룸에게 심경의 큰 변화가 생긴 것이 틀림없었다. 왜냐하면 그때부터 그는 로벨토역을 향해 땅굴을 뚫기 시작했으니까.

888 뒷골목엔 밀수업자 가룸이 사실은 무정부주의자였거나 혹은 무정부주의자들에게 협박을 받았기 때문이라는 소문이 떠돌았다. 또 어떤 이는 처음부터 가룸이 로벨토역으로 굴을 팠던 건 아니고 본래는 그쪽에 있는 교회까지만 굴을 파려 했다고 주장했다 — 예배당 지하에 값비싼 성유물(聖遺物)이 있기 때문이란 거다. 허나 모두 소문일 뿐 죽은 자는 말이 없다.

889 그러나 어떤 식으로든 고블린 가룸과 무정부주의자들이 연관됐던 건 분명한 듯싶다. 그렇지 않고서야 반란군이 로벨토역으로 진군하는 시점에 맞춰서 로벨토역 성문을 땅굴 폭탄으로 날려버릴 이유가 없었기 때문이다. 어떤 식으로 연락이 닿았는지는 몰라도, 납의 시대 이후 위축됐던 무정부주의자들은 릿차에게 남은 판돈을 죄다 걸기로 한 모양이었다.

890 하지만 처음부터 군사 반란에 기대를 건 것은 아니었다. 1107년 봄, 가까스로 비뫼시로 돌아온 나는 혼자였다. 고틀러테 대학을 찾아가봤지만, 극남식물연구소 사태가 벌어진 직후 Q교수가 국사범으로 붙잡혀 갔다는 으스스한 소식만 들었을 뿐이다. 지난날 차명으로 조금씩 안전 금고에 옮겨둔 은괴를 들고서 북쪽 외곽으로 숨어들었다고 했다. 그러나 안전은 여전히 요원했다.

891　남방한계선에서 비뢰시로 넘어올 때 벌어졌던 일련의 소동들로 미뤄 보건대, 그 배후 세력이 외국이건 군부이건 의회이건 혹은 왕실이건 간에 나를 뒤쫓는 추격대가 있음이 분명했다. 달리 갈 곳이 떠오르지 않아 몬세라토 수도원으로 몰래 찾아갔을 때 내 얼굴을 기억하는 늙은 사감이 말해주길, 이틀 전쯤 수상한 남자 두 명이 찾아와서 내 소식을 캐물었다고.

892　사감은 백내장이 낀 눈을 굴리며 내 얼굴을 기억한다고 했다. 유행성 독감이 낫을 들고서 죽음을 수확하던 겨울, 유일하게 얼굴에 주름이 패지 않은 고아의 얼굴을 어떻게 잊어버리겠느냐고 말이다. 단백질 부족이 제일 먼저 드러나는 곳이 피부 탄력도였으니까. 비밀은 납골당에서 쥐덫을 발견하면서 풀렸는데, 그때 사감은 더 찾지 않기로 마음먹었었다고.

893　사감은 내 사례금을 받길 거부했다. 이제 돈은 의미가 없어졌다고 말이다. 그럼 무엇인가? 지금 이걸 마치 면죄부값이라도 치른 것처럼 생각하는 걸까? 그의 눈알은 마치 성에가 낀 것 같았다. 기온이 급격히 낮아질 때 허옇게 앉는 서릿발처럼 저 마음은 전혀 뜨겁지 않았으리라. 똬리나무를 찾아 헤매는 내 마음도 회백색일 터였다. 수도원을 뒤로 했다.

894　한동안 가명을 쓸 수 있는 싸구려 여관을 전전하는 나날이 이어졌다. 로벨토 교차역 주변을 샅샅이 살피며 길을 찾아보려 애썼지만 모두 여의치 않았다. 고가 궤도에서 지하철로 이어지는 교차역에

선 철도경찰들의 순찰이 빈틈없이 반복됐고, 지하선로에서 작업하는 정비사들도 일정 구역부터는 마치 국경에라도 온 것처럼 엄격한 검문소를 통과해야만 했다.

895 뒤에 딸린 철도수송지원대를 둘러싼 장벽은 높았고, 촘촘히 세워진 망루들은 마치 요새를 연상케 했다. 결국 로벨토역 외에 건물이 붕괴했을 만큼 지반침하가 된 구역들을 찾아 나섰지만, 경비를 피해 철조망을 무사히 넘어가더라도 뙈리나무를 발견할 순 없었다. 싱크홀 구멍에서 발견할 수 있는 것이라곤 철거반을 기다리는 폐허나 지하수 웅덩이뿐이었다.

896 북쪽 외곽 엔데슨가의 공공 임대주택이 무너진 현장에 가니 놀랍게도 그곳은 여태껏 철거가 완료되지 않은 흉물스러운 폐물더미로 가득했다. 달리 갈 곳이 없던 빈민들이 완전히 쓰러지지 않은 기둥 위에 판자를 얹어서 지붕으로 쓰고 있었고, 한쪽에선 상태가 나쁘지 않은 벽돌들을 긁어모아서 파는 행상도 보였다. 그새 하수도는 아편굴이 됐다고 했다.

897 하수도는 도시의 허깨비들로 우글댔다. 고된 하루의 피로를 잊기 위해 아편굴을 기웃대는 노동자부터 갈비뼈마다 피부 가죽이 눌어붙은 채로 아예 눌러앉게 된 중증 중독자까지 아편굴은 비참한 이들이 내뿜은 각종 유해한 악취로 가득했다. 한쪽에선 아편 특유의 달콤하고 톡 쏘는 향이 맡아졌지만 동시에 텁텁한 구취와 똥 지린내도 같이 밀려들었다.

898 뜯겨나간 하수도 쇠창살을 기둥 삼아 만든 텐트 안에선 헐벗은 아이들이 매춘을 하고 있었고, 홍등 밑에선 정신병자가 된 아편쟁이가 의미 모를 말들을 혼자서 횡설수설했다. 이런 의문이 들었다―왜 이리도 넓은가? 내게 아편을 팔러 온 호객꾼 꼬마에게 은화를 쥐여주고서 이곳에 대해 물었더니 공공 임대주택이 무너지고서 하수도 쪽으로 공사가 있었다고 했다.

899 처음엔 잔해 더미에 깔린 사체들을 수습하기 위한 공사로 시작됐지만 이내 굴착은 하수도로 향했다고 했다. 지금의 큼직한 아치형 천장은 그때 진행된 공사의 결과물이었다. 그러나 지하수가 터져나오면서 공사는 잠정 중단됐고, 이듬해 문명 세계의 밑바닥을 담당하는 이들에게 그대로 침식된 것이었다. 나는 꼬마에게 밑바닥으로 안내해달라고 했다.

900 시궁창 악취 때문에 머리가 핑 돌 지경이 될 즘 밑바닥에 닿았다. 가스등을 밝히자 초석(硝石)으로 덮인 천장 밑에서 지하수로 가득 찬 구덩이가 드러났다. 거뭇한 오물들이 뚝뚝 떨어지는 하수도관이 보였지만 물의 전체적인 색감은 탁한 갈색에 가까웠다. 그러나 깊이를 가늠하기 힘든 밑바닥은 흑점처럼 새카맸다. 마치 나를 노려보는 갈색 눈동자 같았다.

901 놀라운 건 검은 밑바닥이 조금씩, 그러나 끊임없이 일렁인다는 점이었다. 밑바닥이 검은 재들을 토해내는 것처럼 보였는데, 침전물은 플레게톤강으로 휩쓸려 가기 마련이니 밑바닥이 썩으면서

올라오는 메탄일 리는 없었다. 그렇다면 무엇인가? 훗날 알게 된 것이지만, 황화수소는 수중에서 매연 같은 그을음 색깔을 띠는 화합물을 만들어내며 침전된다고 했다.

902   그러나 뾰족한 방법이 없었다. 아편굴에 펌프를 설치해서 물을 퍼낼 수도 없었고 썩은 물에 들어갈 잠수부를 고용할 돈도 없었다. 무엇보다 그런 짓을 했다간 내 위치가 노출될 터였다. 완전히 막다른 골목으로 몰린 듯한 절망감이 찾아왔다. 그때 전쟁 영웅 릿챠가 군 수뇌부의 무리한 대공세 명령을 거부하고 회군을 결정했다는 소식이 들어왔다. 반역이었다.

903   한때 나를 고아원으로 내던졌던 역사의 소용돌이 바람이 또다시 불어오고 있었다. 그해 여름, 고다바르 주둔군과 동쪽 변경군들이 릿챠에게 합류하며 큼직한 세력이 만들어졌고 왕령식민지에서도 봉기가 일어났다는 급보가 연이어 날아들었다. 비뫼시는 광란의 상태로 접어들었고 군부에선 징벌군을 꾸렸다. 그러나 로벨토역의 경비 인원은 징벌군에 차출되지 않았다.

904   반란으로 경비가 누그러진 틈을 타서 로벨토역으로 진입해보겠다는 내 계획은 보기 좋게 틀어졌다. 거리에선 머지않아 비뫼시로 입성하게 될 릿챠가 제일 먼저 점거할 곳이 의회냐 왕궁이냐를 두고 들썩댔다. 여관방에서 나는 스스로에게 수백 번 반복해서 물었다. 숨어서 계속 기회를 엿봐야 할까? 아니면 릿챠라는 인물을 직접 찾아가봐야 할까?

905　그러나 아이러니하게도 질문의 종착지는, 지금 이 저주받은 도시에서 내가 하고자 하는 바가 무엇인지 모르겠다는 것이었다. 뭘 위해서 똬리나무 앞으로 가려는 걸까? 뚜렷이 알고 있다고 믿어왔던 것들이 두루뭉술해지며 '일단'이란 무의미한 부사로만 압축됐다. 그러던 중 갑자기 내게 나타난 그고 대위가 죽어가면서 말했다: 당신은, 어차피 선택의 여지가 없어.

906　기적이 사라진 해로부터 1107년 뒤 7월 7일, 이날은 심상치 않았다. 거리에서 만난 구경꾼들은 릿챠의 반란군이 로벨토역으로 향하고 있다고 했다. 곧바로 72번지로 달려가자 주류 창고 앞에 한 무리의 인파가 모여 있었다. 이름까진 기억나지 않았지만, 술 궤짝으로 쌓은 연단 위에서 즉석 연설을 하는 이는 분명 수배서에서 본 얼굴이었다. 무정부주의자였다.

907　로벨토역 전면에선 진작부터 시작된 전투로 인해 폭발음과 비명들이 마구 터져 나오는 중이었다. 반란군 측에선 대포를 몇 문 가져오지 못해 고전을 피할 길이 없었다. 그러나 혼탁한 우연의 소용돌이 속에서 진귀한 찰나가 번쩍였다. 이윽고 비뢰시 한복판에서 절대로 가능하리라고 생각지 않았던, 아니 그러한 상상조차 하지 않았던 땅굴 대폭발이 일어났다.

908　벽돌들과 포대가 일제히 공중으로 치솟자 구경꾼들 사이에서 탄성이 절로 터져 나왔다. 움츠렸던 반란군들이 다시금 함성을 내지르며 무너진 성문으로 돌격했고 넋이 나간 수비대는 그대로 휩쓸렸

다. 얼마 뒤 후미에서 대기하고 있던 예비대가 투입됐으나 로벨토역 입구를 다시 틀어막기엔 역부족이었다. 그러나 반란군은 이제 막 문턱을 넘었을 뿐이었다.

909 한편 72번지에서 대기하고 있던 무정부주의자들과 즉석에서 소문을 듣고 가담한 의용병들은 폭발음이 잦아들자 로벨토역 후미로 연결된 또 다른 땅굴로 몰려가기 시작했다. 누군가 이 땅굴이 지하철 선로로 연결되어 있으며 그곳을 지키고 있는 정부군의 바리케이드는 부실하다고 외치듯 말했다. 그러니까 정면에서 공격하는 군대와의 합동작전인 셈이었다.

910 그러나 전황이 우호적으로만 흘러가진 않았다. 정부군 수비대는 애당초 로벨토역 입구가 뚫릴 것을 염두에 두고서 작전을 짰던 모양인지, 본격적으로 펼쳐지는 교차 승차장 내에도 촘촘하게 진지를 구축해놓고 있었다. 심지어 나중엔 아군과 적군이 뒤섞여서 백병전을 펼치고 있음에도 그 위로 포격을 가하기까지 했다. 그러나 가장 끔찍한 건 일종의 자폭 설계였다.

911 의회파 장교들은 이미 제정신이 아니었다. 어젯밤 거리에서 벌어지던 즉결 처형식처럼 민중에게 넘겨지는 순간 끝장나리란 공포에 사로잡혀 있었다. 하여, 로벨토역 지하층에 미리 폭약 더미를 깔아놓고서 방어선이 돌파되면 교차역 자체를 날려버릴 준비를 하고 있었다. 다시 말해 못 할 게 없었고, 그리하여 때마침 땅굴에서 치고 들어온 무정부주의자들이 뇌관을 때렸다.

912 다른 이들에게 밀려 앞서 달려가지 못했던 것이 행운이 됐다. 의용군이 지하철에 쳐진 바리케이드를 뚫고서 지상까지 올라왔을 때 매설된 폭약들이 일제히 터졌다. 폭발음과 함께 내 몸은 멀찍이 떨어진 선로 옆 자갈 더미로 날아갔다. 숨이 쉬어지지 않을 만큼 고통이 밀려왔지만, 충격파와 파편에 온몸이 산산조각이 났을 선두보다는 사정이 나은 편이었다.

913 나중에 알게 된 사실이지만, 자폭용 폭약의 양이 생각보다 엄청났던지라 지하 승차장이 주저앉은 것은 물론이고 로벨토역 지붕과 모노레일 선로까지 통째로 무너져내렸다고 했다. 릿챠로선 졸지에 주력부대가 생매장당한 꼴이 됐음은 물론이다. 그러나 한편으로는 폭발 진동을 견디지 못하고 아예 땅이 꺼져버린 부분들이 드러나는 기회가 되어주기도 했다.

914 악마들이 쇠몽둥이로 뼈 마디마디를 부러뜨려놓은 듯한 고통 속에 온몸을 꼬고 뒤틀며 정수리로 바닥을 긁어대고 있었지만, 그럼에도 어느 순간 눈의 초점이 맞춰지면서 전황이 보였다. 귓가를 울리던 이명은 여전했지만 어떤 이가 바닥에 난 구덩이에서 동료의 뻗은 팔을 붙잡아 당기는 모습만큼은 똑똑히 눈에 들어왔다. 지하선로 밑에 또 다른 지하라고?

915 의회파들이 폭약을 매설했던 곳은 로벨토역 1층과 지하철 사이에 있던 배수펌프장이었는데 지금 저 구덩이는 지하선로 밑에 뚫린 것이었다. 단순히 폭약 때문에 생긴 구덩이일 리가 없었다. 그러

나 바로 그 순간, 마치 지진이라도 벌어진 것처럼 지축이 크게 기우뚱하더니 이내 땅이 꺼지듯 나 자신을 포함하여 눈에 보이는 모든 것이 죄 내려앉았다.

916 시선보다 빠른 건 언제나 통증이다. 어찌할 틈도 없이 내던져져 바닥에 처박힐 때 장기가 파열됐는지 다리에 힘을 줄 때마다 갈비뼈와 아랫배가 기절할 만큼 아려왔다. 나도 모르게 입가에서 줄줄 새는 침 속에 핏덩이와 석탄재가 뒤섞여 있었다. 가까스로 눈을 떴을 때의 광경은 가히 초현실적이었다. 내 머리 위를 떠받치고 있는 것은 찌그러진 기관차였기 때문이다.

917 메고 온 가방이 무사한지 확인하고서, 엿가락처럼 휜 철판과 바위들 사이로 난 좁은 통로로 몸을 들이밀었다. 포복하듯 팔꿈치로 온몸을 질질 끌며 나가자 매캐한 먼지와 함께 생존자들의 비명과 신음이 새어 나오기 시작했다. 이윽고 당도한 살짝 트인 공간에서 겨우 몸을 뒤집었다. 멀리, 마치 우물 바닥인 것처럼, 머리 위의 구멍으로 빛이 떨어지고 있었다.

918 생존자들은 생매장된 동료를 구하려고 하거나 혹은 울퉁불퉁한 벽면을 더듬어 지상으로 올라가려고 했다. 그쯤에서 구부러진 표지판을 붙잡고 간신히 몸을 일으켜 세웠지만 당장에 갈피를 잡긴 어려웠다. 숨이 가빠왔다. 혼란스러워하던 중 나침반이 되어준 건 다름 아닌 끈적끈적한 바닥이었다. 저수조가 터진 모양이었는데, 물은 위에서 아래로 흐른다.

919 그때 내 모습은 마치 무덤으로 되돌아가는 망자처럼 보였으리라. 쥐들이 본능적으로 위험을 감지하고서 도망쳐 나오는 곳을 향해 벽을 짚고 다리를 절며 천천히 걸어갔다. 폭발이 만들어낸 불친절한 계단을 따라서 꾸역꾸역 다리를 옮겼다. 이윽고 코에서 석탄이나 화약내가 아니라 달걀이 썩는 듯한 지독한 악취가 맡아졌다. 황화수소, 틀림없는 황화수소였다.

920 코포가 시가스 협곡에서 발견했다던 동굴나무에서 지독한 곰팡내가 진동했다던 고백이 머릿속을 퍼뜩 스쳤다. 이산화탄소중독이라고 했던가? 근처 부상자들이 기침을 뱉으며 출구를 찾아 이리저리 뒤엉켰고 지상에선 다시 총성과 포성이 터져 나오기 시작했다. 그리고 어느 순간부터 주변 폐허와는 사뭇 다른 색감의 잔해들이 눈에 들어왔다. 철로가 아니었다.

921 부상만 아니었다면 가까웠을 거리에서 어떤 구덩이가 드러났다. 들이마신 황화수소 때문인지 몸이 말을 듣질 않았다. 그렇지만 분명 그 구덩이에선 하얀 실험복을 입은 누가 기어 올라오는 중이었다. 그는 방독면을 벗으려다가 실패한 채 그대로 축 늘어졌다. 멀리서 낯선 사이렌 소리가 섞여 들려왔다. 다시 보니 쓰러진 실험복의 허벅지 아래가 없었다.

922 누구냐고 묻고 싶었지만 애석하게도 실험복은 그새 쇼크가 온 모양인지 이미 숨이 끊어진 상태였다. 그가 팔로 기어서 올라온 구덩이 밑엔 콘크리트로 된 지하 통로가 펼쳐져 있었다. 어지럼증이

느껴졌고, 곧 본능적으로 실험자의 방독면을 벗겨서 내 얼굴에 씌웠다. 황화수소 중독에 대해선 크게 아는 바가 없었기에, 너무 늦지 않았기를 기도할 뿐이었다.

923   메스꺼움이 계속해서 속을 긁어대고 몇 걸음 걸을 때마다 머리가 핑 돌았지만 그렇다고 앞으로 나아가지 못할 정도는 아니었다. 밖에서 큰 폭발음이 들려왔을 때 새삼 시간 여유가 별로 없음을 다시 느꼈다. 지하 통로에선 무너진 돌무더기와 폭발에 휘말린 것으로 보이는 신체 조각들, 그리고 미처 방독면을 쓰지 못하고 입에 거품을 문 시체 서넛이 발견됐다.

924   묻지 않을 수 없다―이곳은 일종의 연구소인가? 실험복들은 무엇인가? 한쪽엔 흡사 방공호처럼 콘크리트로 된 복도가 있었고, 전기 발전기가 있는 모양인지 천장에선 수은등이 깜박거리고 있었다. 무엇보다 기괴했던 건 복도를 따라서 이어진 거대한 유리관의 존재였는데, 그 안엔 거뭇한 껍질로 둘러싸인 '나무줄기'라고밖에 말할 수 없는 무엇이 들어 있었다.

925   똬리나무, 적어도 그것의 줄기 중 하나라고 확신했다. 유리관을 씌운 이유는 이 이형종에서 뿜어져 나오는 황화수소를 막기 위해서였을까? 관들을 서로 연결해놓은 쇠붙이가 황색으로 변색되고 있었는데 이는 황화수소가 일으키는 화학반응이 분명했다. 깨진 유리관에 손을 넣어서 똬리나무를 만져보려다 멈칫했다. 그리 멀지 않은 거리에서 총성이 연달아 들려왔다.

926 공포보다는 만남이 더 간절했다. 이 정체불명의 공간을 설명해줄 누군가를 붙잡고 싶었다. 유리관 속 똬리나무는 고사가 진행되기 시작한 목본류와 매우 유사했다. 한눈에 봐도 말라비틀어진 껍질들이 일어나고 물관이 메마르면서 모든 잎이 떨어지고 적갈색의 줄기와 꼬투리만 앙상하게 남게 되는 과정. 지금 이 도시의 밑바닥에서 무슨 일이 벌어지고 있는 것인가?

927 마치 검은나무 모체 발굴 현장을 걷는 듯했다. 모체를 찾기 위해 뿌리에서 뿌리를 끊임없이 추적해서 들어간 길고 긴 땅굴들. 똬리나무의 크기는 좀처럼 가늠이 되질 않았다. 그러나 내가 닿았던 곳 자체는 그렇게까지 길지 않았다. 통로가 끝나는 지점에서 큼직한 승강기가 나타났는데 그 앞엔 조금 전 총성의 주인공들이 있었다. 다행인지 불행인지 시체들이었다.

928 시체는 모두 세 구였는데, 실험복을 입은 둘은 뒤에서 총을 맞은 모양인지 승강기 반대편 복도를 향해 고꾸라져 있었고, 처음 보는 군청색 제복을 입은 다른 한쪽은—아마도 총을 쏜 쪽으로 보이는데—권총으로 자신의 관자놀이를 날려버린 채로 쓰러져 있었다. 마치 어떤 비밀이 유출되는 걸 막기 위해 과학자를 처형한 것처럼 보였다. 근데 왜 자살까지 해야 했을까?

929 승강기 입구 옆엔 '제5구역'이란 간판이 달려 있었다. 그렇다면 몇 구역까지 있다는 것일까? 애석하게도 승강기의 전력이 차단된 상태인지라 확인할 길이 없었다. 그러나 승강기 옆으로 난 비상

용 회전 계단이 있었다. 계단을 밟으려는 순간, 멀리서 무언가 찢기는 소리 같기도 하고 짐승의 울부짖음 같기도 한 거대한 괴성이 들려왔다. 나는 떨어진 권총을 챙겼다.

28장

930   빵에 푸르스름한 곰팡이가 잔뜩 꼈다. 의식을 놓은 시간들이 길어지다 보니 어느새 곡기를 끊게 됐다. 먹지 않아 목구멍이 닫힌 것인지 아니면 목구멍이 닫혀 먹지 못하게 된 것인지 모호했다. 허나 그 구분은 의미 없으리. 위에서 느껴지는 건 배고픔이 아니라 기관이 정지된 느낌에 가까웠다. 당장 식어버리는 건 아니지만 오롯이 잔열만 남은 주물 난로 같았다.

931   다시 먹는다고 해서 달라진 건 없다,라고 적었을 때 이상하게도 몸의 고통들이 사라진 느낌이 들었다. 통각 신경계가 아사했기 때문일까, 아니면 득달같이 달려들던 내 안의 야수들이 이제는 항복 선언을 존중해주기로 했기 때문일까. 어느 쪽이든 고통이 잦아들어 다행스럽다. 죽음보다 고통이 더 두려워질 때 비로소 초연함이 벼려진다. 달관은 같잖다.

932 이제 나의 속은 나무의 심장과도 같아 감동을 모른 채 맹목적으로 지탱하려고만 들 뿐이다. 두터우나 뜨겁지 않고, 계속 비대해지다가 결국엔 스스로를 무너뜨릴 일밖에 남지 않았음에야. 근본적으로 불가능할 것임을 잘 알지만 지금의 허망함으로 과거를 덧칠하지 않으려 노력한다. 절박함을 비웃는 건 눈꼴사나운 짓인 까닭이다. 질투보단 회한 속에서 죽고자 한다.

933 남방한계선에서 참토는 나를 위해 목숨을 걸었다. 돌이켜보건대 남방한계선뿐만 아니라 고아원에서부터 쭉 그랬다. 그러나 여태껏 그 헌신의 이유를 물어본 적이 없다. 가혹하기도 하거니와 나에게도 들이밀지 못한 잣대를 누군가에게 들이민다는 것은 면구스러운 일이기 때문이다. 어쩌면 부끄러움이 오늘날까지 나를 지탱해온 건지도 모르겠다. 윤리는 부끄러움과는 무관하다.

934 경계를 넘어온, 아니 완전히 부서뜨린 트롤 떼는 무슨 냄새라도 맡은 것처럼 극남식물연구소로 몰려들었다. 연구소로 재집합해서 다시 전선을 꾸리란 확성기의 외침에 반응한 병사들은 그 명령이 자신의 무덤인지도 모르고 필사적으로 달려갔다. 난로가 엎어진 모양인지 광부들의 숙소에서 불이 크게 났다. 참토는 말고삐를 잡아당기며 방향을 틀었다.

935 훗날 이 사건엔 '검은숲 대지진'이란 고루하기 짝이 없는 명칭이 붙었다. 이렇게나 거대한 사태가 벌어졌음에도 비밀이 유지됐던 이유는, 순전히 그만큼 생존자들의 머릿수가 적었기 때문이다. 광부

와 벌목꾼 들을 제외하고서 요새 도시의 주둔 병력만 3천 명이 넘었는데, 공식 집계에서 생환한 이들은 50명이 채 되질 않았다. 다시 말해 사실상의 몰살이었다.

936 전쟁터엔 법칙이 없다. 훈련이 잘되지 못한 병사들은 공포에 질려 허둥대다가 빨리 죽을까? 비교적 그렇지만 반드시 그런 건 아니다. 명령에 칼같이 복종하는 정예병은 오래 살아남을까? 비교적 그렇지만 반드시 그런 건 아니다. 왜냐하면 전쟁터에서 적보다 무서운 건 무능한 상관이기 때문이다. 그리고 그날 살아남은 건 도주한 얼뜨기와 비겁자 들이었다.

937 명령이 합리적이라서 복종하는 것이 아니다. 긴급한 상황에선 어차피 뇌가 정지된다. 오랜 습관과 본능의 시간인 것이다. 오히려 병사들이 탐닉하는 건 복종에 실린 기묘한 안정감이다. 명령권자가 무조건 현명하리란 맹목적인 믿음부터 죽음이 임박한 순간에서조차 아무런 책임도 지고 싶지 않은 회피성까지, 우리가 목도할 수 있는 건 의미의 토대야말로 명령이란 진실이다.

938 겉에서 봤을 때 콘크리트로 된 극남식물연구소는 하나의 견고한 성채처럼 보였다. 절대로 무너질 것 같지 않았고 무너져서도 안 됐으나 바로 그런 이유에서 무너지고 말았다. 전력으로 달리면 말과 속도가 비슷한 트롤들로부터 결코 도망칠 수 없을 거라고 판단한 병사들은 모두 연구소로 달려갔지만 정작 트롤들은 북쪽엔 아무런 관심도 없었다.

939 당연한 말이지만 처음엔 우리도 검은숲의 반대 방향, 즉 북쪽으로 도망가려고 했다. 그러나 말을 잡아탄 행운은 그리 오래가지 않았다. 미처 숨이 끊어지지 않은 트롤 하나가 쌓인 시체들 사이에서 손을 뻗어 달리던 말의 뒷다리를 잡아당긴 것이다. 우리는 그대로 오물과 피 웅덩이에 나자빠졌고, 입에 들어간, 누구의 것인지 모를 신체 조직을 내뱉으며 한동안 허우적거려야만 했다.

940 먼저 일어난 참토는 넘어진 말의 안장주머니에서 화살촉을 뽑아 들었지만 머리가 흔들렸던 모양인지 곧장 주저앉고 말았다. 아랫배에서 내장이 줄줄 새는 트롤들이 기괴한 소리를 내며 기어 왔지만 뒤에서 달려온 병사 하나가 미늘창으로 목을 꿰뚫어버렸다. 피 칠갑을 한 그 병사는 제정신이 아닌 것처럼 보였다. 그러는 사이 말은 다시 일어나 있었다.

941 참토는 부러진 이빨을 뱉고 일어났다. 말고삐를 다시 쥐려는데 피칠갑을 한 병사가 참토를 거세게 밀치고는 자기가 말을 탈취하려고 했다. 그러나 피 때문에 그만 안장에서 미끄러져 밑으로 굴러 떨어지고 말았다. 참토는 망설이지 않았다. 곧장 달려가 손에 쥐고 있던 화살촉으로 병사의 목을 연거푸 찔러버렸다. 그리고 외쳤다: 어서 와!

942 그러나 그 순간 우연의 소용돌이가 참토, 좀 더 정확히는 참토가 올라탄 말을 날려버렸다. 돌진해 오던 육중한 트롤이 코뿔소처럼 기다란 송곳니로 말의 복부를 찔러 내던져버린 것이다. 내팽개쳐진

참토는 갈비뼈를 붙잡고서 폐 속으로 짓뭉개진 비명을 내질렀다. 충격으로 송곳니가 부러진 트롤의 눈동자는 샛노랗게 이글거렸고 내 손엔 아무것도 없었다.

943 내장, 똥오줌, 눈알 그리고 우수수 떨어진 이빨들 사이를 미친 듯이 뒤적거리며 무기를 찾으려고 했다. 가까스로 찾아낸 장교용 벨트에서 권총을 뽑았지만, 가스관에 피가 들어간 모양인지 격발이 되질 않았다. 그사이 피에 굶주린 트롤은 울부짖던 말 머리를 간단히 으깨고는 비틀거리는 참토에게 다가가고 있었다. 결국 나는 소리를 지르면서 권총을 힘껏 집어 던졌다.

944 운은 트롤에게도 공평했다. 머리를 맞은 트롤이 고개를 홱 돌렸을 때 극남식물연구소 쪽에서 포성이 들리더니 이내 포도탄이 날아왔다. 나는 반사적으로 엎드렸고, 다시 고개를 드니 머리가 날아간 트롤이 땅에 처박혀 있었다. 무차별 포격 명령이라도 떨어진 모양인지 곳곳에서 크고 작은 흙기둥이 치솟았다. 굉음 속에서 몸을 웅크렸다. 마치 벌레처럼.

945 트롤들은 포화에도 아랑곳하지 않고 극남식물연구소로 몰려들었다. 문짝을 방망이로 두들기고 외벽을 기어오르려고 했다. 움직일 때마다 부러진 뼈마디가 쑤시는 모양인지 참토는 거친 신음을 냈지만, 그럼에도 발걸음은 멈추지 않았다. 우리는 숙소마다 옮겨붙은 화마와 뿌연 연기로 뒤덮여 막혀버린 북쪽으로는 갈 생각조차 하지 못했다. 우리는 대신 갱으로 향했다.

946 지금도 무너진 목책으로 꾸역꾸역 넘어오는 트롤들의 눈에 띄지 않기를 바라며, 또한 포탄 파편에 꿰뚫리지 않기를 바라며 앞으로 나아갔다. 다행히 운이 따라주어 갱도 입구까지는 무사히 닿았지만, 운명의 호의는 거기까지였다. 경계선이 무너진 순간부터 낙오한 병사들이 갱으로 숨어들자 트롤들이 쫓아왔던 것이다. 갱도는 이미 찌르고 찢는 지옥도였다.

947 그러나—그렇다고 해서—갱도로 들어가지 않을 여유는 없었다. 트롤 떼가 사방에서 마구잡이로 휘몰아치는 바깥에 비하면 갱도는 적어도 등을 맡길 벽으로 둘러싸여 있었기 때문이다. 체념한다면 영락없는 막다른 길이었지만, 저항하고자 한다면 대군을 상대할 좁은 길목이었다. 총구 끝의 불꽃과 흔들리는 가스등을 따라서 어둠과 고깃덩이들이 넘실거렸다.

948 지상의 권양탑으로 연결된 쇠사슬들이 끊어지며 육중한 금속 밸브들과 폐석들이 쏟아져내렸고, 갱도 전체로 폭발하듯 쏟아진 분진 사이로 다급한 명령들이 쏟아졌다. 광차들의 교차로에 있던 병사들이 트롤들을 몰아내고서 갱도 입구를 틀어막아야 한다고 소리쳤다. 그러나 그 바람은 현실에 닿지 않았다. 이윽고 입에 거품을 문 트롤들이 몰려와 그들을 짓뭉갰다.

949 온전한 편제는 무너진 지 오래였고 제대로 된 명령 체계도 없었다. 뿔뿔이 흩어진 개별 부대원들과 낙오병들, 그리고 급한 대로 곡괭이를 든 광부들이 좁은 갱도 안에서 혼란스럽게 뒤얽혔다. 말다

운 말이 들리지 않을 만큼 넋이 나간 병사들은 트롤의 몸이 들어올 수 없는 좁은 막장까지 있는 힘껏 도망쳤고, 무너진 광차 밑으로 벌레처럼 숨어드는 이들도 있었다.

950   한 시간 전까지만 해도 나를 막아 세웠던 하사관이 뭉개진 시체가 되어 윤형 철조망에 거꾸로 걸려 있었다. 참토는 선로를 따라 달려가다가 시체 더미 옆으로 몸을 숨겼다. 내가 거기서 발견한 소총에 총알을 끼워넣는 동안 참토는 우리를 발견한 트롤을 향해 미늘창을 겨눴다. 이윽고 참토가 소리쳤다: 혹시 내가 죽으면 갱도 끝까지 무조건 달려가!

951   트롤이 크게 휘두르려던 몽둥이가 천장을 때렸고, 그 바람에 갱목과 그 갱목이 떠받치던 것들이 밑으로 우르르 쏟아졌다. 멍청하게도 갱도 안의 낮은 천장을 미처 고려하지 못했던 것이다. 참토는 기회를 놓치지 않고 달려가 흙더미에 깔린 트롤의 얼굴에 창을 박아넣었다. 그러나 창날 끝이 미끄러지며 뇌가 아닌 잇몸을 꿰뚫고서 턱주가리에 박혀버렸다.

952   발악하듯 휘두른 오른손에 참토가 맞고 날아갔다. 트롤은 괴성을 내지르며 흙더미에서 몸을 빼내려고 했고, 나는 비틀거리지 않으려고 안간힘을 쓰며 소총 방아쇠를 당겼다. 빗나가기도 힘든 근거리였기에 총알은 트롤의 두개골을 뚫었다. 그러나 쓰러진 참토를 부축하여 세우기도 전에 갱도 저 너머에서 거대한 폭발과 지진 같은 진동이 일어났다.

953 누군가 출구 없는 절망 속에서 다이너마이트에 불을 붙인 것이 분명했다. 갱도 전체를 뒤흔드는 충격파에 모두가 나자빠졌고, 이어서 갱도의 암흑이 순식간에 좁혀져 왔다. 즉 갱 전체가 무너지고 있었다. 어디로? 입구까지는 너무 멀었다. 그 순간 낙석에 걸려 뒤집어진 광차가 눈에 확 들어왔다. 나는 그 틈으로 참토를 떠밀었다. 그리고 암전.

발신 : 내무부 여론조사비서관실 제로몬 밤트 행정관

수신 : 경찰청 공보담당관

검은숲 대지진을 통해 횃불 시위를 확산하려고 하는 반정부 단체에 대응하기 위해 '수도원 묘지 연쇄살인 사건'과 '기념품 연쇄살인 사건'의 수사 내용을 더 적극적으로 홍보하기 바랍니다.

특히 타블로이드, 라디오 등 언론을 통한 홍보는 광범위한 효과를 누릴 수 있으므로 언론 대응팀에 적극적인 콘텐츠 생산과 타 부처와의 공조를 부탁드립니다.

예를 들면 ▲연쇄살인 사건 담당 형사 인터뷰 증거물 사진 등 추가 정보 공개 ▲묘지 주변을 배회하며 시체를 뜯어 먹는 식시귀(食屍鬼)—이른바 '구울'—에 대한 괴담을 익명으로 신문 게재 ▲연쇄살인범 몰페가 모은 기념품 공개 및 피해자 공개 제보 ▲몬세라토 수도원 부속 고아원에서 불안에 떠는 고아들의 인터뷰 ▲사건 해결에 동원된 경찰관, 전경 등의 연인원 ▲수사와 수색에 동원된 전의경의 수기

보안국 특별활동비의 지원을 요청해놓은 상태이니 빠른 시일 내에 만남 및 공조 계획을 추진하기 바랍니다.

검은숲 대지진으로 추락한 시 당국의 위신과 당국에 대한 부정적 인식을 연쇄살인 사건 해결을 통한 긍정적 인식으로 바꿀 수 있는 절호의 기회입니다. 언론이 경찰의 입만 바라보고 있는 실정이니 계속 기삿거리를 제공해 불온한 횃불을 차단하는 데 만전을 기해주시기 바랍니다.

보고 번호 : 내무비서관실/1107-03-0017

29장

954 홀로 남아 광인이 되어가고 있다. 작열하는 사막의 모래 한가운데서 고사하고 있는 것이다. 그러나 언제부터 이렇게 됐는지 되묻는 작업 같은 건 이젠 그만둘 때이다. 그런 건 그저 명분을 찾는 헛된 바람일 뿐이다. 과거란 돌이킬 수 없고, 그러한 과거에 매달리는 건 지금 자신의 모습을 돌이킬 수 없었던 것으로 포장하고픈 지리멸렬함에 불과하다.

955 탈피를 끝낸 어떤 곤충의 허물을 가만히 바라본 적이 있다. 한동안 나무에 붙어 있는 듯싶었지만, 약간 센 바람이 불자 여지없이 바닥에 떨어져 잡초 사이로 사라져버렸다. 모르긴 몰라도 이름 모를 미세한 존재들이 껍데기를 먹어치워버리기까지 반년도 채 걸리지 않을 터였다. 그 사실에 잠시 느꼈던 위안을 토해냈다 ─ 이 얼마나 우스꽝스러운 감상이란 말인가?

956 처음엔 복수심이었으나, 다시 돌아보건대 단지 그뿐만은 아니었다. 삶을 견딜 수 없어질 때, 우습게도 죽음은 삶의 길이 된다. 이미 죽었기에 더 이상 삶을 짊어질 필요가 없다고 믿게 되기 때문이다. 하여 뙈리나무에 대한 나의 집착은 생생한 생명이 아닌 망자로서였다. 누구라도 좋으니 이런 날 위해 나무 삽 하나 깎아주기를 염치없이 바라게 된다.

957 내가 닿았던 로벨토역 지하의 연구 시설, 즉 제5구역은 복층 구조였다. 회전 계단을 모두 내려가자 일종의 갱도가 드러났는데, 간이 권양탑과 굴착용 권양기가 설치되어 있을 만큼 거대한 규모였다. 그러나 아무도 없었다. 누가 있느냐고 거듭 소리쳤지만 메아리만 돌아올 뿐 쥐 죽은 듯 조용했다. 갱도의 저편에서 불어오는 찬 바람이 머리카락을 흔들었다.

958 바닥에 안전모가 나뒹굴고 있었고, 갱외 운반용 증기기관차에 시동이 걸려 있기까지 했다. 작업자들이 황급히 어디론가 떠나야만 했던 것 같았다. 그러나 여기까지 오면서 마주친 광부는 아무도 없었다. 그렇다면 — 앞서 봤던 시체들까지 고려하건대 — 승강기를 타고서 밑층으로 내려갔다고 가정하는 것이 합리적이었다. 그런데 연구자들은 왜 도망가려고 했을까?

959 갱도 내에 시체는 없었지만 바닥에 탄피들이 떨어져 있는 것으로 보아 갱도 내에 있던 인력들을 옮기는 작업이 그리 합의된 방식은 아닌 듯싶었다. 강제 노동이었을까? 눈 하나 깜박하지 않고 학

살을 자행하는 일당들이었으니 점령지에서나 볼 법한 강제 노동 수용소를 운영했다고 해도 전혀 이상치 않았다. 그러나 문제는, 이게 다 뭘 위한 것이냐는 점이었다.

960 채굴 광석을 끌어 올리는 권양탑의 정지 상태 역시 심하게 이상했다. 전력 스위치가 내려간 것이 아니라, 바닥에 수십여 개의 도르래와 운반대가 끊어진 채로 떨어져 있었다. 그리고 그 앞엔 사람 키 높이의 족히 세 배는 더 되어 보이는 강철 문이 수직갱도 입구 자체를 틀어막고 있었다. 안에서부터 차단했는지 아니면 밖에서 차단했는지는 알 길이 없었다.

961 안쪽의 뚫린 갱도에서 운반된 차량 중 하나엔 똬리나무에서 잘라 온 듯한 부위들이 실려 있었다. 나무껍질과 그 안쪽의 형성층으로 보였는데, 앞선 유리관에서 봤던 퍼석퍼석한 가지와 달리 거뭇한 수액이 뚝뚝 떨어지고 있었다. 그러나 이 모든 걸 자세히 살펴볼 여력은 없었다. 들어오면서 들이마신 황화수소 때문인지 계속해서 머리가 흔들렸다.

962 광차 선로를 따라서 갱도로 걸어 들어갔다. 주변에서 무언가 웅웅 울리는 괴음이 들려오는 것 같았는데 그것이 실제 소리인지 아니면 단지 내 발걸음이 머릿속에서 증폭된 허상인지 알 길이 없었다. 눈이 아려온 지는 꽤 되었고 이젠 침을 삼킬 수 없을 만큼 목이 쓰라리기까지 했다. 눈앞이 너무 혼탁하여 방독면을 벗고픈 충동에 목덜미를 붙잡았다.

963 몇 번을 걷다가 멈췄는지 잘 모르겠다. 어지럼증 속에서 아지랑이처럼 피어오르는 정체 모를 흥분이 아니었다면 도중에 그대로 무너지지 않았을까. 어쩌면 내가 계속 서 있을 수 있었던 건 돌아갈 생각을 전혀 하지 않았기 때문인지도 몰랐다. 솔직히 말해 이제 어떻게 되건 아무래도 상관없었고, 그저 끝을 맺고 싶을 뿐이었다. 그래, 그때 나는 죽을 자리를 찾고 있었다.

964 인간은 다른 삶이 있을 때에야 비로소 뉘우친다. 무릎을 꿇고서 참회의 눈물을 뚝뚝 떨어뜨려서라도 얻어낼 무엇이 내겐 더 이상 남아 있지 않았다. 부질없는 기억의 편린들만 남아 마음을 어지럽힐 뿐이었다. 죽음이 달콤해질 때였다. 기껏해야 닿은 곳이 안일함이냐 하는, 익히 예상했던 반문이 들려온다. 수긍하면서 그만 편해지고픈 내게 다시금 몸서리가 난다.

965 비로소 끝자락에 닿자, 방독면 속에서 구슬땀을 쏟았을 광부들이 이뤄낸 작업물이 시야에 들어왔다. 가스등 불빛이 가장자리에 겨우 닿을 만큼 거대한 규모였는데, 나무껍질들이 폭포처럼 뻗은 똬리나무의 단면이었다. 압도적인 크기 때문에 이것이 줄기이지 않을까 싶다가도, 만일 가지라면? ―그렇다면 이 존재는 얼마나 깊숙이, 비뫼시의 어디까지 뻗어 있는 걸까?

966 예상은 했지만 역시나 이해되질 않았다. 햇볕도 없는 지하 밑바닥에 넓은 잎사귀를 늘어뜨린 나무가 어떻게 존재하는 걸까? 얼핏 보기엔 목본류 같은 나무껍질을 두르고 있는 것 같았지만 한편으

론 구근처럼 울퉁불퉁하게 느껴지기도 했다. 게다가 근본적으로 다시 묻지 않을 수 없었다. 똬리나무는 도대체 무엇을 위해 이곳에 이토록 거대한 크기로 자라난 것인가?

967 똬리나무가 황화수소를 사용해 광합성 하는 녹색황세균 같은 부류라고 한다면, 그런데 지금 죽어가는 것이라면 지금 저 나무가 붙잡고 있는 깊고 깊은 땅속 무언가는 필경 황화수소를 내뿜는 것일 텐데 대관절 그게 무엇이란 말인가? 당장 떠오르는 건, 배출 가스에 황화수소를 상당 함유한 '화산'이었다. 그러나 이곳에선 아무런 열기도 느껴지지 않았다.

968 그러나 쓸데없는 질문은 그만할 때였다. 바야흐로 종착지였다. 다리에 힘이 풀려 주저앉았다는 것을 제외하면 아무런 일도 없었다. 불현듯 아버지가 풀무형제단이라고 필사적으로 말하던 내 어린 날이 떠올랐다. 그래, 도대체 뭘 기대한 거냐면서 스스로를 실컷 비웃다가 다시금 매달릴 곳을 두리번거리게 될 테지. 똬리나무를 보며 혼잣말했다 ─ 이걸 위해서였나?

969 씀으로써 덜 잊게 될 테지만, 동시에 이 씀에 쏟는 정성에서 자꾸만 악취를 맡게 된다. 같잖은 문장 기교에서, 정직함에서 ─ 그로써 모두 면책되고 해결되리라 노래하는 성가(聖歌)가 들려오는 까닭이다. 내가 거리의 범인들과 다를 바가 무어란 말인가? 굴레에 갇혀 번민하며 미쳐가거나 죽어갈 뿐인 자연사로부터 한 발자국도 빠져나오지 못할 터였다. 그리웠다.

30장

970 요즘따라 어둠 속을 부유하는 시간이 길어지고 있다. 뇌압이 올라가서 눈이 침침해진 것인지 아니면 의식이 흐릿해진 것인지 구분하기 힘들다. 이제 내게 '뼈와 가죽'은 야위었다는 비유가 아니라 사실에 가까워지고 있다. 삼키는 것조차 힘이 들어, 퀴퀴한 냄새가 나는 메마른 침이 입 밖으로 줄줄 새곤 한다. 시간관념이 아득해지다 못해 소거되고 있다. 무색이다.

971 남방한계선에서 민들레 씨가 날아가는 걸 자주 바라보곤 했다. 홀씨는 바람결에 어디든 날아간다. 운 좋게 땅에 떨어질 수도 있지만, 반대로 불운하게 바위틈이나 시냇물에 떨어져서 맥없이 죽어버리기도 한다. 내 삶도 그와 같으니 바람에 날려 닿은 곳에 뿌리내렸을 뿐인 한낱 생. 없잖은 감회: 끝에서 뒤돌아본 것이 아니라, 뒤돌아본 자리가 끝이었다.

972 얼굴이 그 자리에 있나 더듬어봤다. 쭈글쭈글하고 늘어진 감촉. 적어도 내가 보기엔 주름에 낭만 따윈 없다. 동물에게 주름은 죽음에 가까워졌다는 뜻이고, 식물의 나이테도 결국엔 끊어지고야 만다. 헛됨, 헛됨. 이 모든 게 사실은 꿈이 아닌지 자문해봤다. 그러나 곧 관뒀다. 설령 꿈일지라도 내겐 이 꿈을 끝까지 꿔야 할 의무가 있기 때문이다.

973 영양실조로 야맹증을 앓는 이의 밤처럼 모든 것이 흐릿하다. 그나마 선명한 느낌은 손목의 아림, 돌아온 지하 방에서 수첩에 지난날을 쏟아내는 감각이었다. 비나드는 과거가 뗏목으로 묶일 것이라 믿었지만, 신앙이 빛바랜 자리에선 밑둥이 썩고 있다. 바깥을 상상할 수 없다. 글이란 내가 이미 오래전에 죽었음을 다시 확인하는 과정이었음을 이제는 안다.

974 글은 나를 옭아맸다. 그러나 쓰지 않았더라면 내게 세계가 허락됐을까? 아니, 내가 허용했을까? 죽은 조직들이 중심이 되어 무너진 삶을 다시 일으켜 세웠다. 언젠가 제 무게를 못 이겨 고꾸라질지언정 그 순간엔 구원이었다. 회고하고 적은 것이 곧 삶이라는 듯, 심장을 뽑아낸 자리에 명확성의 톱밥을 채웠다. 이제 내 삶은 필연적이었다: 똬리나무.

975 기원은 원한을 먹고 자라난다. 온전한 자는 결코 뒤를 돌아보지 않기 때문이다. 뒤틀리다가 어찌할 수 없을 만큼 망가져버린 존재만이 과거로 향한다. 그러나 원인 제공자들을 차례대로 없애나가

는 과정은 그 자체로 삶의 지속이다. 즉 복수는 생의 방편이다. 결과는 바꿀 수 없어서 결과라 부르는 것이겠지만, 뒤늦게라도 원인을 제거하면 그 결과가 바뀌길 갈망한다.

976 깊은 원한엔 바닥이 없다. 그래서 결코 자책하지 않는다. 애당초 자책을 감당할 수 없었기에 바닥을 없앤 것이지 않던가? 원한은 대상의 절멸이 아니라 그 과정의 늘어짐을 통해 치유된다. 그래, 지치고 마는 것이다. Q교수에게 남방한계선으로 갈 것을 권유받았을 때 그건 마치 내 삶의 예정된 마침표처럼 보였다. 끝이되 긴 유통기한을 지닌 끝이었다.

977 언제 이렇게 쥐들이 늘어났나? 쥐 떼를 피해 도망치다가 구덩이로 굴러떨어졌다. 밑에선 고아들이 나무 삽으로 바닥을 더욱 파내려가고 있었는데, 나를 따라서 쏟아져내린 쥐 떼가 그들을 덮쳐서 뜯어 먹기 시작했다. 어디에 머리를 조아려야 할지 모를 혼란 속에서 누군가 내 목덜미를 붙잡았다. 프님 남작이었다: 네 인생에서 만족감을 대신할 걸 찾아보는 것이 좋을 게다.

978 다시 눈을 떴을 때 퀴퀴한 돌 냄새가 맡아졌다. 이어서 관절마다 깊은 통증이 느껴졌지만 그건 아직 숨어 붙어 있다는 증거이기도 했다. 몸을 움직이자 흐른 피 때문에 옷이 달라붙는 불쾌한 질척임이 느껴졌다. 그러나 움직일 만했다. 불구가 아닌 불편의 느낌. 손에 닿는 천장을 더듬어보니 찌그러진 광차 같았다. 한쪽에선 돌덩이를 옮기는 소리가 들려왔다.

979 먼저 깨어난 참토는 무너져내린 돌덩이들을 조금씩 옮기고 있었다. 인기척을 느끼고서 다가온 그가 돌가루 떨어지는 손으로 내 뺨을 더듬었다: 깨어나서 다행이야. 다이너마이트가 터졌던 게 기억났고, 이어서 서로의 숨소리 외엔 주변이 고요하다는 것에 민감해졌다. 참토는 손목을 잡아 나를 어디론가 데려갔다. 이윽고 손바닥이 짚은 틈에서 바람이 불어왔다.

980 바람을 따라서 돌들을 뽑아내고 흙을 긁어냈다. 명멸하는 체력 때문에 자주 쉬어야만 했고 손톱도 세 개나 빠졌지만 결코 멈출 수 없었다. 마침내 몇 개의 빛줄기가 뺨을 비췄을 때 얄궂게도 내 머릿속엔 시체 구덩이가 떠올랐다. 꿈속에선 절대로 나갈 수 없던 그 핏빛 밑바닥 말이다. 빛이 넓어지자 우리 위를 떠받치고 있던 증기 크레인의 잔해가 드러났다.

981 간신히 갱 밖으로 나왔을 때 밖은 온통 폐허였다. 공기는 비릿하고 또 매캐했다. 숙소에서 붙은 불들이 결국 건물들을 모조리 집어삼키고서야 꺼진 모양인지 눈에 보이는 요새 전경의 절반은 숯덩이 같았다. 생존자도 트롤도 보이지 않았다. 이따금씩 괴성이 들리긴 했지만 그 소리의 주인은 무너진 극남식물연구소의 콘크리트 잔해 더미를 결코 나올 수 없었다.

982 가뭄이 들면 좁아진 물구덩이로 냇가의 모든 고기가 모이게 되고, 그렇게 진흙탕 속에서 서로 물어뜯고 뒤엉키다가 떼죽음을 당한다. 무너진 유적처럼 돼버린 극남식물연구소 주변이 그러했다. 포

탄에 분쇄되고 미늘창에 찍힌 트롤 시체들이 연구소를 한가득 둘러싸고 있었고 무너진 잔해마다 찢긴 팔다리들이 빼곡했다. 우리는 노을이 지는 그 폐허로 걸어갔다.

983 화재가 어떻게 시작된 건지는 잘 모르겠다. 불발탄이 폭발했을 수도 있고 보일러실이 무너졌기 때문일 수도 있다. 새카맣게 그을린 계단을 내려갔다. 발길이 닿는 곳마다 시체였다. 생존자들이 이미 도망을 쳤는지 아니면 애당초 없었는지 알 수 없었다. 무너진 돌기둥 사이에 깔린 트롤 하나가 미약하게나마 숨이 붙어 있었다. 참토가 숨을 끊어줬다.

984 천장에 걸린 간판을 제외한다면 식물생장조절실은 전사자들만 따로 쌓아놓은 야전병원의 구석진 자리에 더 가까웠다. 온전한 시체가 거의 없었는데, 마치 결사 항전이라도 벌인 것 같았다. 참토는 완전히 무너져버린 입구 앞에 멈춰 섰다. 안쪽에서 짙은 탄내가 맡아졌다. 질소 배관이 찌그러진 채 나뒹구는 게 보였다. 액화 질소가 터진 모양이었다.

985 그러나 길이 없는 건 아니었다. 질소중독을 막기 위해 설치해둔 비상 환풍기가 있어, 비교적 호의적으로 무너진 틈을 비집고서 식물생장조절실을 넘어갔다. 이제부터는 출입할 수 없었던 보안 등급 1급 구역이었다. 박살 난 표본들 사이에서 젠버그 소장의 몸을 찾았다. 비록 머리와 왼팔은 뜯겨나간 상태였지만 크게 상관없었다. 주머니 속 열쇠는 무사했으니까.

986 기밀문서고로 가는 복도는 처참하기 짝이 없었다. 트롤들과 병사들이 뒤엉켜 죽어 있었고 힘줄이 풀린 시체에서 흘러나온 지린 내로 지독했다. 참토는 혹시나 숨이 붙은 트롤이 있을지 모른다며 멀리서 창끝으로 시체들을 찔러보며 앞으로 나아갔다. 복도 끝에서 시작되는 층계는 검게 그을려 있었고 그 주변의 시체들은 숯덩이처럼 굳어 있었다. 기름 냄새가 났다.

987 떨어진 문짝을 밟고서 온통 타버린 기밀문서고로 들어갔다. 트롤들이 여기까지 비집고 들어왔던 모양인지 새카맣게 탄 채로 쓰러진 캐비닛 몇 개가 보였다. 아무래도 긴급 상황에서의 파쇄 방법이 방화였던 모양이다. 발자국을 뗄 때마다 바닥의 재가 들썩였고, 겨우 끄트머리만 온전히 남은 쪼가리들이 바람에 휘날렸다. 그러다 잔해 더미에서 금고를 찾아냈다.

988 위스키 궤짝보다 조금 더 큰 강철 금고는 검게 그을렸고 또한 부분적으로 찌그러져 있었다. 밑동은 뜯긴 흔적이 역력했다. 참토가 금고 손잡이 부분에 박힌 트롤의 굵은 손톱을 뽑아내며 말했다: 열려고 했나 봐. 머릿속에서 트롤들이 금고를 열려고 바닥에 내던지고 주먹으로 내리치는 광경이 상상됐다. 연이어 문서고에 기름을 붓고서 불을 놓는 장면이 뒤따랐다.

989 소장에게 구한 열쇠를 열쇠구멍에 넣고 돌리자 걸쇠가 올라가는 감촉이 느껴졌다. 그러나 금고 입구와 경첩 부분이 찌그러진지라 문짝은 곧장 열리지 않았다. 결국 참토가 쇠꼬챙이 지렛대로 뜯어내

다시피 하여 힘들게 개봉해야만 했다. 마침내 드러난 내용물은 실로 기묘했다. 구겨진 각종 서류와 함께 축구공만 한 구체가 들어 있었는데, 마치 살아 있는 것처럼 녹색 비늘들이 꿈틀거렸다.

참토   뭐야 이게? 설마⋯⋯.
얀코   검은나무의 모체에서 뽑아냈다는 것 같아.
참토   숲이 갑자기 폭삭 내려앉은 이유라는 거야?
얀코   몰라. 하지만 그럴 확률이 높다고 봐. 여기를 둘러봐봐.
        병사들을 다 죽이고 불까지 지르면서 지키려고 했잖아.
        뭔진 몰라도 틀림없이 중요한 걸 거야.

구체에 손을 대자 푸르스름한 빛과 함께 가는 실뿌리들이 뻗어 나와 손을 감싸 쥐려고 했다. 놀라서 손을 빼자 구체가 바닥에 떨어져 숯덩이가 된 시체의 겨드랑이로 굴러가 멈췄다. 그 순간, 기적이 벌어졌다. 마치 영양분을 찾듯 빛들이 시체를 감싸더니, 이윽고 시체의 입을 뚫고서 굵은 줄기가 뻗어 나오며 이름 모를 열매들이 맺혔던 것이다.

990   참토가 제때 달려가서 구체를 뽑아낸 뒤 다시 강철 금고에 집어넣지 않았더라면, 어쩌면 그 정체 모를 힘은 여기 기밀문서고의 시체들을 먹고서 거대한 숲을 이루려고 했을지도 모르겠다. 빛을 잃은 식물은 파르르 떨리더니 이내 급작스레 마름병이 온 것처럼 허옇게 굳어가며 죽었다. 참토가 자신의 손가락을 휘감은 덩굴줄기를 뜯어내며 물었다: 도대체 뭐야?

991 사건의 얼개는 얼추 맞춰졌지만 여전히 모르는 것 천지였다. 학계에 보고된 적이 없는 이 신비로운 구체는 무엇이며 드레이던은 저 구체가 검은나무 이상증식의 원인임을 어떻게 알았던 걸까? 이건 생물학이 아니라 하나의 마법이지 않나? 불현듯 그때, 전날 편지를 주고받았던 코포가 말했던 누앗실이 생각났다. 악마의 몸속으로 뿌리내린 전설 속 나무.

992 당장에 뭐라 부를 이름이 없어서 저 구체를 누앗실이라고 명명하긴 했으나, 이름을 붙인다고 해서 딱히 해명되는 건 없었다. 이윽고 금고에 같이 담겨 있던 서류들을 끄집어냈다. 기밀 도장 밑에 펼쳐진 내용은 누앗실 못지않게 믿을 수 없는 것들이었다. 이를테면 똬리나무는 비뫼시를 떠받치고 있었는데 1094년부터 지금까지 서서히 죽어가고 있다고 했다.

993 썩은 나무가 부러지고 분해되듯, 똬리나무의 부분들이 말라비틀어질 때마다 그 위에 있던 지반들도 덩달아 내려앉았던 것이다. 그러자 참토가 똬리나무를 추적할 때 보았던 이상한 현상들과 최근 신문에 자주 실렸던 북쪽 외곽의 노후 건물 붕괴 사고들이 겹쳐졌다. 저주했던 똬리나무도, 그 위에 매달린 도시도 모두 죽어가고 있었다.

994 기밀 서류에 적힌 내용은 이뿐만이 아니었다. 암흑으로부터 에너지를 합성하는 특수한 화학식에 대한 연구 자료도 있었고 다른 지방에 존재하는 똬리나무와 비슷한 종류의 괴생명체에 대한 첩보

도 있었다. 그렇지만 가장 눈길이 갔던 건 일종의 식물 무기화 계획이었다. 식물의 이상증식을 통한 시설물의 무력화 및 에너지원 회수를 통한 지반 붕괴 유도 시나리오.

995 세계력이 바뀐 뒤로부터 천 년 동안 마법이 부활했다는 소식은 공식적으로 인준된 적이 없었다. 누앗실을 자루에 넣고서 폐허를 빠져나오며 묻길, 이건 내가 모르는 새로운 과학의 발견일까? 땅거미가 내리기 시작한 세계는 아무런 대꾸도 하지 않았다. 참토는 그렇다면 누군가 똬리나무의 에너지원을 탈취한 것이냐고 물어왔다. 지평선 너머에 어둠이 찾아왔다.

996 비뫼시, 그 저주받을 세계가 밑바닥부터 무너지고 있다는 것에 슬퍼하기라도 해야 하는 걸까? 궁핍과 무관심 그리고 가혹함으로만 얼룩졌던 그곳이 완전히 붕괴된다는 건 오히려 축복해야 할 일 아닌가? 무너지는 속도는 검은나무와 달랐지만, 그럼에도 똬리나무는 죽어가고 있었다. 악덕들과 함께 몰락하고 있었고, 머잖아 모든 걸 깊은 구덩이 속으로 처넣을 터였다.

참토	이제 어쩌려고?
얀코	다시 비뫼시로 돌아가려고. 그 밑에 뭐가 있는지, 정말로 '그게' 있는지 확인해야겠어.
참토	만일 그 나무가 있으면?
얀코	글쎄, 원흉이니…… 불태워야 할까?
참토	그런 뒤엔? 너한텐 뭐가 남는데?

나는 습관처럼 말한 뒤 조건반사처럼 침묵했다. 표현하고 싶지 않은 건지 아니면 언어가 닿는 족족 미끄러지는 건지 알 수 없었다. 그러나 확실한 건, 그건 복수라기보다 달리 갈 곳이 없기 때문이란 점이었다. 땅을 파헤쳐 이미 썩어가는 똬리나무에 불을 놓고서 음울한 만족감이라도 얻고픈 걸까? 어쩌면 단순히 과거가 무너지는 걸 견디기 힘들었는지도.

997　먹지 않아도 배고프지 않다는 건 죽음의 조짐이다. 조금만 움직여도 피로하고, 제대로 된 생각을 할 수가 없다. 단상조차 버거워 흐릿한 인상에만 머물다가 이내 허무를 덮고 만다. 그러나 비었기에 또렷해지는 것들도 있다. 얄궂다. 보았다 한들 적어낼 힘이 없고, 적었다 한들 이제는 모두 늦었기 때문이다. 한탄 속에서 스스로를 괴롭힐 이유조차 흐릿해지려 하는가?

998　다음날이 없을 것이란, 오늘이 마지막이란 확신이 든다. 여기까지인 것이다. 주마등처럼 두서없이 흘러가던 과거들에서 웬 꼬마에게 시선이 붙들렸다. 하수도 아편굴에서 길잡이 노릇을 해줬던 꼬마다. "여기서 나가자"라고 말했지만 꼬마는 퀭한 눈으로 날 쳐다보기만 할 뿐이다. 목을 졸라버리고픈 충동을 참다가 졸도했다. 나는 속죄하러 온 것이 아니다.

999　갈림길: 참토는 자신은 비뫼시로 가지 않겠다고 말했고 자신이나 나나 그곳으로 돌아갈 이유 따윈 없다고 덧붙였다. 나는 답했다, 너에게 이유 아닌 것이 나에겐 이유라고. 참토가 미련한 짓 하지

말라고 했을 때, 나는 비나드가 왜 그렇게 죽어야만 했는지 다시금 물었다. 도망치듯 물었다. 도무지 모를 표정을 짓던 참토는 이내 무겁게, 그리고 천천히 입술을 뗐다.

참토 담배위원회 위원들의 이름 모두가 명부에 올라 있었어. 그중에서도 닷제, 그자는 그간 지은 탐욕의 죄가 너무 컸지.

얀코 그렇다고 아비의 죄가 아들의 죄가 되는 거니?

참토 그렇게 말하지 않았어.

얀코 그래, 말은 그렇게 하지 않았지.

대화가 끊어졌을 때, 그리고 뭔가 말하려던 참토가 또다시 침묵을 지켰을 때 나는 내가 참 못났다고 생각했다. 한심했다. 몇 번이고 헤아리며 흘려보냈다고 믿었던 것들이 다시 역류해 와, 그저 순간을 모면하려는 저열함에 떠밀렸다는 것이 수치스러웠다. 그의 순전한 호의는 내게 과분했다. 침묵의 끝자락에서 참토는 일어나 짧게 말했다: 무운을 빌어.

1000 잠이 왔다. 가지런히, 죽어가고 있다. 임시방편, 그 수첩의 여백을 마저 채우고픈 강박증마저 손을 떠나려 한다. 나는 누앗실이든 자루를 짊어지고서 홀로 걷다가 길을 잃었다. 어둠이 내려앉았지만 그렇다고 마냥 어둡다고만 하긴 힘든 밤, 그 밤공기에 휩싸여 한참을 헤맸다. 마침내 철로에 닿았지만, 따라갈 길은 보이되 정작 그 끝은 희미한 암흑 속에서 끊겨 있었다.

나울란 관리소
간호정보조사지
(정신과)

- 일반 정보
- 입원일 1126-02-24 - 성별/나이 M/39 - 초기/수정 알톤 기뵈스
- 정보 제공자 본인 - 신뢰도 중

- 현주소 트라케시 국가보위성 직속 나울란 관리소 정치범 수용동 17호실
- 과거 입원 경험 4회
- 입원 경로 외래 - 입원 방법 자의
                       - 최초 발병일 12년전 - 최근 발병일 2개월 전

- 주 증상
* 과도한 의기소침 및 공황장애
* 수면 장애
* 관자놀이 부근의 두통과 경미한 눈 경련

-발달(소아) 및 과거력(성인)

: 당신이 보낸 편지가 사실이라면 정말로 놀랍군. 정보기관에
속한 것도 아닌 일개 식물학자가 오래전에 지워진 내 이름을
찾아내고 수용소 의사까지 매수하다니. 물론 나는 당신의 말을
전혀 신뢰하지 않소. 뒤에 방첩대를 끼지 않고서 정치범 수용
소에 서신을 닿게 할 방법은 없을 테니까. 하지만 설령 그런다
한들 나와 무슨 상관이겠소? 걸리지만 않는다면 맛 좋은 담배
와 햄, 그리고 딸의 안부를 물어볼 기회를 얻게 될 테고, 반대로
걸린다면 그건 그거대로 반역죄로 이 얼음 감옥에서 영원히 해
방될 기회를 얻게 될 테니 말이오.
칸이 짧으니 핵심만 말하겠소. 남방한계선에 갔다 온 모양인
데, 당신이 금고에서 봤다던 서류들은 거짓일 공산이 크오. 적
어도 식물 무기화 부분은 적을 교란하려고 뿌린 거짓 문건일

거요. 처음엔 나도 생체 병기라고 믿었지만, 교차 검증 결과, 일부러 흘린 헛소리더군. 왜냐하면 똬리나무는 배양이 불가능하기 때문이오. 검은나무처럼 씨앗도 없을뿐더러 현 기술로는 세포 복제도 불가능하오. 그리고 당신이 봤다던 그 '누앗실'이란 건, 우리는 이걸 '대지석'이라고 불렀는데, 무한대의 에너지원이 아니오. 특정 개체에 대한 수명을 늘리는 용도일 뿐이고, 그 개체들은 무언가를 뿌리로 옭아매고 있소. 이를테면 똬리나무가 비뫼시를 짊어지고 있는 건 그 봉인 행위의 부차적인, 어쩌면 우연적인 결과일 뿐이오. 비뫼시 왕실에서도 분명 그런 이유로 대지석을 발굴하려고 한 것이 분명할 거요. 적어도 총영사 시절에 내가 파악한 바로는 똬리나무 같은 것들은 하나가 아니고, 또한 단일 종도 아니오. 그렇지만 기적이 사라진 해로부터 천 년가량이 지난 작금의 시점부터는 어째서인지 다들 서서히 죽어가고 있지. 이 행성의 중핵엔 무슨 비밀이 있는데, 지금에서야 그 비밀이 부패하고 있는 거요. 다시 말해 이 세계는 무너지고 있소. 듣자 하니 비뫼시는 종말을 잠시 멈추는 데 성공한 것 같지만, 일시적인 국면일 뿐이오. 그것은 결국 풀려날 거요.

에필로그

얀코에게

편지를 쓰다 보면 어느새 너무 무거워지곤 해. 마치 유언장이라도 남기는 것 같은 기분에 사로잡히는 거지. 그래서 무게를 덜어보려고 일부러 시시콜콜한 얘기들로 글을 시작하게 돼. 손톱 세로줄, 싸구려 커피, 지폐에 그려진 낙서, 탁발승과 야바위꾼, 보도블록 사이에 핀 잡초, 부러진 펜촉, 유행 지난 모자, 유랑 차력사, 유행가, 고풍스러운 다원(茶園), 박식한 돼지와 땅딸보, 바보 같은 주사위 놀이 등. 그렇지 않으면 한 글자도 적지 못하고 흰 종이만 덩그러니 남아버릴 테니까. 물론 그건 그거대로 그리 나쁘진 않다고 보지만.

가끔 나는 완벽하지 않을 바엔 시작조차 하지 말아야 한다는 충동을 느끼곤 해. 아둔한 열정이지. 위선은 깨우쳐서가 아니라 그마저도 지루해질 때 그치는 것 같아. 시작하지 않을 구실이 도처에 널려 있어, 무언가를 시작하는 것이 기적처럼 느껴질 만큼. 그거 아니? 내가 하는 일이 매우 험난하고, 가혹하고, 얼토당토않고, 말도 안 되는 것이라 반복해서 말하다 보면, 마치 그게 담금질이라도 되는 것처럼, 불가능해지고서야 비로소 그 일에 착수할 수 있게 된다는 것. 이 얄궂음을 되뇌는 건 두통 해소에 도움을 줘. 비록 대증요법일지라도 말이야. 웃어도 돼. 네 미소를 상상하는 건 기분 좋은 일이거든. 게다가 네가 있는 곳으로 한 걸음 더 떨어질 수 있을 것 같다는 기분은, 내게 제일 큰 위안이야.

미안해, 두서없네. 실은 어제 카페에서 먹었던 모카빵에 대한 얘기를 주저리주저리 늘어놓다가 종이째 구겨버린 참이거든. 아무래도 '네가 이 편지를 읽을 때쯤엔 나는 네 옆에 없겠지'라는 고루한 문장으로 시작해야 할 것 같다고 생각했어(물론 실패할 게 뻔했지만 말이야). 왜냐하면 단상들을 늘어놓다가 께름칙한 걸 발견했거든. 뻔뻔스러움 말이야. 아예 못 봤다면 괜찮지만, 한번 본 이상 그냥 지나칠 수 없더라고. 무게를 덜고자 하는 건 명분일 뿐이고, 실제로 취하고픈 건, 뭣도 아닌 것들에서마저 사랑을 받고픈…… 그런 소망, 아니 그보단 갈증. 그런 치기 어림은 주면 감사히 받되, 요구되어선 안 된다고 믿어.

나는 내가 참 어려워. 스스로를 미워해야만 겨우 조금이라도 용납할 수 있게 되거든. 가벼워지고픈 마음은 참 서글프다. 그건 무거울 때에만 떠올리는 푸념이니까. 희망 사항이 계단이었으면 지금쯤 달에 닿았겠다. 추운데 하늘이 우중충하네. 눈이 오려나.

이상한 말들만 마구 늘어놓고 있는 것 같네, 미안해. 역시나 편지는 서툴다. 익명의 독자들에게 쓰는 건 비교적 편하지만, 반드시 닿을, 그리고 반드시 읽게 될 한 명에게 쓰는 건, 자꾸만 펜을 놓고 시선을 피하게 되거든. 어쩌면 지금 이 글을 쓰는 건 내가 아니라 마감인지도 몰라. 내일이면 납치될 예정이니까. 분명 놀랄 테지만, 그래도 너무 많이 놀라진 않았으면 해. 신문에서는 납치라고 말할 테지만 사실 그건 납치가 아니거든. 내가 내 발로 걸어가서 잡혀주는 거니까. 자작극 아닌 자작극인 셈이지.

너한테 미리 말해주고 싶었지만 결국엔 그러지 못했어. 말을 하면 너무 위험하다고 절대로 허락해주지 않을 것 같았거든(내 예상이 맞지?). 나 혼자만의 생각은 아니고, 네 난쟁이 친구 참토도 동의한 부분이야. 그러고 보면 돌아오고 나서 참토 얘기는 한 번도 한 적이 없지? 너무 섭섭해하지 않았으면 해. 그 이름을 혓바닥 위에 올리면 곧장 녹아서 진실이 드러나버릴 것만 같았거든. 미안해.

참토를 만난 건 8월 마지막 주였던 것 같아. 정확한 날짜는 기억나지 않네. 포누그놈 감옥에 계속 있다 보면 달력 넘기는 걸 잊어먹게 되거든. 그 난쟁이가 어떻게 침입했는지는 몰라도 그럴싸한 간수복까지 입고서 내가 있던 독방을 찾아왔더라고. 몇 마디 하는 말을 듣다 보니 금세 네가 말해줬던 그 무정부주의자 친구라는 걸 알게 됐지. 녀석은 가스등 불빛을 조절하면서 내 얼굴을 유심히 뜯어봤어. 눈코입에 뭐라도 적혀 있다는 양 말이야. 그러고는 내게 널 사랑하느냐고 묻더라고. 나는 그 질문은 되돌려줬지, 그러면 당신은 얀코를 사랑하느냐고. 얼마간 말이 없던 녀석은 이내 이렇게 답했어. 사랑과는 가장 거리가 멀다고. 나는 그 대답을 마음속에 계속 간직하고 있어.

너도 이미 알고 있겠지만, 참토 그 기묘한 난쟁이는 네 생각을 많이 해. 납치극도 녀석의 계획이었지. 무정부주의자들이 내 아비와 그 슬하의 가족들을 어떤 식으로든 처단할 거라고 말해주더라고.

처음엔 자식을 납치해서 돈을 뜯을 거고, 그런 뒤엔 적당한 시기를 봐서 인민의 이름으로 처형할 거라고 말이야. 난쟁이는 이건 무슨 수를 써도 막을 수 없는 흐름이니 내 목숨이라도 살려보자고 말했어. 그게 무슨 말이냐고 물으니까, 석방 후 늦가을쯤 해서 따로 기별을 줄 테니까 순순히 납치될 장소로 나오라고 하더라고. 윗선엔 자기가 말해놓을 테니까 안심하라고 덧붙이면서. 참토는 이후 닷제가 요구한 금액을 치르면 그중 일부를 다시 내게 주겠다고 했어. 그리고 그 돈으로 얀코와 함께 이 도시 바깥으로, 어디로든, 최대한 멀리 떠나라고 했지.

떠남이라. 그 어떤 소망보다 자주 떠올리지만 그래서 절대로 이뤄질 리 없다고 믿는 것, 내게 떠남이란 그런 거야. 이 모든 것으로부터 벗어나 아무도 모르는 장소에서 아무도 모르게, 새롭게 시작할 수 있을까? 다음날이면 다 잊어먹고서 가볍게 시작하는 아이들처럼. 모르긴 몰라도 너랑 있다 보면 그렇게 되는 것 같아, 무엇이든 몽글몽글해지는 것 같거든. 내가 모르는 곳에 있는 모르는 밑그림 위에 모르는 물감으로 삶을 알록달록하게 칠하는 느낌. 따뜻한 네 살에 닿으면 가시덩굴처럼 복잡한 마음들도 누그러져. 나를 찌르던 것들로 긴 줄을 이어서 줄넘기하며 놀기도 해. 뿌리 없이, 자유로운 거지. 그래서 너와 함께라면 이번엔 정말로 떠나버릴 수 있지 않을까? 외국에서, 알아들을 수 없는 외국 말을 멜로디처럼 들으면서, 카페, 카페, 어쩌면 노천카페에서 커피를 마시고, 혀 위에서 캐러멜을 굴리며 천천히 녹이는 거지. 분명 달콤할 거야.

돌아보니 말을 믿지 않으려는 삶을 오랫동안 살아왔네. 내게 말이란 항상 지나가버린 것, 죽은 것, 배신자, 헛된 미망의 찌꺼기로

만 남은 것이었으니. 그런데 말이야, 어쩌면 나는 여태껏 말을 지독하게 오해해왔던 건 아닐까? 본래 뿌리가 없는 것에 뿌리가 없다며 불평해온 시간을 보내온 건 아닐까? 말은 발보다 앞서지 않잖아. 그렇다면 말이 아니라 그 말을 하기 위해 걸어온 발걸음을 헤아려보면 되는 것이거늘. 말보다 중요한 건 그 말을 담은 가쁜 숨결이거늘. 비가를 부르고서 머리가 허옇게 센 과므 남작은 어떻게 됐을까? 오늘에서야 나는 예전에 떠올렸던 결말을 바꿨어, 보다 알맞은 결말로 말이야. 너는 언젠간 네가 될 텐데 그때에도 내 자리가 네 옆에 있었으면 좋겠다. 네 옆에 있다 보면 언젠간 나도 내가 될 수 있을 것만 같은 기분이 들거든. 물론 그렇지 않더라도 얼마든지 좋아. 같이 있을 수만 있다면 길을 잃고 같이 헤매는 것도 좋을 테니까. 어쩌면 무언가를 찾는 건 처음부터 중요치 않았던 건지도. 더 빨리 알았으면 좋았을 텐데.

서두부터 엉망진창으로 꺼낸지라 편지를 어떻게 마무리 지어야 할지 모르겠다. 다행히, 혹은 불행히도 여백이 끝에 닿으려고 하네. 자꾸만 곤란한 상황 속에 있게 해서 미안해. 그렇지만 너무 걱정하진 마. 여기에 자세한 얘기를 옮길 순 없지만, 네 난쟁이 친구의 계획은 ─ 나와 달리 ─ 꽤나 촘촘한 편이거든. '똑똑한 낭만주의자'는 형용모순이지만 예외가 아주 없는 건 아닌가 봐! 다시 만나는 날까지 멀리 떠난다면 어디로 가고 싶은지 생각해줘. 나는 너랑 함께라면 어디든 상관없으니까.

헛소리 애호가이자 구름의 벗인
너의 비나드가

지하 정원

1판 1쇄 발행 2023년 7월 5일

지은이 · 홍준성
펴낸이 · 주연선

(주)은행나무
04035 서울특별시 마포구 양화로11길 54
전화 · 02)3143-0651~3 | 팩스 · 02)3143-0654
신고번호 · 제 1997―000168호(1997. 12. 12)
www.ehbook.co.kr
ehbook@ehbook.co.kr

ISBN 979-11-6737-279-6 (03810)